范小青

# 动荡的日子/

*The collected works*
*of*
*Fan xiaoqing*

范小青文集
〔短篇小说集〕

● ● ● ● ●

山东人民出版社

全国百佳图书出版单位　国家一级出版社

**图书在版编目（CIP）数据**

动荡的日子/范小青著.—济南：山东人民出版社，
2015.9（2021.1重印）
（范小青文集）
ISBN 978-7-209-08886-2

Ⅰ.①动…　Ⅱ.①范…　Ⅲ.①短篇小说－小说集－
中国－当代　Ⅳ.①I247.7

中国版本图书馆CIP数据核字(2015)第049997号


**动荡的日子**

范小青　著


主管单位　山东出版传媒股份有限公司
出版发行　山东人民出版社
社　　址　济南市英雄山路165号
邮　　编　250002
电　　话　总编室（0531）82098914
　　　　　市场部（0531）82098027
网　　址　http://www.sd-book.com.cn
印　　装　三河市华东印刷有限公司
经　　销　新华书店

规　　格　16开（170mm×240mm）
印　　张　21
字　　数　322千字
版　　次　2015年9月第1版
印　　次　2021年1月第2次
ISBN 978-7-209-08886-2
定　　价　52.00元
　　　　　如有印装质量问题，请与出版社总编室联系调换。

# 目录

药　方

　　王左家的环境，从前比较好，四周没有工厂，没有噪声源。现在不行了，不远处正在造起一座几十层高的大楼，把附近的居民折腾苦了，他们白天在机器声车辆声以及身边到处都是的各种各样的人声中工作，被吵得心烦意乱；晚上回来，又被建筑工地的噪声打搅，神不守舍，无处逃遁。有一天王左看到报纸上关于噪音的一段话，说，超过100分贝，就是噪音。噪音会引起头疼，疲倦，心跳加快，神经衰弱，视力减退，反应迟钝等。王左常常想，要是个聋子就好了，没这么多的烦恼。

　　当王左的烦躁积累到一定的程度时，大楼的框架终于搭起来了，工作重心转移到内部装修，噪声离王左远去了。王左刚刚松了一口气，想可以回到正常生活中去了，身上却痒起来，掀起衣服看看，有些大大小小不规则的红疙瘩，起先也没怎么在意，以为是一般的皮肤病，吃了什么发的食物，想它一两天就会好起来。不料却没有好起来，到药房买了些息斯敏来吃，吃了几天，也没见好，仍然痒，痒得也厉害起来，有些折腾人了。上班的时候，都忍不住在身上到处乱抠。同事见了，便笑，说他海鲜吃多了。王左回家，告诉老婆，老婆说，告诉我有什么用，若不肯好起来，看看医生吧，也没有当一回事儿。王左请了假到医院去看医生，医生说，是荨麻疹。开了药，一看，也是息斯敏。王左告诉医生，已经吃过息斯敏，医生十拿九稳地说，你再吃就是。于是去药房配了药，满怀信心地回去服用息斯敏。这么又过了一个星期，仍然不见好转，每日每夜都不得安宁。再去看医生，仍然是先前看的那一个，看了看病历，说，已经服过息斯敏？王左说，是，服了一个多星期。医生说，那换一种药吃。换了一种，王左配了回家，再吃，仍然没用。家人和朋友见王左闹得凶，稍稍重视些，帮着出些点子，劝王左试试中医看，也许中医有办法。王左便去看中医，中医告诉王左，经实践检验，治荨麻疹，看起来还得靠中医。中医说，王左一开始不看中医看西医是他的失策，耽误了治疗，荨麻疹很顽固，最理想的是将它杀死在萌芽状态。因为王左耽误了时间，让荨麻疹猖狂起来，气焰嚣张。中医是治本的，中医在说话间已经开好了方子，交给王左，道，按这方子去抓药，自己回家熬，必定见效，只是时间上不能像西药止痛片那样立竿见影。王左点头道，我明白，我有耐心。王左到中药房去抓药，看到药师抓了大把大把的草药放到秤上去称的时候，王左的心里充满了希望。王左从中药房出来，提了一长串的药包，又去买了药罐。回到家里，他把家里多年不用的煤炉找出来，生着了火，在煤炉上煎熬中药，弄得满家里弥漫着浓浓的中药味和浓浓的烟雾，但是无论王左怎么耐心，中药并没有给王左的痒症带来转机。

在以后大约半年时间里，王左试用过各种各样的疗法，除了中药西药，他试过静脉注射，将葡萄糖水注进血液；也试过自血疗法，将自己的血抽出来，经过一些处理，像过滤养化等等，再回到自己身上。针灸、理疗，用过治肠胃机能障碍的药；用过治内分泌机能失调的药；也做过以毒攻毒的事情，吃蛇胆、吃老鼠，吃各种各样有毒的东西；将一种托人从南方带来的树叶子捣烂了贴在身上，差点贴烂了全身的皮肤；请过气功师，听了几场带功报告。可是，顽固的荨麻疹仍然纠缠着他，不肯离去。王左每天都得服用安眠药才能睡一会儿觉，他每天入睡的时候，都希望新的一天会有奇迹出现，也确实在每一天早晨王左醒来的时候，感觉总是很好，身上并不痒，也没有什么大大小小的红疙瘩。每一天的早晨都使王左欣喜万分，可是随着这一天时间往前走，荨麻疹便慢慢地从王左身上不知道什么地方爬出来，布满王左的全身，到了夜里，奇痒发展到高潮。日复一日，使王左再也看不到希望，他走投无路，精神恍恍惚惚，情绪低落，却又不得不继续奔波，把医院和医生处得透熟。久病成医，从前王左对医学方面的事情一窍不通，现在居然也懂了不少，医生也拿王左的荨麻疹没有办法，他们只能开出一种新药，再开一种新药，试一试，再试一试。其实王左觉得这一切都已失去了意义，他甚至不想再去看医生，医生无非是再给他一次从希望到失望的过程，他已经重复了无数次，不想再无谓地重复，他心灰意懒，却又不得不继续下去。如果得了绝症，心如死灰以后，你可以平平静静地坐以待毙，但是痒症是一种让人想坐以待毙也不可能的病症。王左在最难受的时候，也曾经想到过死，但是他很快又觉得自己的想法实在太可笑。大概从来没有人，以后大概也不会有人，得了痒症寻死。

在漫长的无望的治疗过程中，忽然有一天，王左的一个同事说："王左，反正你也好不起来，死马当作活马医，不如去看看心理医生。"

王左愣了一会儿，心里已经接受了同事的建议，王左说："心理医生，应该到哪个医院去看？"

同事笑了一下："精神病院。"

王左也笑了一下。

王左第二天就到精神病院去看心理医生。王左走进精神病院大门，看到一些行为和表情都很古怪的人，王左想，患荨麻疹来看精神病医生，这有点像黑色幽默。

心理医生门庭若市，进来了王左才知道是要预约的，当天还看不了。护士在给王左登记时问王左看什么，王左说："荨麻疹。"

护士"嘻"了一声，但是并没有拒绝王左的预约登记，这使王左弄不清她"嘻"的是什么意思，王左被约定在下一天下午看医生。拿了预约单，王左回家去，老婆看了看他的预约单，奇怪地张了张嘴，像是要说什么，最终却没有说出来。

"是不是觉得我有些神经，"王左指指预约单正面印着的精神病院几个大字，说，"我去看精神病医生。"

老婆说："反正，也是试试。"再没有别的话。

第二天下午，王左如约来到心理医生那儿，心理医生看了王左的预约单，说："是荨麻疹？"

王左点点头。

心理医生也点点头，请王左坐下，医生没有表现出丝毫的奇怪，这使王左有一种感觉，好像医生并不是什么心理医生，而是一个皮肤科医生。

"医生，"王左说，"已经快一年了，我受不了了。"

医生笑起来，说："痒症，古时候，称美疾。"

王左哭笑不得，说不出话来。

"好吧，"心理医生不急不忙地说，"我们来看看，是什么原因引起的，是吃了过敏食物？"

"不是。"王左说，心里忽然有些沮丧，类似的问题和类似的回答，他已经重复了无数次。

"药物反应？比如青霉素，血清？"

"不是。"

"寄生虫？"

"查过了，不是。"

"物理因素，比如，过冷，过热？"

"没有。"

"接触了油漆、花粉，或者别的什么可能致敏的物质？"

"没有。"

"工作环境和生活中有没有什么刺激性的气味？"

"没有。"

"从前发过荨麻疹？"

"没有。"

医生停了一下，放松地一笑，慢悠悠地说："不是外界因素，我们再找找内部原因，内分泌失调，肠胃功能紊乱，病灶感染？"

王左摇了摇头："都查过，也都用药试过。"他越来越觉得心理医生完全是个荨麻疹专家，这种感觉并没有给王左带来新的希望，却相反地使王左再次陷入绝望的深渊。

"好吧，"心理医生说，"我们再看看精神因素，心理因素。发病那一段时间，心情怎么样，有没有碰到什么事情，遇上什么麻烦，使你的心情特别紧张？"看王左不太明白的样子，又说："我举个例子，有一位女士，不敢骑自行车，但是上班路远，不得不骑车，心情紧张，后来得了荨麻疹，治不好，我建议她不再骑车上班，过了一段时间，果然好了，你想想，有没有使你的心情紧张的事情？"

"没有。"

"有什么事情困扰你，你无力解决？"

"没有。"

"工作中，或生活中，单位里，或家里，发生了比较重大的矛盾，难以解决？"

"没有。"

"犯了罪，贪污，受贿？"

"没有。"王左忍不住想笑。

"婚外恋？"

王左终于笑了出来。

"好，你终于笑了，"心理医生像个耐心的托儿所阿姨，和言细语。"烦躁会慢慢地离开你，"医生引导说，"想想，有什么事情，曾经使你很烦躁，在你的感觉中，哪一种感觉受到过比较大的刺激，听觉，视觉，味觉，嗅觉，触觉？"

王左想了想，说："是听觉。"

"是噪音？"医生依然温和地看着王左，"噪音干扰了你的生活？"

"是的，"王左现在回想起来的，造楼房的那一阵，他心里确实非常烦躁，但是王左不知道噪音和皮肤有什么关系，王左说："皮肤也有耳朵？"

"你说对了，"医生高兴地看着王左，"你找到病因了，现在可以考虑对症下药的问题。"

王左虽然不能完全相信皮肤有耳朵这样的说法，但是心理医生从容不迫自信不疑的神态，使王左内心深处差不多已经泯灭了的希望重又燃烧起来。"既然你试过各种治疗方法，不起作用，"医生说，"我建议，你试试别的道路，天下的路很多，也许有一条路正适合你，比如，听听音乐。"

王左惊讶地看着心理医生："听音乐？让耳朵听还是让皮肤听？"

"耳朵和皮肤是相通的，"医生说，"或者，用你自己的说法，更好，皮肤也有耳朵，一点不错。"

王左不知怎么面对医生的这个建议，走进精神医院他看到许多行为和表情都很古怪的人，王左现在觉得，医生也有些古怪，但是王左的思绪却像被施了催眠术似的，不由自主地跟着医生的思路走，"听什么音乐？"王左问医生。

"看你自己喜欢，"医生说，"喜欢音乐吗？过去常听音乐吗？"

"不听，"王左说，"对音乐没有兴趣。"

医生点点头，说："这样更好。"

王左回到自己单位，同事问他怎么样，王左说医生让他听音乐，同事"啊哈"一笑，也没有多说什么。回到家里王左把医生的话又告诉了老婆，老婆也是"啊哈"一笑，王左问老婆的意见，老婆说，我没有意见。

王左抱着可有可无的心态，到街上的音响商店买了几盒磁带。王左家的一台录音机，还是结婚时买的，因为王左和老婆都不听音乐，录音机纯粹就是一个摆设，现在隔了多年，重新把它用起来。机器已经很旧，放出来的声音很怪，老婆先受不了，说，这算什么，还欣赏音乐呢，受罪吧。把王左吓了一跳，赶紧关了录音机，害怕皮肤的耳朵又接受这种怪音。老婆看王左不甘心的样子，说，你若真的想听，去买个小的，往耳朵上一戴，也省得烦别人。王左知道老婆说的是随身听，小单放机。王左到店里去买了一个，开始听音乐。

王左戴着随身听，将耳塞塞在耳朵里，在家也听，出门也听，骑车走在路上，被警察骂了几回，到单位上班，同事见了，笑着说："哟，王左，成发烧友了。"

王左苦笑笑，不说话，认真地听着音乐，也许，在某一个节拍中，在某一段曲子中，就藏着治疗荨麻疹的秘方，王左不敢错过。过了几天，单位里有个叫秦真的真正的发烧友，来找王左交流心得，才知道王左原来什么也不是，掏出王左口袋里的随身听看看，笑话王左落后。秦真说，他们的随身听，都是激光唱机，没有像王左这样用单放机。在音乐方面，秦真有资格好为人师，借机指点王左一二，王左根据秦真的指点，去购买新的磁带，便在不长的时间里，将各种不同流派不同风格不同类型的音乐一一听过来，古典、现代、轻音乐、交响乐、摇滚、流行、民歌、乡村音乐，王左家的音乐磁带堆了一大堆。王左差不多真的要成为音乐发烧友了，只是顽固的荨麻疹仍然盘踞在王左身上，不肯离去。王左想，罢了，什么心理医生，骗骗人的，罢了。便摘了随身听，扔到一边。

这一天，下班出门时，遇上秦真，秦真看到王左，站住了。"喂，王左，"秦真说，"今天晚上，我们到一个发烧友家听音乐，你去不去？"

"不去。"王左说。

秦真注意到王左耳朵上的耳塞已经不在，摇了摇头，一笑，骑上车离去。

王左回家吃晚饭，身上又再痒起来，掀起衣服看看，红斑红疙瘩时隐时现。王左丢了饭碗，给科长打个电话，问清了秦真家的地址，便往秦真家去。到秦真家门口，正好秦真出门去听音乐，王左说："带上我。"

秦真带上王左，又找到另一个发烧友家，王左这才知道秦真也不认得今天晚上要去的地方，也不知道那个地方的主人是个什么样的人，便由别人领着一起往前走，来到一处，是一个平房，他们走进去，地方挺大，挺宽敞，屋里摆的尽是音响设备，王左想，发烧友的家，就该是这个样子。

已经到了许多人，大家乱哄哄地说话，有人给后到的人端上茶来，也不知哪一个是这一家的主人，王左问秦真，秦真看了半天，也看不出来，摇了摇头，看到有熟悉的老友，秦真便和老友说话去了。王左是第一次到这样的环境中来，根本不认识其中的任何一个人，他觉得有些孤独，也有些奇怪，奇怪自己怎么跑到这地方来了，这地方根本和他是毫无关系的。

王左慢慢向屋里某一个不被人注意的角落走去，他发现这角落里还坐着另一个人，看上去年龄也和王左差不多，这人也带着一个随身听，将耳塞塞在耳朵里。他闭着眼睛，一开始王左还以为他是个瞎子，后来发现不是。当王左走近时，他也许是听到了王左的脚步声，睁开眼睛，朝王左笑笑，王左也朝他一笑，他们几乎同时伸出手，握了一下，王左感觉到他的手很凉。

"我叫吴言，"吴言笑着说，"没有话说。"

"我叫王左，"王左说，"王顾左右而言他。"

他们又笑了一笑，王左觉得自己已经被吴言出神入化的神态吸引了，吴言脸上一片宁静，这使王左想起原始森林。

"听的什么，这么出神？"王左问。

吴言摘下耳塞，递给王左，说："你想听听吗？"

王左将吴言的耳塞塞进自己的耳朵，起先他没有明白他听到是什么声音，渐渐地，王左知道了，吴言听的是一种大自然的声音，这声音正像是从原始森林里发出来的。虽然王左没有去过原始森林，但是他相信，他现在听到的，就是那种声音，淙淙流水，啾啾鸟鸣，风吹残叶，雨打枯枝。

王左将耳塞还给吴言，说："哪里买的？"

"你喜欢？"吴言看了王左一会儿，说，"我可以替你复录一盘。"

"谢谢。"王左说。

王左并没有把这件事情记在心上，过了几天，秦真跑到王左办公室，将一盒磁带放到王左桌上，王左才想起吴言说过的话，问秦真："是吴言让你带来的？"

"哪个吴言？"秦真说，"是小董叫我给你的。"

"噢，"王左说，"我知道，是吴言托小董的。"

"也许吧，"秦真说，"不过我也不知道谁是吴言。"

王左指指那盘磁带："你听听，挺好的。"

秦真笑着摇摇头，走了，秦真大概觉得王左像一个幼儿园的小朋友问一个博士生要不要看连环画。秦真走了，王左也意识到这一点，自嘲地笑了一下，办公室的同事，看着他，觉得有趣。

其实王左当然不会相信这盘带子、这一段音乐就能治好自己的顽症，他只是觉得吴言是个很守信用的人，心里多少有些感动。王左将磁带带回家，向老婆扬一扬，老婆说，什么，带功磁带？王左说，不是带功磁带，也不再和老婆多说什么，也没有想到就要听这盘磁带，他将磁带和随身听搁在一起，他需要集中精力来对付晚间的瘙痒。这一天，他和往常一样，服了安眠药，才睡去。临睡前，听老婆说，这样下去，你要成瘾了，王左知道老婆说的是他吃安眠药，王左想，我有什么办法。

病急乱投医，王左在朋友和家人的策划下，又想出一个办法，向全国的许多医院，许多报纸发出求助信件。王左很快得到许多回信，得到许多方子和许多稀奇古怪的办法，只要是以前没有试过的王左都要拿来一试，却依然无效。有一天，王左接到一个外地医生的来信，信上什么话也没有说，只是开了三种药，让王左一起服用，医生写的是英文，字迹龙飞凤舞，行云流水，王左看不懂，拿了到一个与他已经很熟悉的皮肤科医生那儿，医生说，这是什么？王左说，是开的治荨麻疹的药方，医生说，开什么玩笑，这三种药，一种是治心脏病的，一种治高血压，还有一种治哮喘，不肯开。王左说，出了问题我自己负责，医生仍然不肯，王左无法，找了个朋友，带到另一家医院，费了一番周折，找个认识的医生，医生看了半天，也不明白，但是经不起朋友再三说，给开了。王左回家，就服药，医嘱一日三次，到这一天的晚上，王左服下第三顿药，躺在床上，身上仍然痒，心情烦躁，希望和失望在心里打架。王左起来，在屋里走来走去，无处着落似的，后来他看到被他搁在一边的单放机和吴言给他的那盘磁带，王左拿起来，将磁带放入录音机，开始听音乐。这盘带子确实不错，原始森林里发出的各种各样的自然之声，使人有一种超离现实的恍恍惚惚的飘逸感，王左又想起那天晚上看到吴言脸上一片宁静，王左在这种飘飘然的感觉中昏昏睡去，一直到第二天早晨醒来，王左才想起昨天晚上竟然没有服用安眠药。

王左激动得不敢对任何人说这件事情，好像一说出来，这事情就会逃跑。他继续按时按量服药，提心吊胆，小心翼翼地过了这一天。王左无法断定到底是音乐的作用还是药的作用，他也许应该做一个试验，停药听音乐，或者用药不听音乐，但是王左不敢这样做，到晚上他仍然和前一天一样，服了这一天的第三顿药，便开始听音乐，原始森林的自然之声使王左在不知不觉中睡去。

如此过了三天，到第四天早晨，王左醒来，他从床上跳了起来。"我好了！"王左突然大叫，"我好了！"

老婆呆呆地看着王左，一时竟不知道说什么才好，她发现王左耳朵上还戴着耳塞，老婆奇怪地问："真是听音乐听好了？"

王左说："我不知道，不知道是音乐还是药。"王左喘了口气，说，"我只知道我好了。"

老婆拿过王左的单放机，将耳塞塞进自己的耳朵，一听，便拿下来，说："开什么玩笑，没有声音。"

"怎么会，是原始森林的声音，非常真切。"王左接过去听，果然没有声音，只有磁带走动的轻微的沙沙声，根本就没有什么原始森林，流水，鸟鸣，风声，雨声，什么也没有。王左吓了一跳，将磁带退出来，左看右看，也看不出什么，再放进去听，仍然没有声音，再退出来看看。老婆说，有什么好看的，再听，仍然一片空白。老婆说，会不会，你摁错了键，将带子洗了。王左看了看机子，说，这机子，根本就没有洗带子的功能。

上班的时候，在门口遇见了秦真，王左问他知不知道吴言住在哪里。秦真说，他已经知道，小董告诉他的，吴言就是上次他们去的那一家的主人，那盘带子确实是吴言托小董带给王左的。秦真笑着问王左是不是想重新发烧所以要问吴言的地址，还不等王左回答，秦真说，不过，得告诉你一件事情，吴言是个聋子。

秦真说完，就往里去，留下王左呆呆地看着秦真的背影。

　　王左想不通这件事情，去找心理医生。心理医生听了王左的叙述，想了一会儿，问王左那三种药的药名，王左写出来，医生看了一会儿，说，这是一个违反规则的奇怪的药方，看起来它确实能治荨麻疹。

吴明亮开了三年出租车，对每天出门要走的路线应该说早已经烂熟于胸，他的红色桑塔纳车停在离他家不远的一个机关大院，因为和看门的老头熟了，也不收他的停车费，出入自由。每天早晨，吴明亮八点起床，八点半出车，来到机关大院，给老头扔一支烟，自己也点一支抽了，车上了路，生意忙起来，抽烟的机会就越来越少，吴明亮和老传达随便说几句话，然后他将车开出机关大院，出门，往右拐，然后上大路，生意就来了。对走了三年多的路线，吴明亮闭着眼睛也能开。也有的时候，吴明亮将车开出来的时候，在机关大院里就载上了乘客，这样他就有可能行走另一条路线，出了大门，也许要往左，也许要直开，这得由乘客决定，但这样的时候不多，所以吴明亮每天早晨的行车路线基本上已经成为一条既定的路线。

只是，在某一天的早晨，吴明亮不知为什么没有走既定的路线，车子开出机关大院的一刹那，吴明亮突然想，今天换一条路线走走，他将车头调向左边，便走上了与三年来的路线截然相反的另一条路。

将事情推前一天看看，是不是前一天或者前几天或者干脆就是这一阵子生意不好，吴明亮想换个方向试试运气呢，不是，吴明亮的生意一直很好。昨天，前天，前几天，这一阵子，简直要做疯了，一天四五百小意思，七八百也是常有，用他们的行话说，就是做顺了。当然吴明亮很疲劳，这不用怀疑，那么是不是因为过度疲劳，在吴明亮的潜意识中有一种想休息的意思，但理智又告诉他不能休息，这一休息就等于每天白白地扔掉几百元钱，换了谁谁也舍不得。这样，吴明亮就只能在他的潜意识里期盼休息，而这一天，当吴明亮开车出门的时候，他想到没完没了无止无休的重复的疲劳又将开始，他的潜意识突然控制了他的行为，于是他调转车头，换了方向。

也或者，吴明亮这一天另有什么事情要办？去看望很长时间没有看望的老父老母？和情人约会？帮朋友做个什么事？看一看正准备购买的商品房？感冒了到医院配药？

且不论吴明亮在这一个平凡的和往日一般无二的日子里为什么要调转他的车头，走另外一条路线，事实是吴明亮走了另外一条路线，以后的事情，都是从吴明亮这个错误的开头开始的。

吴明亮在这个秋高气爽的日子心情愉快，他哼着一支流行歌曲的曲调，前面是一座新建的大桥，桥面宽阔，吴明亮上桥，下桥，事情在下桥的时候发生了。

一辆自行车从大桥右侧的一条斜坡路上向大桥冲过来，经验丰富的吴明亮一下子就发现这辆自行车没有刹车，这一发现，使吴明亮吓出一身冷汗，来不及判断，本能告诉他这时候只有急刹车。吴明亮刹了车，几乎就在这同时，没有刹车的自行车，轰的一声撞在吴明亮的车门上，骑车人和自行车一齐轰然倒地。

吴明亮跳下车来，大骂道，你找死！

倒在地上的骑车人挣扎着爬起来，半跪着，可怜巴巴地看着吴明亮。

吴明亮说，我如果不刹车，你已经死了！他绕到车右侧，看看被撞坏的车门，说，你说怎么办吧，这车门修一修至少四五百，你是哪个单位的，你的身份证给我。

骑车人又黑又脏，至少比吴明亮年长二十岁。他跪在吴明亮面前，突然弯下身子给吴明亮磕了三个头，说，大哥，你打我吧，你打我吧，我没有单位，也没有身份证，自行车是偷来的，我也不会骑，在乡下从来没有骑过自行车，大哥，你打我吧。

我打你？我打你干什么？吴明亮心里暗叫倒霉，四处看着，便发现不远处有两个巡警，眼睛一亮，大叫起来，巡警！巡警！

巡警应声过来，看了看情况，先要了吴明亮的身份证，看了看，又向骑车人要身份证，骑车人说，我没有身份证。问叫什么名字，说叫冯贵三。巡警说，冯贵三，你站起来，跪在地上算什么。冯贵三哭丧着脸说，我站不起来了。一个巡警上前捏了捏他的腿，他便大叫起来，额头上也渗出汗来。这个巡警对另一个巡警说，不像是装的，可能出了点问题。另一个巡警点点头，回头对吴明亮说，你把他送到医院去看看，腿怎么了。

吴明亮说，是他撞了我的车，他的自行车没有刹车，从那条路上冲下来，我若是不刹车……

巡警不听吴明亮说，挥了挥手，说，叫你送他上医院你就送他上医院，啰唆什么？

吴明亮说，怎么叫我送他上医院，是他撞了我的车，我的车门坏了，修一修至少四五百，怎么叫我送他上医院？

巡警说，你不送他上医院，谁送他上医院？难道我们送他上医院？

吴明亮说，这没有道理的，是他撞了我的车，这事情你们不处理了？

巡警说，谁说不处理，你先送他上医院，然后将车门修了，收好发票，留下你的电话，回头我们会找你处理的。

吴明亮没办法，留下自己的拷机号码，巡警也叫冯贵三留下了住址。吴明亮扶着冯贵三上了车，突然想起事情，下车叫住正要离去的巡警，说，喂，医药费的钱呢？

巡警两人对视一眼，笑起来，其中一个说，你问谁呢，难道叫我们出医药费？

吴明亮说，他身上一分钱也没有。

这一个巡警说，那就由你先垫着吧，说着仍然和另一个巡警一起笑，向吴明亮挥挥手，两人走开。

吴明亮往医院来，到了医院，将他扶下车时，碰见同行阿七，阿七载客过来，下了客，正要离去，见吴明亮搀着个伤员，笑起来，说，吴明亮，今天什么日子，开门红呀，吴明亮说，倒霉，躲也躲不过，居然撞到我车上，你看看我的车门。阿七仍然笑，说，他撞了你的车，你送他到医院，什么时候变雷锋了？吴明亮说，巡警叫送来的，阿七说，巡警是他小舅子？笑着开车走了，到医院门口载上一个客，高兴而去。

吴明亮架着冯贵三，让他坐在长椅上，掏出钱来排队挂号，又怕他逃跑，不断回头注意，惹得身后排队的病人以为他是个小偷或者什么，站得离他远远的，小心护着自己的包。挂了号，才知道伤科在二楼，又架上二楼。病人很多，坐也坐不下，站着等了一会儿，知道进展很慢，吴明亮过去和护士商量，说，能不能让我们先看一看。护士横了他一眼，说，你是干什么的，凭什么让你们先看一看。吴明亮说，我是开出租的，护士又横他们一眼，撇了撇嘴，开出租的时间就比我们的时间值钱呀。吴明亮说，我不是这个意思，我不是这个意思。护士再看伤员一眼，向吴明亮说，你们这种人，铜箍心，只晓得赚钱、赚钱，钱越多，心越黑，怎么开车的，强盗车。有病人也应和着护士，说，现在的出租车，是开得很野，逼我们自行车，逼得无路走。护士见大家拥护，心里高兴，脸上也有了笑意，向吴明亮说，怎么，撞了人了，知道着急了。吴明亮说，不是我撞他的，是他撞我的。大家哈哈笑起来，护士说，他撞你，他拿什么撞你，自行车？自行车撞得过汽车？吴明亮说，我下桥的时候，他从旁边一条路直冲过来，他没有刹车，他是外地人，自行车是偷来的，他不会骑，他撞坏了我的车门，修一修至少四五百。护士说，噢，他撞了你，撞坏了你的车，你还送他到医院来看？吴明亮说，是巡警叫我送来的，护士说，不是你的责任，巡警怎么会叫你送来，吴明亮说，我不送来谁送来，巡警又不肯送来。护士说，不是你的责任你怎么肯送来？吴明亮张了张嘴说不出话来，护士笑了一下，说，原来你是做好人好事，他撞坏了你的车，你还送他上医院，替他付医药费，你叫什么名字，要不要我们写表扬信？登报？满嘴的讽刺挖苦，大家都跟着笑。吴明亮浑身是嘴也解释不清，只得向冯贵三求助，你说，你自己说，冯贵三也听不太懂大家用本地话说的什么，只以为吴明亮向他要钱，哭丧着脸说，大哥，你打我吧，大家又是一阵哄笑。

等了半天，终于等到，扶着过去，医生连个正眼也没给，一捏伤腿，说，拍片。又架着下楼，先付了钱，再到X光室，等拍片。拍了片，又等着洗出来，一手扶着冯贵三，一手举着片子，再上楼，医生朝片子看了一眼，说，骨折，冯贵三倒是听懂了，咕咚一下就瘫在地上。

上了石膏，用纱布绑好了，再开些伤药，又到楼下，划价，付钱，配药，总共用了一百多元钱。将发票和药交给冯贵三，说，你说怎么办吧，一百五十几块钱。

冯贵三捧着药，捏着发票，说，大哥，你打我吧。

吴明亮说,我打你干什么?我打了你你就给我钱?说话间心里突然就一阵茫然,好像不知道自己下面应该再干什么,他茫然地看着冯贵三,说,你不能走。

冯贵三说,我不走,我走不动。

吴明亮说,我要去修车门,你怎么办?

冯贵三说,我听你的,大哥。

吴明亮说,你坐我的车,等我修车门,拿到发票再说,扶着冯贵三上了他的车,开到修车铺。

车铺老板检查着车门,说,今天运气不好?说着朝坐在车上的冯贵三看看,说,是个外地人?

吴明亮说,是外地人。

车铺老板摇了摇头,说,外地人很难弄,很赖皮的,恐怕要敲你一笔。

吴明亮也摇了摇头,说,他敲不到我的,不是我撞他,是他来撞我的,骑一辆偷来的自行车,没有刹车,撞了我的车门,若不是我刹得快,早死了他。

车铺老板说,你叫他赔钱了?叫交警处理了?

吴明亮说,倒霉,没有钱,没有身份证,叫我打他,我能打他吗?

车铺老板说,那你还载着他干什么?养老送终?

吴明亮说,我也不能放他走,他说他的工棚在哪里,我能相信吗?

车铺老板说,你打算一辈子载着他?

吴明亮心里又是一阵糊涂,说,我也不知道。

车铺老板笑起来,说,我又不是交警,我家也没有人做交警,我也不会去报告交警,你和我还打马虎眼,说假话。

吴明亮修了车,收起发票,回到车上,向冯贵三说,现在怎么办,巡警也不打电话来,也不知怎么处理。

冯贵三说,大哥,来世我给你做牛做马做奴隶。

吴明亮说,你倒知道做奴隶。

冯贵三说,我小时候读过书,读到高小毕业,村上就算我学问高。

吴明亮说,是,你学问高,学问高得到我们这里来捣乱。

冯贵三说,我没有捣乱,我规规矩矩做工的。

吴明亮说,没有捣乱?你骑个没有刹车的自行车,这不是捣乱是什么?你把我害苦了，贴了医药费，修车费，现在拿你怎么办？看冯贵三脸上又是叫他打他的意思，连忙摆手，说，别说了别说了，我没时间和你啰唆，已经被你害掉一上午时间，我要去做生意了，你住在哪里，我把你送回去，等巡警叫的时候，再去找你。

冯贵三说了自己的住处，由吴明亮将他送去，又扶着下车，扶到乱七八糟的工棚，里边黑乎乎的，臭气熏天，也看不清什么，也没有人在，大概都出去干活了。吴明亮让冯贵三躺下，转身要走，想了想又停下了，说，你不好走路，要不要给你倒点开水放着，冯贵三说，我们这里没有开水。

吴明亮走出来，深深地透了口气，向腰间的拷机看看，发现上面有个数字，不知为什么刚才没听见，看了看，是个不熟悉的电话号码，不是亲戚朋友熟人的，一想，估计就是巡警打的，连忙开了车，找个街边小店的公用电话打过去。那边问找谁，吴明亮不知道巡警叫什么名字，只说找巡警，那边的人态度不太客气，说，你搞什么搞，什么找巡警，你找错地方了，吴明亮又将拷机上的电话号码看了看，和对方核对一遍，准确无误，又说，我没有找错，就是这个电话号码，是巡警找我。对方道，巡警找你你到公安局去自首就是了，怎么搞到我们这里。吴明亮说，是你们先打我的拷机的，那边说，我们打你的拷机干什么，预约死人啊？吴明亮说，你们是哪里，对方恶声恶气地说，火葬场，烧死人的，挂断了电话。

吴明亮也不知道对方真是火葬场呢还是恶作剧瞎说的，但知道肯定不是巡警的电话。挂下电话，小店老板收钱的时候，说，是不是打错了电话？吴明亮说，是，是他们打我的拷机的，我按照他们的电话回过去，却不是。店老板说，现在稀奇古怪的事情都有，一天我打个寻呼找朋友，一个钟头内回电四十多个，见了鬼，搞得我半天没做成生意。吴明亮说，什么事都有，便将车门被撞坏花了多少钱的事情说了说。小店老板听到一半便笑起来，说，老兄，像你们开出租的就最怕撞人的事情，撞了人，人家倒霉，你也倒霉。吴明亮说，不是我撞别人，是人家撞到我的车上，把我的车撞坏了。店老板仍然笑，满脸是不相信的样子，说，人家撞了你，你怎么不把他抓住，让他跑了，你怎么不找警察，不叫人家赔你钱？吴明亮说，我叫了巡警，巡警叫我陪那个人去看病，结果腿骨折了，叫我出了一百多块钱呢。店老板说，若是人家撞的你，你有这么好说话？

吴明亮说，我没有好说话，我要找他们的，想了想，复又抓起电话，说，巡警不来找我，我找他，他们答应处理的，我不找他我找谁，抓着电话又犹豫，店老板说，你怎么不打，吴明亮说，我不知道他们叫什么，店老板说，这倒不难，你打电话到他们大队去问，在哪条街上值勤的，肯定就是他们。这提醒了吴明亮，他接过店老板的电话本，查了查，查到巡警大队的电话，打过去问哪条街上是什么人值勤，那边问什么事，吴明亮将事情说了，那边说，你稍等我查一查。查了半天也没有见答复，电话线倒断了。吴明亮再拨电话，就一直占线，忙音，拨了半天，才打进去，那边又说请稍等查一查。小店老板说，他们滑头了，你再打，吴明亮就再打，接电话的人说对不起值勤的巡警很多，得一个个查起来，急不得，又说，巡警一天要处理很多很多事情，即使找到他们本人，也不见得就能记得清事情的经过，凭吴明亮的一面之词也很难把事情说清楚。吴明亮说，怎么是一面之词，另一个当事人也会作证的。那边说，好啊，既然这样，我们再查，你再说一遍，是在哪条街，哪座桥？吴明亮再说了，电话又断了，再打，又换了个人接电话，问什么事，吴明亮再将事情说一遍，那边听了，说，噢，是交通事故，交通事故你找错地方了，我们是巡警，交通事故你找交警，吴明亮说，是你们巡警叫我等候处理的，电话那边说，既然叫你等候处理，你就耐心等候，会来找你的。

时间已经到了中午，肚子饿了，本来吴明亮中午都是在外面随便吃一点什么就打发了，今天心里实在窝囊，不想在外面吃，回家去。刚停了车，老婆就奔出来，脸色大变，说，你怎么不给我回电话，把人给急死了。

吴明亮说，我怎么知道你今天没有上班，在家里。

老婆说，我是上了班的，苗凤碰到阿七，阿七告诉苗凤看见你出了车祸，苗凤再告诉我，把我吓坏了。苗凤也没有听清楚到底是你伤了还是别人伤了，也不知道伤得怎么样，我给你打拷机，你就是不回，我跑了好几家医院，也没有找到你。老婆说着，掉下两滴眼泪，又咬了咬牙说，我以为你死了呢。

吴明亮叹息一声，说，别提了，今天倒霉。

老婆看吴明亮没有伤着哪里，问道，是你撞坏了人家？

吴明亮说，我没有撞人，是他来撞我的。

老婆说，他撞你？撞坏什么了？

吴明亮说，车门撞坏了，修了。

老婆说，钱是他出的？

吴明亮说，哪里他出的钱，我陪他到医院看病，倒贴了一百多块钱。

老婆说，为什么？

吴明亮愣了一愣，不知道老婆问的什么为什么，停顿了一会儿，说，什么为什么，看病总是要付钱的，现在的医院，不付钱哪能给你看病，别说看病，救命也不救的。

老婆说，为什么要你替他付医药费？

吴明亮说，他身上一分钱也没有，他是外地人，连身份证也没有，自行车是偷来的，没有刹车，从桥的一边斜着冲下来，我若不是刹车刹得快，就轧死他了。

老婆的嘴角突然一嘻，说，你说大书啊？

吴明亮说，我怎么说大书，我说的是事实。

老婆说，你撞了人就撞了人，撞也已经撞了，我也不会把你怎么样，倒霉也已经倒了，还能怎么样，你就不要再挖空心思编故事，说谎，自认倒霉吧。

吴明亮说，我没有编故事，我没有撞他，确实是他撞我的，他还叫我打他，他说，大哥，你打我吧。年纪要比我大二十岁的样子，叫我大哥，还叫我打他，我怎么打他呢，我打了他，他倒要赖我了，这一点我是清醒的，我没有打他，我打了他，他也没有钱给我。

老婆将吴明亮的话想了又想，仍然觉得不对，说，你那是编出来骗骗警察的，为什么连老婆也要骗呢，脸色越来越沉重，道，吴明亮，是不是有别的什么事情，瞒着我，编个事情来骗骗我，想蒙混过关？

吴明亮说，哪有的事。

老婆说，我问你，你是在哪里撞的人？

吴明亮说，在朝阳大桥上，下桥的时候，他从右边那条路冲过来。

老婆的眼睛猛地发了亮，说，朝阳大桥？你怎么走得到朝阳大桥呢，你开了三年出租车，哪天是走左边出门的呢，你偏偏今天走左边上朝阳大桥？干什么？你要到哪里去？去看谁？

这是整个事件中吴明亮最最说不清的一句话，为什么要往左拐弯，为什么不走三年来的既定路线，而去走一条错误路线，这只是在极短时间内的一个错误的决定，吴明亮无法解释，他只能说，我不知道为什么。

老婆的情绪已经从钱的牛角尖里钻出来，钻进了一个更为难缠的问题里，并且为了这个问题已经有点斗志昂扬了，老婆感觉到已经抓住了蛛丝马迹，兴奋和紧张使她浑身颤抖起来。她说，你解释不出来了，是不是，你说不知道为什么，这世界上，没有无缘无故的事情，任何事情总有它的原因，老婆突然间变得像个哲学家。

吴明亮说，我肚子饿了。

老婆有理有节，说，肚子饿了，我可以做饭给你吃，但是事情你要说清楚。

吴明亮说，事情我已经说清楚了，撞我车子的人我已经送他回他的工棚去了，他的腿骨折了，医生说要养一个月才能好。

老婆说，你其实还是别说话的好，你越说呢，漏洞越多，越说呢，越是叫人不能相信你。

吴明亮委屈地说，你是我老婆，连你都不相信我，还有谁相信我？

老婆说，对了，我是你老婆，你在我面前你都不肯说实话，还指望你对谁有实话？

吴明亮说抱着头蹲了下去，说，我没话说了。

吴明亮这样，老婆倒也有些心软了，张着嘴有一刻没有说话，愣了半天，突然想到了什么，复又激动起来，说，那你为什么不给我回电，我打了几十遍拷机，你不回电，你到底在哪里？

吴明亮说，我没有接到你的拷机。

老婆一脸怀疑，说，怎么会，平时哪次打你都能接到，为什么今天接不到？你是存心不回，一上午你到底到哪里去了，到底在干什么，什么被人撞了，肯定是你编出来的，哪有人撞了你你还陪人家看病的，也不叫人家赔修车钱，哪有这样的便宜事，吴明亮，你到底在哪里？

吴明亮解下别在腰里的拷机，说，你自己看好了，确实没有你的号码，上面只有一个电话号码，而且是搞错了的一个号码。

老婆接过拷机，查了查，没看见有电话号码，说，没有。

吴明亮又接过去看看，说，可能被我消掉了。

老婆说，号码是多少？

吴明亮说，哪里记得，打过就忘记了。

老婆说，谁拷你的？

吴明亮说，我也不知道，莫名其妙，我还以为是巡警呢，打过去，根本不是。

老婆说，不是巡警，是谁？

吴明亮说，你就别问了。

老婆的疑虑爬满在脸上，警惕性也越来越高，说，为什么叫我不要问，到底是谁给你打拷机，你心虚什么？

吴明亮说，我哪里心虚。

老婆说，你不心虚为什么不敢告诉我？也不等吴明亮再说什么，便跑了出去。吴明亮无奈，自己下了一碗面条，正要吃，老婆进来了，一脸冷笑，说，吴明亮，我明白了。

吴明亮说，明白什么？

老婆说，你到底怎么回事，什么撞了人，什么巡警，什么东西，一切我都明白了。

吴明亮莫名其妙。

老婆说，你以为我很笨，是不是，你以为你把电话号码消了我就查不到了？你想不到我是怎么查的吧，告诉你，你难不倒我，我先打到寻呼台，问她上午有哪些电话拷你的机子，寻呼台查了，果然只有一个，告诉我号码，我按这个号码打过去，是什么你知道不知道？

吴明亮说，火葬场。

老婆呸了一声，说，你咒我，你是不是巴望我早点死了进火葬场，好让你称心如意？

吴明亮说，我上午打过去对方恶声恶气地说他们是火葬场。

老婆说，你还狡辩，你心里明白，是哪里。

吴明亮说，哪里？

老婆说，城湾新村。

吴明亮说，城湾新村？

老婆说，是城湾新村的公用电话，吴明亮，你以为我不知道谁住在城湾新村?

吴明亮说,谁住在城湾新村?

老婆脸色煞白,冷笑也挂不住了,气急败坏,说,曹丽娟,你的老同学!中学里就眉来眼去的。

吴明亮哭笑不得,说,哪里扯到哪里,什么事情嘛。

老婆说,什么事情,我来告诉你吧,早晨你接到你的老同学曹丽娟的电话,叫你去,所以你就改变了原来的行车路线,上了朝阳桥。本来呢,是高高兴兴和情人约会去的,哪里想到撞了人,出了事故,就开始编故事。

吴明亮在老婆的盯视下,心虚起来,竟然不敢正视老婆的眼睛,嘟囔道,我真的饿了,我要吃饭了。

老婆斗志仍然昂扬,斜眼看着他,说,饭? 你的事情还没有解决,你想吃饭?

这时候吴明亮就看到两个巡警在马路对面东张西望,吴明亮像见到了救星叫了起来,哎,巡警!

两个巡警听到叫声,走过来,他们向吴明亮看看,其中一个说,我们到处找你,找了一上午,那个人呢?

吴明亮说,哪个人?

巡警说,被你撞伤的那个人。

吴明亮愣了一会儿,慢慢地说,我没有撞伤人。

两个巡警满脸奇怪,狐疑地对视一眼,其中一个又说,你今天上午是不是在朝阳桥上撞了人?

吴明亮摇摇头说,没有。

两个巡警疑惑地盯着吴明亮又看了一会儿,又再对视一会儿,想了想,后来他们好像突然明白了什么,齐声道,你不是在朝阳桥上撞伤人的司机?

吴明亮说,不是。

两个巡警笑起来,恍然大悟,一个说,原来不是你,另一个说,怪不得,我怎么看着觉得不像呢,然后他们一齐向吴明亮说,我们找错人了,我们以为你是在朝阳桥上撞人的司机。

吴明亮说,我没有撞人,我开了三年车,从来没有撞过人,我也从来没有走过什么朝阳桥,我每天出门向右拐,从来走不到朝阳桥,我走朝阳桥干什么,舍近而求远？

巡警看了看地形，点头，说，是的，从你们这儿出门，当然走右边，确实是走不到朝阳桥，他们向吴明亮说了声对不起，转身走了。

吴明亮有些茫然地目送着他们，老婆站在他身边，瞪着他，说，你没有撞人？

吴明亮说，没有。

老婆说，你也没有陪他到医院去看掉一百多块钱？

吴明亮说，没有。

老婆朝车门看看，看不出车门是新修的还是一直如此，又道，你也没有花几百块钱修车门？

吴明亮说，没有。

老婆笑起来，笑得眼泪也掉下来，说，吴明亮，我是诈你的。

吴明亮不解，说，什么诈我？

老婆说，我没有打电话到寻呼台，也不知道城湾新村在哪里。

吴明亮咧一咧嘴，眼睛仍然看着巡警消失的方向。

老婆用胳膊肘子撞了他一下，吴明亮回头说，干什么？

老婆说，干什么，你不饿了？吃饭。

# 绢 扇

在歌舞成风的日子里，老百姓经过歌舞厅，朝里看看，灯红酒绿，有小姐进进出出，也有小姐站在门前，她们要干什么大家心里有数，笑笑，说，嘿嘿，现在……

陈皮，普通老百姓，小工人一个，没权没势也没什么钱，天天上班下班，回家听老婆抱怨鸡蛋又贵了几毛，菠菜四块钱一斤，小孩子又要交多少钱秋游什么的。然后老婆就埋怨陈皮没有本事，老婆说，你看看人家男人怎么做的，你这样的男人，拿根头发去吊死吧，买块豆腐去撞死吧。这是家乡人常说的话，批评人没有出息，当然如果人能够从多方面多角度去看问题，或者也可以将这样的家乡话算作激将法，有的人给这么一激，还真激出些本事来了，什么叫本事，挣钱挣得多就是本事呀。但是也有的人激不出本事来，像陈皮，虽然每天都受老婆激将，却也激将不出新花样，永远是一张老面孔，工资加奖金，工资跟着工龄走，一天一天一年一年慢慢加起来，急也急不出，至于奖金么，没得数，难预料，都说跟着感觉走，就这样了。

陈皮的厂是个传统工艺厂，做绢扇为主，现在绢扇，不怎么好卖，既没什么收藏价值，也没什么实用价值，要它干什么呢，没人稀罕呀。除非日本人看中，但是日本人也不是什么傻大头，不会拿你的绢扇当金扇子买呀，厂里也和日本人做过生意，卖了一批扇子给他们，全厂的人，上上下下忙了半年。那半年大家的感觉好极了，看见很多很多的钱正在向他们招手呢，加班回家，老婆也知道心疼了，还给做点夜宵吃。半年以后，扇子运到日本，日本的钱也到了这边，给的是美金，一结总账，一折算，厂长骂人，说，娘的，白干。但是受到上级领导的表扬，因为创了汇。以后厂长也不再去满世界寻找什么日本人，不创汇了，也不要表扬，大家仍然不紧不慢地做一些市场已经不怎么需要的绢扇，也不知要做到哪一天是个头，也不知做下去算什么。但是不做又算什么呢，不做就没有工资奖金呀，没有工资奖金怎么过日子呀，怎么向恨铁不成钢的老婆交代呀。

因为生产任务并不紧迫，上班的时候，大家也比较轻松，说说笑笑也是有的，随便找个什么话题，一说能说半天。有一段时间大家就说说歌舞厅，说歌舞厅的种种趣闻，说一个老板带一些人去跳舞，有小姐陪跳，老板在每一对舞伴肚皮与肚皮中间夹一张百元大钞，一曲下来，钞票不掉下来，就归小姐，钞票若是掉下来，就罚先生再出一百，就这样大家跳呀跳呀，没有看见一张钞票从他们中间掉下来。大家听这样的事情，很新鲜，但也不足为奇，都知道，如现在这样的时候，什么样的事情都可能发生，有什么好奇怪的呢。陈皮挠挠头皮，道，什么时候我们也到歌舞厅看看，唱唱跳跳，也贴一回肚皮。大家说，陈皮你等着吧，快了。陈皮说，我要是放百元的大钞，就往小姐的胸脯上放，再不，就放在脸上。大家说，那也没什么了不起，就是个贴面舞，人家早跳够了，陈皮说，那是。

陈皮也知道自己没有什么机会跑到那样的地方去，说说笑话也就过去了，也不会因为别人每天都去歌舞厅有小姐陪着而自己没有就不高兴，就不再过日子。陈皮的这种脾性，从前陈皮老婆怎么看怎么好，认为陈皮人好，现在呢，怎么看怎么不好，说陈皮没出息。陈皮说，这没什么，不是我变了，也不是老婆变了，是时代变了，这不能怪谁呀。

过了些日子，陈皮的几个同学发起了一次同学会，叫当年同一个班的同学都去聚会，时间正是星期天，陈皮有空，也去了。大家好多年不见，现在碰到一块，很高兴，说话，叙旧，一天很快就过去。晚餐的钱，是一个特意从外地赶来的发了财的企业家同学出的，大家喝了酒，兴趣很高，斗起酒来。后来企业家同学因为生意上的事情，当夜要坐飞机赶回去，中途就退席，从前的班长团支部书记几个正斗得不亦乐乎，哪肯就此离去，班长又再行使一次班长的权力，叫陈皮去送企业家同学。因为陈皮不胜酒力，不能和他们几个拼酒，放在眼前也没用，陈皮说，好，我送。陈皮和企业家同学在校时关系一般，也不差，也不算很亲密，大范围的同学会面时，两人也根本没有时间个别说话，只来得及握握手，叫一声对方的名字罢了，喝酒也不在一张桌上。这会儿，上了车，坐得近了，聊起来，企业家同学的情况陈皮已经知道，也比较清楚了，吃了人家的饭，喝了人家的酒，不知道人家是干什么的，这也说不大过去吧。但是陈皮的情况企业家同学却一点也不了解甚至不知道陈皮在什么单位工作，这会儿在短短的向飞机场去的路上，一一问了，陈皮也一一说了。企业家同学突然就转过脸来盯着陈皮，两眼放着亮闪闪的光芒，问陈皮，你说你们厂是个传统工艺厂？陈皮说，是，好多年的历史了，不过现在不来事了，走下坡路，再也上不去。企业家同学又问，你说你们以做绢扇为主？陈皮说，是，不过现在绢扇不来事了，没有人要，卖给日本人吧，掉价。企业家同学再问，你说的绢扇，就是用铁丝做外圈，用绢或者用罗啦纱啦这些材料做扇面，再在上面做些刺绣，或者描画，或者贴花？陈皮说，正是，看看企业家同学，说，想不到你也知道绢扇，绢扇是我们这地方的工艺风物特产呢，可是我们这地方许多人也不知道它。企业家同学兴奋起来，说，这真是踏破铁鞋无觅处，得来全不费工夫呀。陈皮说，怎么，你要绢扇。企业家同学正要往下说，已经到了飞机场，时间也比较紧迫，来不及再多说什么，陈皮将企业家同学送到检票口，挥手道别。企业家同学突然"哎呀"一声，说，我忘了把你的地址记下来，也没有记你的电话。陈皮说，我没有电话，企业家同学看看时间，又说，呀，来不及了，这样吧，我到了那边，给我们班长打电话，让他和你联系。陈皮说，好，看着企业家同学的身影消失在机场里，陈皮回头走出机场。

　　陈皮也没有再回同学聚会的地方，想起来他们也该散了，时间也不早了。回到家里，老婆瞪着陈皮，说，女同学不少吧，这种事情，女的最起劲。陈皮说，也不多，看起来，一个个都老多了，嘴上都说，一点没有变一点没有变，老样子老样子，脸上都可以开汽车了。老婆笑了一下，说，你算年轻呀，你那些同学，都比你强吧，陈皮说，也没有几个特别厉害的，就一个，从外地赶来的，饭也是他请的，我送他上飞机，他还说要做我们的绢扇生意呢，老婆说，那你和他说定了？陈皮一笑，说，听他呢，做生意的人，都这样，虚头虚脑，说说好话也不加税，算是对我送他表示感谢吧，你看他有没有下文，不会有的。老婆哼哼几声，没有说话。陈皮又说，再说了，绢扇又不是我的，是我们厂里的，就算真要做绢扇生意，也不是和我做，也是和我们厂里做呀，与我有什么关系。老婆气，点着他的头，说，你死了，你死了，陈皮笑，说，死也死不了。

果然也不见企业家同学有什么消息来。老婆问起来，陈皮说，我说的吧，不会有什么事吧。老婆说，哼，你们这些同学，和你也差不多，一个班都有一个班的风气，一个不成样子，别的也好不到哪里去。陈皮说，你们班的人强，老婆说，那是，总要比你们强些。过了些日子，一天陈皮正在上班，传达室的话筒传进来，说有陈皮的电话，叫到传达室去接电话。陈皮去了，是从前的班长，说，好哇，陈皮，倒看不出你呀，和企业家也挂上钩啦。陈皮说，什么，班长说，瞒我呢，瞒我也没意思，我又不和你同行，抢不到你什么呀。陈皮说，说到哪里去了，问是不是企业家同学来了信或者电话。果然是的，叫班长转告陈皮，班长将企业家的地址电话都告诉了陈皮，最后说，有好事也别忘了老同学呀，陈皮说，哪来的什么好事。挂了电话，陈皮心里有些想法，原以为企业家同学早将他忘了，想不到人家倒真当回事情来了，怎么办呢。看着企业家同学的电话，又不好在厂里给那边打长途，等到下班，到公用电话，打直拨长途，一拨就通。企业家同学说，陈皮，是你呀，你终于来电话，怎么这么长时间。陈皮说，我也是今天刚刚知道你的电话，班长今天刚刚告诉我。企业家同学说，这家伙，我一回家就给他打了电话，让他告诉你的，这家伙，误我的事，你再不来消息，我只好另想办法了，我还以为你不愿意和我合作呢。陈皮说，哪里，我一下班就出来给你打电话，企业家同学说，这样，你赶紧给我寄几把样品来，品种越多越好，除了圆形的，还有别的形状吧。陈皮说，有，有，有海棠式、六角式、鸡心式、钟离式，多着呢。企业家同学说，好，好，你动作要快，样品的钱，我会付你的。陈皮说，你说得出，几把扇子，就算我送你也不见得怎么样。企业家同学说，那不行，生意归生意，陈皮说，看你说的一本正经，老同学呀，企业家同学说，亲兄弟还明算账呢。陈皮无话，那边再三关照赶紧将样品寄去，口气里不像在做什么绢扇生意，倒像是做海湾战争的军火生意。陈皮挂了电话，心里好笑，回家，向老婆说了，老婆有些激动，说，这么说，真的来了。陈皮说，我现在心里也有些乱，不知道是向厂长说呢，还是不向厂长说，老婆说，说个屁，现在还不知道怎样呢，你向厂长说什么，说了，厂长还以为你在外面已经捞了多少呢，不说，我们自己，先做起来。陈皮说，自己，怎么弄呢，老婆说，不就几件样品么，我们先给那边寄去，看下一步怎么样，陈皮说，也好，第二天就弄了些样品，用特快专递寄过去。

　　几天后企业家同学收到样品，很快来电话。电话是打到陈皮厂的传达室，告诉陈皮，那边对样品扇很满意，说他在北方寻找单位加工，但做来做去也做不出这种特有的味道来，现在一看样品，是非它莫属了。问了价格，又问这边的生产能力，听口气好像是需要较大数量的绢扇。陈皮当着传达的面，不好多说什么，但是传达已经听出些意思来，探究似的看陈皮的脸。陈皮放下电话，想了想，回到车间，心神不宁，不知道该怎么，一直到快下班时，终于忍不住，往厂长办公室去，厂长说，你来了，听口气，好像知道他要来，陈皮说，厂长你已经知道？厂长一笑，说，我知道什么？陈皮也不和厂长绕什么圈子，把事情说了。厂长说，好事情，怎么到现在才告诉我，陈皮说，我也是刚刚接到电话，不信你可以问传达。厂长说，你怎么说得出，怎么会不相信你，你陈皮的为人，我们还不清楚？好吧，不说过去，过去你做了什么，做了多少，我们一概不管，现在你肯为厂里做事，太好了。陈皮说，我这是第一次，也是碰巧，我一个老同学，来参加同学聚会，我送他到飞机场，路上偶尔提起，才……前前后后，也才不过……厂长摆摆手，笑起来，说，陈皮呀，你这样说，好像我要查你什么似的，没有的事，没有的事，我现在高兴还来不及，你同学那边，肯给多少价，需要多少货，需要什么品种的，什么时间交货，什么付款方式，等等这些，你怎么谈的？陈皮不好意思地笑笑，具体的，还没有谈呢，我也不大懂。厂长想了想，犹豫一会儿，说，这样陈皮你看行不行，一来呢，你也没有个电话，当然，以后事情如果做得好，我把你调到销售科，也好给你装电话，只是眼前你还不能装电话，联系起来不方便；二来呢，对销售上的一些情况，特别是比较大的事情，你也可能经验还不够。陈皮说，也不是经验不够，根本是没有经验。厂长说，能不能，你把我的电话告诉你的同学，让他直接和我联系，陈皮说，行。

　　厂长和企业家同学有没有联系上，联系上了以后又怎么样，厂长一直也没告诉陈皮。陈皮有几次见了厂长，想问一问，但又觉得这么盯得紧也不太好，让厂长觉得他想怎么似的，想厂长有了结果总会告诉他，可是一等二等，厂长仍然没有和他说什么。一天在厂里和厂长对面碰上了，陈皮张着嘴，有些尴尬。

厂长笑起来，说，陈皮，有什么不好意思的，是不是想问一问那笔生意怎么样了？陈皮说，是呀，厂长说，正谈着呢，事情也不太好办呀，不是一下子就能成的，现在做生意，难呀。陈皮说，是，厂长说，陈皮你放心，你是牵线搭桥人，事情若是成功，我们不会忘记你。陈皮说，我也不是那个意思，我只是关心一下，厂长说，知道知道。

又过了较长的一段时间，仍然没有什么消息，陈皮每天回家都被老婆教育。老婆说，陈皮你一把年纪活到狗身上，你叫花子命穷，拾到黄金也变铜，宁愿独偷一只狗，不愿合偷一头牛。你看看，明明是你的一头牛，想同别人合，合到你手里连根牛毛也没有了，知人知面不知心。老婆说的多半是家乡土话，但是三句不离本行，老婆的本行就是批评陈皮没有本事。

有一天陈皮在路上碰到班长。班长说，咦，你在家呀，陈皮说，什么，我怎么不在家呢。班长愣了一会儿，好像也想不明白出了什么事，过了一会儿告诉陈皮，企业家同学来了。陈皮说，真的，我也不知道呀。班长说，我昨天夜里在歌舞厅碰见的，和几个人一起玩，有小姐陪呢，我问他怎么不叫陈皮，我说听说陈皮和你在合伙做什么呢，他说是呀，不过陈皮这几天不在，出差去了，指指身边一个男人，说，喏，这就是陈皮的厂长，你们厂长说，是，陈皮不在家，出门去了。陈皮说，哪有的事，我一直在车间做，也没有出门的机会，班长的脸色这时候好像明白过来，拍拍陈皮的肩，也没有多说什么，就走了。

陈皮在厂里见到厂长，说，厂长，我那同学来了是吧。厂长说，是呀，哎呀，我这几天忙得，也没有来得及告诉你。陈皮说，昨天晚上你们在歌舞厅玩的吧。厂长说，是呀，也是工作需要，平时我也不大去那种地方，对方喜欢，为了业务上的事情，我就陪他去了，也是没办法，我这人，陈皮你也是知道的，最怕到那种地方去，平时真的很少去，对了陈皮，本来是想叫你一起去玩玩的，考虑你一天班，八小时上下来，也挺辛苦，别再烦你了吧，就没叫你。陈皮说，我没什么，生意谈得差不多了吧。厂长苦笑着摇摇头，哪里哟，厂长说，事情难呀，我跟你说，你那同学，够狠的呀，把价压得，简直叫我无法跟你说，和日本人也差不多呀，这样做下来，我赚也赚不了几个，弄得不好还得赔。陈皮说，是吗，他当初和我说，价格好商量的呀。厂长说，做生意的人，都这样，嘴上一套，先套得你开心，上圈套，然后再把圈套收紧，你呢，既然已经进了圈套，不听他的也不行了，迟了。陈皮说，这么黑呀，我和他说说去，厂长说，别，你千万别去找他，像你这样，在商场上没有经验的人，被他卖了还不知道呢。陈皮笑了起来，说，这倒是的。

　　但是陈皮还是打听到了企业家同学住的宾馆，找了去。企业家同学正好在，正和几个人在谈话，一见他，高兴地站起来迎出来，向几个谈话的人介绍，那几个人也没有听清，向陈皮要名片，陈皮说，没有呀，企业家同学说，后补后补，这几天客人多，都发完了是吧，谈话的几个人又稍坐一会儿，告辞了。企业家同学拉着陈皮坐下，说，那天想请你玩玩的，说你出差了，什么时候回来的？陈皮说，我没有出差，我一直在车间工作，没有出差的机会。企业家同学"咦"了一声，说，是吧，也许你们厂长搞错了，他说你不在家，就没有叫你，玩得挺开心。陈皮犹犹豫豫说，是不是，是不是那批绢扇，价格问题，还没有能够统一，是不是？企业家同学说，谁说的？陈皮说，我们厂长说的，企业家同学一笑，说，你相信吗？陈皮不知道企业家同学问他相信吗问的是哪个问题，所以一时没有回答。企业家同学又笑着看着陈皮说，陈皮呀，生意上的事情你也不怎么明白，你也别管这事情了，反正少不了你的牵线费，你在厂里可以拿纯利润的百分之十，我这边么，比你们厂高一些，给你纯利润的百分之十二，怎么样？陈皮说，是这样，企业家同学说，你也别多问这事情，这样，那天没玩上，过天我空些我们再到歌舞厅看看，喜欢吗？陈皮说，我没有什么机会去，企业家同学说，那正好，有新鲜感，到时我们请小姐。

　　果然过了两天，企业家同学就通知陈皮，叫他晚上到某某歌舞厅，门前见，不见不散。陈皮向老婆说个谎，说某个同事病了，在家休养，白天没时间，晚上几个约了去看看病人。临要出门，老婆摸出钱，一塞，说，看病人也不知道买些水果什么，陈皮捏着带有老婆体温的钱，心里有些感动。

　　找到某某歌舞厅门前时，已经过了约定时间。陈皮转了一会儿，没见企业家同学，倒是有几位小姐上前来搭话，陈皮说，没事，没事，一会儿里边出来一个小姐，说，请问这位是陈先生？陈皮不以为是问的他，还四处看看小姐和谁搭话呢，却没有看到有谁，小姐笑起来，指着陈皮说，问你呢，先生，陈皮说，呀，呀，是问我呀，问我什么？小姐又一笑，说，问是不是陈先生，陈皮说，是，我是姓陈，小姐说，陈先生请进吧，有位先生请您进去，他们早来了，等您不见，就先进去了。说着前面引路，将陈皮带进灯光昏暗的厅里，陈皮一下子觉得两眼一抹黑，什么也看不清，撞到一把沙发上，听得小姐扑哧一声，说，先生小心。引到一桌人跟前，听见企业家同学的声音在说话，陈皮心里安慰了些。小姐将沙发移了一下，请陈皮坐下，企业家同学回头看到陈皮，说，来啦，陈皮说，来了。定下心来看看坐成一圈的人，却没有一个熟人，也不见厂长，也不见老同学里的谁，茶已经泡了端在面前，凑着飘忽昏暗的烛光也看不出是红茶还是绿茶，另外有零食小吃、水果等。舞曲起来，企业家同学向厅里四周一指，说，陈皮，去请小姐跳呀，那边站着的，都是。陈皮说，跳舞我不会，我一上场就怯，企业家同学笑了笑，说，噢，喜欢唱，和我一样，先这里坐一会儿，让他们几个脚痒的先跳一跳，然后我们进包厢唱，好不好，陈皮说，好，好。

过一会儿，企业家同学就站起来，向大家扬一扬手，说，愿意跳的留在这里，愿意唱的进去，所有的人都愿意唱，都拥进了小小的包厢。陈皮看他们坐下后眼睛一直往外溜，企业家同学说，别急别急，小姐一会儿就到，这会儿正忙着在外面侍候大家，过一会儿就专门进来侍候我们啦，不过，我得先提醒各位，分寸自己掌握啊，别闹出什么事情啊。大家笑，陈皮也隐隐约约听出些什么，心里有些紧张，也有些异样的激动。大家先点了歌唱起来，陈皮也唱了一个，唱得不成调，不过大家还是鼓了鼓掌。企业家同学说，陈皮，你倒不是先天条件不行，先天条件我看不错，你是练得少，以后多来，陈皮笑了一下。

唱了几支歌，就进来一位小姐，穿着很小的一件背心和很短的裙子，也没穿长筒丝袜，进来后四处看，就看准了企业家同学，往他边上一坐，基本上坐到企业家同学的大腿上了。大家说，小姐有眼力，这是买单的。正说着，又进来两位，也看准目标坐下，最后进来的一位，坐在陈皮边上，先自己挑了水果吃，拿茶几上的烟，放到嘴边，看陈皮不给她点，笑了一下，说，先生给我点烟呀。陈皮慌慌张张去拿火柴，手抖乎乎的，一划，火柴断了，再一划，又断了，小姐笑得直往陈皮身上倒，大家也都哄笑，几个小姐一个个东倒西歪的，往人身上靠。点着了烟，陈皮的小姐长长地吸了一口，慢悠悠地吐出来，那样子好看极了。陈皮正欣赏着，小姐说，先生是做什么生意的呀，陈皮有些不好意思，说，我是工艺厂的，小姐不明白，工艺厂？工艺厂做什么呢？陈皮说，做绢扇，小姐又不明白，绢扇？绢扇什么意思呢？陈皮说，是一种传统的扇子，从前的女孩子都用绢扇。小姐又觉得好笑，想了想，说，从前的女孩子用，现在的女孩子不用了，你是厂长，老板？陈皮说，我不是，我是工人。小姐也没有显得不高兴，仍然笑，说，先生客气呀。正笑着，闹着，突然门砰的一声打开了，一张慌慌张张的脸在门口探了一下，说，不好了，来了。这里边一阵慌乱，还没等陈皮明白过来发生了什么事，就有几个穿警服的人冲进来，上来对准包厢里的男人一人一脚。陈皮屁股上也挨了一脚，说，哎哟，怎么踢我呀，踢他的人又给他一脚，骂，不踢你踢谁，陈皮不敢吱声了。

　　陈皮糊里糊涂就被扫进派出所去，审问的时候，把事情前前后后说了，审他的几个人，开始很凶，后来听他说了一段，脸上就挂不住，再听一段，都乐。指着陈皮说，你说的都是事实，你第一次到这种地方来？陈皮说，是，我若是说谎，随你们怎么处分我，警察说，这里可没有什么处分，处罚吧，像你这样，念你初犯，交一只手，走人。陈皮说，什么交一只手，警察又笑，说，罚款呀，你的几个狐朋狗友都已经交了钱走了，你还想赖在这里过年吗，陈皮说，罚，罚多少？警察说，告诉你了，一只手，陈皮想了想，一只手，那是五呀，五十？不会吧，不可能这么少，说，要罚五百？几个警察哄堂大笑，说，五百，给你儿子买尿布差不多，陈皮心里咯噔一下，额头上冒出汗来，说，我，我没有很多钱呀，我和他们，我和他们不一样，我把事情前前后后都告诉你们，我其实，一分钱也没有拿到，我根本也不知道他们的生意到底做得怎么样，说是给我纯利润的百分之十，但是如果他们告诉我没有利润呢，我也不能去查他们呀。警察又笑，说，我们没时间听你说这些，你如果不想走，在这里待着吧，说着几个人嘻嘻哈哈地走出去。陈皮不知如何是好，又想到老婆在家等着他，又想到如果小孩的学校里知道了这件事怎么办，叫小孩怎么做人，又想厂里会对他有什么想法，会不会开除他。正胡思乱想，警察走进来，说，走吧，陈皮说，到哪里去？警察说，你爱到哪里到哪里，陈皮说，放我了？警察说，你还不想走呀？陈皮急急点头，想走想走，走到门口，心下怀疑，回头说，不要、不要罚我钱了？警察说，你想得美，有人替你交了罚款，陈皮往外走的时候，警察说，我们对你，还是放宽政策的，你心里有数啊，其他的人，我们罚了款还是要通知单位，你呢，我们相信你的话，相信你是第一次进这样的地方，做这样的事情。陈皮说，做怎样的事情？警察忍不住又要笑，说，做什么样的事情，问你自己呀。

看陈皮张着嘴说不出来，警察挥挥手，说，我们没有通知你单位，也没有告诉你家属，以后，这样的地方少去，这也不是你去的地方，知道了吗？陈皮连连道，知道了，知道了，谢谢警察谢谢警察。警察在他身后关上了门，陈皮回头一看，企业家同学正站在他背后，陈皮说，是你替我交的罚款？企业家同学说，你别管了，出来就好，回去也别说这事情，陈皮说，不说，不说。企业家同学说，本来是想让你出来开心开心，看看新鲜的，不巧，碰上这事情，不过，也无所谓，现在这样的事情也多，也算不了什么，给了钱，走路。陈皮说，谢谢，谢谢，叫我拿五千，我卖老婆呀，企业家同学笑了，说，他们吓唬你的，哪里要五千，五千是嫖客的数，我们这，陪唱的，两千一人。陈皮说，两千也要我的命呀，再说了，从家里拿两千，老婆不把这事情牛屎里追出马粪来呀，那事情可就大了，谢谢，谢谢，帮了我的大忙了。企业家同学说，要说起来，也不是我帮你的忙，倒是我差点害你一把，怪我事先没打听清楚哪些地方保险系数大，盲目地就挑了这个地方，陈皮，今天吓了一下吧？陈皮说，是，企业家同学拍拍陈皮的肩，这样，为你压惊，我们明天换个地方再玩。陈皮连忙摆手，不了，不了，我不玩了，新鲜也看到了，滋味也尝到了，警察说，那地方不是我玩的地方，警察说得对。企业家同学哈哈大笑起来，笑声在夜空中传出去很远很远。

陈皮回到家，老婆果然没睡，等着他呢，问怎么看病人看这么久，陈皮说，聊天说话的，一说就忘了时间，老婆狐疑地看看他，也没多说什么。

陈皮周围的人没谁知道陈皮在歌舞厅的事情，陈皮庆幸那天企业家同学没有请他熟悉的什么人。过了些日子，一天老婆回家，气冲冲的。陈皮问什么事，老婆说，陈皮你在外面得罪什么人了吧，陈皮说，什么意思，老婆说，什么意思呀，有人在外面造你的谣，说你在歌厅玩女人被警察抓进去，放他娘的臭狗屁。陈皮吓了一跳，说，谁说的，老婆说，管他谁说的，狗嘴里吐不出象牙，传话的人，也被我臭骂一顿，我说你们瞎了狗眼，我们陈皮，是那种人么，我们陈皮，晚上从来不出门，再说了，我们陈皮就是有那心，也没那胆，就是有那胆，也没那钱。陈皮说，是，没有钱，老婆突地跳起来，指着陈皮说，好哇，好哇，你是因为没钱才不出去玩女人，是不是？陈皮说，哪里的话，我是顺着你的口气说的呀，老婆说，我什么口气，我口气虽硬，这心里也打鼓呢，谁知道你是不是真的去什么歌舞厅玩了什么小姐呢。陈皮说，没有的事，我怎么可能，老婆说，我看着你也不像。

　　绢扇的事情总算做结束了，扇子运走，企业家同学该付的钱也全部付清，厂长这边，拿了一大堆账目给陈皮看，向陈皮说明，和企业家同学做的这一批绢扇，厂方总共盈利两千元，厂长让陈皮看一看清单账目。陈皮说，你让我看我也看不懂，你说多少就多少，厂长说，这不是我说出来的，这是大家做出来的，再说了，账也不是我做的，有财务科的人做出来，我就算想玩什么手脚也玩不起来，这不是私营企业，我玩了手脚，我是要出事情的。看陈皮不说话，厂长又说，按原来说定的，给你百分之十，但是这两千元还得扣税，这得和你说清楚。陈皮说，够清楚的，分到我，百十块钱。厂长说，百十来块不止这些吧，我给你算一算，陈皮说，不算也罢。正说着，秘书接了电话，告诉厂长，上级又来催见义勇为基金的事情，厂长说，再说，再说，我先把该给陈皮的钱算一算。陈皮说，其实不给也无所谓，放着吧，厂长说，嫌钱少呀，陈皮说，是有这个意思，若是多，我也就拿了它。秘书捂着电话不放，说，厂长，上头等你的回音，要你听电话，厂长直摆手，说，就说我不在，就说我不在。陈皮说，厂长，没别的事，我走了啊。厂长拉住了陈皮，说，陈皮你的境界真高，你如果不拿这钱，我们就放在厂里做见义勇为基金，这基金，上面追着要，我还正愁没地方去筹呢。陈皮说，那你就放着吧。走出来的时候，听到厂长去接电话，说，好了，好了，我们解决了。

　　企业家同学那边，一直也没有消息过来，听说换了地方，也换了电话，其实，就算仍然是老地址，老电话，陈皮也不一定会去找他。陈皮回家，老婆追问起这件事情的结果，陈皮说了，老婆很生气，说，东山老虎吃人，西山老虎也吃人，天下乌鸦一般黑，过河拆桥，怎么怎么，说，羊肉没有吃着，倒惹了一身羊臊气，也不知是哪个传出去，我们单位的人，都知道我们做成一笔大买卖，那天我回娘家去，老娘也问了半天，我说没有成功呢，老娘不高兴，以为我发了财瞒她。老婆越说越气，哼，老婆说，不看小姐出嫁，要看老太收场，看他们黑良心有什么好结果，你呀，老婆说，你这个扶不上的刘阿斗，你这个拎不清的阿木林，我嫁了陈皮你这样的人，也算我瞎了眼睛，也算我前世里没有修好，如此等等。老婆说了半天，陈皮也不回嘴，低着头，闷闷地抽烟，过了半天，老婆说累了，起来倒开水喝，看到陈皮的脸色，吓了一跳，去摸摸陈皮的额头，说，怎么了，脸色这么难看，是不是病了，陈皮没精打采，说，没什么，有点累。老婆说，累就早点睡，撑着做什么，看陈皮不吭声，老婆把茶杯递给陈皮，说，喝口水。看陈皮喝了水，老婆说，算了算了，有什么了不起，那昧了良心的钱，我们也不要它，拿了做什么，买药吃呀，买棺材睡呀，老婆又说了半天，陈皮仍然不作声。

过了些日子，厂长到上面开会，说起见义勇为基金的事情，上面表扬这个厂，说这个厂日子不好过，艰难困苦，但是见义勇为的基金倒是落实得很快。也表扬了厂长，厂长有些不好意思，把陈皮的事情一说，被上面重视，马上拿出来当回事，报到市里，说一个单位效益不好、生活很艰苦的普通工人，平时就靠夫妻俩拿死工资过日子，却拿厂里给他的奖金，做见义勇为的基金。市里说，这是大好事，要抓住，要宣传，就抓住了，宣传，给陈皮奖了三千，还上了电视。拍电视的人觉得厂里生产的绢扇挺有特色，就将绢扇做陈皮的背景拍进去。放电视那天，派出所的警察值班，也在看电视，看到陈皮，警察觉得面熟，想了想，想起来了，笑了，说，这小子。

陶老师在上大学的时候，因为失恋，一时想不开，情绪上出了些问题，失眠，多疑，去看了医生，医生说，你休学吧，陶老师就休了学。过了一年，再去看医生，医生说，你可以上学了，陶老师继续上学。他上的是师范，毕业后回到家乡的学校做教师，教了一年书，陶老师又碰到一件事情，他暗恋上一个学生。这是不可以的，所以陶老师郁郁寡欢，睡眠，多疑，又有些犯病的样子。陶老师也知道自己的情况，他去看了医生，医生开了些药给陶老师吃，和读大学时吃的药基本上是一样的，陶老师吃了些药，感觉仍然不太好。陶老师问医生，我要不要停止工作休息一段时间，医生看看陶老师，说，陶老师呀，其实你比我这个做医生的更清楚你自己，你自己掌握吧。陶老师去找校长，说，校长，我想休息一段时间，校长知道陶老师的病史，校长说，你若是病休，工资就要打很大的折扣，我知道你家里还有年老的父母要奉养，你看这样行不行，学校的老传达刚刚退休，你若愿意，暂时去做做那个也行，这样工资也不要打折扣，仍然按照你原来的工资给，陶老师说，谢谢校长。陶老师就到学校的传达室工作，看门，收发报刊信件，也没有很重的任务和责任，陶老师不必担心发病的时候会在课堂上出纰漏。

陶老师做传达室的工作一做就做了好多年。这期间，陶老师的生活比较正常，他谈了对象，结了婚，生了孩子，当然在平淡的日子里也会碰到一些不平淡的事情，碰到这样的事情，如果有些激动，陶老师自己是知道的，他就用一点药。好多年过去，用的药仍然是那几种，有什么大的变化，陶老师自己都能掌握，正如当年医生说的那样，陶老师也用不着看医生，他比医生更了解自己的情况。学校这一头呢，学生出去一批又进来一批，进来一批又出去一批，老师也是，年老的都退了休，年轻的老师进来不少，校长也换过几任，在当年的老校长退休的时候，陶老师也曾经和老校长说起自己的事情。陶老师说，校长，我也做了好多年的传达了，我是不是能够回到教师的岗位上呢，老校长说，呀，陶老师，你怎么不早一点和我说，我现在已经办了退休手续，虽然欢送会还没开，其实人已经走了呀，人走了说话就说不上了呀，陶老师轻轻地叹息一声，有些依依不舍，老校长说，不过陶老师你也别着急，我把你的情况告诉我的接任校长，让他处理你的事情，陶老师说，好。

　　新上任的校长能认真对待陶老师的工作问题，他向老校长详细打听陶老师的病史，并且向别的老师了解情况。新校长说，各位老师，以你们的看法，陶老师的身体到底怎么样呢，这些年里，陶老师有没有再犯病呢？老师说，犯病倒是没见他再犯，有时候也知道他在服药，不过也不清楚服的是什么药，也许是伤风感冒呢，新校长说，那么是不是有些什么特殊的，或者说，与常人不同的地方，比如说话啦什么的，是不是，有些……新校长做了个手势，继续说，有些，那个？老师们都笑了笑，年轻些的老师说，这倒没怎么在意，我们进校的时候，陶老师已经在传达室，起先我们都以为他是个老工人呢，后来听说了，才知道，也没怎么留心，每天从陶老师那儿取信取报纸什么，笑笑罢了，说话也说不多，一两句，进出校门，点个头，算招呼过，其他就没有更多的接触，所以也看不出更多的什么。年长些的老师想了想，觉得也不怎么好说，难说啦，他们说，这样的病，也难说呀，也许就真的好了，也许呢根本没有好，看不出来。新校长觉得有些奇怪，他想了想，说，生这种病的人，多少总会有些迹象的吧，陶老师难道一点迹象也没有吗？老师们又想了想，说，也不能说一点迹象没有，有些时候，陶老师也激动，为什么事情也很顶真。不过，我们大家，包括烧饭的刘师傅，扫地的张阿姨也都让着陶老师一点，不和他计较，更不和他争什么，也许这样陶老师就没有什么好激动，就平静了。新校长说，啊，是这样。年长的老师再又回忆当年的时候，说，陶老师喜欢一个女学生，事情就是这样开始的；他们再又回忆再早些的时候，知道陶老师还在大学念书，喜欢一个女同学，但是女同学不喜欢他。新校长说，噢，原来这样，新校长虽然没有表态，也没说什么，但是在他心里也许已经有了主意，所以陶老师一直没有等到新校长向他宣布什么。陶老师也听说新校长曾经向老师们了解情况，陶老师就向别的老师说，你们是知道的，这些年你们都看着我在过日子，是不是，老师们说，是，陶老师说，其实，我的病，并不严重，比较轻的，当年医生也说我这病算不了什么病，只是让我吃一点药罢。老师们点头，说，那是，那是。陶老师说，其实你们也都知道我，我当初提出休息，完全是出于对学生、对学校的责任心，你们不会因此以为我的病很严重吧，老师们说，没有，没有，没有这事。陶老师说，其实当时，如果我不提出休息，老校长也不会叫我去看门，我不是说看门这工作不好，我是说，我本来是做老师的，如果能够重新做老师那也好。老师们说，那是。陶老师去找新校长，把话说了说，新校长听着，没有表态，陶老师担心地看着新校长，说，校长，你没有以为我的病十分严重，严重到不能做老师吧？新校长说，哪里，哪里，哪里有这事。陶老师说，这我就放心了，其实，我并没有什么重病，我的病也算是很轻的，我只是，有时候有些……他指指自己的头，说，校长你知道吧，新校长点头，说，我知道，我知道，陶老师你千万别多想什么，之所以现在没有让你回到教师岗位，完全是出于客观原因，而不是你的原因，陶老师你知道，今年师范毕业生多，学校一下分来好多。陶老师说，噢，原来是这样，既然学校有困难，我也不说了，只是希望校长记得我的事情，以后在适当的时候，能够恢复我的教师工作。校长说，陶老师你放心，我每天进出校门都看见你，我怎么会不记得你呢，说得陶老师笑了，新校长也笑了，陶老师仍然在传达室工作，兢兢业业。

很多年过去，陶老师也渐渐老了，陶老师回教师岗位的想法早已经随着时间的流逝而流逝了，没有了。陶老师想，都一样，做什么工作最后都退休。

终于到了陶老师退休的时候，别的和陶老师差不多年代进校差不多年纪的老师，眼看着他们一一办理退休手续回家去，除了每月来领一次工资，平时很难再见到他们。其实有些老师也并不很想退休，他们虽然老了，做了几十年的教师工作也做得很累，但是对多年来教师生涯已经习惯，突然让他们待在家里，很难受，心里空落落的，去做别的什么工作也做不大来，所以很多退休老师都有继续做老师的愿望，只是，这种愿望不能实现，到年龄退休，这是规矩，不可以改变，对每一个老师都一样，大家也没有什么怨言，到了生日的那一天，就不再到学校来了。在陶老师的眼前，走来走去的都是后来进校的老师，年轻的，或者是别的地方调进来的，陶老师看着他们进进出出，想，快了，我也要退休了。

学校一直没有谁来和陶老师谈这件事情，陶老师有几次想问问校长，话到嘴边又咽了回去。陶老师对退休不退休的态度比较自然，退了休他就回家去，不退休他继续在传达室工作，就这样。

这一年的年底，学校迎来八十周年的大庆，学校来了许多校友，有好多小车进来，停在大操场上。学校的老师能够根据车牌的地区号码猜出是什么样的人物到了，他们还打了赌，等车里的人下来，一看，八九不离十，老师们和领导们，总是对自己学校出的人物如数家珍。后来开进来一辆黑色牌照的好车，凯迪拉克，乌黑乌亮，老师们说，是周庆芬到了。一看，果然是周庆芬，当年的校花也已经是位半老太太了，周庆芬做了合资企业的总经理，又做了母校董事会的董事长，也没有披金戴银，穿着打扮很得体，显得出她的素质和修养。校长迎上去和周庆芬握手，说，周董事长到了，欢迎欢迎，引到贵宾室去。

庆祝大会由校长主持，校长作了报告，请一些校友讲了话，周庆芬也讲了话。周庆芬讲话的时候，校长插话告诉大家，周庆芬校友给学校赞助，大家热烈鼓掌。周庆芬说，每一个人的成长都离不开老师和学校的培育，知恩图报这是她做人的准则，她的话又赢得热烈的鼓掌。

大会开得简短而热烈，会后，校友自由活动，观看学校新面貌，周庆芬在传达室的窗口看到了陶老师，周庆芬呀了一声，愣了一会儿，说，陶老师您还认得我吗？陶老师说，我认得，你是周庆芬，刚才在广播里听到你发言。周庆芬绕进传达室，站在陶老师面前，向陶老师伸出手，和陶老师握了握。陶老师的手温热柔软，周庆芬心里有些激动，说，陶老师，您做过我的班主任。陶老师说，是的，周庆芬说，陶老师，您还一直在传达室工作？陶老师说，是，周庆芬说，我听谁说您早已经回到教师岗位了，陶老师说，早几年说也是说起过的，后来也没有实行。周庆芬想了想，正要说话，有人跑过来，说，呀，周董事长，到处找你呢，拍照，周庆芬回头向陶老师说，陶老师，我去去，等会再来看您。陶老师说，没事，没事，你去吧。

周庆芬和校长书记站在一起拍照，说，校长，陶老师是我的班主任。校长说，陶老师？是哪位陶老师？周庆芬说，就是在传达室的，校长说，噢，是吗，刚才见到陶老师了？周庆芬说，见到了，不知道他仍然在传达室，校长说，是吗，我来的时候，陶老师就在传达上，我的前任校长，前任再前任的时候，陶老师也一直是在传达上，是有好多年了。周庆芬说，其实陶老师从前教书很不错，很有水平。校长说，是吧，我也听说过，我的前任校长也向我关照过陶老师的事情，校长说着笑了笑，又说，陶老师呢，也算我们学校一个比较特殊的人物。周庆芬说，一直也没有让陶老师再回到教师岗位上？校长说，没有呀，陶老师从来没有提出过这样的要求，再说，就算陶老师有这样的要求，也不一定行，陶老师的身体，大家知道，周庆芬说，现在看起来，陶老师也不像再有什么病的样子，校长说，那倒是。周庆芬朝传达室的方向看看，叹了一口气，说，陶老师现在也老了。

　　和校领导合过影，周庆芬参加到自己同班同学的行列，他们拍照，谈话，说起往事，说当年班上谁谁谁和谁谁谁早恋，谁谁谁和谁谁谁好了又不好，谁谁谁和谁谁谁不好又好了，又有谁谁谁暗恋某老师，当事人自以为藏得天衣无缝，却是人人知道的秘密，谁和文工团的谁好，谁和运动队的谁好。后来说到陶老师，大家心里有些沉重，沉默一会儿，有人说，陶老师暗恋的女生，到底是谁呀，记得那时班上曾经再三猜测，把二十几个女生排来排去，却是排不出来，几十年后现在再又提了这个问题，同学面面相觑，最后看到周庆芬，说，周庆芬呀，是你吧，校花呀，周庆芬说，去你们的。大家笑起来，从往事的阴影中出来，说，很可能就是周庆芬，那时候，暗恋周庆芬的，可不是一个两个，为什么别人能爱，陶老师就不能爱，周庆芬也跟着同学一起笑，说，我们应该把陶老师叫来一起拍几张照，大家说，是。一起向传达室去，看到陶老师，尊敬地称陶老师，陶老师很高兴，说，想不到，想不到，你们来看我，大家说，陶老师这是骂我们呀，平时大家忙，不能特意来看您，今天校庆，大家都走到一起，还能不来看您。陶老师说，谢谢，谢谢，谢谢你们记得我，周庆芬说，陶老师，我们和您合个影，把陶老师从传达室拉出来，就以传达室为背景拍了几张合影。周庆芬要求和陶老师两人合影，陶老师说，好，好，留影，纪念。热闹了一阵，广播里通知到餐厅就餐，周庆芬向陶老师说，陶老师，走，我们一起吃饭，陶老师笑着摇摇头，说，我这里走不开，你去吧，你们也好多年没见了，大家说是。

校长过来拉周庆芬到主桌上去，周庆芬说，不去了，不去了，还是和自己同学在一起好，校长拉不动她，只好由她。周庆芬一桌人坐下来，校长从主桌上往这边看，想了想，总是有些不过意，派了办公室主任兼校庆活动副组长到周庆芬这一桌来。副组长向大家笑，说，我奉命过来陪大家，周庆芬的同学都笑，说，陪大家呀，到底是陪周董事长吧，我们跟着沾光。周庆芬说，沾什么光，菜又不会多给我们几个，副组长说，多给几个多给几个，大家一笑，开始敬酒。三杯酒下肚，不怎么爱说话的也说起来，不怎么爱笑的也笑起来，周庆芬眼前又晃动着陶老师的样子。周庆芬说，喂，我们大家，应该去给陶老师敬一杯酒呀，大家说，怎么，举着酒杯穿过校园呀，周庆芬说，有什么不行，起身，举了杯子要往外走，副组长说，你们到哪里？周庆芬说，给陶老师敬酒，副组长说，别急别急，在校教职员工我们都有安排，手一指墙边几张空着的桌子，那边，就是给他们安排的，一会儿就来。大家重又坐下，继续喝酒说话，再过一会儿，果然看到有一些人零零散散地进来，到墙边的空桌坐下，也有酒菜端上来，周庆芬看了看，没见到陶老师，副组长说，陶老师等人替换他的班，人到了，他就过来，正说着，见到陶老师来了，站在餐厅门口朝里望了一下，有人指了指墙边的桌子，陶老师过来坐下，周庆芬就举着酒杯过去给陶老师敬酒，刚说话，校长书记由副组长等几个陪着也过来了，一时大家都在说陶老师陶老师，陶老师很激动，连连干了几杯酒，脸也红了，眼睛也有些红，手有些颤抖，仍然握着酒杯。校长说，陶老师，不行的话，少喝些，陶老师说，没事，没事，平时我在家，也喝一点酒。校长说，陶老师自己掌握啊，别太激动了，太激动容易犯病。陶老师说，谢谢，谢谢，我知道，见同学向他举着酒杯，又喝了一杯，校长向周庆芬使个眼色，周庆芬再拉拉同学的衣角，同学坐下来。陶老师看大家的脸色有些紧张，想了想，也不明白是为什么，也许是大家关心他吧，心里很感激，说，其实我也没什么病，我的病，早些年就好了，而且医生说，我这病，喝点酒也有好处，帮助睡眠，我只要睡得好，就没事，所以就养成习惯，每天喝一点酒，睡得很好。大家说，那是，那是，只要睡得好，没事，陶老师仍然注意大家的脸色和眼色，有些疑虑，说，你们好像担心我，是不是？校长说，担心也不是担心，只是希望你好好的，别犯病，陶老师说，我不犯病，我好多年一直好好的，也不用吃药，睡觉也挺好，思想也集中。大家说，那是，那是，看得出来，副组长说，我有个邻居，也是有病的，但平时好好的，有一回也是喝酒，喝多了些，就犯起来。陶老师说，是吗，他是什么病呢，副组长说，没什么，没什么，就一般的病，陶老师想了想，笑起来，说，我知道你说的是什么病，是精神分裂症吧，我知道，那种病，确实是说不准，突然就犯起来，怪吓人的。副组长说，是，陶老师知道，陶老师笑着一摇头，说，其实我也不知道，我也是听别人说，看大家的脸有些奇怪，又想了想，又笑一下，说，你们是不是以为我也是那种病，我可不是，我可没有精神分裂呀。大家也跟着笑，说，不是，不是，陶老师不是，已经站得有些累，手举着杯子也酸，看陶老师还要继续往下说，很尴尬。副组长将陶老师按坐下来，校长书记几人，都归到自己位子上去，周庆芬也回过去，回头看看陶老师，红光满面。

　　下午活动结束时，校长送周庆芬上车，告诉周庆芬几时学校要开个董事会，请周庆芬一定抽空参加。周庆芬说，行，学校的事情，我总是要尽力的，问会在哪里开，校长说，还没定，想租个好些的地方，董事们都是有头有面的人物，学校的会议室寒酸了些，周庆芬说，那行，就到我们公司，我们有会议室，现成的。校长再三谢过周庆芬，又再三问周庆芬有什么事要他办，周庆芬想了想，说，陶老师快退休了吧，校长说，大概快了吧，我也没注意是哪一年哪个月。周庆芬说，像陶老师这样，做了几十年校工，退休待遇和老师不一样了吧，校长说，是不能一样了，周庆芬说，能不能想想办法，让陶老师恢复教师地位呢。校长说，行，我看看材料，能帮的就帮一下，周庆芬说，他是我们的班主任，从前很有才的，校长说，我知道。

　　校长没有忘记答应周庆芬的事情，过几天空下来，将陶老师的档案材料调过来看看，看了，才发现有个问题。大家一直认为陶老师当初得的是精神分裂症，所以一任又一任的领导，一批又一批的老师学生都小心翼翼地对待陶老师，生怕有什么事情使陶老师激动再犯病，可是陶老师的档案材料上并没有记载陶老师得过这个病，关于陶老师的病只有神经衰弱四个字。上大学期间，因患神经衰弱休学一年，后复学；工作期间，因患神经衰弱自己主动提出休息，调到传达室工作。档案材料里还有厚厚一叠病历，详细记载陶老师患神经衰弱的病情以及用药情况，用的也都是治神经衰弱的药。校长看了，不由"咦"一声，说，搞错了呀。

到开董事会那天，校长抽个空子问周庆芬，周庆芬说，怎么会，我们都知道陶老师是得了精神分裂症呀，他暗恋我们的一个女生，到现在我们也不知道是哪个，后来就不对了。校长说，怎么不对呢，周庆芬想了想，说，叫我说怎么不对我倒也说不出来，我们起先一点也不知道，也没有看出什么来，后来好像是陶老师自己说出来，他说，同学们，我这几天好像要发病。校长说，那你们知道他说的发什么病呢，周庆芬说，我们都听说陶老师在读大学期间因为恋爱挫折发过一次病。校长说，噢，是这样，会不会陶老师根本没有得过别的什么病，就是患了神经衰弱呢，会不会大家都误会了呢？周庆芬说，那就太奇怪了，神经衰弱算什么病呢，这么多年陶老师也不知道大家误会他？校长说，是奇怪。

董事会散会后，周庆芬和校长一起到学校去看看陶老师。周庆芬说，陶老师呀，原来好多年前你得了神经衰弱呀，陶老师说，是呀，神经衰弱，在医生看起来，这也算不了什么病，心理因素也很重的，现在有了这病，也有讲究心理治疗心理暗示什么的，不像从前都用药物治疗。周庆芬朝校长看看，校长也朝周庆芬看看，周庆芬说，哎呀，陶老师，你怎么没有说清楚，害得我们大家，一直以为您是得了那种病呢。陶老师愣愣地看一会儿周庆芬，好像不明白她说的那种病是什么，校长给陶老师递了根烟，陶老师点着抽起来，抽了几口烟，陶老师突然笑，手指着周庆芬，说，啊，我知道了，我知道了，你们一直都以为我是……是那种病，是精神分裂症吧，周庆芬说，我们大家从一开始就误会了，这一误会，唉，一晃就是多少年呀。陶老师摇摇头，说，开玩笑，开玩笑，我怎么是那种病呢，我怎么会得那样的病呢，我是一个想得开的人，我只是失眠，有时候思想不集中，其他没什么呀。周庆芬说，这一个玩笑，居然开了这么多年，回头向校长说，校长，你看看呀，校长说，唉，怎么说呢。

校长查了陶老师的档案，离准确退休时间还有三个月零五天，校长说，陶老师，许多年不讲课了，你还能不能上讲台？陶老师说，我也把握不好，也许行，也许不行。校长说，你试一试也可以，先上一两节课试一试，行呢，你就把剩下的这三个月上完，也算是善始善终吧，如果不太适应呢，也就算了，你看看这样行不行？陶老师说，谢谢，谢谢，谢谢校长关心。校长说，谈不上我关心，也是我们学校误会了许多年，我现在，也不过做一点补救罢了，能补多少是多少吧，别的也办不到了，陶老师说，是的，是的。

　　校长向周庆芬说了这事，周庆芬说，好呀。校长和周庆芬开个玩笑，说，周董事长呀，当年陶老师暗恋的女生就是你吧，校长以为周庆芬会笑起来说哪里有这事，周庆芬却没有笑，在电话里顿了一顿，说，也许真是我吧，要不，我怎么老想着陶老师的事情呢。

　　陶老师就要回到久别的讲台，恢复上课前连续几个晚上，陶老师都没有睡好觉，他将备课笔记看了又看，背了又背，一直到半夜也毫无睡意。陶老师的妻子夜里醒来，说，你还不睡，休息不好，到时候怎么上得好课，陶老师说，我睡不着呀，我心里激动，妻子说，你别激动得真的犯起病来。妻子说过话又睡了，陶老师仍然睡不着，妻子的话一直在他耳边回响，陶老师怎么也摆脱不了它的缠绕。

　　现在陶老师在教师办公室有了自己的一张办公桌，白天陶老师坐在办公桌前，和别的老师说话。陶老师说，我现在很激动，我妻子说，你别激动得真的犯起病来，老师们都笑，说，陶老师想不到你还这么幽默，陶老师说，我不是幽默，我是真的激动，也是真的担心。老师们仍然笑，说，陶老师我们都知道你，你在大学时虽然休了一年学，却仍然是优秀生，你在学校虽然只教了一年半书，却是学校的骨干。陶老师说，那是过去，现在不一样，老师们说，正是因为我们大家把你的过去搞错了，现在给你改过来呀，陶老师张着嘴，不知再说什么好。老师们有课的都去上课，没课的都改本子，不再有人和陶老师多说话。陶老师坐了一会儿，又坐了一会儿，心里乱乱的，起身走出来，到校门口，看看新来的传达，是个老工人。陶老师向他点个头，老工人连忙从传达室里出来，说，谢谢陶老师，陶老师说，谢我什么，老工人说，陶老师我跟你说，我本是住在厂里的，现在退了休，厂里没得住了，家里住房紧，也没我的地方，幸亏学校要我，若不是你去做了老师，我也进不来这传达，我就要去睡马路了，陶老师说，睡马路也不会的吧。这么和老工人说说话，想排遣排遣紧张心情，可是说过以后，心情仍然紧张。陶老师跑到医院去看医生，把自己的情况反反复复和医生说，医生先是耐心地看着陶老师，耐心地听他说，最后医生终于打断他，说，我劝你还是别去上课了，你的情况不太好。陶老师说，怎么，我是不是真的犯病了，医生说，也可以这么说吧，在病历上写了些龙飞凤舞的字，陶老师也看不清楚写的什么。

　　下一天就是陶老师上课的日子，陶老师一早就到学校，等到校长来上班。陶老师说，校长呀，今天的课我怕是不能上了，我有些不对劲，我怕我真的犯了什么病，校长说，陶老师你别紧张，好多年不上课，突然叫你上课，这心情我们也都能理解，马上要打上课铃了，你去准备准备吧。陶老师说，我觉得，我觉得，下面的话又说不出来，校长笑了一下，说，陶老师你放心，我们不会用老眼光看人，何况从前那些眼光是错的，是误会，现在我们纠正过来，对你来说，虽然迟了些，但仍然是有意义的，陶老师你说对不对？陶老师从口袋里摸出新的病历递给校长，说，校长，医生说我真的有病，校长没有接陶老师的病历，说，陶老师呀，你还开玩笑呀，一个误会把你耽搁了几十年呀，你还嫌不够呢，正说话，上课铃猛地响起来，把陶老师吓了一大跳，校长指指教室，说，上课了。陶老师攥着病历，茫然不知所措……

# 失 踪

　　四十岁的妇女杨雪花这一天早晨和每一天早晨一样，六点起床，去附近的菜场买了菜，带了早点回来，丈夫已经烫好了泡饭。他们和上初中的儿子一起吃过早饭，出门去，三辆自行车，和每一天一样，先是一同骑了一段，后来三个人就分道扬镳，分手前互道再见。他们心情平和，没有什么可以让他们激动的事情，也没有什么可以让他们失去平衡的事情。

　　和杨雪花同龄又同事的妇女李晓娟家里的情况和杨雪花稍有些不同，不过也只是形式上的不同罢了，在杨雪花家由杨雪花做的事情，在李晓娟家是由李晓娟的丈夫做，买菜买早点，这也算不了什么大事，每天都做，也习惯了，也不觉得有什么负担。李晓娟的孩子比杨雪花的孩子稍小些，还在上小学，这样李晓娟早晨在家里除了烫好泡饭之外，再就是帮助孩子穿穿弄弄，再将书包整理一下，等丈夫买菜买早点回来，三个人一起吃过早饭，出门去。孩子的学校和丈夫的单位同路，所以孩子坐在丈夫的自行车后边，李晓娟另走一条路去上班，他们在分手的地方互道再见，平平和和，生活中没有什么特别的事情发生。

　　他们在晚饭前回到家里再见，基本上每一天都这样。

　　这一天早晨和每一天早晨一样，但是这一天的晚上却和每一天的晚上不一样。

　　杨雪花和李晓娟没有回家。

　　杨雪花的丈夫起先也没怎么在意，以为单位里有什么事情耽搁了。他不大会做饭，晚饭一向是杨雪花回来做。杨雪花因为单位比丈夫的单位近些，一般她先到家，就做饭。也有的时候，杨雪花回来稍晚些，丈夫也等她回来再做饭，倒也不是杨雪花的丈夫大男子主义或者很懒，有几次丈夫先回来，把晚饭做了，结果受到杨雪花的批评，杨雪花说，你做的菜太难吃，以后你不要做饭做菜，等我回来做，以后丈夫就不再动手了，等杨雪花回来。可是这一天丈夫一等二等也没等见杨雪花回来，儿子已经问了几次，他自己也饿得够呛，就冒着被杨雪花批评的可能，自己将晚饭做了，端到桌上，已经是晚上八点钟。再等一会儿，仍然不见杨雪花回来，做父亲的说，我们不等了吧，儿子说，不等了。父子俩吃了晚饭，将剩下的饭菜用焐子焐着。洗碗的时候，做父亲的对儿子说，你妈怎么了，到现在不回来？儿子坐在沙发上看电视没有听清父亲的话，父亲又说了一遍，儿子听清了，说，不知道，大概单位有什么事吧，父亲想了想，说，大概吧。洗了碗，看热水瓶里没有水了，将一吊水坐到灶上，父亲过来和儿子一起看电视，是一部香港的连续剧，情节曲折复杂，他们已经看了多天，现在整个身心都已投入剧情。中间插广告的时候，父亲说，你妈怎么了，平时连一句台词也不能丢掉的，今天倒好，不要看了，儿子说，你烧的水开了，父亲这才想起开水来，到厨房去看，水果然开了，冲好水，电视又开始了，他们继续看电视。这时候，杨雪花的丈夫心里已经觉得有些不对劲，引人入胜的故事情节已经不能完全吸引他了，他看看儿子，儿子还没有他的这种感受，仍然沉浸在剧情中，做父亲的忍不住说，你还能看进去？儿子回头奇怪地看看父亲，怎么啦？儿子说，父亲说，你妈怎么了？儿子说，嘿，我妈还能到哪里去，总要回来的，父亲说，也是的，她能到哪里去。他们继续看电视，一直到两集连续剧放完，已经是晚上十点多，杨雪花还没有回家。

李晓娟家里也发生了类似的情况，所不同的是，李晓娟的丈夫是个大大咧咧的人，他自己碰到什么事情回来晚些也不习惯告诉家里，所以老婆回来晚，事先也没通个信息，对他来说，也不觉得有什么不正常。但是女儿比较惦记母亲，女儿的作业碰到了困难，叫父亲辅导，父亲粗粗地一看，觉得这数学应用题挺复杂的，想不出来，就对女儿说，你这么懒怎么行，自己的作业自己想，我帮你做了，你还是不会，自己动脑筋。女儿说，妈妈呢，妈妈怎么还不回来，父亲看一场足球赛看得起劲，怕老婆回来换频道，随口说，晚点回来也好，女儿说，我告诉妈妈，父亲得意地一笑，说，妈妈不在。足球赛结束，父亲心满意足，他喜欢的那个球队赢了，如愿以偿，站起来，满足地伸个懒腰，觉得好像家里少了些什么。起先还没明白少的什么，四处看看，女儿已经在自己的小床上睡着了，作业本摊在桌上，那一道不会做的题目空在那里，父亲这才明白家里少了什么，他看看钟，已经晚上十点多了。

　　杨雪花的丈夫心里有些慌乱起来，他从来没有碰到过这样的事情，他努力使自己冷静下来，一时他还不知道应该怎么去找老婆。杨雪花平时和外界接触不多，除了上班下班，单位有什么活动参加一下，偶尔也和从前的女友啦，个别老同学什么的走动走动，但是做丈夫的对这种走动并不清楚，不知道是杨雪花没有告诉丈夫还是告诉了但丈夫没往心里去，没有记住。现在杨雪花的丈夫也来不及一一分析各种可能，他首先想到的是给老婆的单位打电话，因为平时很少给老婆打电话，也确实没有什么事情需要往老婆的单位打电话，丈夫对老婆单位的电话号码记不很清，记得好像曾经记在哪个本子上的，想了半天，将本子找出来，果然有，抓起本子，和儿子说了一声，出去打电话。出门时，听儿子嘀咕，现在知道没有电话的不方便吧，叫你们装电话你们不装，我们同学中间，哪家没有电话？就我们家没有，我们家条件也不比别人家差。杨雪花的丈夫想回头就装电话的问题和儿子说一说，可是他没有这样做，他走出门，往附近的小店去，小店里有公用电话，可是到那里一看，小店已经关了门。杨雪花的丈夫回头推了自行车出来，骑到邮电局去，拨电话的时候，他想时间这么晚，单位里估计也不会有人了，心里也不存什么希望。果然电话铃空响了一阵，没有人接，挂断电话，他有些发愣，一时不知道下一步该怎么办。愣了一会儿，他想起了李晓娟，在单位里李晓娟和杨雪花关系挺好，两人谈得来，两家偶尔也有往来，像过年过节，或者谁家有人病了之类，另一家会上门拜访。这样杨雪花的丈夫自然而然地想到李晓娟，但是他并不知道李晓娟家是不是有电话，即使有，他也不知道电话号码，因为自己家没有装电话，也不习惯记别人家的电话。努力回想，好像老婆是和他说过李晓娟家装电话的事情，但是到底是要装还未装呢，还是已经装了呢，如果已经装了，也许从电话号码本上能够查到，但是电话号码本上一般总是登户主的名字，应该是李晓娟丈夫的名字，而不会是李晓娟。李晓娟的丈夫叫什么呢，杨雪花的丈夫想了又想，老婆也不是没有说过，可是他记不起来了，只能想起好像叫他大马大马的，是姓马，叫马某某，还是姓别的什么姓，叫某大马呢，杨雪花的丈夫无法作出判断，所以也根本不可能到电话号码本上去查电话。杨雪花的丈夫现在只有一条路，到李晓娟家去，但是他已经忘了李晓娟的家在什么地方，过年过节的时候，他去过李晓娟的家，但都是由老婆带着，只知道是城西的某个居民新村，大方向是知道的，具体某新村，几幢几楼几号，想不起来。杨雪花的丈夫骑着车子回家来，进门的时候，心里充满期望，也许老婆这时候已经坐在家里了呢，可是没有，看到儿子心神不宁地坐在客厅里盯着他，没找到？儿子说，杨雪花的丈夫摇摇头，说，现在没有办法找到她，除非能找到李晓娟的家，可惜我忘记她家在哪里。儿子说，我知道，杨雪花的丈夫说，那我们走。

杨雪花的丈夫和儿子到达李晓娟家的时候，已经是夜里十二点，敲了半天门，也没有人来开，怕影响隔壁邻居，又不敢大声打门，敲一会儿，停下，听到屋里有嘤嘤的哭声，杨雪花的丈夫心中更有些着慌，再又敲门。过了一会儿，有人来开门了，一看，是李晓娟的女儿，杨雪花的丈夫说，你妈妈呢？女儿哭着说，妈妈不见了，爸爸去找妈妈，我害怕。

杨雪花的丈夫心里稍稍安慰了一些，李晓娟也没有回家，那就是说，至少她们两个人是在一起的，不管发生什么，不管她们在哪里，两个人在一起，总比一个人要好得多。

正要再问李晓娟女儿的话，门开了，李晓娟的丈夫走了进来，一看到杨雪花的丈夫和儿子，他也明白了，心里也有些安慰，他说，坐，坐。

他们坐下以后，李晓娟的丈夫说，走岔了，我到你家，你到我家，我们想在同一个点子上，杨雪花的丈夫说，你还记得我家，我已经记不清了，指指儿子，还是他带我过来的。李晓娟的丈夫说，怎么搞的，弄到现在不回家，也不知道家里人着急。杨雪花的丈夫说，就是，顿一顿，问道，你知不知道她们单位领导或者其他什么同事的家或者电话？他注意到李晓娟家已经装了电话，他指指电话，心里闪过一个念头，是应该装电话了。想到这个念头的时候，他朝儿子看了一眼，儿子并不知道父亲想的什么，没有报以反应。李晓娟的丈夫说，我知道，我有电话，可是怎么打也不对，全是错的，不知怎么搞的，难道我全记错了，奇怪。杨雪花的丈夫说，你给我看看号码，我来打打看。李晓娟丈夫拿出电话号码，交给杨雪花丈夫，说，见鬼了。杨雪花丈夫按照上面的号码打电话，不是没有人接，就是接了电话刚说出找谁谁的名字，就被对方一阵大骂，说深更半夜再捣乱要报告派出所什么的。杨雪花丈夫连忙放下电话，向李晓娟丈夫说，看起来是不对，虽然现在时间很晚了，如果对方真是他们单位的，一定不会这种态度。李晓娟丈夫说，我也这么想，可是怎么回事呢，我记下的电话全是错的？杨雪花丈夫说，你再想一想，也许不是记在这个本子，记在另外一个本子上？李晓娟的丈夫说，不可能，我根本就没有第二个电话本，只此一个，不可能记在别的本子上。杨雪花丈夫说，这真奇怪了，顿一顿，又问，李晓娟有没有其他的朋友什么，她交往的人，比如从前的女友，老同学啦之类，我们杨雪花的朋友什么，我也知道几个，名字我也叫得出来，认我也认得，就是不知道她们的具体情况，比如住处啦，电话啦什么的，雪花也不是没有告诉过我，只是我没有在意，没有记住，想反正也不会有什么事情要找她们，若要找她们，总是雪花先找她们，也无须我记着，她们往往来来，是她们之间的事情，我搭不上。李晓娟的丈夫嘿了一声，没有说话，杨雪花丈夫也不知道他嘿的什么。两个人正不知如何是好，李晓娟的女儿从小床上爬起来，走到他们面前，懵懵懂懂，说，妈妈呢，李晓娟丈夫说，你妈妈没有回来。女儿说，我知道妈妈在哪里，一语既出，把大家的心说吊起来，盯着女儿，女儿平平淡淡地说，妈妈出差了。李晓娟的丈夫一把抓住女儿，说，是不是妈妈打电话回来告诉你？女儿摇摇头，说，妈妈以前说过，妈妈要是出差，晚上就不回来了，李晓娟丈夫说，以前？以前什么时候？是近几天？还是很久以前？女儿茫然地摇摇头，她完全不明白做父亲的眼睛瞪得那么大是为什么，说完话，女儿摇摇摆摆爬回自己床上，一会儿又睡着了。杨雪花的儿子上眼皮打着下眼皮，朝她看看，羡慕地叹了一口气。杨雪花的丈夫看着李晓娟的丈夫，说，怎么办呢，找又不知到哪里去找，报警？李晓娟的丈夫愣了一下，说，报警？他们几乎同时看了一下手表，时间已经是凌晨两点。

　　紧张的气氛渐渐地逼近两位丈夫。报警两个字，使他们的情绪从略带些抱怨的着急渐渐地向担心和害怕发展，随着时间一分一秒地过去，他们的情绪越来越紧张，焦虑、想象和幻想的水平最大限度地发挥出来，千奇百怪的猜测，稀奇古怪的念头涌满了他们的脑海。

大概在凌晨三点钟左右，他们报告了警察。值夜班的警察告诉他们，失踪二十小时以上，才算真正的失踪，警察才能受理。两位丈夫便愣了，你看看我我看看你，再也不知道往下说什么了，回去睡觉呢，还是坐在这里等到二十小时后呢，或者，到处去乱找？幸好值班的警察十分通情达理，他很认真负责，他大概能够看出来这两位丈夫并不是什么惹是生非的人，并不是因为他们惹恼了两位妻子才失踪的，所以警察向他们摆摆手，说，你们俩别再胡乱出馊主意了，交给我吧。

警察很快找到了她们的单位的领导，打听到，单位这天下午放假，杨和李并没有说半天放假回家去还是到别的什么地方去。再找到单位里与杨和李关系较好的同事，半夜里把人家吓一跳，想来想去，也都没有注意她们说过要到哪里去，或者有什么想不开的事情，这样从单位这一头来讲，也就无法对她们的行踪作出任何判断。这么绕了一圈，回到派出所，两位丈夫急得如热锅上的蚂蚁，警察却一点也不动声色，接过杨雪花丈夫递来的烟，点了，吸了一口，悠悠地吐出一圈烟雾，不急不忙地说，问你们几个问题，第一，警察说，你们的夫人多大年纪？说，整四十。警察笑，说，四十呀，我还以为才四岁呢。又问，有没有文化？有，都是电大毕业的。警察再笑，说，哦，是大学生呀，不是文盲呀。再问，第三，家里最近一段时间有没有发生什么的事情，注意，我是指比较大的事情，不是一般的鸡毛蒜皮，买菜淘米。两位丈夫你看看我，我看看你，没有，他们一齐说，没有，什么事也没有。那么在单位里呢？警察继续笑眯眯地看着他俩，问，笑得两位丈夫紧张的心情和紧绷的情绪松弛得多了。杨雪花的丈夫先说，也没有，有什么事，她总会回来说呀，她好像没有说什么。李晓娟的丈夫也想了想，说，我也没有发现她在外面有什么不愉快的事情。警察说，注意了，我并没有说专指不愉快的事情，说不定是愉快的事情呢，警察一边说一边朝他们挤眼，两位丈夫又面面相觑一会儿，先后说好像也没有什么让人高兴的事情，看不出有什么让老婆特别愉快的事情。总之警察了解到在最近的这一段时间里，杨雪花和李晓娟都有没有说过什么奇怪的话，也没有任何奇怪的与平时不一样的行为。警察最后说，这就是说，没有任何不正常的预感，一切正常？丈夫们想了想，承认。

警察重新点了一根烟，仍然慢悠悠地说，好，现在我们来分析，两位四十岁的上过电大的精神健康的一切正常的工作妇女失踪，离家出走，进尼姑庵？丈夫们不乐，说，不可能，那么，警察说，被骗了做别人的老婆去？丈夫们啊哈一笑，警察说，看，你们也明白这不可能，那么，被拐卖了？卖到落后的乡下山区去？丈夫们又是啊哈一声，警察说，这又不对，那么，自杀？看两位丈夫脸色尴尬，警察又笑笑，说，也不会吧，好好的日子，为什么要自杀呢，为情吗？看起来也没有吧，为财而死？也不像吧，得了什么绝病不想活了，难道两个人同时得病？显然又不对，再就是……警察顿了一顿，说，被杀？

这事情有点严重了。

警察并不因为两位丈夫的心被揪住而停止他的思路，他继续按着自己的想法往下说，被杀？是有预谋的呢，还是无预谋？先说有预谋，预谋杀人的目的性很强，情杀，仇杀，为钱杀人，看看，你们都不以为然，是吧，预谋杀人看起来是不成立，那么，只剩下最后的可能，无预谋，这是最可能的，也是最接近答案的，设想她们两人下班以后，突然想这半天的时间又不是星期天，用不着留给家庭，何不给自己放放假，到哪里去玩一玩，如果让你们替她们想，她们会到哪里去玩玩？李晓娟的丈夫想了想，说，她不爱玩，除了女儿小的时候带女儿到公园玩，其他的，她不去。杨雪花的丈夫说，她大概不会去玩，前天还在抱怨时间太少，天气快冷了，毛衣还没织好，警察说，逛街？买东西？那恐怕要推翻我的设想，逛街买东西还能被人给杀了？而且是两人一起，不对不对，错了，回头另找出路，会不会离开了这个城市，到别的地方去？杨雪花的丈夫脱口说，到别的地方去做什么，到哪里去，她有什么地方可去？警察说，这是要你回答的问题，是我问你，而不是你问我，杨雪花的丈夫老老实实地说，我回答不出，警察说，那我就难了，以你们的说法，她们也不可能在很晚的时候到了什么偏僻的地方，被奸杀……看到丈夫们的脸抽搐了，警察笑了一下，又说，或者，被抢劫犯杀了？说不定，冤枉得很，身上也不会有多少钱吧，丈夫们点头，说，身上从不多带钱。警察说，那么，只有一个办法了，丈夫们盯着警察，警察说，等。丈夫们不同意警察的意见，说，等？那怎么行，等到什么时候？警察说，还有一个办法，在电视上做寻人启事。

天亮以后，杨雪花的丈夫和李晓娟的丈夫各自回到自己家，并没有让他们激动的事情发生，老婆仍然没回来，他们安排了孩子的早饭和上学事宜，并且安慰了孩子，说妈妈已经联系上了，是出差了，很快就会回来，他们努力做出镇静的若无其事的样子，在安慰孩子的时候，一股强烈的责任感油然而生，然后在和警察约定的时间在电视台门口和警察汇合，由警察陪同来到电视台。

电视台根据做寻人启事的需要向杨雪花的丈夫和李晓娟的丈夫询问杨雪花和李晓娟的身高、体形、衣着等，杨雪花的丈夫依稀记得杨雪花出门时上身穿着米色外衣，至于风衣还是西装还是一般的两用衫还是羊毛的外衣，杨雪花的丈夫说不出来，裤子也说不准，没有印象，他努力回忆头天早晨分手时候那一瞬间留下的印象，但是印象中只有一团米黄色而没有别的任何的东西。李晓娟的丈夫知道老婆穿的一身配套的羊毛外衣外裤，颜色是藏青的，也知道老婆身高 1.62 米，这样就凑成了一条不怎么对称的寻人启事：

> 杨雪花，女，四十岁，身穿米色外衣。
> 李晓娟，女，四十岁，身高 1.62 米，身穿藏青色羊毛外衣外裤。
> 两人于某月某日失踪，请知情者打某某电话。

警察向杨雪花的丈夫说，看起来你根本没有在意过你的太太。指指李晓娟的丈夫，他比你好些，杨雪花的丈夫低下头去，说，是，我没怎么在意。

电视滚动字幕将这件事情送进千家万户，当然更多的人并没有在意。电视上每天都有许多滚动字幕走出来，从大家的眼前走过去，很少有人真正去关心那上面的内容，他们能够容忍它们在电视屏幕上肆意走动，干扰视觉和心绪，完全是因为割舍不下对电视节目的喜爱罢了。但是大千世界无奇不有，偏偏也会有人对电视上的滚动字幕有兴趣，他们看到这条寻人启事后，马上会有各种不同的反应，此是后话。

寻人启事在当天中午就开始播出，从这时候起，杨雪花的丈夫就待在李晓娟的家里，和李晓娟的丈夫一起守候消息。第一个电话是杨雪花李晓娟单位的领导打来的。说他们都看到寻人启事了，让两位丈夫且放宽心，相信寻人启事会起作用的，两位丈夫空为这铃声一欢喜，放下电话，焦虑的心情比先前更厉害。第二个电话也是一个熟人打来的，内容与第一个电话类似，这使丈夫们更加烦躁。第三个电话就出现奇怪事情了，打电话的是个男人，声称，你们的老婆在我这里，她们不想回家，你们不用找她们了，说完就挂断电话。两位丈夫激动了半天，分析了半天，打电话告诉警察，警察说，还不到激动的时候，这是捣乱电话，又一个电话说我杀了你们的老婆，我是杀人犯，哈哈哈；再一个电话说，你们两个笨熊，连老婆也管不住，等等。也有的电话倒是热心提供线索的，可惜核对下来，情况相差比较大，最可怕的是报告有一具女尸，结果当然不是杨雪花也不是李晓娟，又虚惊一场。警察下班以后，也来到李晓娟的家，和他们一起等。警察说，我这完全是义务劳动啊，两位丈夫都感激不尽，但也有点奇怪，虽然他们没有说出自己的奇怪心理，但是警察看出来，警察说，没有什么奇怪的，算我的责任心也好，算我的好奇心也好。

下晚的时候，来了一个电话，是附近乡间小镇的一家小旅馆打来的，说昨天晚上有两个城里来的妇女住在他们旅馆里，年龄身高都与电视滚动字幕寻人启事很相似，但是穿的衣服好像不是米黄色，也不是藏青色。电话是警察接的，警察说，她们住宿没有登记吗？登记的什么名字？小旅馆的人说，没有登记，因为两人都没有带身份证，反正也只住一晚上，看起来两人也不像是坏人，旅馆就没有让她们登记，只收了一晚上的房钱，第二天她们付了房钱就走了。问是什么时候走的，值班服务员也记不很清了，现在唯一能够判断她们是不是失踪的杨雪花和李晓娟的是她们遗忘在房间里的一只紫色的木质发卡，就是那种将一束长头发束起来的发卡。警察说，好，回头向两位丈夫说，你们哪位的太太，用紫色的发卡？束长头发用的那种发卡，杨雪花的丈夫想了想，说，说不准，我老婆好像是短发呀，挠了挠头皮又说，应该是短发。李晓娟的丈夫说，我知道，我们李晓娟肯定是短发。警察向杨雪花丈夫问，你能确定吗？杨雪花的丈夫有些犹豫地点头，又摇头，说，也说不准，也许以前是短发，现在长长了呢，他努力回忆前一天早晨在路口分手时留下的一瞬间的印象，仍然只有一团米色的印象，没有任何别的，长发？短发？什么也没有。

警察放下电话，说，现在我们再来分析。那个小镇有个全国的羊毛衫市场，那里的羊毛衫又多又便宜，你们的太太，也许在单位放半天假的时候，突然想到要去看看羊毛衫市场，她们坐班车到了那里，时间已经是下午，美不胜收的羊毛衫使她们眼花缭乱，挑花了眼，不知到底买哪一件、买几件，她们给自己挑了还得给孩子挑，给孩子买了还要替丈夫考虑，这样看来看去，挑来挑去，考虑来考虑去，当她们最后买定自己所要的羊毛衫时，才发现末班车已经开走，这样她们无路可走，只能在小镇的旅馆上住一夜。

杨雪花的丈夫点头，说，有可能。

李晓娟的丈夫却摇头，说，她们不回家，怎么连电话也不打一个？这没道理，她不知道家里人会着急？

警察说，她们也许沉浸在挑选羊毛衫的激动之中，还没有清醒过来，等到她们想到家的时候，时间已经很晚了。警察看了看李晓娟的丈夫，又说，我刚才已经问过旅馆，他们只有一台直拨电话，晚上十点值班员下班就不能打了，也或者，她们住下以后，碰到了什么很会聊天的人，和她们谈上了，一谈，就收不了场，耽误了打电话，想反正就一夜，明天就回家，不打也罢，所以……

李晓娟的丈夫觉得这种推测有道理，他点点头。

杨雪花的丈夫说，可是也不对，就算她们真的在小镇上住了一个晚上，今天一早，就该回来了，小镇到城里，班车也用不着一两小时吧，就算赶不上头班车，二班三班车中午前也能到了吧，她们不着急吗，她们不知道家里人着急吗？

警察说，我们再继续推测，她们坐的从小镇开往城里的班车途中出了故障，前不搭村后不搭店，怎么办呢，等修车，可是司机没有能力把车修好，等过路的其他车把这一车的人分次分批捎走，过路的车都是满载，每次最多只能拉走两三个人，这样你们的太太很可能仍然在路途中等待着车子把她们拉回来。警察看看两位丈夫说，现在你们如果能够确认那只发卡是你们的太太的，事情看起来就不会很糟，警察重复了一遍，说，一只紫色的木质发卡，将长头发束起来用的那种发卡。两位丈夫此时都非常想确认发卡就是自己老婆的，但是他们知道这样做是自欺欺人，他们真的无法得知紫色发卡到底是不是老婆的，其间又来了几个报讯电话，却没有一个有小镇旅馆的电话离事实靠得近。就在他们感觉到离事实比较近了的时候，警察给交警方面打电话，问清今天一天这条路上没有车出故障，什么事情也没有发生，警察说，发卡也不起作用了，我的推测又走进死胡同，丈夫们的心再一次被悬挂在半空中。

警察腰间的 BP 机突然响了起来，警察看了看号，显得有些犹豫。李晓娟的丈夫指指电话，说，你打呀，警察仍然犹豫，杨雪花的丈夫不过意地说，你要是有事，你去忙你的事情吧，够耽误你的了。警察一笑，说，没事，我下班了，是老婆找我，抓起电话来打，说，我在执行任务，警察老婆说，骗谁呀你，我已经问过你的同事，说你已经下班，警察说，下班虽是下班了，但是事情没有结束，你看到电视上的寻人启事吧，滚动字幕的，两个四十岁的妇女失踪，警察老婆说，你没有想过你的老婆有一天也可能失踪？警察说，开什么玩笑，警察老婆说，是的，也根本用不着开玩笑，我和你，现在这种状况，和失踪有什么区别呢，或者是我失踪，或者是你失踪，我们总是有一方已经失踪了。警察张了张嘴，觉得再说不出什么话来，放下电话，向两位丈夫讪笑，说，老婆就是这样。

　　孩子们也回来了，杨雪花的儿子回到家没有看到父亲也没有看到母亲，就自己找到李晓娟家来。两个父亲两个孩子和警察一起继续守候电话，很快就感觉到肚子饿了，李晓娟的丈夫起身说，我给大家做点吃的吧，只能随便做一点了，也没有心思去买菜，他走进厨房去，厨房的窗是对着路口的，心怀侥幸地向上路口看一看，李晓娟的丈夫激动地叫起来：回来了！

　　警察反应最快，跑到门口，门一开，李晓娟已经站在那里了，和每天下班回来时一样，她一手提着些菜，一手托着两块盒装豆腐，一看到警察，吓了一跳，往后一退，说，我是不是走错门了？警察说，没错，李晓娟说，你是谁？警察说，我是警察，来找你的。李晓娟奇怪看着警察，说，找我，找我做什么？警察向李晓娟看了看，说，原来你是长头发。回头向一屋子的人笑起来。

　　这时候大家发现李晓娟长长的头发齐根用一只紫红色的大发卡松松地扣着，李晓娟穿一件淡绿色的上衣，一条咖啡色的长裤，李晓娟走进来向发着呆的丈夫说，你不看我拿得手酸，帮我接一接呀，李晓娟的丈夫去接过李晓娟手里的东西，说，咦，你是长头发？李晓娟说，你什么意思？李晓娟丈夫张了张嘴，看到大家朝他笑，不知所措，愣了一会儿，才说，你到哪里去了，急死人了。李晓娟说，我们到羊毛衫市场买衣服，挑花了眼，错过了末班车，就到小镇上的旅馆住了一晚，说好今天一早赶回来的，哪知两人都睡过头了，那地方好安静，一点声音也没有，好睡呀，一觉醒来，已经十一点了。退了房间，索性不着急了，在小镇的饭店里吃了饭，那小店的家常菜做得很有水平，我们要了一个家常豆腐，一个梅干菜烧肉，再有一个汤，我和雪花从来没有喝过啤酒，一人要了一瓶，刚喝上嘴时苦苦的，喝下去倒蛮舒服，怪不得你们都要喝酒。吃过了饭，去买回来的车票，车上人很多，挤得要命，许多人都站着，我们俩呢倒是有座位的，可是因为一人喝了一瓶啤酒，不一会儿就要方便了，又不好意思说，后来实在憋不住了，才叫司机停车，司机要赶时间，好多做生意，又不肯停。后来好说歹说才停下来，只催我们快点，可是停车的路边又没有厕所，光秃秃的什么遮掩也没有，又有男人跟着下来方便，我们两人只好跑到老远痛痛快快撒了一泡尿，还互相嘲笑尿长得像牛尿了。谁知等我们赶过来，车已经开走了。李晓娟丈夫说，怎么会呢，司机不问明情况的？李晓娟说，我和杨雪花分析，大概是上车站着的人占了我们的座位，说人已经到齐，只能这样猜测了。后来我们就边走边拦车，却没有一辆车愿意停下来带上我们，我们只能一直往前走，走呀，走呀，天都黑了，才有一辆大卡车捎上我们，一路上两个司机还吃我们的豆腐，还好，也不过嘴上说说，占点便宜，没有动手动脚，把我们带回来了。

这边杨雪花的丈夫一见到李晓娟，听说杨雪花已经直接回家了，马上带着儿子打了的，急赶回家，杨雪花已经在家做晚饭了。杨雪花丈夫看着杨雪花头发披散着，杨雪花正用手拢着，说，唉，头发披着不习惯，一只发卡昨天落在旅馆里了。丈夫惊讶地向她看了一会儿，怎么也想不起昨天早晨告别时的杨雪花是什么样子，他简直有点怀疑眼前的这个杨雪花是不是他记忆中的杨雪花，如果他记忆中有杨雪花的话。

杨雪花穿一身紫红的套装，杨雪花丈夫像李晓娟丈夫一样"咦"了一声，说，这衣服是你新买的？杨雪花说，你瞎说什么，这套衣服我都穿了两年了，春秋天都穿它，你没看见？丈夫说，你回来换过衣服了？杨雪花说，你说什么，我刚到家就弄晚饭了，你们一到家就要叫肚子饿的，我哪有时间换衣服，再说了，我也没有回家换衣服的习惯。丈夫说，那昨天早上我明明记得你穿的是一件米黄的外衣，杨雪花说，又瞎说，我其他颜色的衣服都有，就是没有米黄色的衣服，颜色当中我是最不喜欢米黄色的。

杨雪花的丈夫想了想，说，是吗，那就是我记错了。

这时候，杨雪花已经将晚饭做好，端上桌来，招呼丈夫儿子吃晚饭。

谎言

　　昌明在市里一个的文化单位做个小头头。原先的头头呢，因为什么事情，好像是生活上的事情，也好像是经济上的事情，反正是不做了，领导也说不准叫谁做最合适，就来征求群众的意见。群众中呢，各种各样的人都有，也有自己想做的，但是知道自己条件不够，做不成，也就不去妄想；也有自己不想做的，把注意力放到同事身上。所以领导提出这个问题以后，群众心里也激动了一回，但是过后就冷静下来，认真地想了想，意见慢慢地一致起来。他们说，就叫昌明做吧。昌明呢，人比较老实，也比较能干，如今老实和能干这两个词能够在同一个人身出现那是不容易的，难能可贵的，就叫昌明做吧。领导对昌明也没有什么特别好的印象，但也没有什么不好的印象，想既然群众意见比较一致，叫昌明做也不会错到哪里去，于是昌明就做了小头头。

　　所谓的头头呢，其实也没有很大的什么权力，这是商品经济时代，所以所谓的权力无非是有一点批钱的权罢了。钱呢，也是不多的，文化单位，本来是苦单位，清贫的，国家一年能给几个钱就不错了，其他的都要去求爹爹告奶奶拉赞助。来之也不易，所以用起钱来也是精打细算，恨不得一分钱掰作两半用的那样，这和商品经济花钱如流水的大形势是有很大差异的。但是既然投胎投到这样的单位，大家倒也心平气和，穷人能够过下日子来么，多半是有些阿Q思想的，真所谓富富富由你富穷穷穷由我穷。

　　再往细里说，批钱批什么钱呢，无非这么几种用途，一是单位人员的出差费，这是有明文规定的，昌明该批多少，不该批多少，这都是明摆着的事情。出差费超标了，出差人员也知道不能报销，说也白说，时间长了，大家都养成习惯，不会超标。如果在造预算时就觉得要超标，不超标就完不成这趟出差任务，像这样的情况，出差人员事先就要和昌明汇报过，征得昌明的同意，如果昌明坚决不同意超标，出差人员就会掼纱帽，说，那我不去了，你自己去吧。这时候呢，昌明只好同意他超一回标，下不为例。除出差费报销之外的另一项较大的用途是单位搞活动，比如给谁的作品开个讨论会啦，给谁的画办个展览啦之类。既是文化单位，总是隔三差五要搞文化活动，不搞文化活动，文化单位就更没有人知道他们记得他们，所以文化单位即使在经济最最窘迫日子最最困难的情况下，也要想方设法搞一些活动来表示自己的存在。这样的活动如果是昌明所在的这个部门牵头，那么活动所用的经费也是由昌明批的。再有，就是人来客去的招待。这是常有的事，文化单位的人，到下面基层去，或者到外地去，或者到别的兄弟单位去，人家接待了你，请你吃了饭，娱了乐，现在人家来回访了，你不能不理人家，礼尚往来，这是做人的道理呀。文化人呢，又讲究个面子，所以来了客人，也是怠慢不得，进不了高级宾馆，中档饭店喝一餐酒，再到卡拉 OK 唱歌，请不起小姐陪，就自己单位叫两个，或者熟人朋友中喊两个，反正文化单位的人身边钱虽然不多，但是多才多艺爱好文学的女青年却一定不少的。

这样昌明做了小头头以后，工作比过去多少要忙一些，业余时间比过去少一些，白天倒没有什么，反正都是上班，做头头和不做头头，班总要上的。关键是晚上，从前不做小头头的时候，下了班就回家，当然也有的时候单位来了客人，领导叫昌明一起陪，但那毕竟是极少数的机会，机会甚至少得连老婆都不高兴了，吃晚饭时盯着昌明看，越看就越来气，说，昌明你真的很没有出息，人家有出息的男人，天天晚上在外面吃喝玩乐。昌明说，那是人家有钱，我没钱。老婆说，人家哪里是吃自己的喝自己的玩自己的，你说你算什么男人。但是自从昌明做了小头头以后，这种情况有所改善，现在昌明也隔三差五地在外面吃饭喝酒，虽然没有什么特别好的东西吃，也不见得有什么特别名贵的酒喝，但是老婆在单位的女同事面前，多少有了些扬眉吐气的意思，说，我家男人，昨天又在外面喝酒了，喝得醉醺醺地回来，这个星期，他倒有四天在饭店里吃的了，听起来是抱怨，其实呢，是很骄傲的。

做头头和不做头头到底是不一样的，昌明做了头头以后，一直想装的电话也装起来了，那是工作需要，当然是公费，老婆娘家几个兄弟姐妹都装了电话，老婆又想装又舍不得装的矛盾心理已经有很长时间，现在既然装了电话，又是公费，老婆便抓起来往兄弟姐妹家只管打，就是抱住电话不肯放的那种样子了。兄弟姐妹在电话那头如果口气有些犹豫或者疑惑的意思流露出来，昌明老婆马上告诉他们，没事，尽管说话，我这是公费电话。也有的时候，亲戚朋友从他们家往昌明家打电话，老婆说会对他们说，你先挂了，我来给你打，我是公费电话，我们昌明单位给他装的。

因为有了电话，信息就灵通多了，和姐姐妹妹说的话也比从前多得多了，慢慢又开始恢复了和姐妹们在娘家时那种亲密无间，无话不谈的气氛了。有一天姐姐在电话里和说，小三呀，你们昌明现在真是来事了，昨天晚上你姐夫在花苑饭店见到他了，左边一个右边一个呀。昌明老婆起先还没有听懂什么叫左边一个右边一个，回味了一下，才明白了，说，不会的，我们昌明老实人。姐姐说，现在的男人，有几个老实的？左边一个右边一个还老实，那什么叫不老实呢？

昌明这天晚上回家后，老婆就问这件事情，昌明说，是在花苑饭店吃饭的，是有几个女的在场，不过没有坐在我身边，她们是叫来陪客人的，怎么会坐在我身边。这么说了，以为老婆听了就会作罢的，谁知老婆却怒起来，说，好哇昌明你现在来事了，吃饭喝酒要小姐陪了，三陪了。昌明说，你别瞎说，说出去难听，谁谁谁我都告诉你，长明县的文联主席来了，你想想，我们到他们那里去打扰多少，人家来了，能不接待？其实也就自己单位几个人，文强他们几个，叫了罗颖和谢莉莉，就是这些人，老婆说，罗颖和谢莉莉又不是你们单位的，叫她们做什么？昌明说，上次我们到长明县活动，她们两个也去的，和人家文联主席也认得了，人家文联主席问起她们，才去叫了来。老婆说，好哇，昌明，到县里去还带女的。昌明说，这是文学活动，人家是写写东西的，在市里也小有些名气，当然要去的。老婆张了张嘴，暂不说话了。

让熟人碰上的事情毕竟是少数，更多的时候，昌明的活动老婆是无法知道的，唯一的途径就是昌明自己向老婆作的说明。老婆呢，对昌明的说明总是既相信又不相信，或者呢，一会儿相信一会儿不相信，有时候老婆觉得昌明是天下最可信的男人，觉得像昌明这样的男人，再不去相信他，这世界上大概是没有什么人可以相信的了，这时候老婆的心很宽慰很坦然，还暗暗和挑拨离间报告信息的姐姐妹妹或者其他的什么人作对，想，你们还说昌明呢，其实昌明是没有问题的，昌明是最清白的，昌明是最忠诚的，你们呢，还是管管好自己的男人吧。但有的时候呢，老婆又从乐观主义走向悲观主义的极端，觉得昌明的话句句是谎言，没有一句是可靠可信的，句句有漏洞，句句可以戳穿他。一想到这里，老婆的心就像火在焚烧，就像油在煎熬，恨不得马上冲出家门，打个的，直奔昌明所告诉的吃饭的地方。但是当老婆刚有了戳穿昌明的想法时，老婆还没有站起来，双腿就软得没有一点力气，老婆想象着自己冲到饭店却没有看见昌明，或者冲到饭店冲到卡拉OK厅看见昌明抱着一个小姐，老婆的心就抖得无法控制。老婆想，我不行，我不行的，我不能去找他，我走不动，我受不了刺激，我是不是有了心脏病呢？老婆的日子就是在这种反反复复时好时坏时乐观时悲观的情绪中度过。

昌明吃吃喝喝惯了，以后即使在没有客人、不是工作需要的情况下，也习惯找几个朋友吃过饭再回家，有时候吃过饭再到歌厅舞厅坐坐，或者打打牌什么的，反正不磨到那个时间回家就觉得一天没有过完似的。慢慢的朋友交多了，交际更多，反正每天晚饭前打一个请假电话，耐心听老婆在电话里啰唆几句，盘问一番，过了关，就行。回到家呢，也一样，再耐心听老婆数落几句，再同样地盘问一番，总能过关。日子一天一天地过下来，老婆每天都是重复前一天的怀疑和盘问，时间长了，也觉得厌倦，但问还是要问的，好像已经成为生活中必不可少的一部分。哪天昌明没有客人，早早地回来了，老婆倒会觉得家里像多了件家具似的碍手碍脚，不习惯，或者哪天昌明打电话请假时老婆没有加以盘问没有露出怀疑，很轻易地就放过了，那么这天晚上昌明很可能就会感觉缺少了什么。

日子基本上就是这么过的，每天昌明下班以后给老婆打电话，说晚上有客人不回来吃饭，老婆问是什么客人，昌明对答如流，没有一点疙瘩，老婆问在什么饭店吃，昌明告诉在什么饭店吃，再问有什么人在座，昌明也一一作答。老婆说，你别骗我，我会来看的。昌明说，你来看好了。

　　昌明回来，老婆说，你说谎了吧，我在你们饭店外面看了你半天，昌明知道老婆冒他，觉得好笑，说，我什么地方说得不对，你指出来，哪一点说错了，是客人的名字说错了，还是陪客的名字报错了，还是饭店的名字搞错了。老婆说，你别以为我要面子，别仗着我会给你面子不去查你，总有一天我会突然跑去的，你小心着点，昌明说，我没什么可小心的，我又不说谎，我又没有什么见不得人的事情，欢迎你随时来查，纪委书记同志。昌明真是理直气壮，至少老婆是这么感觉的。

　　随着时代的发展，搞文化工作的昌明腰间也有了一只 BP 机。昌明在家的时候，若是 BP 机响了，昌明都是当着老婆的面回机的，老婆也注意听听是谁打来的拷机，多半没有什么问题。若是有问题，也不好当着老婆的面回电的。也有的电话是女同志打来的，昌明回电时声音总是干巴巴的没有一点激情，公事公办的口气，这让老婆心里比较舒坦。

　　问题是从 BP 机开始的，双休日的星期六下午昌明接到个拷机，看了看电话号码，有些陌生，但是还是回了电，喂了一声，那边是个女的，说，是梁哥呀，强哥让我告诉你，这几天风向不对，货暂时别出手，等强哥发话。昌明说，什么？电话已经挂断，昌明正奇怪，想大概是拷机打错了号码，该打别人的，打到他的号码上来了，又想那女人的话很可疑，可能是做什么黑生意的。正想着，老婆已经注意到他的神色，过来问，是谁的拷机。昌明说，打错了，不知道是什么人，奇怪。老婆狐疑地盯着昌明，打错了？老婆说，以前怎么从来没有打错的事情？昌明说，这我也不知道了，打错的事情总是难免的吧。老婆说，那边什么人接的？昌明说，一个男的，说了几句莫名其妙的话。老婆说，明明是个女人声音，你为什么说是男的。昌明说，我怕你纠缠不清，老婆说，我什么时候纠缠过你，你天天在外面花天酒地吃吃喝喝，我纠缠过你？昌明说，跟你说是人家打错了，我不骗你。老婆说，你把拷机给我看看，昌明说，这种电话少惹吧，那边说话鬼鬼祟祟，不知是什么来路。越是说呢，老婆便越是怀疑，偏偏要看电话号码，昌明只得给她看了。老婆说，我不相信你，我现在就打过去。昌明说，我告诉你是个奇怪的电话，最好你不要打，你如果实在要打，我也没有办法，你打吧。老婆说，你就是抓住我的这个弱点，你知道我不会打的，所以你凶，你尽管说谎好了，你知道我不会去戳穿你的。昌明说，你怎么这么不相信我，真是人家打错了拷机，如果是一般的打错，我倒希望你现在马上打过去，也好证实我有没有说谎，可是这个电话实在有些问题。老婆说，算了算了，我总是弄不过你的，主要我的心肠太软，斗不过你，昌明说，我有什么好斗的，我又不是阶级敌人。

第二天下午，昌明出门去，告诉老婆是和一个老同学约好的，好长时间没有见面了，今天约好了到同学家玩玩。老婆问是哪个同学，昌明说是哪个同学，并且将同学的电话抄下来给老婆，说，你不相信，可以打电话到他家问，老婆说，你又来了，以为我不敢打。昌明说，我就是希望你打，别老是疑神疑鬼。昌明刚走一会儿，老婆接到一个电话，是个年轻女子的轻柔声音，找昌明，昌明老婆说，你是谁，女人说，我么，算是昌明老师的学生吧，昌明老婆说，昌明没有学生，昌明又没有做过老师，哪来的学生。女人笑起来，声音清清亮亮，说，没有做过老师就没有学生呀，那人家画家呢，作家呢，艺术家呢，都没有做过老师，但人家不都叫他们老师吗？昌明老婆愣了，说，你找昌明做什么，女人说，我正在筹备开一家小饭店，昌明老师的字写得好，我请他替我写店招。昌明老婆说，写字写得好的人多得很，你为什么要找昌明写呢，女人又笑，说，这还用问，我喜欢昌明老师的字呀，顿一顿又像说明什么似的补充道，我昨天和昌明老师通过电话的，他说今天在家的。昌明老婆突然想起什么，问，你是不是打的拷机，女人说，是的，我打了昌明老师马上就回电的，告诉我他今天在家，叫我今天再联系的。昌明老婆心里紧张起来，她告诉她昌明出去了，那边便有些着急，说，哎呀，约好今天谈的，开张的时间已经定了，字写好了，还要送去制作，要来不及了。昌明老婆也没再说什么，便挂断电话，就往昌明的同学家打电话，想告诉他写店招的事情，哪知昌明的同学说，昌明没有来呀，前几天在街上确实是碰到昌明的，也说起要一起玩玩的事情，但是没有说定是今天。稍停片刻，又说，噢，对了，我想起来了，是说了这个星期天来玩玩的，我倒忘记了，只是现在还没到，也许一会儿会来，等他来了我叫他给你打电话，后来这话分明是老同学包庇昌明的。昌明老婆也没有多说什么，挂了电话，就一直等昌明的电话，心里也知道这一回是戳穿了昌明的谎话，也知道昌明老同学后来的那段话是听出了问题以后补充了包庇昌明的，但不知为什么心底里却还隐隐约约在存在一丝希望，希望昌明的同学后来补充的那段话不是包庇昌明，是真心话，他确实是忘记了和昌明的相约，后来想起来了，更希望昌明没有说谎，昌明确实是到老同学家去，只是路上有什么事情耽搁了，后来还是到了，就会打电话回来，但是昌明一直没有打电话回来。

这天偏偏昌明回来晚，害老婆等了大半夜，昌明回来后和昌明大吵一架，问出了这个打电话的叫夏雨，也问出了昌明下午就是到夏雨那儿去写店招的。老婆说，昌明，你被我当面戳穿了，你现在抵赖不掉了。昌明说，我真的是到同学家去的，可是半路突然想起和夏雨约好下午去写店招的事情，人家急等着去做匾，不能耽误了人家的开张大事呀，我就到夏雨那里去了，这怎么叫抵赖呢，真的，我不说谎的。老婆说，那你为什么不能告诉我一下，昌明说，我人跑出来了，若是半路上告诉你突然改变主意，去替一个女老板写店招，你不是又要啰唆么，我怕你啰唆，我并不是存心要瞒你。老婆说，那倒是我的不是了，是我逼你瞒我的？昌明说，你别胡思乱想，我就是替她写几字，其他没有什么。老婆说，什么叫没有什么，什么叫有什么，你说这话什么意思，你是不是做贼心虚？昌明说，我心虚什么？老婆说，那昨天呢，昨天明明是她打拷机给你，你为什么说谎，说是人家打错了，昌明说，她的拷机是有的，但是打错的拷机也是有的，我没有说谎。老婆说，到了这地步，你还抵赖，她说你一接到她的拷机你就回电的，你回电我怎么不知道？昌明说，那时候你正好在上厕所，老婆差一点想笑，但立即又觉得很心酸，笑不出来了，说，昌明，我看你真的有点可怜，一天到晚挖空心思说谎，何苦来着。昌明说，我没有一天到晚说谎，今天也不算说谎吧，夏雨的事情我不好意思回绝，人家请我，也是信任我。老婆说，你为什么不直说，昌明说，我已经答应了人家，万一告诉了你你不许我去写，我怎么向人家交代呢？老婆说，我是那种不讲理的女人吗？昌明说，不是，但是我怕。老婆说，一个女人家，怎么开得出饭店来，还不是靠骗骗你们这些男人。昌明说，我有什么好给她骗的，老婆说，现在还不到时候，一旦你被她缠上了，你就会知道厉害了。昌明说，你说得出，我怎么会被她缠上呢，你想到哪里去，人家夏雨是个五十八岁的老太太。老婆一愣，说，什么五十八岁的老太太，你说她的年纪干什么，昌明说，说说让你放心呀，老婆说，让我放心？你以为我很稀罕你？是不是，你以为我真的离不开你了，告诉你昌明，你爱和谁好你和谁好就是，我没有那么多精神来管你，我还要上班，做家务，管孩子，我没有空。昌明说，我不会和谁怎么的，你放心。老婆说，我有什么不放心的，我怕什么，我自己有工资，有单位，单位效益也不差，饿不死我们娘儿俩。昌明说，哎呀，你说到哪里去了，你说那么远干什么？老婆说，远吗，我怎么觉得这事情好像蛮近了，昌明说，你心里不是这样想的，老婆听了昌明这话，心里酸酸的，说，你就是抓住了我的弱点，从现在开始我要克服我的弱点，心肠硬起来，昌明你防备着点，我说得到做得到的，昌明说，我没有什么要防备的，希望你做得到。

过了一个多星期，一天昌明又要在外面吃晚饭，告诉老婆是在什么地方的什么饭店，老婆照例说，你别以为我不敢来，我今天一定来，昌明说，你来好了，你现在就来，我去接你。老婆说，你以为我会让你有思想准备，告诉你，我会突然袭击的，昌明说，我最希望你突然袭击，仍然是老一套的话。老婆挂了电话，就和孩子一起吃饭，吃过饭，孩子去做功课，老婆洗了碗，电视新闻还没有开始，老婆随手拿了当天的晚报翻翻，就看到一个套红的比较大比较醒目的广告，是雨城饭店开张的消息，再细一看，日期正是今天，地点呢，在市区与新城区交界的地方，老婆想起昌明好像说过那个叫作夏雨的女人开的饭店就作雨城饭店，开在市区与新区交界处。这么一想，老婆的心突然紧张得不了，既然连饭店的店招都是昌明写的，饭店开张不可能不请昌明的，但是昌明却说到另外一个地方吃饭，老婆的心简直要狂跳出来，她到孩子房门口看了一眼，竟有一种诀别的感觉，对孩子说，你好好做功课，妈妈去一去就回来，孩子很懂事，点点头，看着母亲走出家门。

走出家门后的一切，与昌明老婆想象过千百回的情节乃至细节都完全一样。她来到街头，招了一下手，一辆红色夏利滑过来，服务态度良好的司机从里面替她打开车门，昌明老婆坐进车去，司机问，去哪里？昌明老婆说，去雨城饭店，司机果然不太知道雨城饭店，昌明老婆将登在报纸上的雨城饭店的地址告诉司机，司机说，知道了，在市区和新区的交界处。昌明老婆说，是的。

因为是下晚，路上车比较多，虽然没有堵车，但车速快不起来，司机叹气，说，唉，跑不起来，昌明老婆说，不急，她听得出自己的声音有些颤抖，既希望快一点到达雨城饭店，又希望永远也到不了雨城饭店，但是车终于还是到了。昌明老婆付过车钱下车来，雨城饭店门口果然放满了祝贺的花篮，透过玻璃门望进去，果然宾客满座，昌明老婆一桌一桌地看过去，心跳得更厉害，最后，她终于看到了昌明，再细看，昌明的那一桌，全是男的，都是昌明单位的同事，和一些老朋友，正喝酒，高谈阔论，再看看饭店的服务员，年纪好像都蛮大了，穿的是统一的蓝布大襟褂子，黑长裤，显出一种沉静的朴素，没有看见有些饭店里常见的那种打扮得妖娆的暴露的年轻女孩子。昌明老婆正不知如何是好，有个老太太走过来，说，请问，您是不是来找人的？昌明老婆吓了一大跳，心都抖起来，摇头说，不是，不是，急急地走开了。

　　昌明老婆远远地离开了雨城饭店，站在街头，一时间心里一片茫然，竟有一种不知身在何处的感觉，她定了定神，就有一辆红色的夏利车向她过来，在她身边停下了，昌明老婆不由自主就上了车，报了自己家的地址。车到了家，昌明老婆上楼，开门进屋，到孩子房门口看看，孩子仍然是刚才她走时的那个姿势，仍然在做作业，听到声音，回头看看，说，妈，你回来了。昌明老婆说，我回来了。

　　昌明老婆愣愣地坐在沙发上，过了好半天，抓起电话，给昌明打了个拷机，不一会儿昌明的回电来了，老婆说，昌明，你在哪里吃晚饭？昌明说，我在哪里，仍然是先前说谎说的那个地方，老婆愣了，下面就不知该怎么办。昌明说，你怎么了，有什么事吗？老婆说，你到底在哪里吃饭？昌明说，我跟你说过了在哪里，不信你过来看，老婆说，昌明你骗我。昌明说，我没有骗你，我真的没有骗你，我说的都真的，没有一句假话，你想想，这么多年来，我骗过你什么，我怎么会骗你呢？老婆说，我再问你一遍你在哪里吃饭？昌明说，我再告诉你一遍在我在哪里吃饭，老婆说，我现在正在你的饭店门口，我进来了，昌明毫不犹豫地说，你进来好了，我正等着你，说着笑起来，道，你不是在家里么，你怎么在我的店门口呢，你有分身法呀。昌明老婆说，我现在是在家里，但是刚才我确实到你吃饭的店门口去了，我打的去的，我看见你了，我差点就进去了。昌明说，你为什么不进来，你进来就知道我没有骗你了，老婆的手突然一阵无力，垂了下去，抓不住话筒了，话筒从她手中掉落下去，听到昌明在电话那头说，你来好了，最好你真的能来，你来了正好证明我没有说谎……

　　孩子已经做好功课，也出来看电视，问母亲刚才到哪里去了，昌明老婆说，我到雨城饭店去的。孩子说，噢，雨城饭店，我知道的，又叫大嫂饭店，昌明老婆说，什么大嫂饭店？孩子说，今天的晚报上有介绍的，是爸爸他们单位办的，昌明老婆拿晚报在第四版果然看到一段介绍，果然就是昌明的单位办的饭店，饭店的老板是一位五十八岁的退休干部，老太太，请的服务员呢，都是四十岁以上的下岗女工，一反饭店酒家都请漂亮小姐做服务员的时尚，以热情周到的家庭式的服务取胜等等。

孩子睡后不太久，昌明也回来了。老婆说，昌明，你从哪里回来？昌明说，咦，我从饭店吃饭回来呀，老婆说，你在哪里吃饭？昌明说，我告诉过你的哪家饭店，老婆说，你再想想，昌明说，这有什么好想的，自己难道还能忘了自己在哪家饭店吃饭喝酒，我今天喝得不多，又没有醉。老婆说，昌明，我终于明白了，你以前所有对我说的话，都是谎话，昌明说，怎么会呢，我为什么要向你说谎呢，我在外面又没有拈花惹草，又不干什么违法的事情，也没有对不起你，我为什么要说谎呢？昌明老婆说，这正是我不能明白的地方，昌明说，你不要老是钻牛角尖，老是胡思乱想，昌明老婆说，以前我是凭女人的直觉感觉到你在对我说谎，今天呢，我已经不再是靠直觉了，我已经证实了你一直在向我说谎。昌明说，你凭什么这么说我呢？老婆盯着昌明说，昌明，我告诉你，我今天真的去找你了，昌明说，那太好了，你看见我了吧，这回你相信我了吧，我和谁谁谁谁一起吃饭，我没有说谎吧，老婆说，你确实是和谁谁谁谁在一张桌子上吃饭，但是不在你说的那个饭店，而是在雨城饭店！老婆死死地盯着昌明，以为昌明听了她的话会脸色苍白，语无伦次，可是昌明却并不惊慌，笑了一下，说，你到底去了，你看见我了。老婆说，既然是你们自己单位开的饭店，既然都是些老太婆在做事情，我总不见得会怀疑你和老太婆有什么事情，你为什么要说谎呢？昌明说，我也不知道为什么。

# 接　待

　　王老师在大学教书，业余时间搞民俗研究，出了好几本书，下面仍然还有好几部书稿正在进行中。王老师在学术界有一定的影响，在各级民俗研究协会学会之类的团体挂了几个头衔，有的称主任，有的称主席，在学校里，大家叫他王老师，在协会开会的时候，也有人叫他王老师，也有的人则称他的头衔，叫王主任或者王主席。王老师是个心境平和好说话的人，对于称呼，都无所谓。

　　这一个学期，王老师的课在上半个学期都上完了，下半个学期，便集中精力写书，写书是件很辛苦的事情，好在王老师也已经习惯，不备课、不讲课的时候，他总是在写作。

　　王老师的课题不是一个关在房间里就能完成的课题。所谓民俗，也就是在一个地方长期形成的风尚、习惯的东西。人们常说，千里不同风，百里不同俗，有的地方甚至一河之隔，在民俗方面就会有很大的区别，所以，要想在民俗学方面有所建树，得到民间去。这一点王老师是清醒的。

　　王老师正在写作的这部书，写的是江南水乡的服饰习俗。王老师已经搜集整理了大量的服饰习惯方面的资料，原来以为写作足够用了，但一旦写作起来，方知道资料的缺乏。王老师毫不犹豫地放下手中的笔，决定到安亭乡走一趟。普遍认为，安亭乡的民间服饰，最具江南水乡特色。

　　但是王老师对安亭乡不熟，以前为了搜集资料也去过一两回，但都是由县文化馆的朋友陪同而去，不需要他自己张罗，他只是跟着大家一起走走，看看，问一些问题，记录一些东西，对安亭乡的乡领导和其他乡干部，基本没有印象。王老师和县文化馆工作的朋友，已经有一年时间没有联系，曾经听说他想往南方去发展，也不知到底走了没有。王老师不抱信心地找出他的电话号码，试着打过去，果然不通。县城的电话已经和市里一样，上升为七位数，王老师再打114询问，问到了县文化馆的电话，打过去，便得到了证实，他的朋友果然已经在半年前到海南去了。

王老师放下电话，想了想，觉得有两个办法，一是公事公办，不通过关系，不找熟人介绍，自己找上门去，自报家门，说明来意，乡里大概也会接待的。听说有的乡镇现在成立接待办，就是专门为了接待外来客人的。只是，现在大家都搞经济，最好是接待与经济有关系的人，接待对自己乡镇经济发展有用处的人，像王老师这样搞民俗学的，与经济的关系实在太远，找上门去纯粹是给人家添无谓的麻烦，即使人家愿意接待，恐怕也是无可奈何，迫不得已。王老师对于接待规格之类并不计较，但是他希望能在安亭有所收获，王老师再三考虑，觉得这个办法欠妥，那么只有再想第二个办法，找熟人介绍，这样王老师就想起一个人来。

这个人叫路正红，是王老师的学生，后来政治上有所发展，到省级机关的某个要害部门做了处长，可能是要继续提拔，所以在半年前放到县里来挂职，做县委副书记。王老师并不了解这些情况，也是学校其他老师在议论学生时议论起来的，王老师听了，有意无意地记在了心中，现在果然想了起来。

王老师打电话到县委办公室询问省里来挂职的路书记，县委办公室问王老师是谁，王老师犹豫了一下，说，我是他的老师，县委办公室便将路书记的手机号码告诉了王老师。王老师很快就打通了路正红的手机，手机里传出一片嘈杂声，像是有人唱歌的声音，在嘈杂声中，路正红说，你是谁？王老师说出了自己的名字，他很担心路正红早已经不记得他的名字了，他准备着这种尴尬，准备再向路正红说清自己的情况，哪知路正红却一下想起他是谁来了，声音立即变得十分热情，说，是王老师，我一听就听出你的声音来了。王老师非常高兴，也很感动，说，是我，是我，你还听得出我。路正红说，老师怎么能忘记，别人能够忘记，老师是永远不能忘记的，王老师，您有什么事找我吧？王老师正考虑怎么样在对方的嘈杂声中，把事情简略地说清楚，那边路正红笑了一下，说，王老师，我的手机信号不强，这样吧，你告诉我你的电话号码，我一会儿到办公室给你打电话，慢慢说。

王老师等了一会儿，果然路正红的电话来了，王老师将事情说了说，最后强调，如果不好办，就算了，千万不要使他为难。

路正红笑起来，说，这有什么为难的，不就是到安亭乡去搜集点资料吗，小事一桩。便和王老师约好了时间，叫王老师到县委办公楼里找他。挂电话前突然想起一件事情，问道，王老师，要不要我派汽车进城来接你？王老师连忙说，不用，不用，路正红也没有再客气。

到了约定的那一天，王老师坐了长途汽车，来到县城，找到县委办公楼。路正红正在开会，听说王老师来了，从会议上退出来，见了面，一眼都能认出对方，握着手，都倍觉亲切，一算时间，竟有好多年没见面了，十分感慨。王老师不好意思，说，影响你的工作了，路正红说，哪里，我坐在里边正发闷，谢谢你把我拖出来呢。说罢和王老师一起一笑，问道，王老师，你怎么过来的？王老师说是坐长途车来的，路正红说，其实我派个车很方便的，我在这里虽然挂职，但县委对我很好，有个专车跟着我的，司机和我也很熟了。王老师说，我坐长途车也蛮方便。路正红请王老师到他办公室坐，路正红的办公室很大，还是个套间，外面是沙发，里边有一张很大的办公桌，可称得上豪华。路正红说，县里就是这样，在省里，我们部长的办公室也没有这么大，省委书记的办公室也没有这么漂亮。路正红给王老师泡上茶，点上烟，王老师说，路书记，你来挂职有半年了吧，我也是听其他老师说的。路正红说，王老师你叫我路正红，别叫我路书记，王老师也感觉不出路正红身上有什么官气，心里十分高兴，十分自由。路正红问了问王老师这些年的情况，王老师说了，路正红也说了说自己这些年的情况，王老师为路正红的进步感到由衷的高兴。接着路正红又问起学校其他老师的情况，王老师再介绍的时候，心里就有些嘀咕，自己一大早赶头班车到县城，现在上午时间已经过去一半，也不知路正红怎么安排他，嘴里说着其他老师的情况，心神开始不宁，看了看手表。路正红说，不着急，在县城吃过午饭再走，王老师没有想到路正红这么安排，愣了一下，说，还在县里吃午饭？路正红说，当然，老师来了，我总要陪着吃顿饭吧，连顿饭也不让老师吃，怎么交代得过去呢？王老师仍然想表示不好意思过多打扰，路正红摆了摆手，说，王老师，入乡随俗吧，你到了我们县里，就听我的。王老师倒不好再多说什么，变成干预路正红的安排了，便安下心来，和路正红聊天。

中午由路正红在县宾馆的餐厅里设宴招待了王老师，除了路正红外，另外有县委办公室的几个干部也一起吃饭，席间仍然说了许多在学校的往事。喝了酒，路正红兴致很高，结束的时候，路正红问王老师中午要不要休息，王老师忙说没有午休习惯，其实是有午休习惯的，只是急急地想赶去安亭，路正红也不勉强，让王老师到休息室稍等，自己走到外面。过了一会儿，有人进来叫王老师，王老师走出来一看，外面停着一辆小轿车，路正红正站在车边和一位漂亮的女士说话，看到王老师，说，王老师，上车吧，王老师犹豫了一下，忍不住说，安亭乡那边，联系好了？我到了那里找谁接头？要不要你写个条子？路正红笑了，说，不要条子，我自己就是条子，说着便打开了前座的车门，王老师这才明白过来，说，你和我一起去？路正红说，当然要陪你去的。他们说话间，那位女士也已经上了车，车很快就开了，坐在前座上的路正红说，给你们介绍一下，这位是我的老师，王老师，这位是电视台的主持徐小姐。徐小姐向王老师笑笑，王老师也向徐小姐笑笑。路正红说，正好你们两位都要到安亭，就一路走了，王老师仍不过意，说，你很忙吧，叫你陪着。路正红说，我也正要到安亭去，有段时间不去了，乡党委唐书记，是我的好朋友。

安亭乡党委唐书记就在办公室里等候着他们，车一到，唐书记听到车声，就迎了出来，和路正红握手，也和徐小姐、王老师握了手，笑着说，也不用再介绍了，你们二位的情况，路书记已经在电话里介绍过了。大家一笑，跟着来到会议室，照例地摆好了水果等，坐下来喝茶，聊天。先是路正红和唐书记说话，说了好一会儿，唐书记开始和徐小姐说话，再说一会儿，又转过头和王老师说话，王老师说，不好意思来打扰，你们都很忙，都要抓经济，我来给你们添烦了。唐书记说，哪里话，你是大学者，大专家，我们小地方，请还请不到呢，希望你多给我们提意见。

这么说了说话，徐小姐向路正红看了看。路正红说，唐书记，徐小姐过几天要出国探亲，要备点礼品，知道安亭的核桃木雕刻不错，很受海外欢迎，特意过来看看。唐书记说，现在就去看？路正红说，去看看吧，回头招呼王老师，王老师，走，一起看看去。

　　王老师跟着，一行人来到工艺品厂，徐小姐果然很有兴趣，挑了又挑，路正红让王老师也挑几件，看王老师犹豫，又说，没事的，挑几件做个纪念。王老师记住路正红说的入乡随俗，就挑了几件，徐小姐看花了眼，觉得件件都是好的，精彩的，选这个又觉得那个更好，选了那个又舍不得丢掉这个，自己也觉得有点狼狈。最后唐书记说，每种样品都带上点。徐小姐说，那样太多了吧，看着路正红，路正红说，没事，就算给安亭乡做点宣传吧。唐书记说，正是这个意思，最后徐小姐抱了一大堆，拿也拿不下，唐书记叫厂里拿来礼品袋，一一包装好。在陈列室里，王老师看到产品标价，每一小件，都在二十美元上下，王老师心里不由有些异样的感觉。

　　挑过礼品，时间已经到了下晚，唐书记招待客人，乡里一位副书记、一位副镇长、组织委员、宣传委员都来作陪。晚饭非常丰盛，大家都喝了白酒，连徐小姐也喝了不少，路正红说，难得难得，唐书记呀，看起来你们安亭的魅力确实是大，我和徐小姐一起吃过许多次饭，从来没有看见她喝过白酒。唐书记高兴地说，那是徐小姐给我们安亭面子了。

　　饭后，唐书记邀请大家到歌舞厅一坐，进去就发现里边没有其他人。路正红向徐小姐和王老师介绍，歌舞厅平时是对外开放的，今天唐老板有客，就一律不对外了，就这么几个人，叫徐小姐和王老师尽情地爱唱就唱爱跳就跳，没有外人。

　　先由路正红带头唱了一首歌，接着是徐小姐唱，然后唐书记也唱了，大家都唱得不错，唱了几轮，发现王老师没有唱，一定请王老师唱，王老师直摆手，说自己不会，从来没有唱过，大家也不很勉强。唱了唱歌后，放起舞曲，开始跳舞，可是女的只有徐小姐一人，因为客人少，服务员小姐也都闲着，就叫了她们来做舞伴，王老师也被一位小姐请了，不好意思拒绝，也上去跳了跳，下来的时候，大家鼓掌，说王老师是正宗舞步，王老师自己也不知道什么叫正宗舞步。

　　这么唱唱跳跳，到快十点钟的时候，唐书记向路正红说，路书记，我们先走了，明天一早有个会，得去准备一下，你们继续玩，今天反正没有其他人，随你们玩到几点都行，遂一一和徐小姐王老师握手道别并致歉不能继续作陪。送走乡干部，路正红说，这下好了，就我们几个人，再唱，又点了歌唱，有时和徐小姐合唱，也叫了服务员小姐来合唱，十分投入。王老师一直想着自己到底怎么被安排的事情，找了个空问路正红，路正红说，没事的，都说好了，明天开始叫宣传委员陪着你，你要到哪里，采访什么，你和宣传委员说就是了，他会安排好的，宣传委员你认得了吧，王老师说，刚才介绍过了，姓蒋，路正红说，是的，蒋委员，小蒋。

玩到快十二点了，回宾馆，一人一间房，分头去休息。第二天早晨，王老师还在睡梦中，电话来了，是路正红，说唐书记过来陪吃早饭，王老师急忙起床，路正红已经在门口等了，又等了一会儿徐小姐，女士梳妆打扮总要慢一些，然后来到餐厅，没见唐书记，是蒋委员在等着。客人一到，开始上早饭，早饭也很丰富，吃着时，蒋委员向他们转达唐书记的意思，特别向路正红打招呼，今天不能陪了，一整天全乡干部大会，希望路正红再待几天，明天就有空了，可以陪着到四处看看。路正红说，今天我要回去了，徐小姐也要走了，留下王老师交给你们了。蒋委员说，唐书记再三交代关照过了，请路书记放心，我们会接待好王老师的。

吃过早饭，蒋委员和王老师送路正红和徐小姐上车，路正红和徐小姐向他们挥手道别，一时间，王老师竟有些伤感起来。

送走路正红和徐小姐，蒋委员说，王老师，你有什么要求，尽管对我说，我一定尽力安排好。果然和路正红说的口气一样，王老师说，我是搞民俗研究的，这一次的重点是服饰部分，蒋委员说，这个我已经知道，今天你想到哪里看看？王老师想了想，说，知道安亭有个民族服饰工厂，是不是能去看看？蒋委员说，好的，我陪你去。

刚要走路，就有人奔了进来，挡住蒋委员，说，我找了你一早上，原来在这儿，我的事情，你说今天处理的。蒋委员指指王老师，你不见我有客人，来人看了看王老师，道，什么客人呀，蒋委员说，王老师，唐书记的客人，来人说，那我在乡里等你，蒋委员说，好。和王老师一路走出来，王老师说，蒋委员，你若有事，就让我自己过去看看，蒋委员说，那怎么行，怎么能叫你自己去。

来到服饰工厂，里边的人都忙忙碌碌，看到蒋委员，也只是点个头，赶紧走开。蒋委员拦住一个人问汪厂长在不在，说，好像在，早晨好像看到的，问这会儿在哪里，又说不知道，笑了笑，也赶紧走开，蒋委员又拉住一个人问汪厂长，说，不在，一大早进城去办事了，也不知道什么时候能够回来。蒋委员看了看王老师，说，厂长不在。王老师说，厂长不在没事，我自己看看就行。蒋委员说，自己看看怎么行，总得找个人向你介绍情况。再往里走，到办公室，看到秘书，说，吴秘书，这是王老师。吴秘书向王老师看了看，眼神不明白，大概想不明白老师怎么跑到厂里来了解情况，道，什么老师，哪个学校的老师？蒋委员说，你管哪个学校的老师，王老师是唐书记的客人，吴秘书说，噢。蒋委员说，你向王老师介绍介绍厂里的情况，吴秘书说，哎呀，我正要出门。蒋委员说，你别溜，吴委员说，真的，我本来已经走了，听到有电话，回进来接了个电话，被你守住了，蒋委员说，那你总得安排个人介绍情况。王老师说，其实也不用有人介绍情况，我自己看看就行，我不是写报告文学的，不一定听厂里的情况介绍，我会根据自己的需要到处看看的。蒋委员说，王老师你别管，我们会安排的，怎么可能没有人介绍情况呢。蒋委员显得有些不高兴地对吴秘书说，你们还有谁可以陪客人的，吴秘书说，叫小魏吧，小魏今天好像没什么要紧事。吴秘书打了电话，把小魏叫来，向小魏交代了事情，自己赶紧走了，小魏给王老师泡了茶，请王老师在沙发上坐下，蒋委员也坐了一坐，但是没等小魏也坐下，蒋委员就站起来，对王老师说，王老师，厂里的情况由小魏介绍，我出去一下，一会儿再来。王老师想起身送一送，蒋委员说，不用不用，我一会儿就过来。

　　小魏也没有坐下，说，您是王老师，哪里的王老师？王老师正不知怎么回答，电话铃响了。小魏接了，说了一些话，都是生产或者经营方面的话。刚放下，又响了，再接。一会儿有人在外面喊，小魏出去了，过了一会儿进来，说，王老师，对不起，请您稍等，我去处理个事情，马上就来，走了出去。

　　王老师喝着茶，等着。电话铃又响起来，王老师有些犹豫，接还是不接，错过了时间，去抓起电话时，那边已经挂断，过了一会儿，又响了，去接，便听出是路正红的声音。王老师很激动，说，是路正红？路正红说，是我，我已经回到县城了，打电话到乡里，说你上午在服饰厂，果然在，怎么样，还好吧？王老师说，蛮好的，他们都很忙，路正红说，没事的，你有什么事情，有什么需要，尽管开口说，千万别不好意思，王老师说，好的。路正红说，你大约待几天？王老师说，我还没有决定，看情况吧。路正红说，最好多待几天，到时候，我还来接你回来，王老师说，好。

等了好一会儿，也不见小魏进来，有人走到门口，朝他看看，也不说话，又退走了。王老师再等，终于将小魏等来了。小魏手里拿着一叠材料，交给王老师，说，王老师，对不起了，我那边还有事情，您要的厂里的情况材料上全有，您先看起来，如果还缺什么，一会儿我再替你找些材料，我们厂的材料还是蛮全面的。小魏提起水瓶给王老师的茶杯加满了水，又说，您别走开，一会儿中午蒋委员他们都来我们厂陪您吃饭，边说边往外走。

王老师将材料翻看了看，一份是全面介绍工厂情况的彩色宣传画册，很厚，有精美的图片，有文字介绍，看得出是精心设计的。第二份材料是一篇复印的大文章，题目是《特色产品特色经营特色效果》，里边有很多数字，都是哪一年产值多少，哪一年利润多少。还有一本很厚的书，是全省乡镇企业介绍，其中有介绍安亭服饰厂的一小段，与王老师要搜集了解的民俗资料完全不是一回事。

小魏再也没有进来过，倒是有个女孩子进来过两趟，给王老师加水，也不说话。王老师想问问她小魏什么时候来，看她闭着嘴，觉得不大好发问，也就作罢，耐心地等待。

一直等到中午，一大堆的人一起过来了，有蒋委员，有吴秘书，有小魏，一起来请王老师去吃饭。到了餐厅，又发现同一桌上还有其他几个人，一介绍，知道是县宣传部的两位干部和县电视台的三位记者。合并成一桌，蒋委员将王老师的名字一介绍，又补充说是唐书记的客人，县宣传部的干部说，噢，久仰久仰。另一个干部低声问，你认得？哪里的老师？哪个学校的老师？那个说久仰的干部说，现在凡称老师的，也不一定非得是哪个学校的老师，凡在社会上有地位有声望的人，大家习惯叫作老师的，比如画家吧，叫老师，比如作家，人家也叫老师，比如一些学者等等，大家说，那是，那是。

饭仍然是吃得很热烈。不知是不是因为王老师稍年长些，大家不停地起来向王老师敬酒，大家说了许多话，并且像是有说不完的共同语言。饭罢，蒋委员对王老师说，王老师，中午呢，你先回宾馆休息一会儿，下午我实在对不起，没有时间再陪你，我叫乡文化站的站长来陪你，下午两点半左右，她会到宾馆你房间来叫你的，苏站长是搞文化的，也许和你更谈得来，服饰厂看过了，其他的，你还想看什么，你尽管和苏站长说，有什么需要，千万别客气。

　　王老师被送回宾馆休息。到了两点半，电话响了，一听，是个女同志，自我介绍是苏站长，已经在宾馆一楼大厅等候王老师了。

　　王老师下楼来，和苏站长见了面，握了手。苏站长说，王老师，说起来我应该是您的学生呢。王老师说，怎么呢？苏站长说，我读过你们学校的函授。王老师说，你学的什么专业？苏站长说，我读的企管，不过现在也没有用得上，王老师说，说不定哪天就用上了。

　　王老师向苏站长谈了谈民俗方面的事情，说了说安亭的民间服饰。苏站长说，我知道，最具特色的是明月村。说着面露犹豫，道，只是，明月村离得较远，没有车，恐怕去不了，这样，王老师，您稍等，我打个电话给乡里看看能不能派辆车，若有车，我就陪你到明月村看看。到宾馆服务台打电话，一会儿过来，有些不好意思的样子，说，对不起王老师，今天乡里开大会，下午是参观现场，车子全部派出去了。停顿一下，马上说，另外有个办法，明月村的老支书现在在乡多服公司做书记，我们可以到多服公司请老支书谈谈，他肯定都熟悉的，你看行不行？王老师说，如果老支书在，我自己去也行，不一定你陪了。苏站长说，不陪怎么行，唐书记关照的，不能不陪的。王老师诚恳地说，真的，我这次来，就是想自己走走，随便看看，随便问问，你们都在搞经济，工作都很忙，真的不必管我的。苏站长说，陪客人就是我们的工作，陪客人就是最大的经济活动呀。王老师说，可是我这个客人，与你们的经济发展，沾不上边的。苏站长笑起来，说，那也不一定，我们搞经济，就是要有十网打鱼九网落空的心理准备，只要有一网打着了，就是成功，就是收获。王老师听了，笑一笑，觉得有些说不出话来。

　　一起来到乡多服公司，老支书果然在，只是感觉到情绪不高，和王老师握手的时候，也是有气无力的样子。王老师不由得说，老支书是不是身体不太舒服？老支书说，身体倒不没有什么不舒服，就是心里不舒服，看了看苏站长，说，小苏，今天你来，我倒要和你说说。苏站长说，老支书你别说了，老支书说，你们不来我也不会找到你们那里去说，既然你们来了，我不说，憋得难受。

　　老支书便说了许多话，主要是说他对明月村做出很大的贡献，把一个落后村变成了先进村，最后却把他调到乡多服公司做有名无实的书记，连乡里开干部大会也轮不到他去参加。老支书一肚子怨气，一开讲就收不了场，苏站长一直哭笑不得地用眼神向王老师致歉。

晚上吃饭时，苏站长叫来乡里几个助理，有组织助理、宣传助理、民政上的一个助理，还有办公室的文书，临时看到有个司机从现场会上回来，也拉了来，民政助理把孩子也带来了，一凑倒也有了七八个人，凑成蛮像样的一桌，仍然在宾馆里宴请王老师。

晚饭的包厢有卡拉OK设备，吃了一小会儿苏站长就提议唱歌，大家向王老师介绍，苏站长是金嗓子，苏站长看起来对自己的歌喉也很有自信，当仁不让就去唱了。果然金嗓子，一开口，声振四方，餐厅的服务员和领班来看，过了一会儿其他包厢的客人也过来看看，说，以为在文艺演出呢。大家说，本来么，苏站长是吃文艺饭的。苏站长乘兴唱了好几个歌，别几个人也一一唱过来，最后一致叫王老师唱，王老师不肯。

僵持了一会儿，苏站长说，王老师，你一定不肯唱，倒叫我们为难了，人家说起来，这到底是谁陪谁呀，谁接待谁呀。一句话说得王老师很不好意思了，苏站长乘机拿了点歌本硬塞给王老师，王老师看看上面的歌都是他不会唱的，说，我只会样板戏，这上面没有，本来以为能逃脱了，哪知苏站长说，样板戏怎么会没有，一定有的。叫来服务员问，服务员说，有，要哪首？苏站长盯着王老师，王老师只好说，唱《今日痛饮庆功酒》吧。

很快就点到了，音乐一起，画面一出来，王老师不唱也得唱了。好在唱段不长，只四句，横了一条心就上去唱，才唱了一句，就觉有点走调。大家却鼓起掌来，王老师也知道大家是鼓励为主，硬着头皮唱完了四句。走过来，向大家讪讪一笑。大家都说唱得好，唱得不错，很快就转移了话题，叫苏站长也唱一首样板戏，苏站长唱了阿庆嫂，又叫另外两个人一起来唱智斗的三人唱段。一唱两唱，把大家唱歌的欲望都吊了起来，一个个争先恐后，连餐厅领班和服务员也过来唱，一直到九点钟才结束。

苏站长说，王老师，想不想再到歌舞厅坐坐，王老师急急地摆手。苏站长说，也累了，您就早点休息吧。王老师说，好的。苏站长把王老师送到宾馆电梯门口，告别。

王老师回到宾馆房间，坐下来，心里好像有点乱，一时不知道该干什么。想了想，起身去开了电视，正是晚间新闻，是王老师所在的那个城市的新闻节目。

一看到熟悉的城市，一看到熟悉的面画，王老师突然有一种感觉，虽然是昨天才从城里出来到乡下，但感觉上却像是很久很久的事情了，仔细咀嚼滋味，竟好像是上辈子的事情了。正奇怪地体味着这种感觉，电话响了，王老师猜是路正红打来的，抓起话筒一听，果然就是路正红，那边仍然是一片嘈杂声，仍然有歌声。路正红说，王老师，吃过晚饭了？王老师说，吃过了。路正红说，怎么，吃过晚饭没有安排活动，你现在一个人在屋里？王老师忙说，他们想叫我去活动的，我有点累了，想早一点休息。路正红说，一天下来，是蛮累的，早点休息好。又说，我刚才给你打电话前，已经和唐书记通过电话，唐书记说你今天已经看过民族服饰厂，下午了解了明月村的情况，还可以吧？王老师愣了一下，说，可以的，可以的。路正红说，那就好，我也放心了，我跟你说过的吧，唐书记是个地道的人，我托他的事情，他总要办好的。王老师说，是的。路正红再说，王老师，这次到安亭，总的来说，他们接待得怎么样？王老师说，接待得很好的，路正红笑了笑，说，你认为好就行，又说，王老师，下面有什么想法，要到哪里去，你尽管跟他们说，他们会安排好的。王老师说，你放心，我会跟他们说的，路正红便放心地挂了电话。

王老师想，明天我怎么跟他们说呢？

平
安
堂

　　程老先生到平安堂坐堂问诊。程老先生说，我去坐堂，主要是解解闷气，
退休在家里，没事情，闷得很。这是真话，老先生也不在乎几个挂号费，和医
院四六分，医院拿四，先生们拿六。程老先生说，我主要是解解闷，平安堂是
个好地方。

　　平安堂从前是个老爷庙，关于老爷的传说，很多。老爷是本地民间对菩萨
的尊称，传说菩萨怎么有本事，怎么灵验，这很正常，不奇怪。

　　很多年过去，平安堂里再没有老爷，平安堂里长满了灰尘。再好多年过
去，平安堂成了中医院的中药房，另辟出一角，让一些退了休的老先生坐堂问
诊，各科都有，比较齐全。程先生是妇科，也算一方神仙。我来坐堂，主要是
解解闷，程老先生在等待病人的时候说。从前平安堂的香火是很兴旺的，但那
是迷信，现在不迷信了，是科学，香火反倒不兴旺了，也是没办法，药房柜台
上的梅保，知道程老先生有些失落和无聊。梅保在平时说话并不多，但在程老
先生过来坐堂后，梅保常有话想和程先生说说，梅保说他第一次见到程先生就
有一种熟悉的感觉。大家笑话梅保，梅保说，我说的熟悉并不一定是从前见过
或者认识，我只感觉到我和程先生蛮投缘的，我看着程先生就是一个有本事的
名医，这不会错。在空闲的时候，梅保在对面的药房柜台上看着程先生等病人。
梅保说，程先生是有名的妇科，我们都知道的。程先生一笑，只是，现在的人
怕是不知道了。梅保说，倒是的，现在的人不知道的多了，好像不怎么相信中

医。程先生说，梅保你倒知道。梅保说，我知道的，中医，我是知道的。程先生说，梅保你年纪也不算大吧，四十，梅保说，整四十。程先生说，小着呢。梅保说，小是小一些，妇科的医生我都知道。大家笑梅保，梅保有些伤心的样子。梅保说，你们别笑我，我学习中医，也是从妇科起因的。程老先生说，噢，说说，怎么个起因。大家说，是，说说，你是个男的，怎么从妇科起因。梅保黯然，是我老婆，梅保说，是我前妻，我前妻产后得病，请妇科医生看，看死了。程先生认真地看着梅保，他说，中医西医？梅保说，是中医，他不承认是他治坏的。程先生仍然盯着梅保，他很认真，梅保，程先生说，说说，怎么个情况，给怎么治的。梅保愣了一下。程先生说，多少年了？二十年，梅保说，二十年了，大家笑起来，二十年的事情，梅保到哪里记得。不的，梅保说，我记得，我记得很清楚，就像在眼前，不像二十年，就像在我眼前。程先生说，你记性很好呀，梅保。梅保说，我其实记性不好，但是这件事我不会忘记的，我会记牢一辈子的，永远不会忘记。程先生说，对你影响很大是吧？梅保说，那是，我前妻，我第一个老婆，多好，现在，到哪里去找。大家笑，说，梅保，你说话小心，小心你现在的老婆来了，听到。梅保说，那是不能让她听到，很凶呀，我斗不过她，我的前妻，那才叫女人，女人呀，大家又笑起来。程先生说，说说呢，说说呢，怎么回事？

梅保长长地叹息一声，大家看着梅保。梅保说，一个中医替他的前妻治病，没治好，死了，他不服，告医生，却告不赢，因为医生有医案，医案证明医生开的药方不错，是治梅保前妻那种病的，没错。送妻子走后，梅保就开始学中医，可是梅保的基础太差，也没有什么学医的悟性。梅保没有能学成做个中医大夫，就到中药房，抓药。

程先生听了，摇摇头，我是想听听你前妻得病的情况，还有，那个医生是怎么开药方的。梅保说，说是产后瘀血，我那时也不懂。程先生呀了一声，说，产后瘀血，不算什么，怎么会？梅保说，我也不懂，我当时是一点也不知道。后来我也学了中医，我也知道产后瘀血不算什么。后来呢，产后瘀血，后来怎么样？程先生问，后来是不是大出血了？梅保"唉"了一声，程先生能够猜得到，程先生猜得真准，请先生看了，服药，后来就大出血了，死了。梅保的声音低沉下去，程先生的声音突然抬高了，血崩，是血崩。庸医啊，庸医，大家说，是庸医误人。程先生激愤，误人，何止是误人，庸医杀人呐！梅保说，是，庸医杀人。

他们说话间来了一个病人，妇科，面黄肌瘦，没精打采，由家属陪着。程先生便过去把脉望诊，别人也各做各的事情去，梅保仍然靠着药的柜台，看程先生给病人诊治。程先生并没有向病人发问，病人却忍不住自诉，说是月经经期先后不定，没有个准，行经时腹痛。程先生并不多话，微微一笑，说，我知道。梅保便在对面柜台里搭话，说，好的医生，不听病家一句话。病人说，那是，像程先生这样的先生现在是不多了。程先生客气，道，哪里。病人家属说，那是真话，现在的医生，不行，全是由病人自己说话，有什么病，要什么药，都由病人说了算，这样的医生，我也会。病人笑他，道，那你就做医生去，病人家属说，我也不是不敢做，只要肯让我做。笑了一下，看看程先生，又道，不过，在程先生面前，不敢说。程先生说，我也没有什么，我也是自己长期慢慢摸索积累起来的。梅保说，你们找程先生算是找对了，程先生是我们这地有名的妇科医生，药到病除。病人和家属都露出欣慰的笑容，病人连声说，这就好，这就好，我看了好几家医院了，不见效，程先生这里是别人介绍的，这下好了。程先生道，虽然不敢保证怎么样，但你吃我十帖药，会有转机的。病人说，那是，相信程先生才来看的呀。顿了顿又问，这病，怎么回事？程先生道，与你说了，怕也是不能完全明白，这妇科病，肝为先天，懂吗？病人摇头，不懂。程先生道，肝主藏血，妇科病以调经为先。病人家属笑道，你说了，她也不懂，我也不懂。程先生朝梅保看看，梅保懂，梅保是懂一些。梅保听了程先生的话，肝为先天，调经为先，梅保感觉到这几句话很熟，就在耳边似的，也记不起是谁对他说过的，或者是在哪里随带着听到过的，总之梅保觉得是有些耳熟。病人家属看着程先生，程先生，我也有病想问问你呢。梅保那边笑起来，梅保说，你是男科，怎么问程先生了，病急乱投医呀？病人家属说，急倒也不急，只是常常不舒服，也没个时间专门跑医院，乘便问问程先生。程先生说，不碍事，不碍事，医学这东西，各科本来相通的。病人家属忽然就有些不好意思，支支吾吾，说，我腰疼，常常腰疼，还酸。程先生正在给病人开方子，说，你等等，我写好这方子，也给你把一下脉看。病人家属说，谢谢了，谢谢了，省得我再跑医院挂号排队，等，怕是等到个医生还不如我自己。程先生又笑了一下，你也说得太过头。开好了方子，搁一边，替病人家属把脉，慢慢地说，肾亏呀。病人家属嘻嘻地笑，程先生说，药我是开不出的，送你一句话，服药千朝，不如独卧一宵。那边梅保笑起来，这边病人家属也笑，倒是弄得病人脸通红的，直朝男人瞪眼睛。程先生并不和他们多啰唆，将方子交给病人，回去，先服五帖，再看情况。病人接了方子，看上面的药，念道，熟地、当归、白芍……也就这些花样呀，病人说，熟地、当归、白芍，我哪次看医生都是这些呀。病人家属说，你懂，你懂什么，你不知道，一样的药，不同的医生开出来，就是不一样，要不，怎么叫名医，你以为，名医是随便什么人都能做的么。程先生看着他们笑。

病人到梅保处抓药。梅保看那方子，正如病人说所，也就那些平常药材，没有一味名贵珍稀，一般的定经汤。梅保想，若让我开方子，也是这方子呀，连剂量的轻重也和梅保想的差不多，为什么到程先生手里就不一样呢。当然梅保只不过这样想想，他并没有说。梅保对程先生一直是很敬重的。而程先生也确实是让人敬重，程先生治愈的妇科病，做下的医案，在医学院都是做了教材教学生的。梅保在自学中医的时候，看过程先生的书，像《中医临证》《程氏妇科备要》等，梅保都熟记在心。

到平安堂来看病的病人不多，若有病人连来开两三次药，大家便都能将他们记住了，一旦等大家记得了他们，他们的病也好得差不多，便不再来了。又换几个新的病人，再认识了，记得了，还没到熟悉时又不再见了。若哪位医生那里有一张老面孔常来常往，一直不断，医生便会觉得脸上少些光彩的。像程先生这样，手里的几个病人，都是常换常新，所以在程先生脸上，总是很光彩。平安堂的职工，回到家里，和家人亲戚说起平安堂的事情，就会说到程先生，说到程先生的本事和名气。像梅保这样，更是常常把程先生挂在嘴上，弄得梅保老婆有些不以为然。老婆说，早认识了程先生，你前妻就不死了，对吧？梅保入了圈套，马上接口说，就是，一点不错。这正是梅保心里想着的事情，梅保老婆抓住把柄，道，我就知道，你心里，只有个她，根本，从来，就没有我，梅保看老婆当真，便赔笑，哪能呢，都是什么时候的事情了。老婆道，什么时候的事情，问你呀，我怎么知道。梅保说，都二十年前的事情了。老婆道，是呀，二十年前的事情还记得这么清楚。梅保说，就像在眼前呀，她躺在床上，血呀，全是血，我急得不知怎么办好，小毛头哭死了……老婆哼一声，你真是很专情呀。

梅保说，哎呀，和你说不清。老婆道，那是，和她就说得清了。梅保说，哎呀，你怎么和二十年前一个死人吃起醋来。老婆道，这得问你呀，你怎么连二十年前一个人怎么死的都记这么清楚。梅保叹息，便不再作声，由老婆说话去。

在梅保老婆终于停止说话的时候，梅保自言自语道，肝为先天……调经为先……老婆说，什么？梅保道，没什么。夜里梅保躺在床上翻来覆去睡不着，听着老婆呼噜声，梅保又想起他的前妻。梅保想，老婆说得不错，若当年就知道程先生，前妻就不会死，梅保又想，前妻若不死，怎么可能和现在的老婆结婚呢，当然是不可能，若不和现在的老婆结婚，又怎么知道现在的老婆比前妻凶呢，何从对比起来呢。所以，梅保得出结论，有些事情，是很难说清楚的。梅保再想起程先生说肝为先天，调经为先的话，梅保想，我在哪里听谁说过的呢。

梅保到平安堂上班，再看程先生时，梅保觉得不光是程先生的话，连程先生这个人，他都很熟悉，肝为先天，调经为先……说话的口气……梅保渐渐地觉得他开始控制不了自己的思绪，梅保的思路，老是要朝一个方向过去，梅保怎么拉也拉不住。程先生，后来梅保终于忍不住问道，程先生，你从前一直在中医院看病的吗？程先生说，没有，很早的时候我不在中医院，后来才到中医院的。梅保道，很早的时候，那是什么时候？程先生想了想，有些记不清了。程先生说，反正那时候我不在中医院。那在哪里，梅保说，你在中医院之前在哪里？程先生笑了一下，怎么梅保，查我的履历呀？没有，没有，梅保说，他有些不自在，我只是，随便问问。程先生说，到中医院之前，我在北寺街道医院，中医科。北寺，北寺，是北寺吗？程先生看着梅保，梅保，你怎么啦，梅保好像没有听到程先生的话。梅保说，果然，果然，怎么会，怎么会？梅保又说，有这样的巧事，有这样的巧事？程先生说，什么，梅保？梅保问道，程先生，当初你在北寺街道医院的时候，中医的妇科医生，还有没有姓程的？程先生道，哪里有，中医总共才几个医生，哪里还能分出细科，我那时，也是妇科为主，其他科兼带着看的呀。梅保说，就你一个姓程的，和目程，那就是你了。程先生奇怪，梅保，你说什么，什么就是我了？梅保说，我前妻就是死在你的手里呀，程先生愣了。

一个医生行医一辈子，不管他的医术多么高明，不可能没有病人死在他手里，生命到底了，医生是拉不回来的。如果梅保的前妻确实是在程先生手里死去的，这也没有什么大不了，也属正常。只是现在，程先生听到梅保的话，很吃惊。程先生半天说不出话来，梅保说，程先生，也是巧了。那天你说，肝为先天，调经为先，我就觉得很耳熟，不然也想不起问你的经历呀，你说是不是？你是不是常说那两句话，肝为先天，调经为先？程先生缓缓点头，是的，我是常常说那两句话，这是中医妇科之本呀。梅保说，那就错不了，是你。程先生道，梅保，你前妻，哪一年的事情。梅保说，告诉过你，程先生，你忘了。二十年前，整二十年。程先生犹豫着，慢慢地说，二十年，二十那时候我在北寺街道吗？梅保说，伤心，我前妻，叫刘素芬，一个好人，现在再也碰不到这样的女人。程先生说，梅保，会不会搞错了？二十年前，我不在北寺街道医院。梅保说，程先生，你再想想，会不会你记错了年代，我怎么一见到你，就觉得很面熟呀。梅保和程先生说话时，大家听着，听了半天，大家都笑了。说，梅保，你找人找昏了头啦，你以前说，一见到程先生就看得出他是个医术高明的先生呀，你说你和程先生有投缘的感觉呢，到哪里去了呀？梅保说，我现在没有否认我和程先生投缘呀，若我的前妻真的死在程先生手里，这不就是投缘吗，若不投缘，能这么巧，竟碰到了。大家想，这倒也是，是挺巧合，无巧不成书。

　　程先生回家，心事重重。晚上程先生借着灯光，找出许多的医案，程先生先找了二十年前的医案，他翻看到深夜，也没有发现一个叫刘素芬的女病人的病例医案，翻看着从前的医案病例，倒是把自己的兴趣调动起来了，他一页一页往下翻，翻过了那一年的，又去看现早些年的，这样程先生终于发现了一个叫作刘素芬的妇科女病人的简单记录。

　　刘素芬，女，十九岁，产后瘀血，因家属延误医治，送医院时已大出血，休克，后死于血崩。

　　完全和梅保说的一致。程先生再仔细看，却是五十年前的病例。那时，程先生刚刚满师，刚刚进北寺联合诊所。程先生笑起来，怎么回事，梅保怎么了，程先生想，梅保说的事情一定是另外一件事，梅保的前妻一定是另一个刘素芬了。

　　程先生告诉梅保，梅保，程先生说，你搞错了，不是我。梅保说，什么不是你？程先生说，你说你的前妻是在我手上去的，我可以告诉你，不是我，我在二十年前，已经离开北寺联合诊所了。我查过我的几十年来所有的医案了，我的医案是很齐全的，不会遗漏，我只找到一个叫作刘素芬的妇科病人。刘素芬，梅保道，是的，不错，她就叫刘素芬。程先生说，可那是五十年前的事情。怎么会，梅保说，二十年前，不是五十年前。程先生道，可我的那个病人，是五十年前的。那时候我刚刚满师，北寺联合诊所也刚刚成立，是我师傅推荐我进北寺联合诊所的，我还记得，就像在眼前，整整五十年了，真快呀。梅保说，是吗，五十年了。程先生说，五十年前，刘素芬十九岁，你算算现在该多大了。梅保愣了，大家笑，说，梅保，不是你的前妻，不定是你的妈呀。梅保挠挠头皮，天哪，不定真是我的妈呢，大家愈发地笑，梅保，你不会是吹牛吧，你到底有没有前妻呀？梅保又挠头皮，我到底有没有前妻，这也是一个问题呢，我若没有前妻，我那孩子是哪里来的呢？大家笑，说，私生子吧，又说，厕所里拣来的吧，又说，偷来的吧，梅保道，随你们说。

　　过了些日子，程先生在家休息，一个多年前的老同行周先生上门来聊天，他们一起喝茶，说话，回忆往事，说了很多很多从前的事情。程先生最后说，你记不记得，在北寺联合诊所时，有个产后瘀血的病人，本来不算什么大事，后来居然出了大事，血崩，死了。周先生脱口道，叫刘素芬，记得。程先生奇怪，你怎么记得她叫刘素芬，周先生说，怎么会不记得，难道你忘了，你怎么会忘呢，刘素芬你怎么可能忘了呢？程先生被周先生这么一说，倒有些紧张了，程先生说，怎么了，刘素芬到底是谁呀？周先生说，刘素芬，就是那个不该死而死了的女人。后来她家里还告了，打官司，你忘了？程先生说，是谁手上的病人，告的谁？周先生看着程先生，你的记性真的不行了。程先生想了又想，道，我真的不知道，想不起来了。周先生道，虽然那时候我们都已经离开北寺联合诊所，但这件事情闹得比较大，中医界整个都知道，你怎么会不知道。程先生道，那就是说，我们都不在北寺了，不是我们手里的事情。周先生道，那当然，怎么会是我们手里的事情，若是我们手里的事情，怕是你也不能忘记吧。程先生道，那是谁的事情，到底是的谁的责任。周先生说，责任么，家属和医生都有一些，说起来，也是不该，这样的病症，出那样的大事，本是不该。所以人家家里告状，也是情有可原，人家一个产妇，年轻轻的，还有个孩子，怎么不伤心。不过，最后判定没有医疗责任事故，没告赢。程先生急道，医生是谁，周先生看了一眼程先生，他有些奇怪，不知道程先生急的什么事。周先生道，就是程逸风呀，出在程逸风手里，后来判定没有医疗责任事故，也多半和程逸风的名气有关。我们当时都议论过这事，单位还组织讨论，你真的都忘记了呀？

　　程先生说，我真的不知道。

　　夜里程先生睡得不怎么实，早晨起来觉得有些迷糊。这又是专家门诊的日子，程先生到了平安堂，坐下来，就有病人进来。病人说，程先生，我是慕名来找你您的，程先生下意识地朝药房柜台看了一眼，他看到梅保正朝他微笑，程先生心里一急，道，你搞错了，我不是程逸风。

　　少兰和根云出生在两个不同的家庭，不同的家庭说起来有许多方面的差异，少兰家和根云家比较明显的差别就是少兰家富有根云家穷，就是这样。少兰和根云的性格脾气生活习惯等也都不一样，但是他们俩有一点是相同的，那就是他们都认真学习，在学校里他们都是拔尖的学生。少兰家和根云家都以对方家庭的特点来勉励自己的孩子好好学习，少兰家的大人对少兰说，你看看人家根云，家庭条件这么差，还这么认真学习，你一定不能掉在他的后面。少兰有时候夜间经过根云家的茅草屋时，听到根云在屋里大声地朗读，少兰回去就更加认真地看书。而根云家长总是以少兰家为榜样，根云的家长说，根云，你看少兰家这么有钱，你要好好读书，书中自有黄金屋。根云常常在夜很深的时候，看到少兰家的灯还亮着，根云想，我的灯不能比少兰家的熄得早。就这样，两个懂事的孩子互相勉励，他们在同一个小学，后来又在同一个中学读书，一直同学同到高中毕业。

　　可惜的是，高中毕业参加高考，他们的成绩都不太理想，少兰考了一所师范，根云进了一所医专。他们毕业以后，一个当了教师，另一个做了医生。少兰和根云都觉得他们的命运不太好。许多年过去，少兰的家庭和根云的家庭已经没有什么明显的差异，少兰家不富有了，根云家也不像从前那么贫穷，当然也不富有。

　　一个教师，一个医生，少兰和根云他们始终住在一个城市，在许多年以后，他们经常回忆起从前的往事，他们回想得最多的就是当年的高考，少兰和根云都向自己的妻子以及同事说起过他们的往事，他们在许多年中从来没有忘记过往事。但是少兰和根云他们见面的机会很少，少得几乎没有，许多年中也搞过几次同学会，但不是根云值班就是少兰有事，都没有碰到过。少兰和根云间的互相的消息，基本上是通过其他的同学，有意无意间传递的，同学间互相传递情况，不仅仅限于少兰和根云两人，其他同学的情况也是这样传递的。少兰和根云许多年来，基本上没有什么直接的往来。

　　一直到这一年的教师节，查出来少兰的胃有些问题，医生嘱咐少兰不得掉以轻心，要找一家好些的医院，彻底查一查，治一治。少兰去了医院，医院都非常忙，对少兰这样的情况也不可能十分重视，要住院怕是更难了。少兰的同事都说，现在看病，也得找熟人，不找熟人，不给你认真看，看了也不给你认真治，少兰知道这话不假，慢慢地，少兰就想起了根云。

　　少兰买了些礼品到根云家去。根云家的地址是少兰向别的同学打听来的，根云因为职业关系，和老同学联系比少兰多一些，有不少同学知道根云的情况，少兰到根云家去的路上，一直在想象现在的根云是个什么样子，他回忆着从前的事情，想起他小时候经过根云家旧茅屋时听到根云在屋里高声朗读的情形，少兰感叹着，人间沧桑，世事多变。少兰敲响了根云家的门，开门的就是根云自己，根云和少兰都是一眼就认出了对方，虽然他们有好多年没有见面了。少兰说，根云你还是那样子，根云笑起来，根云说，老样子是不可能了，但是我看你还是你，少兰说，是，我还是我，你也还是你。

　　他们叙了旧，喝茶，抽烟，把根云家小小的住房里弄得到处是烟雾，根云的妻子和孩子咳嗽。少兰说，不抽了，根云说，房子还是小，辟不出一间让我一个人单独待着的。少兰说，我那儿也一样，我们做老师的，不指望什么了，医生应该好一些，根云说，也一样。少兰说，你孩子也不大，根云说，结婚迟了，耽误了。少兰说，我也一样，孩子也小，根云说，我们这批人，都迟了，少兰点点头，看着根云，根云，我今天来，是来求老同学的，我查出来有病，医生吩咐要住院检查，才想到了你，根云说，怎么回事？少兰说，胃上的问题，根云说，情况怎么样？少兰笑笑，说，大概不怎么好吧，好的话，医生不会叫我住院检查，根云说，拍过片子没有？少兰说，拍了片子的，片子没有给我，只给我一个诊断书，根云向少兰要了诊断书看，看了，根云慢慢地说，要看片子，再说，你明天就来办住院手续吧，少兰想了一下，明天不行，少兰说，明天是我的公开课，后天吧。根云说，那就后天吧。他们又叙了旧，少兰说起根云家和旧茅屋，根云说起少兰家的红木家具，他们后来一致认为他们的运气都不怎么样，如果运气好，他们高考就不会失常，对于他们的高考失常，他们的老师都感到不可理解，事后老师去调了他们的卷子来看，说都是错在不应该错的地方。

那一天少兰走了以后，根云的妻子洗净烟灰缸，又扫了地，掸了灰，根云妻子说，看看，抽了多少烟。根云说，老同学，好多年没见了，根云妻子朝根云看看，他就是少兰呀，你常常挂在嘴上的少兰就是他呀？根云说，是他，你看怎么样？根云妻子说，什么叫我看怎么样？根云说，你想象当中的少兰是不是这个样子？根云妻子说，我从来没有想象过你的同学少兰是什么样子。根云说，是吗，他无意地看了妻子一眼，妻子满脸疲惫。根云想，她从来不想象少兰什么样子，是正常的。在思考的过程中，根云不由自主地又点燃一支烟，你怎么又抽，妻子道，老同学不是走了么？根云说，情绪有点激动，再抽一支。妻子说，人家做医生的，都不抽烟，你这个医生，明知有害却变本加厉。根云嘿了一声，你听谁说医生少抽烟，我们科里，十个男医生九个大烟鬼。妻子说，所以你来劲。根云道，也是没精神，又疲劳，才抽上的。妻子看他一眼，没有再多说什么。根云点着烟，深深地吸了一口，根云突然笑了一下，自言自语地说，少兰，少兰现在这样子了。妻子说，怎么，从前他不是这样子，他的变化很大吗？根云想了想，说，也不能说变化很大，反正从前的少兰是从前的少兰，现在的少兰是现在的少兰。妻子说，那当然，你以为你还是从前的你吗，根云没有很在意妻子的话，他沉浸在往事中。根云说，我还记得我们一起参加高考那一天。又说高考，妻子说，从前听你说高考，高考，以为你们的高考有多少了不起，多少年一直挂在嘴上，不道却考个医专什么。根云说，是，很反常，少兰也反常。妻子说，怎么的，怎么回事，你们同时病了吗？根云眯着眼睛，他回想着当时的情形，他说，没有病，身体好好的，没有任何特别的地方。妻子说，没有任何原因吗？根云说，我不说是没有任何原因，原因总是有的。妻子说，什么，什么原因，听你说了几十年的高考失常，还没听你说过原因呢。根云笑了一下，说，我不想说，至少现在还不想说，我只是对往事感到奇怪。妻子说，我看奇怪的不是从前，反而是现在。根云看着妻子，妻子说，你怎么老是把往事挂在嘴上，不奇怪吗？根云说，那是老之将至的缘故。妻子撇了一下嘴，后来又说，哎，他老婆怎么样？根云说，我不知道，我也很长时间没见他了。

　　那一天少兰从根云家回去，少兰的妻子急迫地问，见到根云了吗，少兰告诉她，一切很顺利，见到根云了，说着少兰微微一笑。少兰妻子说，你笑什么？少兰说，我想象多少年以后见到根云会是什么样的情形，却一点也没有发生，拥抱啦，掉眼泪啦，什么也没有。妻子说，还拥抱，少恶心人。少兰说，我们就像天天见面的老朋友，连手也没有握一下，我们谈了许多过去的往事，就像在谈我们现在的生活一样，很平静。妻子说，平静你一根接一根抽烟做什么，你看了，你回来后，已经抽第三根了。少兰说，是吗，医生吩咐我不能再抽烟了。少兰妻子掉下眼泪来，说，你早听了医生的话，今天也不用去找根云了。少兰说，那也很难说，他看妻子开始伤心，便掉转话题，少兰说，我们今天又说起了我们高考时候的事情，真是……少兰妻子说，有什么好骄傲的，不过考个师专，要考得好些，现在，现在也不至于……少兰说，也不至于怎么样，很难说的，我想起从前我和根云，我们俩人总像是有缘分似的，平时成绩不是我第一就是他第一，中学几年都没有出过差错的，到了高考，奇怪了，约好了似的，掉下来了，那可掉得不是时候。少兰妻子说，是不是时候，怎么会呢，什么原因呢？少兰说，是有原因的，但是我不想说，少兰妻子说，连老婆也不告诉，少兰说，至少现在还不想说，少兰妻子叹息一声，不明白你，她说。

　　两天以后少兰如约到根云的医院去，由于根云的关系，少兰顺利地办了住院手续。根云看了少兰的片子，沉默了一会儿，少兰说，你别沉默，我是做好了思想准备的，不做好思想准备，我也不会来找你。根云说，没你想象得那么严重，不过，最好是动手术，切片检查一下，也好放心。少兰说，我也是这个意思。这样就开始排定手术的日期，因为手术病人很多，在根云的帮助下，少兰的手术排在一个星期以后，根云让少兰这一个星期里少吃油腻的东西，少兰说，我已经很长时间不能吃油腻了。

　　少兰的妻子和孩子分批轮流来给少兰送饭。根云看到少兰的妻子就会想到自己的妻子，她们都很疲惫，都是身背重负的样子，少兰的孩子也和根云孩子一样，没精打采的。根云想，我和少兰小的时候，可是生龙活虎呀，只是，根云想，我和少兰怎么都会在高考的时候失常呢，根云想了半辈子，也没有想明白。

离少兰手术的日子越来越近，根云心里莫名其妙地紧张起来，最后根云终于向领导提出来，我不做主刀，领导同意根云意见，老同学的情况完全可以和医生家属的情况排入一例，如果医生没有把握给自己的亲属动手术，那么医生给老同学动手术也同样存在一个心理因素问题。医院重换了主刀医生，让根云做助手，根云将这一决定告诉少兰，少兰点头，我理解，少兰说。知道少兰得病而且就住根云的医院，一些老同学借这个机会凑到一起聚聚。他们来到少兰病床前，和少兰根云一起谈起往事，他们说当初他们是多么地羡慕和嫉妒少兰和根云，他们希望少兰和根云在高考时失常，后来少兰和根云果然没有考出好成绩，他们又为少兰和根云难过，为他们感到不平。也很奇怪，他们说，我们怎么也想不到你们两人真的会失常，他们说，分数出来的时候，我们简直不敢相信自己的眼睛，一大帮老同学说说笑笑，都沉浸到往事里，觉得自己年轻了许多。最后他们鼓励少兰与病魔作斗争，少兰说，当然斗争，我还不想死呢。

在老同学们谈起往事的时候，少兰和根云总是互相看一眼，他们觉得在他们互相的眼神中交流了一切。

终于到了少兰进手术室的一天，早晨根云走进少兰的病房，尽量做出宽慰的笑脸，根云说，少兰，准备好了吧？少兰说，准备好了。根云说，别紧张，少兰说，没紧张，反正总要挨这一刀。根云说，能这样想就好，根云不再说话，默默地看着少兰，好像有什么话要说，只是说不出来。少兰突然直起身体，盯着根云看了一会儿，说，根云，我有件事情，在心里埋了许多年，我想在手术前告诉你。根云愣了一下，少兰说，还记得我们高考的时候吗，根云说，高考，怎么会忘记，少兰点点头，根云说，你要说的，是不是当年高考的事情？少兰说，你知道了？根云摇摇头，我不知道你要告诉我什么，只是在我心里也埋着一件事情，是当年高考时的事情，我也一直想告诉你，可是，根云犹豫一下，可是，少兰，现在还是别说吧，等你出来，少兰点点头，好吧，等我出来。

少兰睁开眼睛第一眼看到的是根云，少兰苍白的脸上露出笑容。少兰说，根云，我出来了。根云拉着少兰的手，少兰，你出来了。少兰说，我出来了，根云，你知道我在麻醉过去的时候，看到什么，根云说，看到从前的事情，少兰说，一点不错，我看到我们两人携手走进考场，根云，现在我出来了，现在你可以听我说了，根云摇摇头，少兰，等三天，好不好，三天以后，切片报告就出来了，少兰笑了一下，好吧，听你的，等三天。

第三天一大早，根云去拿少兰的切片报告，走在路上根云忽然有些飘然的感觉，他完全没有想到自己这是在向少兰的命运走去，根云觉得自己很轻松，很有把握，根云想，这就像当年我走向考场时一样，可是结果却……根云不能再往下想，他的心抖了一下。化验医生看到根云，说，早呀，根云说，出来没有，化验医生说，谁？根云说，前天我送来的，我的老同学，化验医生记不得，翻了一下，说，出来了。根云心里一抽，怎么，怎么，有没有问题，化验医生朝他扬了扬切片报告，去报喜讯吧。根云手抖抖地接过报告，谢谢，根云说，化验医生笑了，谢我做什么，他说，你谢错人了，要谢，就谢谢他自己的命，命还算不错吧，根云说，是，都以为不行了，却……

根云满脸喜色来到少兰病床前，少兰的家人都等候着，他们的目光统统集中到根云脸上，根云走进去的时候强烈地感受到目光的灼热，根云说，我现在终于体会到一个医生的力量。

大家从根云的脸上基本上看出了事情的结果，知道少兰摆脱了死神的威胁。少兰的妻子哭起来，吓死我了，吓死我了，她边哭边抹起眼泪，少兰的孩子说，好事也哭，眼泪真多。少兰的妻子突然想到了什么，转身上前握住了根云的手，谢谢你，谢谢你，她一迭连声地说。谢我做什么，根云说，你谢错人了，要谢，你得谢少兰自己的命运，他的命很不错，少兰笑起来，是很不错，我不想死，就不给我死，挺好。少兰妻子含着眼泪，以为不行了，我真的以为这下子完了，大家都这么以为，我们单位的人和他们单位的人都开始劝我为后事做准备呢，谢谢，谢谢。大家听到少兰妻子一迭连声地谢谢，一起笑起来。

少兰的家人走了，根云也去忙了一会儿医院的工作，再回到少兰病房的时候，少兰盯着根云看了一会儿，少兰想了一想，说，根云，从前的事情……根云朝少兰摆了摆手，算了吧，不说吧，往事，让它放着去吧，少兰说，根云你知道我要说什么，根云不置可否地笑了一下，看着少兰苍白的脸，说，就当什么事情也没有发生，少兰点点头，好吧，我们还和以前一样过日子。根云说，是，我们还像从前一样过日子。

　　不久少兰就顺利出院了，少兰出院后，在家养了一段病，身体恢复了，就上班去，他仍然带两个高中班的语文。根云也仍然在医院忙着，少兰和根云都很忙，他们很少见面，少得几乎不见面。

# 锄月

　　柳一石这辈子最大的心愿，就是在锄月园办一次自己的画展。这心愿说起来也不算太难，柳一石在锄月园工作的几十年里，替别人张罗操办画展、影展以及其他别的什么展无数次。柳一石并不是学画出身的，他在锄月园工作许多年，锄月园常常举办画展之类，柳一石身临其境，耳濡目染，无事的时候，也愿意拿个画笔，涂涂画画。小梅看见了，总是笑着说，老柳，想当画家呀，柳一石不好意思，我随便涂涂。小李说，业余爱好，柳一石说，是，是业余爱好，小梅和小李就笑，小梅道，老柳的业余爱好，有专业水平了。哪里哪里，柳一石说，涂鸦涂鸦，嘴上这么说，心里是很开心的。小李道，老柳谦虚呢，柳一石说，不谦虚，不谦虚，弄着玩玩的。说这话的时候，园领导走过来，园领导说，你们说什么呢，这么投机，小梅说，我们说，老柳的画不错，小梅的手指向画展的画，小梅说，不比这些差，我们正和老柳说，其实老柳完全可以在我们自己园里办一次画展。园领导看着柳一石，柳一石说不出话来，小李说，是，我们到老柳家里，看过老柳的许多画，来事，不比这些差。园领导盯着老柳看，笑了，道，老柳，倒看不出你来，内秀啊，多少年也没看出来你来呀。老柳脸有些红，哪里哪里，听他们瞎说，我是随便涂涂的。小梅说，呀，随便涂涂就有这水平，老柳天才呀，园领导继续看着老柳，老柳，他说，你有这个心愿，办自己的画展？老柳摇头，没有，没有，我不是这个意思，小梅道，老柳你客气什么呀，有就是有，你不是和我们说过吗，你说你在锄月园辛苦了一辈子，临到要退休了，唯一就是这一点点心思呀，柳一石看着园领导，我，我，柳一石不知说什么好。园领导回头看小梅，小梅，老柳真说过这样的话，小梅说，说过呀，我干什么要造谣呢，造谣对我有什么好处，多办一次画展，我们不是多辛苦一些吗，有什么好处，老柳又没得回扣给我们，不信你问小李，小李，是不是，老柳是不是说过他想办个人画展？小李笑，道，是，没错，老柳是说过，领导就成全了他吧，辛辛苦苦几十年，也够不容易，换了我，我是不敢保证能在一个地方待几十年不动的。小梅接着说，就是，而且是一个没有生气的地方，园领导说，我们这地方没有生气吗，小梅说，你自己说呢，园领导嗅嗅鼻子，笑起来，是没有什么生气，一鼻子的霉湿味，地上全是青苔。小梅道，阴森森，地底下好像有什么东西冒出来，小李作惊恐状，小梅，我胆小，你别吓着我，小梅说，你胆小呀，你胆小你就别在这园里做，小李说，小梅，你这话有分裂主义的意义吧。园领导看着小青年，叹息一声，你们，你们的嘴，拿你们没办法，小梅说，当然，得靠我们工作呀，不能打击积极性吧，园领导说，不打击，不打击，老柳，你怎么说，真的想办自己的画展，柳一石再摇头，没有，没有，小梅说，得了，老柳，假客气什么，虚伪什么。柳一石不知怎么向园领导说，园领导理解地点头，办锄月园职工自己的画展，倒也是一说，这个建议挺有意味，老柳，怎么样，准备起来也行。柳一石呆呆地看着园领导，园领导说，看我有什么用，看着你自己的画吧，准备妥了，看有机会，争取。柳一石支吾着，园领导说，还有什么，有什么话，老柳你说就是，别吞吞吐吐。柳一石说，办个画展，是好，可是，很难的，不是容易的，我怕办不起来。小梅说，呀，你愁什么，有我们帮衬，包你成功，过几天，就看画坛新秀柳一石的名字传遍大街小巷了。小李说，柳一石，人家以为是个年轻小伙子，说妥了，老柳，若是收到姑娘的求爱信，一律转给我处理啊，算是回扣，自己笑了一下，又说，好心有好报，小梅，咱俩说不定由此转运了呢，小梅说，美得你，人家老柳能把姑娘的求爱信给你处理呀，死猫活食，老柳可是活得很呢，你看他那眼睛，眯成一条缝。园领导看着小梅和小李，你们这帮小子，园领导说，到时候是要帮帮忙，别光嘴上说得好听，小梅和小李一起道，冤枉，我们是那样的人吗，就这样真的把老柳的事情基本上定下来了。园领导走后，柳一石看着小梅和小李，你们，他说，你们拆我这样的烂污，我什么时候说过要办自己画展的。小梅说，我们这是钻心术,我们钻到你心里,看得到你心里想的什么。柳一石沉默了半天,也好,他说,努力一下,也好,马上要退了,再作一次努力,也为自己办点儿事情,小梅说,这才对了。

柳一石回去整理自己的作品,原先以为自己的画作确实不比别人的差,现在一看,感觉不一样了,差远了去了,越看越没了信心,这一幅也不行,那一幅感觉更差,柳一石差点要打退堂鼓了。去和小梅小李他们聊,柳一石说,你看看,我的画,是不行,怕办不起来,办起来,让人笑话。小梅说,老柳你又来了,假谦虚什么,心里明明觉得好。柳一石说,天地良心,我真觉得不行,我怕,小李说,怕什么,那么臭的作品也展览,你的作品为什么不能展览,小梅说,这么好的机会,你拱手让出去呀。柳一石被他们说了,心思又回过来,再想想,机会是来之不易,自己一辈子人生,可说是一事无成,都是为他人作嫁衣裳,临到退休,有这么个好机会,实在是不应该放弃的。这么一想,信心又回来了。回家去,静下心来,鼓足勇气,将自己多年来画的作品一一仔细品味,然后把所有的作品一一列开,感觉不好的全部剔除在一边,就这样柳一石操起画笔,开始为他的画展作准备,一直漫无目的生活着的柳一石突然感觉到自己的生活有了明确的目标。

柳一石家的住房比较拥挤,家里摊不开一张画桌供他用,柳一石便将工作搬到锄月园去,锄月园里有的是那种敞开的和半敞开的轩、亭,本来就是从前的人吟诗作画的好地方,柳一石每日早出晚归,在开园之前和闭园之后,他都在锄月园作画,辛苦了些,柳一石瘦了。小梅和小李说,我们本来是挑你件好事的,你可别把它变成了坏事,到头来反骂我们,柳一石说,感谢你们还来不及呢,小梅说,但愿如此。

秋雨绵绵,柳一石在清晨和黄昏一个人待在冷冷清清的锄月园作画,阴郁的气氛表现在柳一石的作品里。大家上班时,柳一石急急忙忙地将作品收藏起来,藏起来做什么,大家笑着说,都盯住老柳手里的画,柳一石捏着画,扬一扬,画得不好,他说,还没有画成功,大家笑笑,也就算了,并不是真的要看柳一石的画,也没有人从柳一石手里去抢画来看。柳一石举着画,有些失落似的,小梅道,不急,早晚能看见,早看不如晚看,到时一起揭宝,效果更佳。柳一石道,效果什么的,我怕办不起来呢,办起来也怕办不好呢,我越画越觉得自己的基本功太差，还有……小梅道，那是，初学三年，天下通行，再学三年，寸步难行，柳一石听了小梅的话，愣怔了好一会儿，慢慢地点了点头。

一日闭园以后，柳一石仍旧一个人在听雨轩作画，后来就走过来一个人，突然地出现在柳一石面前，是一位比柳一石年长些的老人，瘦高个子，满面慈祥。他在柳一石面前无声地看着柳一石作画，柳一石抬头时发现了他，他朝柳一石笑，说，画画，柳一石说，你怎么的，已经关门了，你怎么还没有出去，老人说，我在那边角落里打个瞌睡，醒来到门口一看，门已经反锁了。柳一石说，别急，我有钥匙，我送你出去。老人摇摇头，不急，老人走近来，走到柳一石身边，我看看你的画，他说，我不急，也没有什么事情，反正你也没走。柳一石说，我不一样，我是园里的人，老人笑了，老人说，我看看你的画再走，不行吗，柳一石说，也行，只不过，我的画，不值一看，画着玩玩。老人说，画着玩玩才好，太认真了也不一定能画出好画来，柳一石看着老人，您懂画？柳一石问，老人摇头，我不懂画，我是说的一般的道理，什么事情都一样呀，柳一石说，也是，您这边坐一会儿吧，等会我和你一起出去也好，天也快黑了，你年纪大，小心些好。谢谢，老人说，你的画，就是在锄月园画出来的，在画室或者在别的什么地方，怕是画不出这样的画来。柳一石高兴起来，他笑了一下，向老人问道，您对锄月园很了解吗？老人说，不敢，不敢，我也是第一次来锄月园。柳一石道，第一次来呀，第一次来锄月园，您有什么感想呢？老人笑着说，说不准，说不准，你什么时候来园的，有许多年了吧？柳一石说，我是许多年了，几十年了。老人说，那你第一次来园时的感想，你还记得吗？柳一石想了想，柳一石说，我第一次来园时，还很年轻，什么也不懂，造园艺术啦什么的，一点不明白，好像，好像没有什么感想，只是，只是，柳一石又想了想，只是有一点感觉，就是觉得一个人若想躲避什么，到锄月园来倒是个好主意，锄月园冷清得出鬼，不光秋天的枯叶孤零零，连春花也是孤独的。老人点头，这不就是感受吗？这就是感受么？柳一石说，也许吧，老人说，你那时候正在躲避什么吧？柳一石愣了一下，老人的话使柳一石重新想起几十年前的往事。柳一石说，是的，我是在躲避，我到了锄月园，果然躲避开了。老人慢慢地点点头，是的，老人说，锄月本来就是归隐的意思，老人眯着眼睛，看着细密的秋雨打在水面上，老人好像在体味着什么。柳一石的画没有再画下去，他手头创作的是一幅题为《自锄明月种梅花》的画，已经画了几稿，总是不满意，一改再改，仍然没有改好，和老人说了些了话，柳一石觉得自己的思路有些乱，便收了画，和老人一起出园，在街口他们分手道别。

　　第二天上班后，柳一石说，喂，小梅，昨天下晚，闭园后，来了一个人，不是来的，是没有走，关门的时候，他不知在哪里睡着了，没有听到铃声。小梅说，一个姑娘，长得很漂亮？小李说，你有那么多姑娘追你还不够，我还指望你能分俩给我呢，居然和老柳争夺起来，老人的东西你也抢呀，柳一石说，去你们，一个老人，老头，很老了。小梅笑道，老头你告诉我做什么，我不爱听，姑娘的事我就听，小李道，缺少善心哪你，听说过么，古人道，老吾老，以及人之老，幼吾幼，以及人之幼。小梅说，听到过，还有一句，女吾女，以及人之女。柳一石道，不和你们开玩笑，真的一个老人，很老了，道骨仙风，闭了园也不走，看我画画。小梅说，老柳，行了，你的画有望，说不定，是一德高望重画坛老前辈，暗访画坛新秀，一眼看中咱们老柳。不是，不是的，老柳说，他说他不懂画，不是画家，我看也不像。小李道，那像什么，一个老头，关了门还不走，什么意思？柳一石道，我也想了半天，不明白，也许喜欢咱们锄月园吧。小梅呀了一声，道，我知道了，柳一石道，什么，你知道什么，小李看着小梅笑，小梅道，是苏醉石来了，一本正经，一点没有笑意。小李道，那是，苏醉石被贬官，买下锄月园，说，今日归来如昨梦，自锄明月种梅花呀，那时候的人，想得开，乐惠，现在的人，退了休，就得退休综合征。小梅笑道，你不是说老柳吧，老柳还没退呢，柳一石说，去你们的。小梅朝四处看看，这雨下得，阴魂也不安分了，要钻出来了。小李说，从哪里钻出来，小梅手往四周里一指，哪里，随便哪里，就这里，那里，都会出来，阴魂又不是固体，又不是一块。小李说，那是气体呀，是雾状吧，小梅看着柳一石，不会错，书上记载，苏醉石就是死在锄月园的，埋在听雨轩下。小李做恐怖状，你别吓人，小李说，吓人倒怪，你说了，倒一溜了之，人家老柳，要在这里作画，别吓着老柳。柳一石也笑，说，若真是苏醉石，倒好，我的画，给他看过，值了，大家一起笑了一回，各人做各人的工作去。

　　到这一天下晚，大家下班，临走前，小梅对柳一石道，老柳，今天还画不画？柳一石说，怎么不画，为什么不画？小李道，他的意思，问你还等不等苏醉石来，柳一石说，等，当然等，你们若有兴趣，和我一起等，小梅小李同声道，我们没有兴趣。

柳一石作画的时候果然就有些心不在焉，好像真的在等着什么人似的，他一会儿就抬头四处看看，什么也没有，只有轻轻的风和细细的雨，满地的青苔，满目的秋意，柳一石讪笑了一下，进园几十年，什么样的事情没有经历过？亲眼看见有人投了园里的小池而不能去救的事情，古香樟树上吊着一个人的事情，疯人放火的事情，前些年园里有个花匠，是外地来的民工，住在园里，常说闹鬼，没有人相信，后来花匠喷血而亡，各种各样的事情都发生过，柳一石都经历过来了，也没有怎么害怕，也没有怎么心神不宁，好像觉得该着要发生的，就会发生，很自然的态度来对待。可是现在柳一石却有些不宁，柳一石并不是害怕，他只是在等待，等待那个老人再次出现，老人却没有出现，他也许就是一个一般的游客，也许再也不会出现，柳一石却控制不住自己的思想，他老是在想着那个老人，柳一石也知道他绝不会是二百年前的锄月园园主苏醉石。柳一石无法掌握自己思想的列车，它固执地朝某一个方向行驶，那就是等待老人。柳一石看着园中的小径，看着池塘，看着四周，好像老人随时随地会钻出来，每当柳一石摊开画纸，柳一石就想起老人音容面貌，柳一石的心思很难再集中到作画上去了，柳一石就这样等了一天又一天，他始终没有等到老人的出现，而他的那幅《自锄明月种梅花》也一直没有能画好，

转眼就过了画展的最佳时期，进入冬天了，园领导说，老柳呀，原以为你能赶在秋天把画展办了的，我好不容易说服了局里，他们算是同意让你办一次画展，你自己，你怎么的，怎么拖下来了。柳一石说，是，我拖了，我太慢。园领导说，老柳，不是我说你，你这个人，做事从来不拖拉的，怎么轮到自己的事情，反倒拖拉了，再这样下去，办展览就不太合适了，天也冷了，园里还有其他任务，到了迎春节，就轮不上你了，老柳你知道的。柳一石说，我知道，园领导说，你再赶一赶，能在这个月内准备好，我们就抢一点时间，下个月初几天办了，你看行不行，柳一石说，我试试。园领导道，这是最后限期了，过了这几天，就比较麻烦，小梅道，麻烦什么，今年赶不上，赶明年。柳一石看看园领导，园领导不说话。柳一石说，明年我退休。小梅道，我倒忘了，小梅盯着柳一石，老柳，你的脸色，你的气色，怎么的，像丢了魂，是吧，是苏醉

石把你的魂勾去了吧，小李道，又瞎嚼，老柳的定力，好着呢，苏醉石勾得去别人的魂，却勾不去老柳的魂，是不是，老柳。园领导说，你们瞎说什么，自己造自己的谣呀，告诉你们，有一年，也是传出什么话去，害得我们园几个月没有正常收入，柳一石慢慢地说，小梅说得不错，我一直在想着那个老人，我想他一定还会再来的。园领导说，什么老人，柳一石道，不知道什么老人，反正我想，他还会再来的。小梅道，原来，你停了画不作，就是在等老人呀，园领导正色起来，道，别乱说了，老柳，你自己抓紧吧，误了展期，我可帮不上忙了。柳一石说，好的，我抓紧。

　　柳一石仍然早出晚归，在开园之前和闭园之后，在园里作画，但是他怎么努力也收不回他的分散的精神。柳一石总是有一种感觉，他认为老人会回来的，但是老人一直没有出现。柳一石终于误了展期。园领导说，老柳，我是爱莫能助呀，柳一石说，我知道，谢谢领导的关心，说这话的时候，柳一石突然想，根本就没有什么老人。

事后好多年，母亲提起来就掉眼泪。母亲说，你落地的时候，哇了一声，正是你父亲被枪毙的那个时辰。如果母亲说的是事实，那么邢云算个什么就很难说了，是算遗腹子呢，或者不能算作遗腹子，当然，算或者不算，都改变不了邢云日后的命运，这大概是无可争议的事实。

邢云和母亲哥哥一直住在老房子里，这是邢家的老宅，很宽敞。但是邢云家住的房间很少，镇反以后不久，邢家的老宅就改造了，搬进来许多人家，和邢云家做了邻居。且不管他们当年搬进来的时候，成分和邢云家有多大的差别，到后来，几十年过去，他们都是差不多的人家了，邢云家和他们都成了正常的关系不错的邻居。

邢云家的房子只有一间半，一间是房，一间是厢，厢很小，只能算作半个房。邢云家在厢里烧饭，邢云和母亲哥哥住一间，后来邢云和哥哥都长大了，哥哥就住到厢里。再后来哥哥结婚了，邢云和母亲就住到厢里。几十年来，邢云家和他们的许多邻居一样，把天井作为生活的主要活动场所。母亲在天井里乘凉时，常常说，邢云啊，你落地的时候，哇了一声，正是你父亲被枪毙的时辰。邻居很愿意听邢云母亲说过去的事，尤其喜欢听她说丈夫被枪毙的事，听完了他们总是说，罪过罪过，或者说，伤心伤心，也或者说，听说，是一个麻子动的手，说那个麻子，是苏北乡下的农民，大字不识一个，跟了部队过来就安排他杀人。哥哥面无表情地说，不是麻子，我看见的，不是麻子。大家的兴趣转到哥哥身上，你看见的，你看见是怎样的一个人？哥哥的面部永远没有表情，哥哥说，是一个乡下人，一口苏北话，但不是麻子。是他打的枪吗，大家问，哥哥说，是的，他打枪之前，还打我父亲一个头皮，哥哥说。我看到我父亲向他说了一句话，我没有听到我父亲说的什么，他就打了我父亲一下头皮，像这样，哥哥做了个刮头皮的手势。大家笑起来，哥哥没有笑，哥哥永远不会笑，也不会哭，邢云长大以后才知道，哥哥去看父亲被枪毙的场面，哥哥爬墙进去，被人发现了追出来，哥哥再次翻墙的时候，摔了下来，昏过去了，哥哥醒来后，什么都明白，只是永远不会笑也不会哭了，哥哥的面部再也不会有什么表情。哥哥那一年八岁，哥哥找对象找了好多年，和这种情况当然也是有关系的。邻居说，那就不是他，麻子是有一个的，在镇反肃反那时候，我们这地方被枪毙的人，都是他杀的，麻子杀人如麻，麻子杀人不眨眼。母亲说，伤心啊，邢云她爸爸其实是冤枉呀，一个朋友跑到我家里来，说是寄一个包袱在我家里，不让看里边的东西，邢云爸爸就收下了，他根本没有看包里是什么东西，后来那个朋友被抓了，是反革命，说有枪，藏在谁谁谁家，就来了，把包袱打开，才知道里面包的是枪，就把邢云爸爸拉走了，就枪毙了，母亲说，伤心啊。大家也说，是冤枉呀，母亲和邻居说起往事的时候，就像在说别人的事情，根本不像在说自己的事情。邢云想，因为时间很长久了，时间能够把任何东西冲淡的。

邢云家在老宅里住了许多年，这期间，邢云上了小学，又上了中学，又离开家去乡下做了几年农民，又回来当了营业员，邢云仍然和母亲一起住在厢里。到了邢云要结婚的时候，母亲说，终算熬出头了。

其实邢云受房子的压迫还没有到头，邢云公公婆婆家也是困难户。弟兄两个讨两房媳妇再加老夫妻一起挤在一套房子里，日子总是很拘紧，很压迫，所以邢云一听到自己家的老宅要拆迁的消息，赶紧把一家三口的户口迁回娘家来了，虽然费了不少周折，也看了嫂嫂不少脸色，但终算是办成了。

拆迁工作进行得很快，半年后，邢云和哥哥都如愿以偿分到了新区的一套两居室半的房子，在母亲的去留问题上，母亲倾向于和邢云住，嫂子正有此意，邢云和丈夫商量，丈夫没有意见。邢云回家说，母亲跟我住吧，皆大欢喜。

邢云的新房子在六楼，邢云并没有意见，能够分到一套房子，对邢云来说，已经是一种奢望，现在奢望成了现实，至于楼层的高低好差，邢云觉得没有必要再争什么。邢云在那一段日子里，觉得是她的人生最开心的日子，往事的阴影笼罩了她许多年，几乎影响了她的半辈子的人生，可是现在不一样了，邢云甚至联想到一些象征意义或别的什么，她觉得走出老宅，也许就是意味着她的全新的生活的开始，虽然邢云已年届不惑。

对搬迁出老宅唯一不满意的是母亲。母亲离不开居住了几十年的老环境，但是母亲无法不离开她的老宅，她的老环境，许多面临拆迁的老人都会有这样的情绪，他们抱怨着，拖沓着，但是他们不可能不搬迁，他们无一例外都得搬到新楼房里去。这下子我怎么办，连个说话的人都没有了，母亲几十年来把天井作为她的依靠，母亲伤心的时候，母亲高兴的时候，天井里永远有她的倾诉对象，现在母亲有些着慌了。母亲说，我怎么办呢，我会闷死的，听说新的公房里，门对门的邻居都不说话，互相不知道姓什么叫什么。邢云笑起来，邢云说，谁那么危言耸听，和邻居相处，关键在自己，母亲说，这话是你说的，到时候若没有人和我说话，你陪我说话。邢云再次笑了，说话解闷和房子比起来，简直是一件小得不能再小的事情了。

邢云拿出许多年来全部的积蓄，基本按照流行的标准，把新房子里里外外全部装修一番，朋友和同事来看，都说，吓，赛过三星级宾馆了，邢云很幸福。

母亲在装修房子的过程中忙得很有劲头，她每天在施工现场和工人们说说笑笑，指点指点，或者请教些什么，在工人休息的时候，母亲也会向他们讲讲往事，母亲说，我家女儿生下来的时候，哇了一声，正是她父亲被枪毙的那个时辰，很巧的……母亲说，伤心啊，他是冤枉的，他根本不知道那包里包的是枪，也不知道这枪是准备用来打共产党的呀，要是知道，打死他也不敢留下那个包袱呀，伤心啊，听我儿子说，他临死的时候，还被人有打一个头皮，母亲也学着哥哥做了个刮头皮的手势，工人们笑起来，母亲也笑了一下，母亲说，伤心哪……工人们挺爱听，他们没有见过被枪毙的人的家属，现在见到，觉得也很一般，并没有什么特别之处，倒是讲的那些过去的事情，从来没有听人说过，听听也挺有意思，总之一个月的装修时间里母亲并没有寂寞的感觉。但是母亲一想到一旦装修完毕，她将像鸟一样被关在这个精致的笼子里，母亲就有一种恐惧感。因为有了这种恐惧感，母亲开始物色新大楼里的邻居，每天母亲神色惶恐地告诉邢云，没有人，一个人也没有。邢云说，你别急，人家都还没搬进来，母亲说，不，已经搬进来了，大多数的人家都进来了，可是看不到人，他们都去上班了，是不是，母亲说，可是怎么不见他们下班呢。

母亲终于在新大楼里找到了一个可以和她说话的人，那是在邢云家正式搬进新大楼住的第二天，母亲说，在我们这一进的一楼，我们六楼，他一楼，我们和他们，一个顶天一个立地呢，母亲很高兴。母亲说，也是个退了休的，噢，对了，听他说，他是离休，母亲有些奇怪，母亲说，离休，那就是老干部了，老干部怎么住一楼呢，邢云说，也许好的给儿子女儿住去了呢，母亲说，对，大概就是这道理。邢云和母亲开玩笑，邢云说，妈，别闹起黄昏恋呀，母亲也笑，说，呸，都是有孙子的人了，对了，他还抱着他的孙子呢，邢云说，所以我说是黄昏恋呀，母亲笑，我才看不上他，粗气得很，乡下人样子的。邢云说，那当然，老干部从前都是农民，母亲便回到往事中，母亲说，你父亲，可惜你没见过，那才是一表人才。邢云说，我见过照片，母亲说，哪能拿照片和真人比，真人不知比照片强多少，伤心啊，死得早，邢云，你落地的时候，哇一声，是不是为你父亲送行的呀，那时候正是你父亲被枪毙的时候呀，邢云说，真有那么巧？母亲说，不信问你哥，母亲又回到现实，母亲说，不过人倒很和气，面善，邢云说，谁？母亲说，咦，就是一楼的那个人呀。

这时候响起了敲门声，夹杂着小孩子的咿呀学语声，母亲说，是他来了。母亲去开门，邢云看到门口站着一位和蔼慈祥的老人，抱着个小孩子，大概有七八个月。母亲说，呀呀，你怎么上来了，你怎么上来了，这六楼，还抱着个孩子，应该我下去看你。老人笑笑，我走得动，我身体好，老人说，本来我想住得高一点的，六楼也好，五楼也好，可是小的反而怕爬楼，现在都是他们做主。母亲说，是，现在都是小的做主，老人朝邢云看看，这是你女儿吧，邢云朝老人一笑。老人说，我姓马，大家都叫我老马，你们也叫我老马好了，听了许多年，听着习惯。母亲说，你身体真不错，爬六楼，还抱个孩子，一点也不喘，我不行了，上不了六楼了。老马说，那是，你们缺少锻炼，我是天天练的。你练什么，母亲说，好的话，也介绍我试试。老马说，我很简单，我是当兵出身，当兵要能跑，我就天天跑步，几十年了，没有停过，所以我的腿上有力。邢云说，跑步吗，我怎么看到介绍说跑步对老人的心脏不好，老马说，现在各种说法多呢，今天说好，明天又说不好，明天说好，后天又说坏，谁知道他们，我是不理他们的。母亲说，就应该这样，你许多年跑下来，觉得挺好，就是好。老马的孙子咿咿呀呀地要想说话，可是说不出来，他还没到会说话的时候，只能用简单的音节表示什么意思，只有老马懂。老马说，连他妈他爸都不懂，老马很得意，他说了一句粗话，妈拉巴子，连他娘老子也不懂，小东西服我，老马说。那是，母亲说，你耐心，脾气又好，小孩子服你。老马说，我脾气可不好，我现在可能好一些了，我年轻的时候，脾气很躁的，看不惯的我要骂，现在好得多了，老马笑起来，是好得多了，我年轻的时候，叫作一头皮，看不惯的，我先打一个头皮，再说，说我没文化，我是没文化，可是我肚肠不拐弯，没有歪心思。你是老革命？邢云说，听说你是老革命，怎么分到一楼，老马说，唉，邢云说，怎么你官小，你哪一年参加革命的？老马说，早了，十三岁呀，今年六十八，邢云说，听你的口音，不是本地人，是苏北的？老马说，苏北乡下，苏北乡下，母亲和邢云都叹息一声，邢云不再多说话，她还有许多事情要做，搬一次家，简直有想象不到的多的事情，邢云的事假只剩最后两天了。

　　邢云做事情，母亲就和老马聊天，母亲说，我们家，伤心啊，我们邢云她爸，是被枪毙的，老马瞪了眼睛，枪毙，做什么事情枪毙的？母亲说，早了，早了，好多年了，四十年了，冤枉呀，老马说，冤枉？做什么冤枉，母亲说伤心呀，他的一个朋友放了一包袱在我们家里，不要看包袱里的东西，我们那个人，是个老实人，真的就没有看。后来那个朋友出了事情，是反革命，要杀共产党，抓起来，问他你要杀共产党，你拿什么杀，他说我拿枪杀，问他枪在哪里，说就藏在我们家里，就把邢云她爸爸抓起来，冤枉呀，她爸爸根本不知道包袱里包的什么，老马你说说能不冤枉吗？老马说，冤枉，真是冤枉，你怎么不找他们，跟他们说，叫他们平反，叫他们赔偿。母亲说，平反什么呀，赔偿什么呀，人也去了几十年，骨头也不知化到哪里去了，现在小孩子也都成大人了。马上就成老人了，邢云插嘴说。母亲说，是呀，邢云都已经四十了，她哥四十八了，还说什么呀，伤心哪，我们邢云落地的时候，哇了一声，那时候正是她父亲被枪毙的时候，我说邢云你是不是给你父亲送行呀。是伤心，老马说，伤心，那些人，罪过，罪过，这许多年，你一个人拉两个孩子？母亲说，是呀，我一个人拉两个孩子，老马说，伤心，伤心。母亲抹了一下眼睛，不过母亲眼睛里早已经没有泪水。老马说，说起来，我那时候就是做那个事情的，母亲说，什么事情，你那时候做什么事情？老马做了个动作，老马说，就是做个事情，杀人呀。邢云心里一抖，邢云看母亲并没有什么震动，母亲甚至显得有些兴奋，你是杀人的人，母亲说，看起来母亲很想听听老马说过去的事情，老马说，我以后一直想，我杀的人难道真的都是坏人，我就没有杀错过人吗，老马说，我一直想，想得头发都白了，你看我的头发，不是这两年才白的，早就白了。母亲说，就算杀错，也怪不得你呀，你也是听命令的，是不是，你又不是大官，是不是，老马说，那倒是，不过那时候，我对杀人是很卖力的，我在苏北乡下，吃了多少苦头，差一点被地主杀，逃出来，看到地主那样的坏人，我能不杀？我当然要杀，我那时候真是杀人如麻，人家都叫我麻子，就是因为我杀人如麻呀。母亲呀了一声，母亲说，你是麻子，可是你并不麻。母亲突然激动起来，母亲说，邢云她爸爸说不定就是在你手里走的，那时候大家都就说麻子杀的，可是我儿子去看，我儿子说，不是麻子。老马摸了摸自己的脸，老马说，不是麻子，老马说，那时候我是很凶的，犯人不老实的嘴硬的，我就刮他一个头皮，

　　邢云心里一动，邢云走过来，你打人家的头皮，怎么个打法？邢云问，老马做了一个刮头皮的动作，就这样，老马笑着说，就这样，刮上去很称心。母亲也跟着笑了一下，母亲说，你真的这么凶，现在一点也看不出你是一个很凶的人。老马说，那是，现在我跟人家说起我从前做的事情，人家都不相信，那时候，真的，犯人看到我发抖，我的眼功特别好，谁不老实，我一串钥匙打过去，必中。我喜欢刮人家头皮，刮上去很痛快的，大概从前小的时候被我老子刮多了吧，比如有一个人死到临头还嘴硬，要向我讨个明白，说我这么不明不白去死，死了也不瞑目，你得给个说法我，告诉我为什么而死，这样的人，我就给他一个头皮，就这样，老马又做了一个刮头皮的手势，又笑了一下。母亲也笑了，母亲说，老马，很可能的，很可能我们邢云他父亲，就在你的手里。老马说，是吗，他是哪一年？老马问，母亲说，是哪一年，老马点头，是的，是的，那一年的枪毙鬼都在我的手里，没错。母亲说，巧了，真巧。老马说，是巧，做了邻居。老马的孙子越来越不安分了，他大概觉得到这里来的时间太长了，嘴里咿咿呀呀地说着说不出来的话，但老马明白，他要走了，老马说，走了，明天再来聊，母亲说，明天一定来，老马说，要来的，在大楼里碰到个能说说话的不容易，我要来的。

老马下楼去，邢云过来看着母亲，母亲说，巧了，邢云，你听到没有，真巧。邢云说，我听到了，他刮了爸爸一个头皮，母亲说，真的很巧呀。

第二天是邢云事假的最后一天，天气晴朗，邢云将家中需要晒的东西一一搬到阳台上，把小小的阳台摆得满满的，最后邢云看到阳台的扶栏上还空着一小块地方，邢云想，还什么要晒的呢，邢云回屋里找了一圈，没有发现什么，她又到厨房里看看，邢云看到他们家的砧板，这块砧板一直是潮兮兮的，邢云随手搬起砧板放到阳台扶栏的空处。邢云晒好东西，提起菜篮去买菜，在下楼的时候，邢云碰到哥哥，哥哥正从楼下上来，哥哥对邢云说，我过来看看弄得怎么样了，邢云说，差不多了，你那边呢，哥哥说，也差不多了，怪累人的。邢云说，是怪累人的，妈在家呢。哥哥就上楼去，邢云出去买菜，等邢云买了菜回来，哥哥已经走了，母亲正在看电视，是上午的新闻。邢云说，哥走了？母亲说，走了，家里还有事情，母亲看看邢云买的菜，母亲说，看到楼下老马没有？邢云说，没有，没有看到，电视新闻结束了，母亲在屋里转了一会儿，说，我下楼去，看看老马在不在，在的话，和他说说话，要老马不在，我到外面走走，家里太闷，邢云看母亲反带了门走出去。

邢云做了午饭，不见母亲回来，到阳台上看看晒着的东西，都挺好，邢云朝楼下看看，她看到老马抱着孙子站在一楼的天井里，老马大概听到楼上有声响，抬头看，正好看到邢云，邢云说，老马，你在家呀，我妈下来找你，没找到吗？老马说，我刚才出去了，才回来。邢云点了点头，正在这时候，突然刮起一阵大风，风将邢云晒在阳台上的东西吹动起来，邢云连忙护着，可是护了这边，护不了那边，就在一瞬间，邢云看到她晒在阳台扶栏上的那块很大的砧板被风刮起来，沿着阳台的边缘滚了一下，无声无息地掉下阳台去，邢云惊呆了片刻，听到楼下老马呀了一声，声音并不很响，邢云吓得腿也软了，那种感觉好像掉下去的不是一块砧板，而是她自己的一颗心。邢云急忙探头朝一楼看，她看到老马仍然抱着孙子站在一楼院子里，老马的另一只手，摸着自己的头。

邢云连忙跑到一楼，老马给她开了门，迎她到院子里，邢云看到那块砧板躺在老马家的院子里，砸着你没有，砸着你没有，邢云看看老马的脸。老马笑着，又摸摸头，说，砸是砸了一下，不过，好像没什么，不疼。邢云有些害怕，怎么会不疼，这么重的东西，这么高掉下来。老马再摸摸头，是奇怪，我也觉得奇怪，我也以为砸坏了，可是，就是不疼，一点没碍事，老马摇了摇头，又点了点头，你看看，挺活络的，一点没事。奇怪，邢云抱起砧板看看，这么重的砧板，怎么会没事。老马说，可能因为，没有正面砸着，是斜着下来的，这样，老马做了一个刮头皮的动作，是这样刮下来，刮了一下，所以，没有。看邢云仍然不放心，又拍拍自己的头，你看，真的没事，邢云这才松了一口气。他们说话的时候，老马的孙子在老马怀里看着他们，他还不会说话，但是看样子他很想说话，邢云拍拍他的小脸，对老马说，你没什么事，我走了。老马说，和你妈说，让她别下楼，爬六楼，怪累的，我上去看她，我身体好，我爬得动，邢云说，好。老马送邢云出来，又说，对了，我今天碰到你哥哥，和你长得一样，你哥哥人挺和气，朝我笑。邢云说，怎么会，别是搞错了人，我哥哥不会笑的，他几十年都没有笑过一回，老马说，没错，我问他的，他说是，是你哥哥，叫邢少耕，不是吗，邢云说，是邢少耕，他怎么，朝你笑了？老马说，是朝我笑的，我看得很分明，不会看错的，他笑得很和气。邢云上楼的时候，心里奇怪。

　　到下一天邢云就上班了，一上班，时间就特别的紧张，下班回来人也很累了，母亲和她说话，她提不起精神，只知道母亲有些抱怨，说老马也不知到哪里去了，几天没见人。邢云说，怕是有什么事情，母亲说，他能有什么事情，早已经退了，邢云说，人家家里也总有点事情的。母亲说，可能，说不定明天就回来了。

　　再到下一天，邢云下班回来，在楼下看到几个手臂上缠着黑纱的人，邢云想，这楼怎么的，都才搬进来几天，就死人了。到家里，看到母亲萎萎地坐着，邢云说，妈，怎么啦？母亲朝她看了一眼，淡淡地说，老马死了。邢云吓了一大跳，声音抖抖的，怎么的，老马死了，怎么会？母亲说，死了就死了，什么叫怎么会，邢云问，是生病？母亲说，说是生病，没祸没灾的，不是生病怎么死，邢云觉得自己的魂魄都要飞起来了，什么病，怎么这么快？邢云听到自己的声音像是从别的人嘴里传出来。母亲说，说是脑子里突然长出一个瘤来，是脑癌，邢云说，怎么会，前几天还好好的，怎么就脑癌了？母亲说，我也觉得奇怪，这么快呀，只有一种可能，就是他早得了脑癌，没有发现，现在突然发作了，就很快。邢云说，那也不至于这么快呀，母亲看了她一眼，那你说是什么，什么病会这么快，邢云的声音一下子降得很低很低，邢云说，我不知道。

　　晚上老马家的喧闹声折腾得整个楼里的邻居都不能好好睡觉，邢云起来上卫生间，听到母亲说，平时不见人，死了人倒热闹起来。

　　邢云回床上躺下，后半夜，喧闹声终于停止了，邢云很快入睡。邢云做一个梦，她梦见老马的孙子跑到她的面前，指着她说，是你，是你砸死了他。邢云惊恐地大声喊，不，不，邢云说，你根本不会说话，你不可能说出话来。丈夫推醒了邢云，丈夫说，你做了什么梦？邢云愣了半天，眼睛四顾，看看新装修好的房间，她慢慢地摇了摇头。

暖 冬

　　老周是个劳动模范，工作的时候很积极，每天都要在厂里待十几个小时，也不觉得累，习惯了，比别人多做好多活，评上了劳模，大家也觉得应该，没有人妒忌老周。老周退休以后，不能再到厂里去，闲着没事做，心里闷了一段时间，后来倒也好了，也习惯了。老周就像其他许多退休老人一样，平平静静地过日子。

　　老周也没有什么特别的爱好，常常到大街小巷遛遛，也没什么目的，走走，看到什么有意思的事情，停下来看它怎么发生，怎么结束，看到什么不好的事情，也会说几句应该说的话。快过年的一天，老周遛马路回来，经过一座桥，被一个脸上有两颗很大的黑痣的中年妇女拉住了。

　　"这位老先生，"妇女说，"我给你看看相。"

　　老周摇摇头，说："不要，不要。"

　　妇女说："我看相很灵的，你不信可以试试，不准不要钱。"

　　老周笑起来，说："什么准不准，谁知道？"

　　妇女说："我反正每天都在这里看相，我可以说一些你将要碰到的事情，要是说不准，你可以来找我。"

　　老周觉得妇女说的也不是没有道理，只是老周从来不怎么相信这些，而且老周看这妇女脸上的两颗又大又黑的痣，老周想，以我这个不懂的人，也知道你这脸上的痣不怎么样，你怎么不给自己看看相。但是老周也只不过这样想想，老周不会说出来，老周不是个多嘴的人，也不是个希望别人坏的人，老周希望大家都好好地过日子，就这样。

妇女却缠住老周不放，妇女有些可怜巴巴地说："看一下吧，看一下吧，才要你一块钱呀。"

老周想，才一块钱，大冬天的，站在这风头里也怪不容易，就让她看一下吧，老周的想法已经被妇女看出来了，妇女便拉住老周的左手，翻开来，很认真地看了一下，妇女笑起来，说："恭喜你呀老先生，你有好运。"

老周也笑了一下，也没有问什么时候有什么好运，老周给了妇女一块钱，就回家去。

到家的时候，老周的老伴已经将晚饭做好了，看到老周回来，老伴说："你今天跑得远了。"

老周说："也不算远。"老周没有将看相的事情说出来，"随便走了走"，老周说。老伴进厨房把饭菜端了出来，说："你们单位，有人来找你，等了一会儿，没见你回来，走了，让你明天上午到局工会去。"

老周坐下来，心里有些紧张，"局工会，到局工会去做什么？"老周问。

"不知道。"老伴给老周盛了稀饭，说，"他也没说做什么。"

"是谁？"老周问，"谁来的？"

"不知道。"老伴说，"我也不认得，现在的人，都不认得了。"

吃过晚饭，老周和老伴看电视，老周的心思有点放不下来，想来想去，也想不出叫他到局工会去做什么，心里有些忐忑不安，电视也看不进去，只知道电视上有人在说话，也不知说的什么，看到老伴咧着嘴笑，也不知她笑的什么。后来老周终于忍不住说："他没有说什么事？"

老伴知道老周的心思，说："你怕什么，你也没有犯什么错误，你怕什么？""我不是怕，"老周说，"我只是心里有些那个。"

就这样老周一个晚上也没有好好地睡觉，睡一会儿，便醒来了，想想明天要到局工会，不知出了什么事情，再睡一会儿，又醒了，再想想自己是不是犯了什么事情，也没有。就这么折腾来折腾去，天就亮了，老周起了床，吃过早饭，就要出门去，老伴说："这么早就去，那边也没有人呀。"

"早点走好，"老周说，"万一有什么要紧事情，晚了会耽误的。"

　　"要紧事。"老伴笑了一下，也没有多说什么，任老周走出去，老周走了一段，才想起自己还不知道局工会在哪里呢，退回家来，问老伴，老伴说不知道，说人家没有告诉她。老周也无法，只得先往自己原先工作的工厂去，到了厂门口，发现厂里冷冷清清，还没到上班时间，传达室里的门卫正在喝茶，老周一看，脸熟，好像也是厂里的一位老工人，老周虽然忘记他叫什么名字，但是感觉上是很熟悉的，老周很高兴，上前叫了一声，问道："师傅，知不知道局工会在什么地方？"

　　门卫打量了老周一下，看起来好像并不认得老周，慢慢地说："局工会，什么局工会？"

　　"局工会，"老周解释说，"局工会就是局里的工会。"

　　"噢，"门卫说，"那总是在局里吧，"说着看了老周一眼，问，"你是哪里的？"

　　老周笑了，说："你不认得我了，我就是这个厂里的，我姓周，退休了。"

　　"噢，"门卫又问，"你到局工会做什么？"

　　老周张了张嘴，说不出来，门卫有些狐疑地再看看老周，老周觉得有些尴尬，讪讪地在门卫警惕的注视下走开了。

　　老周找到局办公楼的时候，看了一下手表，差不多刚好是上班时间，进大楼的人很多，老周走到靠近大门的一间办公室门口，朝里望望，门开着，里边却没有人，老周刚要往后退一下，身后有人提着两个热水瓶过来，看看老周，问："你找谁？"

　　老周一看，笑了，说："我认得你，你是王秘书。"

　　王秘书仔细地看了老周，不过他没有认出老周来，只是问："你找我？"老周笑着摇摇头，说："我找局工会。"

　　王秘书开始像是没有听明白什么局工会，愣了一下，才明白过来，也笑了一下，说："噢，局工会，找局工会做什么？"

　　"我不知道，"老周说，"叫我来的。"

　　"谁叫你来的？"

　　"我不知道。"老周觉得事情有些说不清，又解释道，"我不在家。"

　　王秘书看着老周："什么，什么你不在家？"

　　老周说："到我家来叫我的时候，我不在家，我老伴在家。"

"噢，"王秘书说，"你是哪里的？"

老周说："你不认得我了，我是三分厂的，我姓周，退休了。"

"噢，"王秘书指指办公室外面，说，"工会在隔壁，工会的人好像还没有来，你先在这里坐一坐。"说着便低头写什么东西，也不再和老周说话。老周坐着，朝外面走廊看，一会儿就有一个人走过，一会儿又有一个人走过，都是向隔壁的办公室里去的，老周也不知其中有没有工会的人，也不知工会的人是个什么样的人，姓什么，又猜想局工会叫他来到底是什么事情，心里乱乱的。再坐一会儿，便有些坐不住，起身向王秘书点了一下头，王秘书也没有看见。老周走了出来，看到走廊里边还有好几间办公室，其中有一间门上方写着工会两个字，老周便走过去，朝里一看，有人了，老周不知道该怎么打招呼，站在门口愣了一下。

工会的那个人正在抹桌子，头虽低着，但是感觉到门口有人，停下来抬头看看老周，不认得，说："你找谁？"

老周有些难说，他也不知道该找谁，想了想，说："其实也不是我找谁，是局工会找我，叫我来的，我也不知道，就来了。"

"什么事情，局工会找你什么事情？"工会干部问。

"我不知道，"老周觉得脸上有些发热，像做了什么亏心事似的，眼睛好像不能正视人家，停顿了一下，觉得还得把话再说明白一点，"昨天下午我不在家，到我家里去通知我的，叫我今天到局工会来，我就来了。"

"你叫什么，是哪里的？"

老周说："我叫周长顺，原来是三分厂的，"他想了想，又补充道，"我原来是劳动模范。"

"噢，是老周呀，"工会干部笑了起来，向老周伸出手，老周愣了一下，也伸了手，他们握了一下手，老周感觉到对方的手很冷，像冰一样，工会干部说，"差点忘记了，是我叫人去通知你的，没错。"

老周这才放下心来。"其实，我认得你，"老周说，"你原来是二分厂的，是不是，你姓丁？"

老丁点点头，眯着眼打量了老周一会儿，"是吗，你倒认得我，我这个人就是记性不好，我一点也不记得你了。"

老丁给老周泡了杯茶，让老周在沙发上坐下，笑眯眯地看着老周，向老周问了几个问题，都是关于老周退休以后的生活啦或者其他方面的一些事情，老周一一回答了，心想老丁叫他来就是问这些呢，还是有别的什么事情。老丁问过一些问题以后，就让老周喝水，老周才喝了两口，老丁就过来加水，老周其实也不怎么渴，早上喝的稀饭，肚子也尽是水，只是老丁催得热情，他也不好意思不喝，一会儿竟喝了不少茶水下去，就有点想方便的感觉了，但又不知道老丁还要说什么话、还有什么事情，先憋着，可老丁总不说别的话，老周终于耐不住了，问道："老丁，今天叫我来，是不是……"

老丁像有些惊讶地看着老周，想了一会儿，笑了，说："噢，你还不知道呀，我以为你早知道了呢，是这样的，"老丁说，"市总工会今天有领导下来，到我们系统有个活动，每年都有这么一次，给退休劳动模范送过节慰问费，前年是一分厂的，去年是二分厂，今年就是你们了，你们厂说就给你吧，你也是老劳模了，所以把你请来了。"

老周听了，愣了好一会儿，心里很激动，他从沙发上起来，上前握住老丁的手，连连说："谢谢，谢谢，谢谢老丁。"

"谢我什么，"老丁说，"这是市总工会的，送温暖。"

老周退回到沙发边，因为心里感动，觉得再坐下来，大腿跷二腿的不大好，便站着，嘴里仍然说，谢谢，谢谢。

老丁看了看手表，也站起来，说："还没来，这样，老周，我另外有点事情，你先在这里喝茶等一会儿，我去去就来。"

"你忙，你忙，"老周不过意地说，"你不用陪我。"

老丁走了出去，老周也跟出来，找到厕所，方便过，又回到工会办公室，坐下，呆呆地等着。一会儿老丁又进来了，老周以为来了，连忙站起来，老丁却摆一摆手，拿了桌上一样什么东西，又出去。过一会儿，有人走到工会办公室门口，朝里看看，问："老丁呢？"

老周说："出去了。"

那人看看老周："你是谁？"

老周说："我姓周，原先是……"说了一半，那人"噢"了一声，就走开了。

老周坐着没事，四处看看，看到一块小黑板上写着：李主席送温暖一桌。

想了想，不是很明白，不知怎么忽然就想到昨天下午在桥上那个脸上有两颗黑痣的妇女给他看相的事情，想到她说他有好运道，看来算命看相这东西，还真不好说它是个什么呢，也有说准了的呢。

老丁再又进来的时候，已经到了中午十一点钟了，老丁有些抱歉地告诉老周，送温暖的人，因为一上午要送好几家温暖，奔来奔去，现在还在路上，可能堵车了，还得等一会儿，老周连忙说："辛苦他们，辛苦他们。"

老丁说："让你等了，你一大早就来了。"

"没事，没事，"老周说，"我反正也没有什么事情，在家也是闲着。"

老丁重又出去了，老周将杯子里的茶喝干，自己去加了点水，觉得又有了要上厕所的意思，心想人老了就是这样，尿多，憋也憋不得，便出门来。经过一个办公室的时候，看到老丁坐在里边和别人聊天，老丁看到老周，朝他笑笑，向别人说了一句什么，老周也没有听分明，好像是说送温暖什么的，接着那办公室里的人都笑了，老周心里很高兴。

一直等到十一点半以后，老丁突然慌慌张张从外面进来，说："来了，来了。"

老周心里也慌起来，扯了扯自己的衣服，连忙迎出去，到走廊一看，却空无一人，其他办公室的人也都已经下班，走廊里冷冷清清的，老周正奇怪，老丁说："已经到了，跟我走。"

老周便跟着老丁，也不知要到什么地方，走了一段，发现是到餐厅的，也不知道说什么好，不知道自己是不是该进去，见老丁也不发话，只能跟着。进了一个单间，里边一张桌子上已经坐了七八个人，见了老丁，有人就嚷起来，说："老丁迟到，罚酒罚酒。"

老丁笑着说："认罚认罚。"指着说话的人，"等一会儿见高低。"

大家一笑。

老周站在老丁身后也跟着笑，老丁将身子侧了一下，向一桌子的人说："这是老周，三分厂的，老劳模。"

桌子主座上的一位领导站起来，向老周笑着说："老劳模，我们就是来给你送温暖的。"

老丁说："这是李主席。"

老周急忙绕过去，和李主席握手："谢谢，谢谢。"老周心里觉得李主席像是自己的一个什么亲人似的，很熟悉很亲切，"谢谢李主席"，老周再三说。

李主席说："不要谢我，不要谢我。"

"好了，"老丁说，"时间也不早了，各位忙了一个上午，也饿了，开始吧。"

开始吃饭，大家喝酒喝得很激动，老周也喝了几杯，已经有很长时间老周没有在比较热闹的场合和这么多人一起喝酒，老周显得特别兴奋，别的人也都很兴奋。老周的大脑在酒的刺激下，活跃起来，他突然记得李主席是一个叫作李开泉的人，想起这个李开泉，曾经在好多年前做过他几天徒弟，虽然时间不长就调走了，但老周还是有比较深的印象，这印象经过许多年的磨损，已经淡多了，现在被酒精一作用，又清晰起来。老周忍不住站起来，向李主席说："李主席，你曾经在我们三分厂待过，是不是？"

李主席说："那是，三分厂是我的娘家。"

老周问："你曾经在机修车间待过？"

李主席说："那是，机修车间是我的起点呀。"李主席的表情看上去有点儿感慨。

老周稍稍犹豫了一下，过了一会儿说："你……"他觉得找不到合适的话语，"我，我是周长顺。"

李主席点头，笑，说："我知道，刚才老丁已经介绍过了，老模范。"说话的时候，看到老丁喝酒时做了一个小动作，将雪碧加在酒杯里，李主席手一指，说："老丁，注意啊。"

大家哈哈大笑，说李主席火眼金睛，说老丁耍滑头什么，再又掀起一个小高潮来。

老周一时也不好再和李主席说什么，也有几个人敬老周的酒，老周一一都喝了，稍有些过量，但是感觉很好。最后酒席终于要散了，老丁到李主席身边，向李主席耳语几句，李主席说："是，是，我们来你们局的任务还没有完成呢。"

李主席拿出一个很大的红包来，向老周扬一扬，"老周，"李主席满脸上笑，"这是给你的。"

大家都盯着老周，老周有些不知所措。老丁轻轻地推了老周一下，老周才走过去，从李主席手里接过那个大红纸包，立即响起一阵掌声，又拍了照，为了多拍几种角度的照片，摄影师又让老周将红包还给李主席，让李主席再做一遍交给老周的动作，这么重复了几次，照片拍好了，大家都很满意，一一握手道别。送温暖激动结束了，老丁将李主席他们先送上车，回头也和老周握手，老周感觉到老丁的手已经很热很热，和早晨握手时大不一样，老周想，酒真是好东西，能活血。

分手的时候，老周感觉到老丁像是有话要说，却又说不出来的样子，老周问老丁，老丁说："想看看，给了你多少。"停一下，又解释道："要写情况汇报，和总结。"

老周连忙将红纸包拿出来，抽开来一看，是一张一百元的人民币，老丁像是有些不相信，从老周手里拿过纸包，又往里看看，将空纸包还给老周，嘴里"嘻"了一声，老周也不知他嘻的什么，再次握住老丁的手，说了好多声谢谢。

老周心里火辣辣的，迎着寒风往回走，一点也不觉得冷，快到家的时候，碰到一个熟人，也是个退了休的老工人，问老周到哪里去的，脸上弄得红彤彤的，老周告诉熟人，市总工会送温暖送给他，给了钱，一个大红纸包，中午还请吃饭，喝了不少酒，是很名贵的酒，平时很少喝到的，多喝了几杯，稍有些过量。熟人脸上露出很羡慕的表情，说："还是你们单位好，我们单位，早把我们这样的人忘记得不知到哪里去了。"

"那是，"老周说，"我们单位真的不错。"

熟人说："我要是在你们单位就好了，唉，没有你这福气呀。"慢慢地走远去，老周看看他的背影，已经很老了。

老周到了家，心里仍然激动，一直平静不下来，吃过晚饭，也不想看电视，也不想做别的什么事情，走到桌子跟前，拉开抽屉，拿出几张纸，便开始写感谢信。因为有很长时候不拿笔，拿起笔来真的很吃力，好多字，就像在手边上的，却怎么想也想不出来，好多感谢的话，就像在嘴边上的，也是写不出来。磨来磨去，磨了大半个晚上，撕了好多张纸，最后终于写成了三封感谢信，一封给市总工会，一封给局工会，再一封，给自己厂里，再反反复复看了读了好几遍，仍然不是很满意，但也没有本事将信写得更好了，找来胶水将信封封了，这才睡觉去。这时候老伴已经睡了一觉，醒来，懵懵地看着老周，老周说："睡吧。"

第二天早晨，老周起床后感觉特别好，平时胃里常常有点不适的感觉，昨天喝了那么多酒，不适的感觉居然一点儿也没有了。老周神清气爽，吃过早饭，就上邮局去寄信，将三封信小心地工工整整地贴上邮票，再又仔仔细细看了一下地址写得对不对，这才走到邮筒跟前，轻轻地将投入邮筒。老周对着邮筒出神地看了一会儿，心里总算平静了些，长长地吁了一口气，往回去。

老周走了一半，像觉得心里有什么事似的，好像觉得这条路走得不对，站定了，仔细想了想，忽然明白了，老周改变了方向，没有沿近路直接回家去，他绕道来到那座桥上，老周是要去谢一谢那个看相的妇女，或者，也不是去谢她，至少是想去看一看她，因为她说老周有好运，老周果然就有好运了，老周觉得这事情多少有点儿神奇。

到了桥头，老周放眼望过去，果然看到那个妇女仍然站在桥上，正如她所说的，她说反正我每天都在这里看相，你可以来找我，老周向妇女走过去，向她一笑，妇女也向老周笑了一下，老周说："谢谢你。"

妇女睁着眼睛奇怪地看着老周，她脸上的两颗黑痣因为她的表情有些夸张也变得更大了似的，好像连黑痣也在向老周表示奇怪，妇女说："什么？"

"你那天，"老周想了一下，"就是前天，我走过这里，你给我看相，说我有好运……"

妇女"啊哈"笑了一声，"什么呀，"她说，"你说什么。"

老周说："你看了我的手相，说我有好运，我真的有了好运，昨天工会送温暖。""开什么玩笑，"妇女说，"什么看相，谁看相？"

老周看妇女认真的样子，再仔细看看她的脸，老周确认她就是那个看相的妇女，老周笑了起来，说："你怕什么，我是来谢谢你的金口，我又不是公安，来抓你，你看我这样子，也没有这么老的公安呀。"

妇女仍然一脸不解的样子，说："老周你拿我寻什么开心。"

老周愣了一下，说："你认得我？"

"怎么不认得你，"妇女说，"你劳动模范，你眼睛长在额头上，不知道我们。"

"你也是三分厂的？"老周问。

"我是居委会的。"妇女指指自己的手臂，老周看到她的手臂上套着一只写着"清洁员"三个字的红袖套，妇女说，"现在的人，不自觉，往河里扔脏东西，吐痰。"

老周惊讶地说："你每天在桥上查卫生？"

"不查怎么办？"妇女说，"归我们管。"

老周半天没有说出话来，心里像是有些糊涂，又像是有些空空荡荡的，好像少了些什么，过了半天，说："你不会看相？"

"你什么话，"妇女有些生气，她脸上的两颗黑痣也像在生气了，妇女说，"拿我当骗子？"

老周固执地追问一句："你真没有看过相？"

"你瞎说什么，"妇女狐疑地盯着老周看了一会儿，说，"你见鬼了。"说着，便往桥头走去，不想再和老周啰唆什么。

老周茫然地站在桥上，太阳已经升起来，虽然是冬天的太阳，但照在身上也有些暖意，老周迷迷糊糊，有一种似梦非梦的感觉。

人
间
信
息

　　建一和小陈在一年前的一个冬天结识在某一个乡间小镇的小旅馆里。那是一个多雨阴郁的冬天，天气一直不能晴朗起来，小旅馆里阴冷枯索，在凄风苦雨中飘飘摇摇。快到年关，已经没有多少旅客住宿，即使有一些，也不过住一两天便走，没有像建一和小陈这样住得比较长的，建一和小陈就这样互相认得了。那一天，小陈到走廊尽头的盥洗间打水，建一也在，小陈向建一笑了一下，建一也笑了一下。

　　小陈说："你也住得比较长了。"

　　建一点点头，"你也是，"建一说，"我来的时候，好像你已经在这里了。"

　　小陈说："看起来，你也是来讨债的。"

　　建一说："看起来，你也是。"

　　他们相互一笑，有一种同病相怜的感觉，他们干的是一件苦差事，讨不到债不好回去交差，单位里众人的年终奖金，都在他们肩上担着呢。

　　晚上小陈来到建一的房间里，他们买了一点酒，买了一点简单的菜，边喝酒边抽烟，聊天聊了很久很久，好像从前从来没有说过这么多的话，也好像从前说的话都是没有什么意义的。

　　"其实，"建一说，"讨不到也就算了，也不能拿我怎么样，我也不能拿他们怎么办，千年不赖，万年不还，这算不了什么。"

　　"那是，"小陈说，"是不能拿我们怎么样，我们单位说了，尽力而为，现在大家都知道，这事情难。"

"只是，"建一说，"像我们这样的人……"

"是的，"小陈说，"像我们这样的人，总是想把事情办起来，总不能很拆烂污的。"

他们谈了很多很多的话题，都谈到自己的过去和现在。至于未来，他们都没有做什么设想，反正也就那样，未来有时候也由不得自己做主，就这样他们守在一个陌生的地方，一直守了很长时间，最后终于拿到了一点钱，回家去交差。

分手的时候，他们发现好像还有许多话没有来得及说出来，不过他们也没有什么忧伤的感觉，也没有什么离别的感慨。他们交换了地址和电话号码，建一家已经装了电话，小陈家还没有装，给的是单位的电话，建一希望小陈早点把电话装起来，联系起来会方便得多。

长途汽车朝着两个不同方向出发，建一和小陈互相挥了一下手，就淹没在蒙蒙的细雨中。

以后的日子里，建一和小陈并没有中断联系，他们常常通信，将自己的生活和生活中的一些想法告诉对方，他们有时候也打个电话问候一下，拿起电话常常觉得有许多话要说，但因为用的都是单位的电话，不能很长时间地占用，所以也只能简短地说几句。

这样过了一年时间，又到了冬天，建一又踏上了讨债的路途。建一出门的时候曾经闪过一个念头，这一次会不会又遇见小陈呢，当然这是不可能的，建一也知道自己的想法不现实。建一到长途汽车站购买了车票，一个人孤独地上了车。

建一坐在通往乡间小镇去的长途汽车上，回想着一年前在那个小旅馆里，他和小陈说说聊聊一起度过的那些漫长的冬夜。建一现在还很难预料这一次的旅途，会是很顺利，还是不顺利。其实建一应该知道事情不会很顺利，大气候如此，一个两个人，一家两家厂是不能扭转的，建一做好了足够的思想准备，建一得在小镇的小旅馆里待上很多天，那是一段非常单调、非常乏味的日子。天一直下着小雨，路上很滑，一开车司机就绷着脸，嘀嘀咕咕，好像有些什么不好的预感，一路上汽车总是摇摇晃晃，大家紧紧抓住扶手，其实也没有什么用，当车子整个的出了问题的时候，扶手真是没有什么用处。车子开到一座桥边，一下子失去了控制，头一歪，便往河里去冲下去，车身剧烈地颠簸，发出很大的声响。建一从座位上被弹起来，头撞在车顶上，再弹回来的时候，他已经不在原来的座位上，建一并没觉得怎么疼痛，在慌乱中他还记得伸手摸了一下头顶，没有粘湿的感觉，看看手，没有血。在一片混乱中，建一听到有一个妇女尖叫了一声，一个孩子哇地哭起来，另一个男人说，完了，第四个人大声喊叫，我的眼镜，我的眼镜。

幸好汽车没有沿着死神指点的路线一直冲下去，汽车很神奇地在河边戛然停下，只将它的鼻子浸在河水里，其余部分顽强地趴立在岸边，很像一头伏身到河里饮水的牛，或者是别的什么大的野兽。

汽车里的人全都往前冲出一段，离开了自己原来的位子，大家随身带着的东西也都从自己的座位上或座位下移到了别的地方，一个瘦猴样的男人趴在一个很胖的妇女肩上，脸贴着妇女的脸；一个老人的头栽进一个乡下人的大箩筐里；有一篮橘子打翻了，滚了一地；不知谁的一只黑包飞到了驾驶员的方向盘上，像一只乌鸦停在那里；两只鸡在车厢里乱钻，孩子趴在地上追赶着鸡，挂满了眼泪的脸笑得像一朵花，他一边将鸡追赶得乱蹦乱跳乱飞，一边拍着手说："好玩，真好玩。"

孩子的母亲摇摇晃晃从地上爬起来，愣了半天，慢慢地回过神来，她扶着座位的靠背，向孩子过去，抬起手就给了孩子一巴掌，母亲张了张嘴，好像想说什么话，她却没有说出来，她也许根本就不知该说什么。

孩子重新又哭起来。

惊魂未定的人们在那一瞬间似乎都知道自己从死亡线上挣扎回来了，除了孩子的哭声，谁也没有说出第一句话来。司机不知从什么地方钻了出来，站在大家面前，鼻青脸肿，一身污黑，头上和肩上披挂着擦车子的脏布条，样子很古怪，有人想笑，却没有笑出声来。司机骂骂咧咧地想将车门打开，可是怎么也打不开，司机从驾驶台下来，朝车厢里看了一下，看到有一个人仍然趴在地上，司机皱了皱眉头，过去将他拉起来，这人晕头转向地朝司机看看，再朝大家看看，像是不明白发生了什么事情。

"怎么了？"他问。

"没什么，"司机平静地说，"你可以起来了。"

司机将手伸到车门上面的窟窿里，摁了几下，这边的车门开了，"带上自己的东西，"司机说，"下车。"

仍然没有人说话，也没有人反对司机，大家一一下了车，天仍然下着雨，雨虽然不大，却很细密，大家跟着司机从河岸边走上公路。

"大难不死。"有人说。

"从前看到一本书上说，摸到了死神的胡子，"另一个人说，"大概就是这样。"

司机拦下的车子都很满，每一车只能带上几个人，司机将心有余悸的旅客一一捎上，那个很胖的妇女被送上车时，回头问司机："就这么走了？"

司机破例地笑了一下，说："想留下来吃晚饭呀。"

和建一一起搭车的就是那个一直趴在地上不明白发生了什么事情的中年男人，他们上了另一辆开往小镇的长途汽车，车上已经坐满了人，没有了座位，也没有人给他们让座。

中年男人一脸的迷茫，看着建一，问："出事故了？"

"是的。"建一回想刚才惊心动魄的一幕，说，"差点出了大事，车子开到河里去了。"

"是吗？"中年男人有些狐疑地说，"我一点也不知道，我正在打瞌睡，做了一个梦，正在烛光餐厅吃西餐。"

车上的乘客并没有注意到他们在说什么，他们大多数人都昏昏欲睡，连绵不断的阴雨天气和阴暗的天色，使得白天也像夜晚一样让人犯困，汽车的噪声像一首催眠曲，摇晃的车身是一只摇篮。

"真的。"建一心里布满了出事故时的危险情形，可是他却无法将那种情形很生动地描述出来，建一只是反复地说，"真的，真危险，差一点就没命了，汽车冲到河里去了。"

"这么说来，"中年男人半信半疑地看着建一，说，"这么说来，我们是大难不死呀。"

"是的。"建一心里仍然涌动着经历死亡的强烈感受，建一说，"这条命，是捡回来的。"

"好！"中年男人突然一拍大腿，声音洪亮地说，"好，好！"

车厢里昏昏欲睡的乘客，有一两个人睁开眼睛看看建一和中年男人，他们复又闭了眼睛打瞌睡，并不想听建一和中年男人说什么事故。

中年男人两眼发亮，脸上放着红红的光，十分兴奋，突然伸手拍拍建一的肩，道："大难不死，必有后福。"

建一笑了一下。

车子到站后，建一和中年男人一下起了车，他们没再多说什么，分头而去。建一来到从前住过的小旅馆，服务员也都认得，建一登了记，拿了房间钥匙，进了自己的房间，在床沿上呆呆地坐了一会儿，好像有一种心无所属的感觉，不知自己该干些什么，过了一会儿，便拿个脸盆到盥洗室打水去，经过服务台的时候，建一停下，站在服务台前，看着服务员，说："我们路上，差一点出了事故。"

服务员低着头看一本书，嘴上说："噢。"

"车子开到河里去了，"建一说，"我从来没有碰到过这么危险的事情。"

"是吗？"服务员仍然看着书，突然笑了起来，说，"哪有这样的事情。"

"什么？"建一不知道她指的什么，"你说什么事情？"

服务员笑着指指自己看的那一本书，说："哪有这样的事情，说有一个孩子知道自己前世是个什么人，住在哪里，是谁谁的老婆，什么什么样的情形，他都知道，人家到那地方一看，果然这样，说笑话吧，怎么会有这样的事情。"

建一走进盥洗室，有人在里边用水，初一看，建一心里一跳，以为是小陈，其实建一也知道那不是小陈，不过有哪一点点地方有些相像罢了，建一走过去，朝那人笑了一下，那人却警惕地看了建一一眼，打了水，急急地走开了。

建一回到房间，闷闷地抽了几根烟，出去吃了晚饭，淋着细细密密的小雨，在小镇的小街上慢慢地走了一会儿，回到旅馆，便睡了。

第二天一早，建一就往厂里去讨债，被引到厂长室，就看到昨天在车上同过患难的那个中年男人坐在办公室里，看到建一，笑了起来，说："说讨债的人来了，原来是你呀。"

建一说："我也听说换了新厂长，想不到是你。"

引建一来的业务科长，不知道他们什么关系，站在一边不好说话，厂长向他说："我们是患难之交。"

科长乘机退了出去，将难题留给患难之交。厂长笑眯眯地看着建一，说："我越想越后怕，昨天晚上，"他像是有些不好意思，"我做噩梦了。"

建一说："是很危险，只差一点点。"

"也算是有一点缘分吧，"厂长说，"虽然我整个也不知道发生了什么。"厂长长长地呼出一口气，盯着建一，看了半天，突然问："欠你们多少？"

"二十万。"建一说。

"二十万，"厂长说，"二十万，算了，给你带走。"

建一有些不敢相信厂长的话，看着厂长发了一会儿愣，厂长出去将会计叫来，让她给建一办二十万的汇票，会计犹豫了一下，还是点了点头，走了出去。

"舍不得，"厂长指着会计的背影，说，"账上刚刚才有了一点，我昨天才讨回来的。"

建一心里有一种说不清的滋味，他张着嘴不知该说什么。

"也罢，"厂长说，"要是昨天钻到河里，什么也没了，二十万，算什么，二十个亿也白搭，两毛钱也不值。"

会计很快就将汇票办好了，进来交给厂长，厂长说："给我做什么，给他。"

会计将汇票交给建一时，朝建一看了好几眼，眼光里很有些怀疑和气愤的意思，建一被看得有些心虚起来，好像自己做了什么见不得人的事情，才得到了这二十万的汇票。

"就这样，"厂长站起来，说，"我还有个会，也不留你吃饭，拿到汇票，比吃什么都好，是不是？"

他们一起走到门口，厂长停下来，手在建一的肩上摁了一下，再没有说什么，便朝会议室去。建一在会计和别的一些人的疑惑的目光注视下，慢慢地走出了厂门，空空的提包放进了那张薄薄的汇票，像是变得很沉很沉。

建一回到小旅馆，匆匆整理一下东西，结了账，去赶下午发车的长途车，到家时，已经是夜晚时分。建一开了门进屋，老婆说："咦，怎么这么快就回来了？"

"事情办得很顺利，"建一说，"碰到一件事情。"

"再顺利也不可能这么快，昨天去，今天就回，"老婆说，"从来没有。"

建一开玩笑说："是不是嫌我回来早了？"

"说什么话，"老婆一脸的不高兴，说，"今天气死了，单位评奖金，给我评个三等，我气不过，我哪一点不如别人。"

"我这一次，"建一心里再次浮起经历死亡的情形，建一说，"我这一次，可是碰到大危险了。"

"我要找他们说话，"老婆说，"我不怕他们。"

"我们的汽车，开到河里去了，"建一说，"差一点点就出了大事故。"

"什么？"老婆说："什么汽车？"

"汽车差一点出事故，一直往河里冲下去，"建一停顿了一下，又说，"还好，冲到河边上，突然停下了，差一点点。"

"噢。"老婆说。

"我讨债的那个厂的厂长，正好和我们同车，所以后来……"建一觉得有些说不清楚，停了一下。

"评我三等，欺负人，"老婆叽叽咕咕，一边往厨房去，一边说，"你还没吃吧。"

建一走到儿子的小房间门口，儿子正在做作业，也没抬头看建一，建一说："我回来了。"

儿子"嗯"了一声，继续做作业。

"我这一次，差点儿回不来了，"建一说，"我们的汽车，出了事故，冲到河里去了。"

"噢。"儿子头仍然伏在作业本上。

"只差一点点，非常危险，"建一说，"后来，车子在河边上停下来，大家都说，我们这是大难不死，事后回想起来，真是有点……"

儿子抬起头来，看了建一一眼，说："功课太多了，我根本来不及做。"建一不再说话，老婆将饭菜给他端到桌上，"你吃吧，"老婆说，"我出去。"

"这时候，到哪里去？"建一说。

"找他们说话，"老婆走出门的时候，说，"你先睡，他们不答应我，我不走。"

建一第二天到单位去，将讨到的汇票交给领导，大家都很惊奇这一次的讨债居然这么顺利，都用一种崭新的眼光去看建一，建一说："这一次，差点回不来，车子出了事故，冲到河里去了。"

"现在刮目相看了，"同事笑着说，"都知道你一天就讨了二十万。"

建一说："我不开玩笑，真的，非常险，只差一点点。"

同事仍然笑，说：“建一名气大起来了，讨债讨出窍门来。”

“要不是这次事故，我怕还不能这么顺利把钱讨回来。”建一说，“那个厂长正好和我一趟车，出事故的时候，他正在打瞌睡。”

“建一，我们大家都说，要感谢你呢，”同事说，“年终奖有希望了。”

“厂长真是，真是，怎么说呢……”建一觉得找不到恰当的词语来形容厂长，想了半天，说不下去。

“听主任的意思，”同事说，“另外的几笔债也要叫你去讨了。”

“那怎么行，”建一有些着急，说，“我实在没有什么本事，这事情很奇怪，我也有些想不明白，厂长一看到我，说是患难之交，就答应还钱，不过，回想起来，车子的事故，是有些后怕的，确实算是共患难了，要是再往下冲一点点，就完了。”

同事想起一件事，到台历上找了一下，找到一个电话号码，告诉建一，是建一的一个姓陈的朋友从外地打来的，没有什么事，就是让转告建一，他家里装上电话了，建一听了，很高兴，将小陈的电话抄在自己的电话本上，又认真核对一遍，准确无误。同事又说，姓陈的说，他家装的电话，不是程控，只能打市内，不能打长途，知道建一家的电话是全国直拨的，让建一有时间给他家打电话。

晚上回家，建一就往小陈家打电话，拨号码的时候，建一心里有些激动。他又想起和小陈一起在小镇上度过漫长的冬夜，他想小陈今年的情况不知怎么样，有没有被派出去讨债，讨得顺利不顺利，建一要把自己这一次讨债的经历告诉小陈，不知小陈在他的讨债生涯中有没有碰到类似的奇怪的事情，有没有碰到过像厂长这样的债主。建一听得电话里呼叫了好几声，那边却没有人来接电话，建一挂了电话，等了一会儿，又拨，那边还是呼叫音，没有人接，建一有些奇怪，挂了电话，过一会儿忍不住又拨了一次，老婆便有些怀疑地看着他，说：“给谁打电话，这么猴急。”

“一个朋友，”建一说，“怎么会没有人接呢？”

“人不在家，”老婆说，“这有什么奇怪。”

“一般晚上不会出去的，”建一说，“到哪里去了呢？”

“你怎么知道人家晚不出去？”老婆看了建一一眼，眼光像一根尖利的针，“你们约好的？”

"男的。"建一说。

"管我什么事，男的女的，"老婆觉得不够，又重复一遍，"管我什么事，男的女的，你钱多。"

建一说："没有打通不收费。"

老婆说："收费你也会打的。"

建一没再说话，再一会儿，又打了一次，仍然没有人接，这样折腾了一个晚上，弄得自己心神很不宁，觉也没有睡稳。第二天一到单位，就往小陈的单位打电话，那边接电话的人反复盘问了半天，最后说，他们单位规定上班时间一律不接与工作无关的电话，建一再三说，有要紧事情要和小陈说，那人才去叫了小陈。过了好半天，小陈才过来，一听是建一，小陈很高兴，问拿到他的电话号码没有，建一说拿到了，可是昨晚往他家打电话，就是没有人接，小陈立即奇怪地"咦"了一声，说自己和家人整一个晚上都待在家里，哪里也没有去，也没有听到电话铃响。建一这才突然想起是不是自己将电话号码记错了，连忙和小陈核对了一下，却没有错，怎么会呢，小陈说，怎么会呢，我没有出去呀也没有听到电话铃呀，建一又怀疑是不是自己拨错了号，正想再说什么，听到小陈电话那头有别人说话的声音，建一知道小陈在单位打电话不很方便，便对小陈说，挂了吧，晚上我给你打，今天一定不会错了。小陈临挂电话时问建一这次出门讨债怎么这么快就回来了，建一说，正是要向你说说这事情呢，很奇怪的一件事情，说来话长，经历了一场死里逃生的惊险，现在也不方便说，晚上说吧，便挂了电话。

晚上建一又给小陈打电话，他用手指指着电话本子上小陈的电话号码，指一个念一个，念一个拨一个，确信这回不可能再错，但是电话打过去仍然和前一天晚上一样，只有呼叫音，没有人接。老婆一边看着电视，一边用眼角的余光注意着他，建一感觉到老婆一肚子的狐疑，建一也不好和老婆多说什么，越说越是说不清楚，总是这样的。建一这一个晚上又没有和小陈通上话，建一心里渐渐地觉得事情有些蹊跷，但是不知道问题出在哪里，想来想去，估计是小陈的电话出了毛病。

再到下一天，建一仍然到自己单位往小陈的单位打电话，告诉小陈电话仍然不通，建一认为是小陈的电话有问题，让小陈请人来查一查，小陈说不可能，因为别人给小陈打电话，都能打通，电话好好的，电话铃声也很正常，为什么建一打的电话他就听不见，所以小陈觉得问题可能出在建一这一边，但是建一也和小陈一样，给别人打电话，无论是外地的还是本地的，都是通的，就是小陈听不到他的呼叫声，两个人都怀着疑惑的心情挂断了单位的电话。

为了弄清楚到底是不是电话线路有问题，建一请邮电局的人来查过，确实没有问题，建一往小陈的单位打电话，告诉小陈，小陈说，我也请人来查了，也没有问题，建一说，那好，晚上我再打，小陈说，好，我守着，厕所也不去上。

建一却一直没有打通小陈的家庭电话，在他这一头听起来，电话是通的，却没有人接；从小陈那一头说，电话根本就没有通过，根本就没有声音。时间一长，建一想给小陈打电话说说事情的念头也就来越淡了，一直到这一年的大年三十，吃年夜饭的时候，建一给几个朋友打电话拜年，就想起了小陈，抱着试试看的心情，一拨，电话居然通了，接电话的就是小陈，小陈一下听出是建一的声音，高兴得大笑，说，通了，建一也笑着说，通了。他们互相拜了年，祝了福，又说了各自生活和工作的一些情况，家里的一些事情，最后小陈说："建一，上次怎么回事，什么死里逃生，怎么回事？"

"什么，"建一有些奇怪，想了想，说，"什么死里逃生？"

小陈说："是你说的，你说要告诉我，碰到一件奇怪的事情，很惊险，电话一直没有打通，也不知怎么回事。"

建一笑起来，说："小陈你开什么玩笑，一直好好的过日子，平平静静，哪里来的死里逃生，你说谁呢。"

小陈说："噢，也许，我记错了。"

挂断电话之前，他们互相叮嘱，在新的一年里多多联系，多通信息，别忘了老朋友。

今夜相逢

　　林老师碰到了一点困难，不怎么容易解决。林老师的儿子小林今年要结婚了，可是未来的儿媳妇一直在县城里教书，县城虽然离城里不算很远，有两三小时的汽车，也能到了，但总是不怎么方便，结了婚，也算是夫妻分居，总不是个事情。小林一心要把对象调进城来，这事情已经说了好几年，当初小林和周红在学校谈恋爱，周红说，我们不行的，我是乡下的，分配肯定要回去的，以后怎么办，小林说，分配的时候，我想办法，但是分配的时候，小林没有能把周红留下来，周红回到自己县里去教书，和原来估计的结果一样。临走的时候，小林说，你放心回去，过不了多久，我会去接你回来。虽然有小林这样的话，周红仍然是满腹心事，一般的人都认为，小林以后会忘记周红的，这种想法，多多少少影响了周红，但是事情并没有朝大家预想的那个方向发展，而是沿着小林和周红的爱情线顺利地向前。终于有一天，小林和周红告诉大家，我们要结婚了。别人听了，也觉得这很正常，应该是这样的结果，小林对林老师说，爸，当初分配，没能留下周红来，现在，我们全家都得齐心协力。林老师点点头。林老师的一些老同事，老朋友，也都说，老林呀，你得出一把力，否则，时间长了，总不太好，以后再有了孩子，怎么办，再说，现在的社会，就这样子，夫妻长期分居，难保会有些不好的事情产生出来。林老师说，是的。经过林老师全家的努力，周红的调动走出了成功的第一步，他们在城里找到了接收单位，教育局和人事局的有关同志也都已经进行了初步的联系，看起来障碍不算很大，小林受到鼓舞，在这一个星期六他坐班车赶到县里去，将好消息亲口告诉周红，周红听了也很高兴。

接下来的事情就是周红自己在县里活动，争取县教育局将她放出来。和原先预料的一样，在这一关被卡住了，教育局说，县里教师紧缺，恨不得从哪里再去偷去抢些人来做教师，怎么能放人走，不可能；再说，教育系统要走的人排了长队，请客送礼塞红包托人扯关系拉大旗做虎皮上吊投河寻死作活威胁利诱恐吓讹诈无奇不有，不管是谁，放走了一个，肯定会引起大混乱，所以局里规定，无论是谁的关系，无论是谁的条子，一个不放，竖着进来，横着出去，就是这样。

小林回去告诉林老师，小林说，我已经尽了最大的努力，我再也没有办法了，下面的事情，爸，得靠你了，小林说得有些辛酸。林老师背上了沉重的包袱，说话行事，上课开会，都有些神不守舍。有一次系里开会学习，一个同事坐在林老师身边，看林老师心事重重，同事说，老林，是不是儿媳妇的事情还没有解决。林老师说，是，没有办法解决。同事问是在哪个县，林老师说在哪个县，同事便笑了起来，说，呀，是那个县呀，你怎么不早说，是那个县，你找夏时云便是。林老师愣了一下，他的记忆里好像是有夏时云这么一个名字，但一时却想不起来是谁，谁，谁是夏时云，林老师问，同事说，是我们系的毕业生，夏时云，现在在县人事局做干部，说话很来事。林老师问夏时云是哪一届，同事想了想，说好像是 83 届，或者就是 82 届，反正是那两届中的一个，林老师说，你怎么知道夏时云在县里做人事局的干部，同事说，几年前，为一个亲戚的事情，我找过他，很帮忙，老林，你找他没错。老林说，他在人事局，要在教育局就好了，同事说，人事局虽然不直接管教师，但是县里管教师的人都归他们管，夏时云若是说一句话，管用。林老师又说，他们教育局说，无论是谁的关系，无论是谁的条子，一个不放。同事笑了笑，道，话是那样说，你试试看么。林老师点点头，同事最后又说，不过，我找他的事情也已经好些年了，现在不知还在不在，可能调了单位，也说不定提拔了，反正，你若是去，见了就知道。

林老师现在也找不到别的更好的办法帮助儿媳妇调工作，既然有了夏时云这样一个人，林老师就把思路停在夏时云身上了。林老师回到家里，把事情告诉小林，小林听了，像是看到一线希望，问，是不是局长，林老师说，局长倒不是，但是听说说话很管用，我们有个同事，几年前找过他，肯帮忙的。小林说，那你打算怎么办，去找他？林老师说，我还没有想起他是谁，是哪一届的，什么样的一个人，怎么回事，就这样去找，怕不太好，我得想想，把这个人想起来再说。林老师在家里翻箱倒柜寻找前些年学生的毕业留影，可是找不到，搬过一次家，又装修过一回，小林准备结婚，嫌家里旧东西太多，处理掉许多，会不会连旧照片也一起处理了，现在也回忆不起来，家人有些着急。林老师说，不碍事，系里有，这些东西，系里专门有人保管，我明天到学校去让他们查一查。第二天林老师去上班，就到系办公室，向办公室主任要前些年的毕业留影，办公室主任不知道林老师要照片做什么，意思是要林老师说，林老师不怎么愿意说，主任也不好勉强，将锁着的文件柜打开，每一届的学生毕业留影都整整齐齐地放着，林老师说要看82和83两届的照片，主任取出来，给林老师看。在排得密密麻麻的许许多多既熟悉又陌生的面孔中，林老师实在不知道去认哪一个夏时云，主任看林老师无所适从的样子，问林老师要找谁，林老师说找夏时云，主任"啊哈"一笑，说，你错了，夏时云是84届的。林老师奇怪主任怎么记得清楚，主任说，前些年，我一个朋友有点麻烦，我去找过夏时云，很帮忙，怎么，你也有事找他？林老师说，他是在县里做人事局的干部吧，主任想了想，说，你是不是说的夏时云，林老师说，是，没错，主任又想了想，说，不是人事局吧，我找他的时候，好像是为抓人的事情，是在公安局。林老师说，你那事情有好几年了吧，主任说，是，是有好几年了，林老师说，可能后来调工作了，调到人事局了。主任说，也许吧，说话间将84届的照片找了出来，放到林老师面前，林老师将学生一一看过来，觉得每一个都像是夏时云，但仔细看看，又觉得谁也不像是夏时云。主任便笑着说，你大概也记不得了吧，我那年想找他也已经记不得了，还是别人提了醒，才想起来的。林老师有些不好意思，说，是呀，要找人家帮忙，却不知道他是谁，也是够呛。主任说，也难怪，这许多年过去了，谁还记得谁呀，说着便向第二排中间的一个人一指，这就是夏时云，主任说，笑眯眯地看着林老师，怎么样，想起来了吧，林老师看着这一张熟悉的脸，心里一股亲切感，油然而生。林老师现在已经完全想起来了，夏时云的模样让林老师回忆许许多多关于夏时云的事情，夏时云做过写作课代表，笔头子不错，写的作文，林老师拿来作范文，在课堂上念，林老师渐渐地想起更多一些的事情，好像夏时云当初一心想走文学创作的道路，因为林老师是写作老师，接触比较多，毕业分配以后，夏时云回到自己县里在县中学教语文，相当长的一段时间，常常给林老师来信，有时也把自己写的作品给林老师看，林老师在文学编辑界稍有几个熟人，替夏时云推荐过作品，但是没有发表。后来，时间长了，这种联系也就断了，这也没有什么，师生之间，就是这样。

林老师给夏时云写了一封信，寄到县人事局，可是一直没有等到回信。林老师以为自己写错了地址，因为寄的平信，也或者根本就丢失了，没收到。过了些日子，又寄了一封去信，这一回认认真真将地址写准了，看了看，确信无误，又去邮局寄了挂号。再等了一阵，仍然不见回音，想会不会是调动了工作，离开了人事局，再写一信，在信封上写，若此人已调离，烦请将他的新单位地址写在信封上退回。寄了去，仍石沉大海。林老师想，也可能夏时云并不像大家说的那样来事，也可能没有什么实权，可能为难，办不起来，也就不好回信，这也是可以谅解。其他人却认为，写信肯定不行，现在的人，没有谁是靠写信办成事情的，非得自己去。林老师有些难，好多年不见面，也不联系，有了困难就突然找上门去，这很唐突，思前想后，抬不起脚来向县里去。小林一等再等，急了，说，你若不去，你写个条子，我去。林老师说，我还不知道他现在到底在哪个部门工作，写条子，写到哪里呀，就算写了去，让你找到了人，人家也不知认不认我这老师呢。小林失望地说，像你这样，哪里来事，林老师低着头不说话。

隔日林老师到学校拜托办公室主任，主任接触的人多，消息多，信息灵通，从前的毕业生，若是功成名就，喜欢回母校看看，都是主任安排的，主任知道很多的情况。林老师请主任替他再打听一下夏时云现在到底在县里哪个部门工作。主任说，好，我代你打听。林老师开始等主任的回音，可是等了较长时间，主任并没有答复，林老师忍不住去问主任。主任先是一愣，说，你托我的事，什么事，他看起来是将林老师的事情忘记，林老师说，就是托你打听一下夏时云。主任笑起来，说，噢，夏时云，我打听了，林老师心情有些紧张地看着主任，主任说，我也是托人去打听的，到现在，好多天了吧，也不给个回音，现在的人，办事情，唉，怎么说呢，是求人的事情，也不好追得太紧。林老师说，是，求人的事情。主任说，林老师，你别急，我再替你问问，总能打听到的。林老师回家，看到小林的脸，心里难受。

过了几天，又逢系里开会，找过夏时云那个同事看到林老师，说，呀，老林，你还没有去找夏时云？林老师说，我也不知道怎么办，我给他写了三封信，他也没回，会不会根本就不在那里。同事说，在，怎么不在，你得去，除此之外，你没有别的办法，林老师点点头。开完会回家，小林还没有下班，林老师再三将同事的话想了，也想通了，虽然和夏时云多年没有联系，但不管怎么说，当年夏时云也算是林老师的得意门生，也都有一段为文学抽风的经历，多少算一点志同道合，重新见了面，也许会有些共同的话题，林老师最后终于下了决心。小林这一天回来得特别晚，一到家，林老师就说，我想通了，过一天没课，我就去。小林说，到哪里去。林老师说，到县里去呀，去找夏时云，看起来我不去是没有别的办法了。小林笑了一下，笑得有点奇怪，说，不必了。林老师说，怎么，小林说，已经解决了。林老师说，解决，解决什么，什么解决了？小林说，周红的事情呀，明天周红就回城来，我去接她，林老师惊讶地盯着小林，说，周红的工作调成功了？小林淡淡地说，不是调动，是辞职。林老师张大了嘴，再也没有说出一句话来。

周红辞了职，在城里找了一个家新开的外贸商店，说好试工半年后就转为正式职工，周红高高兴兴去上班，下班回来，看得出心情挺不错。林老师不太理解，从教师转到营业员行业，周红也许会有些想法，找个机会问周红，周红说，挺好，我喜欢。林老师说，一天站八个小时，累不累，周红说，做老师也是站，一样的站，比起来，我更喜欢站柜台。他们开始筹备婚事，将结婚的场面搞得隆重热闹。结婚以后，小日子也过得挺美好，周红脸上也常常有了笑意，过了半年，果然就转为正式职工，只是周红丢了国家干部人民教师的编制，成了一名职工，但是既然小林和周红都愿意，都想得开，林老师没有理由去要求他们想不开，林老师也没有更多的话说。一年以后，周红生下个大胖儿子，全家皆大欢喜。

这一年，系里在周边的各个县开办了函授班，主要为各地需要文凭的企业家办的，系里搞点创收，解决老师们的一点福利。企业家都忙，不可能集中到学校去上课，便由系里派老师一个县一个县地下去，每两个月上两天的课。轮到林老师，林老师下县城去讲课，周边共有六个县，林老师一个个讲过来，后来就讲到了周红原来所在的那个县。汽车到达的时候，林老师看着车站上写着的这个县的县名，心里多多少少有一些感慨，当然也不是很深很强烈，事情已经过去一年，小林和周红日子过得挺好，林老师也不必再庸人自扰。

林老师上了两天课，到第二天的下午，课上完了，但是当天也已经赶不回城了，还得在县里再住一个晚上。下午时分，林老师从县教师进修学校走出来，漫无目的地在县城的小街上走走，看看县城的人，看看县城的事情，不知不觉走到县委县政府所在的街上了，看到县委县政府的大牌子，林老师心里忽然一动，想起了夏时云这个名字。林老师慢慢地向县委县政府的大门走近，到传达室，打听一下县人事局是不是在县委县政府大院里，传达说是，林老师朝里看看，有好几幢大楼，问是在哪一幢楼里，传达指了其中的一幢楼，问林老师有什么事，找谁，林老师只说，没什么事，看看。林老师以为以这样的理由传达不会让他进去，他本来也没有什么事情，并不打算进去，却不料传达说，你要去就快去，今天是周末，说不定都已经下班走了。传达这么一说，林老师倒像是不能不进去，便往里走，里边地方很大，几幢楼中间，围着一个很大的花坛，很气派。林老师往传达指点的楼里去，果然楼里已经没有什么人，林老师在一楼看看，没有人事局的牌子。到了二楼，看到是人事局，可是办公室的门都是关着的，林老师不知道里边有没有人，看到走廊边上有个大会议室，好像有人在里边开会，林老师走过去，朝里探了一下头，有个靠门坐着的人，出来，看看林老师，说，你找谁？林老师说，是不是人事局在开会？那人说，不是人事局，是劳动局，林老师愣了一下，正要走开，那人却主动说，你找人事局？林老师说，也没什么事情，看看，手向人事局的办公室指一指，都关着门，是不是已经下班了？那人看一看表，说早该下班了，听得出对自己参加的这个会议有些意见。林老师笑了一笑，走开去，从二楼下来，慢慢地向外走，走到花坛边，看到另一座楼里出来一群人，嘻嘻哈哈地说着，笑着，过来，也往花坛这边走。林老师让了一下，让他们过去，一群人走过的时候，另有一个年轻人从大楼里奔出来，追着喊，县长，一群人停下来，回头等那个奔过来的年轻人，其中的一个，站定了，问，什么事？年轻人奔到县长跟前，说，县长，张主任不去吃饭，说家里有事。县长一笑，说，又来了，老一套，他能有什么事，其他的人都跟着县长一起笑，一起往前走。县长走了两步，突然停下，再次回过头，看看林老师，想了一会儿，犹犹豫豫地叫了一声，林老师，叫得很不自信似的，一边向林老师这边过来，到林老师跟前，说，你是林老师？

林老师点点头。

县长兴奋起来，向林老师伸出手，和林老师握手，林老师，县长说，林老师，你不认得我了？

林老师有些不好意思，想了半天，只得抱愧地摇了摇头。县长仍然抓着林老师的手，我是你的学生，县长摇晃着老师的手，说，我是你的学生，回头对一群人笑笑，说，这是我的老师，林老师。

大家都朝林老师笑，称林老师。

县长注意到林老师一脸的尴尬，连忙说，没事，没事，学生认得老师，老师记不得学生，这很正常，都是这样的，都是这样的。

一群人也都说是。

县长这才将手放开，问林老师是不是仍然在师范学校教书，问林老师身体怎么样，家里学校是否都好，问学校里其他老师怎么样，学校的变化是不是很大，最后县长问林老师到县里来做什么，有什么事情需要他帮助的，尽管说。林老师一一向县长说了情况，最后告诉县长他到县里是来给函授班讲课的，课已经讲完，今天末班车已经过了，来不及回家，再住一晚上，没事，出来逛逛，随便走走，看看县城。县长听了，说，哎呀，林老师你早不说，来的那天就该告诉我，我也好去看看老师。林老师笑笑，县长又说，没事，现在碰到了也不晚，正好，林老师，我有几个客人，你跟我们一起去吃饭。林老师连忙摆摆手，说，不了，不了，虽然县长认得他是老师，但是林老师想不起这个学生来，也不知是哪一届的，也不知姓什么叫什么，也不知是个优等生还是差生，也不知是怎么回事，说不定自己那一年轮空，连课都没有给他们上过，就这么跟着吃饭，算什么呢。县长说，林老师，你这就见外了，老师和学生，还讲什么客气，被县长这么一说，林老师倒不好意思再推托，想了想，说，不行呀，他们要等我的，说好一起吃晚饭的。县长说，怎么，还有别的老师一起来的，林老师说，不是，是县教师进修学校的两位老师，请他们代管函授班的。县长一听，说，没事，随他们去。林老师说，不好吧，他们要等的，县长说，你要实在放不下心，我叫人去告诉他们。林老师觉得这样也太麻烦，说，那也不必了。县长说，就是，就这么个小县城，他们不怕你走丢了，说着便做个手势，让林老师往前走，林老师身不由己地往前走了，出了县委县政府大门。在大街上，县长走在林老师身边，一路有好些人向县长打招呼，叫县长，县长一边和他们点头示意，一边继续和林老师聊天，向林老师打听学校的各种事情，林老师说了，县长总是一脸的感慨，说，是呀，是呀，好多年了，我再回去，怕也认不出来了。林老师说，是呀，我们天天在那里，也感觉不出什么变化，也有些毕业生，过了几年，有什么事情路过，回来看看，都说变化大。县长说，那是。

他们来到县宾馆，走进餐厅，餐厅装潢得很讲究，和城里的大宾馆也没有什么两样，有几个小包间，县长进去，有服务员带着到其中的一个包间，县长让林老师先坐，林老师觉得客人还没有到，先坐不好，正推让着，已经有人将客人带进来，县长过去握了手，互相拍拍肩，看起来很熟悉，不是什么生客。县长就带着到林老师跟前，对客人说，你看看，今天谁来，你还认不认得，客人一看，就认出来了，叫道，是林老师。县长说，林老师大概也不记得他了吧，胡正平，我们班是最捣蛋的一个，是我们友好县的工商局长。胡正平说，副局长，这边县里大家都热情地称胡局，林老师很高兴，虽然他仍然没有记起这两个人来，但是学生有出息，老师总是高兴的。一起坐下来，林老师坐了中间，两个学生一左一右两边坐，胡局坐下后，也像县长一样，问了一串问题，学校怎么样，老师怎么样，林老师一一作答，胡局也是很感慨的样子。很快酒席就开始了，林老师看出来他们是愿意喝酒的，喝酒的名目话题相当多，想到现在到处说酒文化，这确实已经成了一种文化。林老师被两个学生一人敬了一杯，其他的人就闹起来，说，我们虽不是你的学生，但等于也是你的学生，我们也得敬你，结果每人都敬林老师一杯，林老师不胜酒力，晕晕乎乎的，听得县长说，林老师，在我们县，有什么事情要我办的，尽管说。林老师说，也没有什么事情，有事情我一定会来麻烦你的，嘴上这么说，心里就觉得事情有些不巧，如果这函授班提前一年办，那就真的要麻烦县长了，周红的事情说不定就能解决。当然事情也不是绝对的，人的一生常常有许多路可走，到底哪一条路最好，这也是难以预料的。县长说，你看，我们想为老师尽点力，也没门，林老师，你在我们县没什么亲戚朋友呀，林老师说，从前倒是有些关系的，我儿媳妇原来在县中教书。县长等人都睁着眼睛看着林老师，林老师说，现在已经不在了，调走一年了，也没说是辞职走的。县长说，现在在城里？林老师说是，也没说在做营业员，县长也没有追问现在在做什么，只是轻轻地叹息了一声，话题便又绕了开去，说了其他的一些事情，再喝酒。过了一会儿，话题又绕回来，说起从前在学校念书时的情形。县长说，胡局是最捣蛋的一个，晚上出去野，回来校门关了，爬进来，被联防队当贼抓；胡局说县长在学校谈恋爱，晚上在操场上犯规，被手电筒照着。他们说一段，就笑，喝酒，然后再说一段，别的人也跟着一起笑，喝酒。后来又说到学习的事情，说大家集体作弊，坦白出许多让人惊奇的作弊方法，有些方法林老师也是闻所未闻。县长说，我是最怕写作课，别的课还能作弊，写作课作什么弊，到哪里去偷看，看不到哇。胡局说，写作课就是林老师上的，县长说，那是，还用你提醒，我记忆最深了，我这个人，不怕别的，就是怕动笔头子，所以看见林老师最惧怕。林老师被县长说得也笑起来，县长继续说，也不知怎么的，就是笔头子不行，有人笑着说县长谦虚。县长说，谦虚什么，一点不谦虚，不信问林老师，林老师知道，有一次，实在逼不出来了，想了个馊主意，找了一本书，照抄了一段，连标点符号也没有改动，大家听得入神，都想知道有没有被林老师戳穿，县长却卖个关子，不说了。大家都看林老师，林老师也说不出来，他也记不起这件事情。像这样的事情，一般说来也只有两种可能，一是发现了，批评；一是没有发现，还给个好分数。这也怪不得老师有眼无珠，天下文章多，谁知道哪一篇是哪一个写的，很难。在几十年的教师生涯中，这样的事情也许太多太多，不足为奇。林老师笑眯眯地看着县长，县长最后说，后来怎么样，我也忘了。

时间过得很快，酒也下得快，大家都略带几分醉意，正是最佳境界。林老师看着县长和胡局你一杯我一杯，不由感叹，说，你们同学间，能常来常往才好，林老师说，同学的情谊是最珍贵，最单纯的，也是最能维持长久的。县长和胡局听了都半天没作声，像是被林老师的话触动。过了一会儿，县长说，虽然大家离得不远，不是什么天南地北，却也难得相见，今夜相逢，也算有缘。林老师点头，又问县长，在你们这县，和你同一个班的同学，多不多。县长想了想，说，不多，和我一个班的，就两个，一个我，还有一个在乡下中学教书，也不来往，好多年不见面了。这么说着说着，林老师突然就想起了夏时云的名字，其实现在再想起这个名字，也没有什么大的意义，但是林老师还是想了起来，忍不住问县长，说，有一个人，也是我们系毕业的，和你们是系友，对了，是 84 届，也是你们这个县的，以前在人事局待过，再早的时候可能在公安局也待过，现在也不知道还在不在，也可能已经调到别处去了，县长像是有些发愣，盯着林老师，你说谁，林老师说，叫夏时云。

　　林老师话一出口，就发现大家的神色有些古怪，像是想笑，却又不知该怎么个笑法，是张嘴大笑，还是抿嘴一笑，或者是嘲笑，是冷笑，是莫名其妙的笑，大家都看着县长，像是要等他先笑出个样子，县长却没有笑，盯着林老师看了一会儿，说，我就是夏时云。

　　林老师认真地看了看县长的脸，说，噢，你是夏时云，你做县长了。

　　夏时云这才笑了起来，伸手摸了摸自己的头，我大概变化很大，是吧，他说，好多年不见，是认不得了。

　　林老师想了想，说，我老了，记性不行，以后，怕要得老年痴呆症。

　　大家笑，说，哪里，哪里。

昨夜遭遇

　　天已经完全黑了，长途汽车抛了锚，司机下车去修，大家等着。一会儿司机上来，说，没法修了，旅客看着司机，等他再说什么，也有骂人的，司机朝他们看看，脸上没有什么表情，司机说，这算好的，前边是个小镇，若前不搭村后不搭店的地方，你怎么办，睡田埂上去，让人把你剥光了。司机将大家赶下来，说，自己想办法解决睡觉问题，今天走不了，我想办法搭车回去，叫他们另派车来，怕也得明天早晨过来，这样吧，明天早晨七点，仍然在这地方，集中，上路。别无他法，只得下了车，四顾，灰蒙蒙的，前边有灯光亮起来，知道那就是小镇，到镇上找个地方住一夜，车上下来的人很快就走散了，在夜色中自己奔自己的前途去。

　　豆五有些懊丧，本来这趟差不是他的事情，是老卞的事情，老卞说老太婆身体不好，就不肯走人了。谁知道呢，谁知道是谁身体不好呢。动员豆五，豆五说，凭什么叫我去，大家笑起来，说，你不是没有老太婆么，豆五无奈，豆五也好说话，所以才叫他，其实豆五正在谈着呢，大家也知道。豆五给菊花打了个电话，告诉她他要出门，菊花说，好，你去就是。豆五就这么上路，豆五上车的时候，从车前经过，他看到汽车的前右灯不停地眨着，一闪一灭，豆五绕过去，上车，走到司机身边，向司机发根烟，说，你这灯，怎么了，司机接了烟，说，不知道它什么意思，不肯闭眼。豆五说，是线路坏了。司机跳下车，去看了看，上来将车灯的线路扯断，车灯闭了眼，司机看人上得差不多，说，走路。车子发动起来，开出了城。

豆五心情懊丧地跟着大家下车，路边有一家小店，卖香烟什么，豆五走过去，看了看烟价，也和城里差不多，只是没有什么好烟，豆五掏钱买了一包烟，说，倒霉，汽车抛锚。店主是个干瘦的老头，听了豆五的话，咧嘴一笑，说，是吗，豆五说，你这烟潮不潮，拆开包来，抽出一根，点了，吸起来，不潮，豆五说。店主点点头，仍然一笑，说，不潮。豆五朝四处看看，向店主说，没法，得到镇上住一夜，司机说了，明天早晨七点，来车接我们，镇上有旅馆吗，店主说，有。豆五往前走了两步，又退回来，这是什么地方，豆五问，店主指指店招，豆五仰头看，写着古吴香烟四个字。豆五愣了一会儿，想了想，说，你这就是古吴镇，店主说，是，豆五仍有些不信，再又问，你是古吴镇，店主说，是。豆五想，这真是巧了，原来古吴镇在这地方。

古吴镇是豆五老婆的老家，只是豆五在和她做夫妻时，从来没有来过这地方，老婆基本上也不提老家，也许老婆倒是想找个机会说说的，只是一直没有机会，老婆没有来得及说说自己的老家，他们就分开了。这使豆五无从知道老婆的老家是怎么回事，在什么地方，从前老婆娘家的人也曾来过豆五的家，只是他们来就来了，豆五从来不曾想到要问一问他们是从哪里来的，路上怎么个走法，多远的路途，就这样豆五一次又一次地失去机会，直到他最后失去了老婆。失去了解老婆老家的机会和失去老婆意义是不一样的，这也许是一种量变到质变的过程，这一点一直到很久以后豆五才慢慢有所领悟。豆五和老婆离婚后，不通音讯，过了些年，听说搬回老家去过了，是不是在老家这地方找了丈夫，豆五就不知道了。

豆五说，这真是巧了，他想店主也许会问他什么巧了，可是店主并没有这样的意思，豆五说，我老婆的老家，是古吴镇。店主说，是吗，仍然不问豆五什么话。豆五补充说，现在也不能算是我的老婆了，是我的前妻，离了，好多年了，也不知她现在在不在，说是回来过日子了，也不知是真是假，豆五说，我想看看她。店主说，是吗，豆五摇了摇头，其实也不是，看不看她倒也无所谓，豆五说，我只想问问她。店主说，噢。豆五说，你知道我要问她什么？不知道，店主说。豆五笑起来，说，其实也没有什么好问的，都这许多年了，豆五说着忍不住又笑。他以为店主也会跟着他笑起来，店主却没有笑，他只是说，噢。豆五借着小店里昏暗不明的灯光看了看店主，他觉得店主这人和别的人有些不一样的地方。豆五想了想，说，有句老话，知事少时烦恼少，识人多处事非多，你就是这样的吧，店主说，也没有，豆五说，这样也好。

豆五和老婆小日子过得好好的，后来离婚，别人问为什么，豆五不说，只是笑笑，或者说，也没什么，就离了。别人哪里相信，说，没什么怎么就离婚，我们都没什么，怎么不离婚。豆五说，那我不知道你们的事情，大家说，人和人的事情是一样的，为什么你要离婚，我们不离。豆五说不出来，豆五越是不说，别人就越是要猜，猜不着，大家就胡乱地说说，说什么的都有，把豆五说急了，豆五就说，为什么非要问，到底什么目的。大家说，也不是非要问，离婚总有个原因吧，说来听听，也没有什么目的，会有什么目的，就是想听听罢了。豆五说，这有什么好听的，仍然不说。若再把豆五说急了，豆五就走开，不听，别人也拿他没办法。三日不开口，神仙难下手，其实豆五并不是不肯开口的人，豆五也喜欢说话，自己的事情，别人的事情，他都愿意说说，豆五只是不说离婚。关于豆五的婚姻，就成了豆五生活中的一个谜，到底是豆五觉得他的离婚没有什么可说，没意思，说不出来，还是豆五有满肚子的话，而豆五不肯说呢，不知道。一直到好多年以后，大家仍然拿这件事情当话题说来说去。豆五说，好多年了，还说。别人说，好多年怎么了，好多年你就忘了，不可能吧。豆五说，我不知道。大家又说，既然好多年过去了，还有什么可隐瞒。豆五说，我没有隐瞒。

豆五离婚后不久，有人给豆五介绍对象，对象叫桃子，长得可以，性格也挺好，豆五觉得没有什么可挑剔的，剩下的事情就是由桃子将豆五挑剔一番。桃子也是比较好说话的人，对豆五相来相去，只是将豆五的好一一想象了出来，挑剔不出什么毛病，你来我往，看起来事情将成。有一天晚上，豆五和桃子在豆五家聊天，豆五说，桃子，我们的事情，你看怎么样，桃子抿嘴一笑，说，随你。有桃子这话，豆五也笑了，豆五说，桃子，你想想，还有什么，桃子想了想，说，豆五，你为什么和你老婆离婚，豆五说，不说她吧，说我们自己的事情。桃子说，那她本来是你老婆呀，为什么不能说，豆五说，现在不是了，不说也罢。桃子说，你不想说，豆五说，也不是不想说，也没什么说的。桃子说，那你就说说，我听听，豆五说，你听了有什么好，桃子说，没有什么好，就是想听听罢，豆五不说，桃子看了看豆五，有些怀疑起来，桃子说，你是不是有什么开不了口的事情，不可告人。豆五"啊哈"一声，哪有，豆五说。桃子说，既然没有不可告人，为什么不说。豆五有些急了，道，难道非说不可，桃子一笑，说，那倒也不必，嘴在你脸上，你不说我也没办法。

　　过了两天桃子没有来，第三天桃子的媒人来了，说桃子思来想去，决定不和豆五了。豆五问为什么，媒人说，桃子说你做人不忠诚坦白。豆五说，我哪里不忠诚坦白，媒人说，这我也不知道，桃子也没有交代得很详细，桃子只是说你说话不坦白，做夫妻能这样做吗？豆五说，什么夫妻，媒人说，你不是要和桃子做夫妻么，做夫妻还拣什么话可以说，什么话不可以说，这叫什么夫妻。豆五说，她到底指的什么，媒人说，这你应该心里有数，豆五说，我没有数，媒人说，那你自己问桃子去，媒人将豆五送给桃子的东西归还给豆五，豆五张着嘴，眼看着媒人远去。

　　豆五再没有谈对象，一直过了好多年，豆五进入中年了，小雨也长大了些，上学了。有一天豆五对小雨说，小雨，给你找个后妈，怎么样，小雨一笑，说，什么给我找后妈，是给你找老婆。豆五说，就算是给我找老婆，你的意见，小雨说，我没有意见，随你。豆五受到鼓舞，谈了一个妇女，叫查子，查子很能干，是闲不住的一个人，才和豆五见了面，就到豆五家来帮豆五做事情，里里外外的，什么都做，豆五不在家的时候，查子也和小雨随便说说，小雨对查子没有什么戒备，查子她问什么，他都愿意说说。后来查子就对豆五说，豆五，其实你和你老婆从前也很好的，是不是，豆五看着查子，不知道她什么意思，查子笑了，说，好好的，为什么要离呢。豆五说，谁告诉你我们好好的，查子说，难道不是好好的吗，难道不好吗，哪里不好呢，豆五说，都已经过去好多年，也不是最近的事情。查子开玩笑说，不管是从前的事情，还是现在的事情，人总不能无缘无故就离婚吧。豆五也开开玩笑，说，我们说不定就是无缘无故离婚的呢。查子吓了一跳，说，我走了，我不能跟你，哪一天，你无缘无故要跟我离婚，我怎么办。豆五追上去，说，查子，我开开玩笑的，查子说，谁知道你是开玩笑还是真的。

　　查子走了一过又是好多年，豆五仍然没有成家。现在豆五正在谈第三个对象菊花，豆五前思后想，觉得应该把话先告诉菊花。豆五说，菊花，有件事情我告诉你，菊花有些紧张地看着豆五，豆五说，不必紧张，和你没关系，我是说桃子和查子，你听说过，菊花说，我知道，没有谈成。豆五说，你知道为什么没有谈成，菊花说，我不知道，但是我想，如果她们谈成，就没有我。豆五笑了，知道菊花是个老实人，豆五说，她们问我和我前妻离婚的事情，我说不出来，她们就走了，这事情，难道真的很重要？菊花是个通情达理的人，菊花听了豆五的话，说，我不知道她们怎么想，以我的想法，这种事情，你说就说，不说也罢，这有什么，以后是我们俩过日子，不是和别人过日子。豆五说，菊花，有你这话，我就放心了，菊花说，也幸亏你不说，你若早说了，也就早解决了，也就没有我什么事情了，是吧。豆五说，那是，菊花看着豆五，豆五的样子已经是饱经沧桑，菊花有些心疼。菊花说，不过，我也不明白你，有什么不好说的呢，离婚也没有什么了不起，现在离婚，也算不了什么，很随便的，排起来无非也不过那样几种原因，奇怪不到哪里去，你若早说了，也不用折腾到今天。菊花看豆五若有所思的样子，又说，豆五你别误会，并不是我要问你什么，我无所谓，你说就说，说了我就听听，当听别人的故事似的，你若不说我也不会逼你说，豆五说，那是。菊花说，豆五，你不说我也不会走，我不管你是为什么离婚，我相信你是个好人，我想问题一定出在她身上，是不是，不是你的事情，豆五？豆五说，那也不一定，菊花说，那是你的问题，豆五说，我什么问题，菊花说，你自己知道。

豆五站在古吴镇路边的香烟店门口，往事像烟雾似的缭绕在他的眼前。豆五转向小镇的方向，看看小镇黑黝黝的影子，从那里照过来忽明忽暗的光线，让豆五感觉到陌生、遥远。豆五再回过头来，再红，再红你知道吗，豆五问店主，林再红，林家的，就是我老婆，从前的老婆。店主说，是吗，豆五说，你知道吧，林家，我们离了。店主说，噢。

现在豆五沿着一条小小的石卵子路朝镇上走去，豆五走出一段，回头看看，抛了锚的汽车静静地趴在公路边，豆五能看到那一团黑影，小路两边是两排竹林，风吹着竹叶，让竹叶发出沙沙的声响，豆五心里有一些异样的感觉，豆五不知道这算不算激动，离婚已经有好多年，再红如今会是个什么样子，豆五努力地想了想，觉得无从想起，从前的再红的形象已经有些模糊，豆五很难从这种模模糊糊的旧印象里再勾勒出现在的再红的形象。豆五轻轻地叹息一声，他走进了小镇上的一家小旅馆。小旅馆门楣上像从前似的挂着一盏灯笼，豆五进去，有一位年轻的女服务员坐在服务台后面，豆五说，我住宿。服务员朝他一笑，说，登个记，豆五接过服务员给他的登记表，写起字来，豆五边写边说，其他的人来了没有？谁，其他的什么人？服务员问，豆五说，汽车在镇边上抛了锚，没办法了，都到小镇上来住一晚上，看起来服务员好像没有听说这件事，豆五又说，其他的人没有来登记住宿？服务员又笑了一下，说，没有，只有你。豆五想了想，说，镇上还有别的旅馆？服务员说，有，豆五说，那是到别处去了，他们舍近而求远，服务员说，你说什么，什么舍近而求远？豆五说，我从公路边过来，第一家就走到你这旅馆，就来了，他们也许去找些更好的或者更便宜的，错过了你这家，服务员说，也许吧。豆五说，司机搭车走了，说明天早晨七点钟来接我们，叫我们七点钟到路边去等他，服务员看了看豆五的登记表，将房间钥匙给了豆五，因为明天一早走路，豆五提出将房钱先结了，反正是要结的，服务员说好，收了豆五的钱，给开了票，豆五说，这，汽车公司要给报销的，是他们让我们住的，是他们的车子出了故障，服务员说，是吗，豆五拿了钥匙去找自己的房间，旅馆里静静的，好像没有住什么客人，豆五进了房间，看看，坐了一会儿，感觉到肚子饿了，起身到服务台，问服务员哪里有吃的。服务员说，这时候，镇上馆子怕都关了，我这儿有方便面卖。豆五说，你想得挺周到，服务员拿出一碗方便面给豆五，豆五就在她的柜台上将方便面拆了，加了开水，焖着。豆五问服务员，客人很少？服务员说，是，这季节，一般没有人来住。豆五说，除了像我这样的，汽车抛锚，服务员说，汽车在我们这地方抛锚也是难得。豆五说，那是，人还能天天遇到我们这样的事情。

面泡差不多，豆五开始吃面，他有些狼吞虎咽，稀里呼啦，将服务员逗得一笑，豆五心里一动，说，你们镇上，有个林再红，你认得吗？

服务员说，认得。

豆五听她毫不犹豫说认得，豆五倒像有些意外，他看着服务员愣了一会儿，其实豆五也不应该意外，服务员的回答只有两种可能，或者就是认得，或者就是不认得，豆五都不应该觉得意外。豆五愣了一会儿，说，你认得林再红？服务员说，是的，她是我姨，豆五又愣了一下，那你，豆五说，那她，现在怎么样，服务员好像没有明白豆五的话，什么，什么现在怎么样，豆五说，你姨，林再红，她现在在做什么，过得好不好，豆五还想问问她有没有再婚，但是话到口边却没有说出来。服务员说，噢，我姨离了婚从城里回来，豆五赶紧说，她为什么离婚，服务员摇摇头，说，我不知道。豆五说，你没有听你姨说起过，服务员说，没有。豆五说，她是不是从来不对人说起她离婚的事情，服务员仍然摇头，说，我不知道，她是不是对别人说，或者不对别人说，我不知道，我没有听她说过。豆五犹豫了一下，终于说，那你，那你知道我是谁，服务员笑了一下，说，你是我姨夫，豆五吓了一跳，你认得我？豆五说，服务员说，我不认得你，但是我知道你是谁，我从前见过你的照片，你这里有一颗痣，好认，服务员看着豆五的脸，看着他脸上的那一颗痣。豆五有些不好意思，停了一下，说，那你刚才怎么不说？服务员说，你不说，我也不说。

　　豆五停了下来，有一阵没有说话，不知为什么，在服务员的注视下，豆五觉得自己有些狼狈，豆五调整一下自己的心态，他注意着服务员的表情，慢慢地说，你是不是觉得，我和你姨离婚，不好？服务员"啊哈"笑了一声，说，什么呀，我什么话也没有说，豆五说，那你觉得怎样，服务员说，这种事情，我不知道，我也没有结婚，也没有谈对象，我怎么知道。豆五说，你自己没有想法，服务员说，我不知道你们为什么要离婚，但总是有一个理由的，不会没有理由就离婚，是不是，豆五说，你倒懂。服务员好像有些不好意思，又笑了一下，说，我不懂，我只是瞎说说，人家都这么说，不是吗，她伸手指指门外某一个方向，说，我姨她家，就这边往前去，门前有口水井的就是。

　　豆五沿着服务员指点的方向，向前走了一段，果然有一口水井，豆五敲了敲门，开门的是老太太，林再红的妈，豆五认得她，叫了一声妈，老太太眯着眼睛看了一会儿，想起这是豆五，老太太说，你来了。豆五说，我来了，老太太让了一下，让豆五进来，豆五进屋，四周看看，说，再红呢，她不在这儿住？老太太说，她在这儿住，这会到别人家帮忙去了，人家结婚，她去帮忙，你坐。豆五坐下，老太太身体仍然健朗，和从前也差不多，看上去也不很老。老太太给豆五泡了杯茶端过来，说，豆五你怎么来的，你认得我们这地方？豆五说，我不认得，我坐汽车出差，车子在这里抛了锚，我才知道这是古吴镇，你看我什么东西也没有给你带来，我刚刚找到小旅馆住下来，听说再红住在这边，就过来，老太太说，好，过来好，笑眯眯地看着豆五喝水。豆五喝了水，说，再红她好吧，老太太说，挺好的，这么多年，你也不曾来过。豆五支吾着，他再看看再红的家，想能不能看出些什么，可是他什么也看不出来，豆五支支吾吾地说，再红她，再红有没有，他觉得不好直说，虽然事情已经过去好多年，但是豆五的感觉里，仍然像在眼前似的。豆五换了个说法，说，小雪该有爸爸了吧，老太太咧着没牙的嘴笑，说，小雪的爸爸不是你吗，豆五说，我是说，再红她有没有另外成家。老太太说，没有哇，难道你另外成家了，豆五说，我也没有，老太太说，这一转眼，就已经好多年过去了，豆五说，是，好多年了。老太太说，我还记得当初的情形，记得清清楚楚，我看见再红从外面走进来，手里牵着小雪，小雪刚刚会走路，走得摇摇摆摆，我说，再红你怎么回来了，再红说，是的，我回来了。豆五说，再红没有和你说为什么，老太太摇摇头，再红不告诉我，再红不说，就这么回来了。豆五心里有些酸楚，停了一下，说，是不是再红很难受，老太太想了想，说，也没有觉得她怎么难受，反正离也离了，也就那样了，把小雪带好就是了，再红常常想起小雨。豆五说，小雨也挺好。老太太说，那就好，豆五想看看小雪，老太太将他引到小雪的屋门口，小雪已经睡下，没有听到来人，豆五看他的脸，和小雨一样，长大了许多，豆五心里有些激动。老太太说，小雪上中学了，功课紧，睡得早。豆五没有将小雪惊醒，退出来，问老太太，再红大概要到什么时候回来，老太太说，早不了，人家明天正日，今天忙呢，老太太又说，你若要去找她也不难，就这门出去，沿这条小街，往前走一段，看到哪家家门口点着灯的，就是。

豆五再沿着老太太指点的方向，向前走一段，果然看到一家人家家门口点着一盏太阳灯，亮得刺眼，知道这就是，站定了，朝里看看，果然人欢马叫。豆五刚站定，就有人出来，问找谁，豆五说找再红，那人进去，一会儿再红出来了，突然看到豆五站在灯光下，吓了一跳，结结巴巴地说，怎么了，出了什么事情，是不是小雨？豆五说，不是小雨，小雨好好的，再红松了一口气，看着豆五，说，那你，怎么跑到这里来了，你怎么认得我这里，你以前好像没有来过，我跟你说过这地方？豆五说，没有，你从来没有说，我也不是特意来的，这么远的路，我来做什么，我也不知道你在不在，我出差，汽车在这里抛了锚，没办法了，下了车，看路边那店叫古吴香烟，才知道这是你的镇，就进来了，看看你。再红说，我有什么好看的，老也老了，也不像人了，豆五说，我看你也没有老，还那样子，我怕是很不像样子，人家现在都叫我老头，我看看镜子里，我是老头了。再红"扑哧"一声笑起来，说，你以为你还是小伙子呢，豆五也笑，说，人总以为自己还年轻呢，再红停了停又说，当初你不要看我，现在倒来看我，这算什么，豆五歪着脑袋看看再红，怎么是我不要看你，是你不要看我的。再红说，豆五你别搅了好不好，我跟你说，我现在正谈了一个对象，挺好的，挺喜欢小雪，对我也好，现在他人正在这里边呢，你别搅我好不好。豆五说，巧了，我也正谈着一个，叫菊花，也挺好，和小雨处得也好。再红说，那不是挺好么，你来做什么，豆五说，呀，并不是我想来，我就算想来我也不知道怎么来，我不知道你在什么地方，古吴镇我根本就不知道它在什么地方，我告诉过你了，是汽车抛锚把我们抛下的，我这才知道这就是你的镇。再红说，汽车抛锚你到旅馆住下睡觉不行吗，来找什么，豆五说，我来并没有别的意思，我想起从前的事情，再红说，这么多年都过来了，这时候来翻什么陈年老账，从前的事情我从来不去想它。豆五说，我也是，我不去想，但是今天巧了，让汽车抛锚抛在这里，也许是一种天意呢，也许天让我找到你问一问你，再红奇怪地看着他，说，问我什么，豆五说，我们为什么离婚，这事情你清楚，再红看着豆五，说，你开什么玩笑，你怎么问我，这么多年，我一直要问问你呢，到底为什么，是你要离婚的。豆五说，是吗，是我要离婚的？再红说，难道是我吗？豆五说，我不知道，里边有人大声叫喊再红，再红应了，回头对豆五说，我忙呢，不陪你了，说着便折进去，豆五见她的身影子一晃，便没了。

豆五折回来，经过再红的家，他想了想，没有进去，走过了。到旅馆时，也没见服务员，豆五看时间已经不早，估计是睡去了，整个旅馆好像没有一个人，静得出奇。豆五到自己房间，看热水瓶里有热水，倒了洗一下脚，便上床，很快睡去。

天亮时鸡叫声把豆五叫醒了，豆五起来，到盥洗室洗了脸，也没见着服务员，不知上哪儿去了，心想幸好昨天晚上把账结了，要不，早晨找不到她，那边倒是要等着开车的，本想和她打个招呼再走，等了一会儿，仍不见人，豆五看看时间，虽然还早些，赶早不赶迟，这么想着，也不再等服务员告辞，便往公路边去。车子果然没到，那辆抛了锚的汽车也不在，估计已经拖走，动作倒是挺快，豆五到达的时候，不见别的旅客来，一个也没有。豆五想，这些人，倒也不着急，性子挺好，不像他这般急，等了一会儿，快到七点，太阳已经升起来，仍然不见人来，有一辆车过，豆五以为是了，迎上去，可是车子只是经过，并没有停，司机也不是那个司机。七点过了五分，过了十分，过了十五分，仍然没有车来，也没有旅客，豆五奇怪，看古吴香烟店的店门开了，便过去，见着那不肯说话的干瘦的老头店主，正在卸排门，将排门卸下来，排在墙边。豆五说，你好，店主回身朝他一笑，豆五说，奇怪，汽车到现在没有来，人也一个没有，店主看看他，没有说话，豆五想是不是自己的表慢了，车子已经开走，他问店主，有没有看见车子开了，店主像是有些不解地看着豆五，说，什么，你说什么车子，豆五说，汽车呀，昨天晚上我们的汽车在这里抛了锚，司机回去叫车，让我们在小镇上住一夜，叫我们早晨七点钟在这里等，接我们回去，可是他们，那些旅客，一个也没有来，车子也没有来，司机也没有来。店主说，没有汽车抛锚，豆五说，怎么没有，我还在你的店里买了一包烟，你忘了，店主说，这我记得，只是没有汽车抛锚，昨天晚上我看见你从汽车上下来，到我这里买了一包烟，昨天整一个下午到晚上，也就你这么个生意，哪有汽车抛锚，真的抛锚，怕不止你一个人买烟。豆五张了张嘴，过了一会儿他指指公路边，说汽车就停那儿，大家从车上下来，经过你这里到小镇去找住处，店主说，哪有，我这地方，有人走过，我看得见。豆五"啊哈"笑了一声，笑得很响，说，你开什么玩笑，店主说，我不开玩笑。

　　豆五愣愣地站在古吴香烟下面，一辆长途车经过，在古吴这一站停了，有两个人下车，站头上空空的，没有上人上车。店主对豆五说，你不是等车么，车来了，你不上，一天就这么一班在这地方停，过了这，就没了，得等明天。豆五一惊，看车门已经关上，豆五追上去，喊住了，车门重新又开，豆五上车，售票员说，买票。

出门在外

　　和每次的会一样，因为会不长，报到的时候，就登记返程票，登完了记，心里便有个着落似的，可以安心开会，该发言的发言，该怎么的怎么，晚上打打牌，唱唱歌，喝茶聊天，会议顺顺当当不十分热烈也不十分冷落地进行下去。离归期渐渐近了，有着落的心又有些悬起来的感觉，空空的，好像有什么事没有办妥，其实也没有什么大事，仍然是为返程票，哪一天不把票拿到手，夹进工作证或者票夹，心里总是不能很踏实。现在的车票普遍的不好买，又是学术会议，不是经济发展会之类，组织者也不神通广大，热情服务的精神好像也不似从前的会议，所以车票的事情，给人一种悬在空中的感觉，看到会务组就叫住了问，会务组笑眯眯的，一点不急，说放心放心，票总会有，总要让你们走，不会留你们很长时间，留你们下来，这住宿费伙食费，怎么办。这倒也是，留一天，就是一个数字，留两天，就另是一个数字。就这么到了会议结束的前一天，预订的返程票如期取来，一看，全是硬座。会务组抱双拳作揖，笑出些苦意，说，得罪得罪，明天这一趟车的卧铺全被人包了，一张不剩。话说完了，拳仍然抱着，像是等待发落，这边等票的人，一时不知说什么好，有些僵持的意思。过半天，才有人说，明天包了，那就往后延一天，后天，也行。会务组说，后天也没了，要卧票，得等三天以后，再一作揖，倒让大家不好意思，感觉到有些逼人太甚。说，也不怪你，也是没办法，现在办事情，是难。宽容是挺宽容，但问题就很尖锐地摆到眼前，都是远道来的，又要远道回去，二三十小时的火车，坐回去，年轻些的人，常常出门受累的，或者能试一回，大不了也就是一个累字，也许还累得起，上了些年纪的，平时再又不常出门的，怕是有点问题，那就死心塌地地等，可这一等，便是漫长的三天，大家都有些拿不定主意。辛教授给家里挂了个电话，告诉家里有这一回事，问怎么办，辛夫人说，是你出门在外，你自己看着办。辛教授说，我就是想问问你，你说我是等呢，还是坐硬座回来，辛夫人说，等吧，又不耐烦，坐硬座吧，又怕吃不起这苦。辛教授说，你这话等于没说，辛夫人说，本来你打这电话也是多余。辛教授说，家里没什么事吧，辛夫人说，没事，口气里并没有希望辛教授早日归家的意思，辛教授挂断电话，决定等。

拿不定主意的人很多，但是最后和辛教授作出相同决定的人却只有两个，另一个是周教授，周教授因为在这个城市有亲戚，也都是很长时间没有见面相处的，有这三天机会，也好去会会他们，融洽一下长期不联系而有了一些隔膜的亲戚关系。会务组算是松了一口气，暗自庆幸这个民族的对"家"的重视和责任，大家归心似箭，如果到会的许多人都不把家当回事，愿意在外面流浪，会务组的这一笔额外开销，还不知该到哪儿再去寻求支持呢。

辛教授就这么留下来，严格意义上讲，也只留下了辛教授一人，周教授已经搬到亲戚家去，会务组应该将辛教授照顾得好些，会务组建议辛教授别老是躲在房间里，该出去走一走，可这是一个新兴的工业城市，没什么地方好游玩的，倒是离这个城市不远有一座历史古城，驰名中外，火车只需要半小时就到，如果愿意，过去玩一两天，再回过来，这样三天的时间也就不很漫长了。辛教授的思路其实正和会务组的思路一致。辛教授说，我正想到那地方去看看，从前我去过，印象非常好，这一别，就是许多年了，常常在梦里也见到那个古老而美丽的城市，也许真是有些缘分，让我留下来等火车票，只是不知道到那地方去的火车票好不好买，到了那里住宿难不难，会务组说，不难不难，现在这样的旅游城市，还愁没有你住的地方，至于火车票，随到随上车，许许多多的长途火车从我们这城市经过，往它那城市去，你随便搭上哪一趟，抽两根烟，就到。辛教授说，那我这就走。

果然不错，辛教授一路非常顺利，他走进一个城市的火车站，从另一个城市的火车站走出来，前前后后总共只花了五十五分钟，在北方待长了的辛教授，对南方的这种紧密城市有了真切的体验。

　　辛教授从车站出口处走出来，立即有许多人围上来问他要不要住宿，辛教授从从容容地向他们摇摇头。他慢慢地向前面走，辛教授好像并没有找个地方住下来的想法，以他现在的感觉，他并不是一个远道来的外地人，这里的一切，他是熟悉的，有一种亲切感，不像是他仅仅在几十年前来过一次的地方，就像是他在这里生活了大半辈子似的，这有些奇怪，现在，站在车站出口处，辛教授该到哪儿去住，到哪儿去落脚，然后再往哪儿去，看起来辛教授行前并没有什么明确的目的，辛教授完全可以从从容容，走着瞧。

　　再走几步，迎着辛教授的就是各式各样的旅游服务，古城一日游，水乡特色游，度假区豪华享受型，小园林大众普及型。上车吧，他们大声嚷嚷，上车吧，有个皮肤黝黑的人走到辛教授跟前，旅游吧，他说，手里举着一块牌子，牌子上写着"古文化游"。辛教授笑笑，说，古文化游，是什么，皮肤黝黑的人朝辛教授看看，说，就是游这个城里的名胜古迹，很有特色的，上车吧，指指不远处停着的车。那一带停着好些车，那些车都给人一些疲惫不堪的印象，辛教授并不知道他指的是哪一辆车，辛教授没有上车，他仍然往前走。再迎上来的，就是拉车的了，要出租吗，或者说，三轮车，再或者，说，没有行李，坐摩托吧，或者也不问要不要车，只问，上哪儿，辛教授说，上哪儿，再说吧。也没有人觉得辛教授奇怪，他们退开去，向别的目标进攻一下，再攻一下，不折不挠，不达目的决不罢休，总有不像辛教授这样不明确的人，更多的人他们目的十分明确，他们急于上车，急着到一个什么地方去，回家，或者向某个会议报到，或者做别的什么。

　　辛教授在车站广场茫然四顾，在熙熙攘攘、东走西顾的人群中，辛教授很奇怪自己怎么会有一种归家的感觉，难道几十年前来过一次的地方，能给他如此深长的印象？辛教授上了一辆"招手即停，就近下车"的中巴车，中巴车行驶得不快，这让辛教授有可能坐在车上慢慢地观看街旁饱含亲情般的景象。在某一个站头上，辛教授看到有一家旅馆，辛教授忽然地就有了感觉，他让中巴车停下，下了车，朝旅馆走去。旅馆不大，但很干净，也有些温馨，服务台上的服务员，是位四十来岁的妇女，长得端端正正，笑眯眯的，这使辛教授一走进去，就有一种宾至如归的感觉。辛教授问了一下房价，适中，和他的估计也差不多，辛教授要了一个单间，问住几天，辛教授说，还没定，不是一天就是两天。服务员请他付了一点住宿押金，又拿出一块钥匙牌交给辛教授，再让辛教授付十元钱的钥匙押金，钥匙牌是一块常见的塑料牌，一头有一个圆孔，将钥匙套在圆孔里，辛教授将钥匙牌捏在手里，手心里有一种光滑的感觉，一切进行得顺利而且不动声色，和别的地方也差不多。服务员最后核对了一下辛教授的身份证号码，无误，笑眯眯地说，二楼，又说，是第一次到我们这地方来吗？辛教授说，以前来过，有好多年了，印象不错。服务员说，做生意？说着自己一笑，又说，不像。辛教授也笑了一下，说，不做生意，服务员说，来旅游？辛教授说，不，服务员说，开会？辛教授说，不，其实也没有什么事情，看看。服务员再次笑了，没有再说什么，辛教授觉得服务员的态度恰到好处，说话也是恰到好处，不算很多，也不算很少。辛教授拿着钥匙牌往楼上走，到二楼，一看钥匙牌上的号码，是205。来到205门口，拿钥匙开门，门锁很滑溜，一下就开了，辛教授走进去，四处看看，房间里的设施什么，也都不出辛教授的意料，一切都很正常，水平均在中等线上，和房价、和旅馆的档次吻合，更重要的是和辛教授的感觉也吻合，这使辛教授再次感觉到像回到自己熟悉的家一样。

辛教授随身并没有携带很多东西，手提包里只有一件为防寒带着的羊毛衫，还有就是洗刷用具，另有一些行李和会议上发的纪念品，辛教授都留在会议上，没有带到这边来。辛教授将毛巾什么的，放到卫生间毛巾架上挂起来，随手摸一下毛巾架，没有灰尘，卫生间很小，但是不脏，这让辛教授满意。辛教授方便了一下，放水冲的时候，发现抽水马桶也不坏，水流也挺急的。辛教授洗了一把脸，出来，坐下，点燃一根烟，悠悠地抽了几口，觉得心情挺好。到窗口看看，外面是一条小街，小街上行人不多，间隔有自行车过去，或过来，有一个卖馄饨的担子，锅里正冒着热气，旁边有一张小桌子，几张小矮凳，有个年轻的妈妈带着她的小儿子正在吃馄饨，她将馄饨放进自己嘴里，呵凉了，再喂到儿子嘴里，慢慢地，一勺一勺，一点也不着急。

辛教授歇了一会儿，觉得长了精神，他将手提包拿过来看了一下，里边除了一件羊毛衫，别无他物，空空的，觉得没有必要将提包带着，羊毛衫看起来也穿不上，天气很好，丝毫没有转冷的意思，辛教授将房间的钥匙牌揣在衣兜里，牌子不大不小，放入口袋正好，不像有的旅馆，弄一个奇大无比的钥匙牌，让你吃饭开会游玩都揣着，口袋鼓鼓囊囊，挺碍事儿，或者发一个特别小号的钥匙牌，很容易从口袋里神不知鬼不觉地出来，掉了也不知道。辛教授再将钱包小心放好，向房间四周看看，觉得再没什么事了，带了门走出来，经过服务台时，服务员仍然笑眯眯的，看着辛教授，辛教授也朝她一笑，服务员说，你是来找人的吧。找人，辛教授想了一想，说，也许是吧，但是你怎么知道？服务员说，我猜的。辛教授说，你常常能猜出旅客的来意。服务员有些不好意思，说，哪里，我乱说说的，你说不做生意，又不是旅游，又不是开会，那做什么呢，我瞎猜猜。辛教授说，你猜得挺准。

其实教授并不知道自己要找谁，服务员的话，引起他对于往事的一些回忆，这很正常，任何一个正常的人，在辛教授所处的这样的情境之下，都会想起从前的一些事情，与这座小城有关的。辛教授想了一下，在这座小城里，曾经有三个人和辛教授认识，但是事情已经过了许多年，这些年中，辛教授从来没有和他们联系，没有接触，互相早就断了音讯，辛教授不知道他们在哪里，是活着还是已经死了，是健康还是病了，是继续工作还是已经退休，甚至辛教授根本已经忘了他们叫什么名字，长什么样子，辛教授无法去寻找他们。

辛教授走出旅馆，在到小街上，带着儿子吃馄饨的年轻妈妈已经不在了，辛教授略有些遗憾，辛教授过去也要了一碗馄饨，卖馄饨的老人做事情手脚已经有些迟钝，慢慢吞吞。不过辛教授并不着急，他和老人聊聊天，老人说他不是本地人，但是到这个城市已经六十年，现在也不知应该算是哪里人了。辛教授说，你来了六十年，你对这个城市一定很了解，你能不能说说，这地方最明显的特点？老人说，这地方，路路通，辛教授说，你挑着馄饨担子走大街穿小巷，从来没有走进死胡同，是吧，老人说，是，辛教授说，这确实很有特色，我就是想在这座古城的小街小巷里走走，感受感受。老人并没有问辛教授要感受什么，辛教授也没有说，辛教授吃了馄饨，离开老人的馄饨担子，慢慢地向前面走去。

辛教授果然穿过这个古城的许许多多的小街小巷，没有一条街巷能够挡住辛教授的脚步。在黄昏将临的时候，辛教授走到一条十分僻静的小路的路口，他看见路口竖着一块"此路不通"的牌子，辛教授对着这牌子犹豫了一下，他似乎有点不相信牌子上的四个字，为什么不通，辛教授问一个路人，前边修路吗，路人疑惑地看看辛教授，再看看小路，他摇摇头，说，不修路吧，修路怎么会这么安静，辛教授说，看起来是不像在修路，辛教授说，你知道这条路不通吗，路人摇头，说，我不知道，没走过，你可以试试，路总是人走出来的。辛教授说，那是，不过，你觉得我能走过去吗？路人笑起来，说，若是通的，你就能过去，若是不通，你再从这条原路回来。辛教授说，你说的是，路人走后，辛教授往小路上走去，这时候天已经擦黑。

辛教授终于来到这条路的尽头，路的尽头是什么，这是辛教授没有预料到的。

一大片铁丝网，几乎是无边无际的铁丝网出现在辛教授的眼前。

天已经渐渐地黑下来，辛教授已经不能很分明地看清铁丝网那边是什么，只能隐隐约约看到一片白色，辛教授守在铁丝网前，他的手抓住铁丝网，铁丝网冰凉，坚硬。辛教授好像听到有人声从背后传来，辛教授回头，有一位上了年纪的老人，站立在他的身后，初一看，辛教授还以为就是那个卖馄饨的老人，再细看看，却不是，这完全是另一位老人，与卖馄饨的老人也许并没有什么共同之处，唯一相同的，就是他们都老了，他们都是老人。辛教授有些奇怪，这样的时候，这没有人迹的地方，老人来做什么，辛教授说，您是干什么的？老人说，捡垃圾。辛教授指指铁丝网的那一边，又问老人，那边，是什么？老人说，垃圾场，辛教授仔细地从昏暗的光线中朝铁丝网那边看，他仍然看不出那边是个垃圾场，铁丝网拦住的，是白白的一片，不知道是一大片垃圾，还是别的什么，或者，是一片空白。

辛教授有些不知所措地站着，他的手仍然手抓着铁丝网，铁丝冰凉。老人在他的身后说，走不通了，该回去了。

辛教授想，是该回去了。

辛教授离开铁丝网的时候，老人并没有走开，辛教授在老人的注目下，慢慢地走远去，离铁丝网越来越远，最后辛教授再也看不见铁丝网，这时候，大街小巷又出现在辛教授的脚下。华灯初上的城市，让辛教授又有了一种强烈的归家的感觉，辛教授的手插入口袋，他触到了旅馆房间的钥匙牌，一股暖流似的东西涌上了辛教授的心头。辛教授不由自主将钥匙牌从口袋里掏出来看看，205，辛教授印象中的那个205房间的一切情形立即浮现在辛教授的眼前，辛教授不由笑了一下，205，一个非常标准的房间，房中的一切，都是标准的。

辛教授沿着 205 房间，扩展自己对旅馆的回想，辛教授想起旅馆的走道，旅馆的门厅，旅馆的服务台，旅馆服务员的微笑，再想到旅馆的大门，旅馆门前的小街，小街上的稀少的行人和过来或者过去的自行车，小街上的馄饨担子，带着幼小的儿子吃馄饨的年轻妈妈，卖馄饨的老人，老人说路路通，其实不是，这条有铁丝网网住的路就不通。然后呢，然后是，小街拐弯后的大街，大街上的公共汽车站牌，公共汽车上很拥挤，再后来，下车，从人堆里挤下公共汽车，这是公共汽车一路要停的许多站头中的一个，不知道是其中的哪一个。辛教授并无目的，所以他也不必去记住他乘坐了哪一路公共汽车，在哪一个站头下的车，辛教授下车以后，往前走了很长的一段，但是究竟是前还是后，现在也很难说，前是指哪个方向，后是指哪个方向，应该是以辛教授所下榻的那个旅馆为出发点来判断，但是现在辛教授好像失落了他的那个旅馆，所以只能说辛教授当时是往某一个方向过去，或者是离旅馆越来越远，也或者离旅馆越来越近，辛教授已经无法作出准确的判断，辛教授也无法再走回头路，从他现在站的这个地方，或者再往前一点，从铁丝网那里开始，向 205 房间出发，不知道 205 房间在哪里，辛教授失去了方向，失去了回家的能力，辛教授有些滑稽地想。再后来呢，再后来就是一道长长的无边无际的铁丝网，辛教授站在路灯下，路灯将他的影子投出去很长一段，辛教授一边瞅着自己投在地上的影子，一边重新再次回忆从 205 出发后的一切，辛教授无法将最终的铁丝网和最初的 205 房间连接在一条线上。辛教授换了个想法，他将起点又再往前推了一段，一直推到火车站，从火车站的广场出来，辛教授上了一辆中巴，中巴开出几站，辛教授在中巴车上看到一家旅馆，突然有了感觉，便下车，到旅馆住下。辛教授只是住旅馆，他并没有想到要记住旅馆的名称，从前辛教授出门开会也常住旅馆，没有一次辛教授是将旅馆名字特意记住的，或者有很多住的地方，因为名字比较响亮，或者因为档次特别高或者反过来水平特别差的，住着的时候也能常常提说一二，但一到回家，甚至还没到家，早扔脑后，再不记起，也无所谓。但是这一次不一样，火车站有许许多多中巴车，它们大多每车管一个方向，每一辆车与每一辆车的方向是不一样的，辛教授坐上了一辆开往哪个方向的中巴呢，辛教授仍然无法回答自己的问题，现在辛教授感觉到自己终于失败了，他再也回想不起什么来，什么 205 ？ 205 在哪里？哪里的 205 ？

　　辛教授现在已经完全丢失了他的方向，他不知道他住的旅馆在哪里，他忘记了他住的旅馆叫什么旅馆，也许辛教授从一开始根本就没有记住这个旅馆的名字，他丢失的只是他从来没有得到的东西。现在辛教授只有这块写着205三个数字的塑料钥匙牌，从钥匙牌上，辛教授看不出它是哪家旅馆的205，不知天下有多少旅馆里有205房间，就这小小的古城，相信也有许许多多的205房间。

　　辛教授有些尴尬，他觉得自己把自己放到了一个奇怪的位置，他从自己的住处一步一步地走出来，却再也走不回去，问题在哪里呢，辛教授想，问题在哪里呢？

　　辛教授站在夜色笼罩的街头，他得跨出第一步去，不管丢失的旅馆在哪里，他得找到它。辛教授的思路并不混乱，他认真地想了一会儿，将第一个目标放到了这个城市的电话号码簿上。电话号码簿上，会有这个城里的大大小小的旅馆的名字、地址以及它们的电话，辛教授四处看了一下，发现不远处有一家小店，店招边有一块公用电话的牌子，有公用电话，无疑就会有电话号簿。辛教授走过去，向小店的主人说，能不能，借电话号簿看一看，店主拿出厚厚的一本，交给辛教授，看吧，店主说，找电话号码？辛教授说，找一家旅馆，店主朝辛教授打量一下，说，外地来的，要住宿？辛教授说，不，不住宿，我已经住下了，只是，我忘记了我住在哪里，我查一查，店主说，那你查吧，这上面有旅馆的地址。辛教授先翻到服务行业这一大栏，看了一下，其中类目很多，辛教授跳过大宾馆大饭店一栏，翻到旅社、招待所一栏，仅这一栏，就足有三大页纸，辛教授自上而下，慢慢看过来，旅馆的名字，一一跃入辛教授的眼帘，辛教授看到每一个名字，都有一种亲切感，很像是自己住的旅馆，再仔细一品，又觉得不像，觉得很陌生，从来没有见过，便在像与不像之间徘徊。店主看辛教授查了半天也没查到，忍不住说，怎么，查不到，也许是新开的，这电话号簿是去年出的，还没来得及补上。辛教授说，不是查不到，是我根本不知道我住的旅馆叫什么，店主"啊哈"一笑，说，开什么玩笑，你不知道你住的旅馆叫什么，你到这上面查什么呢，辛教授说，我没有别的办法，我忘记了我的住处，我只有这个，辛教授拿出钥匙牌给店主看看。店主接过去看了看，说，205，说着又"啊哈"笑一声，说，有你这样的人，嘿嘿，店主忍不住再次笑了，有你这样的人，店主说，这牌子，205，这算什么，到哪里去找。辛教授说，所以我想从电话号簿上碰碰运气，却碰不到，看看这些，辛教授指指那些旅社的名字，都有点儿像，又都不像。店主想了想，说，你记不记得，你住的旅馆周围有什么比较大的建筑，或者比较明显的标志。辛教授说，没有，我都一一回想过了，那地方，和这城里的每一处，都差不多，也是这样的小街，房子也是一般的房子，旧的，但比较干净，没有什么高大的建筑物，一种宁静的气氛。店主说，那倒也是，我们这地方，就这样，再朝辛教授看看，说，那你怎么办，辛教授说，我打电话试试，店主像是吃了一惊，你给所有的旅馆打电话？辛教授说，我总得找到我的地方。辛教授开始往某一家旅馆打电话，辛教授向服务台的值班员解释他的情况，他说他是今天上午从另一个城市坐火车来到这个小城的，他住了一家旅馆，手里有一个旅馆的钥匙牌，是塑料的钥匙牌，钥匙牌不大不小，上面套着一把房间钥匙，房间是205，但是他现在忘记了旅馆在什么地方，叫什么名字，找不到了，想请值班员查一查旅客登记表上有没有他的名字。这么说着，那边值班员态度挺不错，并没有什么不耐烦的意思让辛教授感觉到，只是她听不懂辛教授说的话，辛教授越解释，她越糊涂，反复问了几遍，您住的哪家旅馆，辛教授说，我要是知道我住哪家旅馆，我就不必打这电话了。值班员说，你连自己住的哪家旅馆都不知道，你是不是开玩笑，她已经将您改称了你，态度仍然是好的，只是口气是有些变化，也许将辛教授当作一个无事生非的捣蛋鬼了。辛教授说，不多说了，越说越糊涂，麻烦你查一查今天的旅客登记表，看看有没有我的名字，值班员问清了辛教授的名字，电话里有一会儿没声音了，辛教授估计她正在查登记表，回头对店主说，服务态度真不错，我到你们这地方，最好的感觉就是你们这地方的人待人接物的态度，让我们外地来的人，像回到了自己的家。店主再次发出"啊哈"的笑声，说，是吗，你的感觉挺美好。辛教授再将耳朵贴近话筒，却听到一阵急促的嘟嘟嘟的忙音，电话断了，辛教授喂了几声，也是多余，不知是那边挂断了电话，还是线路上出了什么问题，辛教授重新再拨这个号，电话通了，仍然是个女的，声音也和刚才的差不多，辛教授估计没有打错，连忙说，你好，刚才断了，那边的声音却像是蒙在鼓里，说，你是谁，你说什么，什么刚才断了？辛教授说我刚才给你打电话，请你查一查今天的旅客登记表，话说到一半，就被打断了，那边值班员说，你开什么玩笑，哪里刚才打过电话，我今天在这里值班，一晚上到现在也没接过一个电话，冷清得出鬼，哪里刚刚电话断了，没有的事情，你可能搞错了，我们这里是城南旅馆，你是不是要城南旅馆，辛教授说，我也不知道我要哪家旅馆，也许是我搞错了，记错了刚才的电话号码，不过，既然错了，就索性再麻烦你一下，你能不能替我查一查今天你们的旅客登记表，值班员说，做什么？辛教授说，我今天上午坐火车到你们这个城市，在一家旅馆住下了，发给我一把钥匙，有一个塑料的钥匙牌，不大不小，上面套着钥匙，房间是205，后来我就出去了，可是现在，我找不到我住的旅馆了，我想请你……值班员说，你住的哪家旅馆，辛教授说，我没有记住旅馆的名字，我不知道我住的哪家旅馆，值班员嘻嘻一笑，说，你说的什么呀，我怎么听不懂，是不是开愚人节的玩笑，今天又不是四月一号，说着，忽然就在电话里大笑起来，说，好你的，小豆子，想蒙我呀，告诉你，你那水平还差一大截呢，你那嗓子，怎么变也还是你，辛教授说，什么，值班员愈发得意地说，得了，已经戳穿了，还装什么，辛教授说，我不是什么小豆子，我是今天来到你们这个城市的，我住在……值班员咯咯咯的笑声震得辛教授耳朵有些发麻，辛教授握着话筒，挂也不是，继续拿着也不是，店主呲着嘴，说，算了算了，挂吧。辛教授这才挂了电话，店主拼命忍住笑，说，你再打，就别和他们啰唆，你只让他们查一查登记表不就行了，你越要解释清楚，事情就越不清楚，他们就越不当真了。辛教授被店主点拨明白了，再打一个电话，直接请值班员查一查当天的旅客登记表，果然顺利多了，这么查了几家，都说没有辛教授的名字。店主说，这么多的旅馆，你打算查一个晚上？辛教授说，这么也不是个办法，店主想了想，问，你住的地方，离火车站远不远，辛教授说，不算远，不远。店主，旅馆大不大，辛教授说，不大，店主说，那好，你到火车站去，火车站附近的小旅馆，都有人在那儿拉客的，你去问问他们，他们能认出自己旅馆的钥匙牌。辛教授谢过店主，将电话费付了，要给店主些钱表示表示，店主却不要，递了根烟，店主倒是接了，说，你找去吧，找到了才好，别再耽搁，时间也不早了。在店主的指点下，辛教授很快就来到了火车站，各旅馆拉客的人果然还聚在那里，说着话，等待下一趟火车的抵达。辛教授走过去，接受了打电话的教训，辛教授也不啰唆，举着钥匙牌向他们说，这是谁家旅馆的钥匙牌，大家朝钥匙牌看看，看到上面的205，开始没有人说话，过了一会儿，有人说，205，另一个人说，你什么意思，再一个人走近来，说，你是不是要住宿，还有一个人说，你是不是有货。辛教授想，不把事情讲清楚，别人怎么知道我要干什么，该说的话还是得说，便道，我今天上午坐火车到这里来的，后来就找了一家旅馆，旅馆不大，离火车站也不远，发给我一块钥匙牌，就这，他再举了举钥匙牌，房间是205，但是现在我记不得我住的地方了，只有这块钥匙牌，辛教授将钥匙牌举得高些，让围着的人都能看见，有人说，你住的什么旅馆，辛教授说，问题就在这里，我不知道我住的旅馆叫什么旅馆，大家听了辛教授这话，先是一愣，后来就一起哄笑起来。辛教授举着钥匙牌，有些不知所措，他希望突然有一个人说，呀，这是我们旅馆的钥匙牌，可是没有，大家只是笑着，没有人说这句话，辛教授不知往下再怎么办，突然有一人手指着车站出口处，说，来了，他们顺着那方向看，在出口处的通道上，先是三三两两出现几个人，紧接着就是黑压压的一片涌过来，他们扔下辛教授，往那边迎上去，举起写着旅馆名字的牌子，只留下一个年轻人，笑眯眯地守着辛教授，说，你这样拿着钥匙牌找旅馆，算什么，找不到的，我劝你，看看时间，也不早了吧，还是另找个旅馆先住下，休息，明天再起来寻找。辛教授说，我时间不多，只有在明天一天时间，后天一早，我就得赶回去。年轻人说，那也得睡觉是不是，再说，这半夜三更的，你到哪儿去寻找你的那个不知道名字的旅馆。辛教授说，你说的也是，我也很累了，还是先住下，年轻人笑了，说，跟我走吧，年轻人领着辛教授朝某一个方向去，走了很长一段，辛教授有些不放心，说，你不是说不远吗，已经很远了。年轻人说，马上就到，看辛教授仍然疑惑，年轻人再又笑了一下，说，你放心，我不是骗子，再说了，看你这样子，骗是挺好骗，但是只怕也骗不着你什么贵重物品和钱财吧。辛教授也笑了，说，那倒是，我也没有什么东西好被你骗的。再走一点路果然就到了，初一看旅馆的门，辛教授马上有一种似曾相识的感觉，在那一刻间，辛教授甚至以为就是他住那家旅馆呢，看辛教授愣着，年轻人向他一招手，辛教授跟着去，到服务台登记，年轻人就走开了，辛教授看服务台的女服务员，竟也和上午那个旅馆的服务员很相像，年纪也差不多，长得也差不多，笑眯眯的，态度挺好，和言细语，见辛教授没有行李提包什么，觉得有些奇怪，说，你没有行李，辛教授说，没有，又说，你刚下火车？辛教授说，我上午就来了，服务员"噢"了一声，看了辛教授填的住宿单，核对了一下身份证的号码，说，行了。拿出一个钥匙牌给辛教授，辛教授拿来一看，心里跳了一下，这个钥匙牌和他口袋里的那个钥匙牌是一样的，大小，颜色，连印在上面的数字也是一样的字体，不同的就是这个房间号码，这是 308，辛教授急急地掏出 205 的钥匙牌，拿到服务员跟前，你看看，这个牌子，也是你们的？服务员有些奇怪地接过牌子看了一下，说，不是的，这不是我们的。辛教授说，怎么不是，这一模一样么，服务员说，看起来是一模一样，其实是不一样的，辛教授说，你凭什么说不一样，服务员说，凭什么，我也说不清楚，要不就是凭感觉吧，反正我一看就知道不是我们的，摸在手里就更知道，辛教授说，你们 205 房间，住的什么人，服务员不厌其烦地翻开登记表看看，说，没有住人，空着，辛教授说，会不会住下了，你这表上没有反映出来，服务员说，不会的，凡是来住宿的，我这表上都有，先有了这表，才后有房间号码，这规矩我们做了好多年，不会错的。辛教授轻轻地叹息了一下，服务员关心地看看他，说，你是不是有什么心事，你这 205 的牌子，哪来的，辛教授说，我上午就到了你们这城市，找了一家旅馆住下，就给了我这牌子，后来我出去，走远了，认不得回旅馆的路了。服务员抿嘴一笑，说，所以你就到我这里再住下，一个人开两个旅馆的房间，辛教授说，是。服务员又笑，说，你不会打听一下，辛教授说，我无法打听，我不知道我住的那家旅馆叫什么，在什么街上，我都不知道，只有这块钥匙牌。服务员终于将她的笑彻底喷了出来，笑了半天，才止住了，说，那真是没有办法，说着又笑。辛教授被她笑得也忍不住，服务员的笑声，将旅馆里另一个人引出来，说是旅馆的客房部负责人，问出了什么事，这么好笑，辛教授便又说了，将 205 的钥匙牌给他看，服务员在一边说，你说这种事情，你说这种事情，嘻嘻，怎么办？负责人将牌子翻来去看看，看不出什么，他想了一会儿，说，有个办法，你到电视台做个启事，说自己走丢了旅馆，请发现 205 房间住着辛教授的旅馆往这边旅馆打电话联系，一般说来，一个旅馆如果工作比较认真，他们能够注意到旅客一夜不回的事情，如果注意到了，旅馆肯定会奇怪，会关心这事情。辛教授觉得这主意不错，只是今天已是半夜，一切都得等到明天。

辛教授来到 308 房间，开门进去，房间的规格，摆设等都与他的那个 205 房间相似，辛教授走到窗前朝外看看，街上已经空无一人，只有昏暗的路灯孤独地站在街边。辛教授洗了一下，躺到床上，平时辛教授的睡眠不怎么好，从准备入睡到真正进入睡眠，得有很长一段的过程，可是今天却不，辛教授很快睡着了，大概跑了一天，累了。

第二天早晨，辛教授就到电视台去做启事，将事情又和电视台说一遍，电视台也笑了一回，不过他们也没有少见多怪，电视台平时，常碰到稀奇古怪的事，比这离奇的多的是。他们很快替辛教授做了滚动字幕，说，你放心，中午就能让你看到电视，辛教授说，不是我要看这滚动字幕，是希望旅馆能看到，电视台说，那当然。

到了中午，辛教授打开电视机，果然就看到了那一则滚动字幕，心里稍稍安慰了些，旅馆的旅客，也有中午看电视的，看到了，知道这个丢失了自己住处的辛教授现在就和自己住同一旅馆，有兴趣的，都跑 308 房间来看看辛教授，也有再三询问事情经过的，也有再向辛教授提建议、出主意的。辛教授房间里没有电话，电话在服务台上，辛教授说，对不起了，我得去守电话，就往服务台去，也有人没有尽兴，仍然跟了去，再听辛教授说说，笑一回，然后走开做自己的事情。辛教授在服务台守了一整下午，并没有电话来联系，大家说，别急，白天看电视的人毕竟少，到了晚上，新闻，电视连续剧，看的人自然多，滚动字幕的效果也挺不错，会有结果的。辛教授继续守在服务台的电话机边等候，一个晚上过去，仍然没有电话，客房部负责人过来，看看辛教授，说，你是不是非要找到那个旅馆？辛教授一时不知怎么回答他的这个问题，张了张嘴，没有说出话来，负责人又说，我的意思是，你是不是有什么贵重物品留在那个 205 房间？辛教授说，贵重物品，什么贵重物品，没有，我只有一个提包，里边有一件羊毛衫，旧的，还有，一块毛巾一块脚布，一只牙刷和一段用得差不多的牙膏，其他的，没了。负责人说，是不是多付了押金，辛教授想一想，算了一下，说，不多，正好两天房费。负责人说，那就是说，找不到也没有什么大不了的，辛教授说，找不到是没有什么大不了，但总还是应该找到它吧，找不到，就这么拉倒、走路、离开？从此以后，怕是很难有机会正到这地方来的，这算什么呢，总有些叫人说不清的滋味，辛教授说，反正我也没有别的办法了，上电视这也是孤注一掷，到明天早晨，再没有消息，我也只好走路。

再到下一天早晨，辛教授起床后，刚洗刷过，服务员来敲门，大声喊，辛教授，辛教授，电话来了。辛教授奔到服务台接电话，那边说，他们是云中旅社，

205房间确实住着一位教授，是前天上午来住宿的，两夜未归，他们看到电视上的滚动字幕，到205房间看了一下，房间里只有一只手提包，包里有一件驼色男式羊毛衫，是旧的，大约只有五分成色了，另外在卫生间里有一块毛巾一块脚布一把牙刷的一段牙膏，问是不是辛教授的那个205房间，辛教授说，是，是，没错，就是它。那边告诉辛教授路怎么走，指点清楚了，辛教授放下电话，和这边旅馆的热情的服务员以及负责人告辞，急急地向云中旅社去，很顺利地找到了云中旅社，旅馆服务员已经在门口迎候，往205房间引去，一路过去，辛教授已经清清楚楚回忆起前天上午到这儿后的一切活动，来到205房间，服务员说，你的钥匙呢，辛教授摸口袋，却再也摸不到那块塑料钥匙牌，这块付了十块钱押金的钥匙牌跟随了他整整两天，这时候却不见了。服务员见辛教授急，连忙说，不急，我这也有，拿出一大串的钥匙，挑出205的那一把，打开了门，房间的规格，房间里的摆设，给辛教授十分亲近的感受，辛教授甚至有一种回到久别故乡的激动。一只提包放在桌子上，辛教授疑惑地看了看提包，说，这不是我的提包。服务员说，怎么会，房间里就这么一只提包，你看看里面东西。辛教授打开来看，一件驼色男式羊毛衫，和辛教授放在包里的羊毛衫相同颜色，相同式样，新旧程度也一样，但是辛教授说，这不是我的羊毛衫，服务员先是有些怀疑，后来想了想，突然想起来问，您姓什么，叫什么？辛教授说了自己的姓名，并且强调了一下，说，辛，是辛苦的辛，服务员呀了一声，说，对不起，错了，不姓辛，不姓辛苦的辛，嘻，嘻嘻，服务员说，让辛教授出了房间，反手带上了房门，辛教授看到房门上有205三个数字。

辛教授终于还是没有找到自己丢失的旅馆，也最终失去了时间，现在辛教授赶往火车站，搭上了北去的火车，半小时后，他下了车，来到会议地点，会务组已经在焦急地等他了，见了他，喜出望外，说，我还以为辛教授赶不上了，我还以为辛教授赶不上了，到底还是赶上了，太好了，太好了。辛教授来不及多说什么，会务组风风火火地将辛教授的行李什么连同辛教授一起送上一辆小车，小车穿过熙熙攘攘的城市，再次来到火车站，会务组帮辛教授提着行李，又一直送上火车，在火车上辛教授和周教授相逢，他们找到了自己的卧铺，放好行李，躺下来，一直支撑着的发酸的腰、背、腿，得到了舒展和休息，想，还是卧铺好呀。

## 世间杂事

三九是个好交朋友的人，也愿意帮人的忙，朋友熟人，有什么困难了，总想找到三九帮助，三九因为肯帮助人，所以朋友多，朋友多了，帮起人的忙来也方便些。说到底三九自己也没有三头六臂天大的本事，三九要帮助人，也总是找朋友，朋友之间帮来帮去，就这样，世间的杂事便多了。

两年前的某一天，果子来找三九帮忙了，果子听了几个朋友的主意，从自己的单位辞职出来，要开一个饭店，做生意，其他的事情，果子已经基本落实，店面也已经租了下来，市口不错，装修工程什么，也已经开始。钱已经投下去，三九知道果子不能再回头，说，具子，既然都行动起来了，还要我帮什么呢，果子说，钱，三九说，多少，果子说，五万，三九说，五万？我到哪里去弄？果子笑了，说，知道你有办法的，丢下这句话，果子就走了，他相信三九会给他弄到五万块钱。

三九自己没有钱，便往朋友身上想，没钱的朋友，就没钱，不找也罢，有钱的朋友，说，现在的人，谁还把钱压在枕头底下呢，或者，挖个坑埋着？像从前的小地主，想等钱在泥地里生根发芽长小钱呀？三九说，钱呢，大家说，在外面转着呢，只有转着，才能生钱，三九说，那倒也是，三九明白这个道理。后来三九想到了超英，超英在机关工作，前不久，调到一个离休老干部的什么公司，叫他为老干部做生意，手头也许会有一些钱呢。超英接到三九的电话，说，怎么，三九，拿五万块钱做什么，炒股呀？三九说，不是我要，是一个朋友，超英便支吾了，说，朋友，什么朋友，可靠吗？三九说，像你和我一样可靠。超英想了想，说，什么时候还，三九说两年，利息两个点，挺高的，超英又想了想，说，行，我们老干部这里，有一笔基金，正愁没地方发财，要我去倒钢材羊毛什么，我可不想受这个累，你给我两点的利，老干部大概不会有意见了。你那朋友的饭店，正规吗？三九说，正规，超英说，那行，什么时候，我们办个手续，三九说，一起吃个饭吧，超英说，好。

事情很顺利地解决了，吃饭的时候大家都很开心，签了合同，写了借据，定了还本还息的日期，超英自然是有些担心，但是果子言之凿凿，又是白纸黑字红章，加又有三九这样的朋友担保，超英也没更多的什么好说，果子拿到了钱。果子的饭店很快就开张了，开张那天，又把三九和超英以及别的许多朋友叫去吃饭，十分热闹，果子喝了不少酒，一桌一桌敬过来，说了许多感谢朋友帮助的话。果子喜欢唱歌，在卡拉 OK 上唱了又唱，大家说，卡拉 OK 设备挺不错，音响效果好，果子满面春光。

时间过得很快，在果子开了饭店的这些时间里，到底是做了生意，忙多了，三九也不能常常再见到果子，像从前那样聊天吹牛喝酒，有时候三九也到果子店里去看看果子，总是看到果子忙得很，但是果子见了三九，绝是扔下手里的事情，陪三九说说话，留三九在他的店里吃饭，陪着，喝酒，说话，常常有店里的师傅和伙计也有些漂漂亮亮的服务员小姐来找果子请示这个汇报那个，三九坐着，想自己一个闲人，由一个忙人陪着，怎么说得过去，要走，果子当然是不让他走，说，三九，你说得出，怎么能让你走，我再忙，别人来了我可以理也不理，但是你来了，我总是要陪你的。三九听果子这样说，心里挺受用，别人说人一做了生意，就没有朋友，果子却不是这样，果子依然是个讲义气的人，三九很高兴，只是三九想，不管怎么，我以后得少来了，三九以后果然很少再来找果子，果子因为忙，也没有时间过来看三九，但是果子也没有忘记三九，他常常托人捎口信给三九，让他过去坐坐。三九虽然不再常往果子那边去，从别的朋友那里，也能得到些果子的情况，起初的一些日子，都说果子的饭店不错，过了些日子，就传说果子在闹婚变了，三九不相信，说，不会吧，但是事实由不得三九左右，果子果然要离婚，要和自己店里一个洗盘子的乡下出来的姑娘结婚。三九去找果子，说，果子你真是昏了头，这个人，哪点比得上你老婆，果子叹了口气，说，三九，你不明白，这不是比得上比不上的问题。三九说，那是什么问题，是不是你有什么把柄被小丫头抓住，如果是，我替你找法院的朋友帮忙。果子想笑，却没有笑出来，说，三九你说到哪里，我没事。三九说，没事就好，你别陈世美，退一万步，即使真要做陈世美，也向人家学学再做，人家陈世美，也是碰上了公主才休秦香莲，你倒好，碰上这么个丫头，你就玩真的了。果子摇头，叹息，说，三九，你不懂。三九说，是我不懂，你懂？果子说，我也没有办法，只能这样了。三九想了想，又说，怎么，做了饭店，有钱了，就变？果子仍然说，这和钱不钱没关系，绝不是你们想象的那样。三九说，这也没关系，那也没关系，三九说不动果子，果子果然离了婚，和洗盘子的丫头结了婚，三九听别人说，果子的前妻不肯离，果子没法，给了一大笔钱，才算解决。果子再结婚时，也没有请客，也许怕请了朋友朋友不来，面子上过不去呢，事后三九也曾想过，假如果子真的来请，去不去呢，不好说，幸亏没请。

再过些日子，超英过来到三九这边玩玩，说了些别的话题，后来超英说，三九，果子那边的饭店，情况怎么样？三九说，我也有时间没去了，前些时候，听说不错，超英说，你得替我放在心上，三九说，你放心，超英说，这一阵，都说饭店难做，不景气，果子那边，如果情况不妙，你叫他将我的钱，先逐步抽出来，三九说，不是还不到还钱的时间么，超英说，话说在前面边总不错。三九说，那是，我什么时候到果子那边去一去，和他说说。过了几天，三九就往果子的店里去，果子不在店里，别的人也不知他到哪里去了，走的时候也没有说到哪里去，三九在店里转了转，和大师傅聊聊天，大师傅说这几天来看果子的朋友挺多的，三九说，怎么的，是不是果子有什么事情，大师傅说，果子没有什么事情呀，三九说，那大家来看他做什么，大师傅说，你不也是来看果子的吗，你不知道自己为什么来看果子呀，三九笑了一下，说话了几句话，三九和大师傅都满头大汗，三九这才发现店里没电了，问是不是停电，大师傅说，哪里停电，你看人家隔壁好好的有电，我们这里要增容，一直没有增，一用电，就跳闸，没有办法。三九说，果子怎么不抓紧时间增容呢，大师傅说，抓也是抓紧的，只是现在办事情，都难。正说着话，有客人在门口站定了，探头看看，说，咦，门上写着冷气开放，里边怎么这么热？服务员说，临时停电，一儿就来，你们先坐一坐，电马上来。客人摇摇头，说，这么热的天，哪里坐得下来，走人了。大师傅向三九看看，无可奈何地笑笑，说，这一阵，常常开白板，三九说，一天一个生意也没有？大师傅说，是。

三九倒有些着急了，过了几天，又往店里去看果子。天下着雨，饭店的厨房漏雨，果子正爬在屋顶上捉漏，从上面看到三九来，果子招呼一声，说，三九，你稍等，我一会儿就下来。三九站在屋檐下等了一会儿，果子果然下来了，一身污脏，两手张着，到里边洗了洗手，出来对三九说，这房子，太老了，捉了这一处，又漏那一处，捉了那一处，又漏这一处，没办法。三九说，当初开张的时候，好像挺漂亮的，果子说，那是表面现象，装修的时候糊弄了一下，时间一长，就暴露出来，说着指指饭店各处，到处的问题都出来了，像人老了似的，什么病都来了。三九说，怎么这就老了，这才开始呢，果子苦笑笑，不再说饭店的事情，向三九看了看，说，前几天说你来过？三九说，是我路过，来看看。果子一笑，说，什么路过，你到哪里去能路过我这里，三九说，不是路过，就不能专程来看看你。果子叹口气说，我知道，你是为超英的钱来的，是不是听到什么说法，有了什么想法，三九说，什么说法，什么想法？果子说，没有就好，你放心，超英的钱，我会按时还清，三九说，有你这话我就放心。

这就到了两年的期限，超英给三九打个电话，提个醒，三九说，不用你说，我早记着这日子，超英说，是不是我和你一起去果子那儿，三九说，你若是有空我们一起去也行，都是朋友嘛，你若是忙，不去也行，我去一样的。超英说，那就你去吧，我这几天正好走不开，三九说，好。

三九怕果子不在，事先打了个电话，果子在，三九说，我过来一趟啊，果子也不问什么事，说，你来吧。三九去了，果子的新老婆笑眯眯地替三九泡茶，三九还是从前在果子的饭店里见过她，那时候瘦骨伶仃一个小丫头，现在嫁了果子不多久，倒也养得白白胖胖。三九刚坐稳，还没开口，果子就说，超英的钱到期了，三九说，你倒记得准，果子说，那是，三九说，怎么样？果子说，没问题，你先回去，今天我把具体数额结算一下，连本带息一共多少，明天一早，我给你送过去，你明天在不在家？三九说，明天我休息，果子说，那正好。第二天三九在家等着果子，三九还多买了些菜，想留果子在家吃了饭走，有很长时间，没在一起吃饭喝酒，三九往超英的办公室打个电话，告诉超英果子上午到家来还钱，超英挺高兴，三九说，你走得开走不开，若走得开，一会儿你也过来，我们一起喝几杯，超英说，不巧了，今天正好领导召见，得等着，不知什么时候召来了，就得过去。三九说，那好，我们也不等你，你若是结束得早，就过来，若是晚了，也不必赶来，我会把钱给你送过去。超英说，好，前些天我们这里他们已经在问钱的事情了，今天又问了，我说马上到，果然马上就到了。

三九一直等到中午快十一点，果子也没有来，三九往果子店里打个电话，接电话的是个女服务员，说果子不在，也不知到哪里去了，三九问大师傅在不在，服务员说，这几天店里停业，大师傅也不在，没有人，只有她一人在值班。三九说，停业了，怎么的？值班服务员说，没有生意呀，天天白板，开着门还得交各种各样的钱，索性关了门，可以少交点，三九说，关了门，哪来的收入呀，服务员说，那我也不知道了。三九挂断电话，想了想，便往果子家打电话，接电话的是个女的，说果子不在，三九说，你是谁？女的说，我是果子的老婆，你是谁，三九说，我是三九，我找果子，女人愣了一下，说，果子今天就是去办你的事情，还你的钱，怎么，还没有到你那儿？三九说，他让我在家等着他的，我等了一上午，等到现在也没见他来呀，他什么时候出门的，女人说，早晨就出去了。三九放下电话，倒有些替果子着急，想果子出门都是摩托车，又开得风驰电掣的，会不会出了什么事，心神不宁，在家里走来走去，一会儿电话铃响了，三九赶紧去接，果然是果子的电话，说早晨带着钱出来，就往三九这边来的，不料路上碰到个生意伙伴，说有一笔货正等着，谁有几万块现金，投下去，几天之内就能见利，果子说他实在是抵御不了这样的诱惑，所以还超英的钱上午还不成了，果子说他下午就银行去取，如果赶得及，下午就送来，如果赶不及，明天上午一定送来。三九说，明天我要上班的，果子说，那明天我直接送到超英单位去，三九说，这也好，顿了一下，说，果子，这样，不管你是今天还到我这儿来，还是明天直接还到超英那儿，你都打个电话告诉我一下。果子说，那当然。整个下午三九一直在家等果子的电话，果子却没有来电话，超英来电话问了一下情况，三九告诉超英事情的经过，超英在电话里停了好半天，三九以为他挂了电话，喂了几声，超英才说，三九，你怕是要给我惹麻烦了，三九说，什么，你是说果子的钱？超英说，那别的还有什么？三九笑了一下，说，没事，果子银行里有钱，他去取了，超英说，但愿。

三九也一直没有等到果子的电话，他想给果子再打电话，又觉得这样实在有些逼果子太厉害了，事情正在顺利地进行，果子又没有说不还钱，这么急吼吼的样子，是有点过分了，便不再往果子处打电话。第二天去上班，心里有些不踏实，到下班时候，出门时，看到超英在门口等他，超英看到了三九，迎上来，说，三九，我明天要外出，有一段时间呢，果子那里那笔钱，我们单位领导问了几次，今天我和你一起去找一找果子，把钱拿到了，我出差也安安心心。三九想了想，说，到他家去吧，他的店，这几天说是停业，估计不会在店里，一起往果子家里去，到了那里，敲门，却没有人开，邻居听到敲门声，出来说，不在家，三九说，果子不在，他老婆呢，邻居说，好像说他老婆要流产，到医院去了，问哪个医院，却说不知道。三九朝超英看看，说，只好先回了，下午再来看看，或者等到晚上来，晚上总会在家的吧，超英说，好吧。

等到晚上三九和超英一起再往果子家去，果子老婆热情接待他们，说果子下午从医院把她送到家就出去了，三九说，果子说好今天还超英钱的，他有没有到银行取出来？老婆连连点头，说，取了，取了，我亲眼看到的，本来就要给你们送去的，我这里，突然，突然，她好像有些不好意思，说，见了红，吓了一跳，以为要掉，急急忙忙到医院去，医生说没事，打了一针黄体酮，就回来了。超英说，那他现在，到哪里去了，你知道不知道？老婆想了想，说，他没有说，我想，说不定就是给你们还钱去了，也许到三九家去了呢，三九和超英互相看看，超英突然笑了一下，说，三九，走吧。

他们一起出来，果子的老婆将他们送出很远一段，再三代果子说对不起。等果子的老婆返回去，超英对三九说，我猜，果子在家，三九愣了一下，说，不会的，果子不会做这种事情，超英说，你相信他？三九说，我们是多年的朋友，超英说，多年的朋友也不能说明什么。三九说，或者，我们现在到我家看看，说不定果子真的去了，超英说，算了，我不去，我不相信他会去。三九有些对不住超英，说，那你，明天出差？超英说，出差照出，好在我出差期间，不会有人向你催这钱，但三九，这几天你得找到果子，叫他还钱，不然，我回来不好交代了。超英真的有些发急的样子，盯着三九看了一会儿，又说，三九，这事情不好开玩笑的呀，不是三五千块，若是三五千块我自己垫了也行，这笔钱，单位里人人知道，我回来若是还不能拿到钱，单位里真的没法过关了。三九看到超英焦虑的神色，心里也不好过，觉得挺对不起超英的，当初求人，人家二话没有，就将钱拿出来帮助解决困难，超英也是信任他才肯这么做。三九想，我不能做个言而无信的人。

　　三九回到家里，问家里人果子来过没有，说没有，问有没有电话，说也没有，三九想起超英说的果子在家，心里不由也疑疑惑惑了。

　　第二天起了个早，三九就往果子家去，到果子门口时，碰到果子的那个邻居，朝三九笑笑。三九去敲门，果子的老婆来开门，一看三九，脸上马上是遗憾的神色，说，呀，三九，真不巧，果子刚走，三九说，这么早就出去了，他不是喜欢睡懒觉的么，老婆说，平时是起来得比较晚，今天正巧有事，三九说，有没有说什么时候回来，老婆说，倒没有说，不过，一般出去了总要到晚上，三九走出来，心里像搁着什么，低垂着头往外走。果子的邻居站在三九面前，看着三九，说，怎么，是不是那个女的说男的不在家，三九说，是，说一大早就出去了，邻居又一笑，说，你听她的话？三九说，什么，你说什么，难道？邻居笑着点点头，说，你若是有耐心守着，我借张凳子给你，三九觉得这样做有些不妥，这是明摆着不相信果子了，但是不这样做，怕真的找不到果子呢，便谢过果子的邻居，坐了下来。邻居给三九端了水来喝，向三九说，你是找他们来要债的吧，三九说，你怎么知道？邻居说，我见得多了，这些日子，找他的人多，多半是要债的。三九说，他借了许多债吗？邻居说，那倒不清楚，我只知道，女的常常骗人，说不在家，其实是在的，大概还不出钱，唉。三九摇了摇头，坐着守候，等到上午十点模样，果子家的门开了，三九一眼就看见果子走了出来，三九站起来，果子看到三九，笑了一下，说，三九，你来了？三九很气愤，说，你老婆说你不在，果子说，女人的话你也听得？三九"哈"了一声，不知怎么回答果子，果子说，既然三九你来了，我也不急着走了，屋里坐，喝杯茶，三九不愿意进去，被果子拉着，进来，果子老婆见了，没事似的，也朝三九笑一笑，说，我给你泡茶，去将茶泡了来，端到三九面前，三九说，果子，我不跟你开玩笑，你不把超英的钱还了，叫我怎么做人？果子说，谁说不还的，三九说，果子，你跟我说实话，是不是想赖账？果子说，怎么会，借债那一套都按正规手续办的，我不会赖掉的，想赖我也赖不掉。三九说，那你有什么打算，这么躲躲骗骗，算什么，你是不是没钱？果子说，钱也不是没有，凭我果子在外面混这么几年，在这个市面上，我果子要向哪个挪它三万五万先用起来，也不算什么大事。三九说，那好，你把超英的钱先还了，果子说，那当然。三九向果子伸一伸手，说，拿来呀，果子又笑了，说，现在身边哪里有，有的话，我也不和你费口舌，我跟你说，你别急，我刚刚进了一批空调，钱全投进去了。三九看看果子，说，你不是开饭店么，怎么做起别的生意来？果子说，做了两年饭店，我也明白了，像我们这样的实力，做饭店是不行的，做饭店得有大投资，一下子上了档次，做出名声来，才有活路，如我们这等，小敲小打，难。三九说，现在的趋势，高档豪华消费也有些下坡了，人们回了头走家常菜的路子呢。果子说，那是说说的，真正做家常小菜，蝇头小利，累又累死人，哪个肯做，所以三九我告诉你，像我这样，得从其他路上想想办法了，我进空调，也不是盲目的，预测今天空调市场看好，只要等我这批货一出手，钱马上就有。三九说，你说得出，那万一你的空调出不了手，就不还超英的钱？果子说，不可能出不了手，对了，你今天不来找我，我倒要去找一找你呢，你朋友多，看看有哪个需要空调的，我这是给的全市最低价。三九说，是不是让我替你卖了空调才还超英的钱？果子说，你说到哪里去了，不搭界的两回事，超英的钱，也不一定等空调全部出手才能还，我还有别的来源。三九说，那你说定个日期，这几天，超英正好出差了，要不，我也不知怎么向超英说，以为就能拿到呢，果子说，那太好了，超英出差多长时间？三九说，大概五六天吧，果子一拍巴掌，说，行了，五六天，要不了五六天我就能调节过来。三九说，我再相信你一次。果子说，没问题。

　　三九回去给几个朋友打电话，问了问空调的事情，大家说，怎么三九，你也想做点事情了，大象屁股也要动一动了？三九说，不是我的事情，是一个朋友托的我，问一问，大家说，他那个牌子，那个价，不便宜呀，什么全市最低价，差一大截呢。三九说，那这个牌子的货怎么样，若是货好，稍贵一些也是应该，大家说，这什么牌子，野鸡货，三九说，那也没办法了，就算了，想了想，怕果子来追问他，又将空调行情再打听打听，准备好了应答果子的话，不料果子却根本没有再来追问空调的事情。

　　到了超英快回来的日子，果子仍然没有来还钱，三九给果子打电话，没有一次是果子自己接的电话，总是老婆接的，也或者是别的什么人接了，总说不在，有一次接电话的正是果子自己，那边听到三九的声音，马上变了声调，连口音也变了，像外地人似的，说，对不起，果子不在，三九很生气，说，你不就是果子么，那边说，我哪里是果子，我是果子的朋友，你什么事情，我可以转告果子。三九气得放下电话，闷了半天，再又抓起电话打过去，这回被三九抓住了果子的声音，说，果子，你再不敢说不是你了吧，果子说，是我，我这才刚刚进门，三九说，果子，从前我的朋友中，你也算是个讲信义的人，你现在怎么变成这样，都说人不能做生意，一做生意就变无赖，我从来不信这说法，人么，不管做什么，该是怎样的人，总是怎样的人，和做什么工作有什么关系呢，现在看来，是我错了，果子你说你自己，到底怎么了？果子笑了一声，说三九你别生气，我真是刚刚回来，我正要给你打电话呢，你听到电话里有别人的声音吧，我告诉你，他们就是来还我钱的，我和他们把手续办了，还超英的钱就有了，三九说，那我现在就过来，等他们把你的钱还了你，你再另一手交给我，果子说，也行。

三九向科长请假，科长说，三九这一阵你怎么回事，怎么这么烦，三九苦笑笑，告诉科长，我替朋友做中人借了五万块钱，两年到期了，正催着还钱呢，科长"啊哈"一笑，说，三九，你死定了。三九说，没事，我这就去拿钱。急急赶往果子家，果子老婆说，你怎么才来，果子他们等你等不及，以为你有事抽不出身来不了了，他们刚走，三九朝里屋看看，果子老婆过去把里屋的门推开，笑着说，三九，你过来看看，果子是不是躲在里边，三九倒有些不好意思，说，我挂了电话就往这边赶，这一会儿也等不及呀，是不是又溜了，老婆说，哪里，到银行办手续去了，三九说，那我在这里等着，老婆说，好，你坐坐，我有点事情，出去一下，若是有电话，你替我接一接。三九说，好，坐着等果子，过了一会儿，来了个电话，是果子饭店的房东找果子要房租的；再过一会儿，又来个电话，找果子追一笔什么钢材的款子；再一个电话，要求转告果子，果子要追的那笔钱，明天一定来还，三九问是哪里，那边说，果子知道是哪里，三九挂断电话，再过一会儿果子回来了，三九立即迎上去，说，钱拿到了？果子说，咳，别提，家伙居然拿张空头支票糊弄我，三九说，到底是谁糊弄谁呀，是你在糊弄我吧，果子说，不信你跟我到银行去问，三九说，果子，你说我怎么办，超英今天就要回来了，你说我怎么向他交代，果子说，是我的责任，不是你的责任，超英回来，我跟超英解释。三九说，如果是超英自己的钱，你向超英说明困难，超英也是好说话的，可这不是超英自己的钱，是单位的钱，他们单位，正等这钱用，你叫超英怎么做人，你要影响超英了。果子说，三九，你别着急，你别着急。三九说，果子，做人不能这样做，你自己的困难，不能强逼别人替你承担呀。果子说，要说困难，倒也说不上什么，像我这样一个摊子，一下子要我拿出三五十万怕是有些难度，凑个三万五万的，还难不倒我呢，只是钱不在我账上，我放在外面的钱，何止三万五万，三九说，我不听你说，你什么时候还钱吧，果子说，我这就出门去追钱，三九说，哦，对了，有一个电话，说是欠你的一笔钱，明天一定来还，问他是哪里，也不明说，只说你知道是哪里。果子说，是吧，我没有说谎吧，我即使今天不去追，明天也会有钱来。三九说，那个人怕也是和你对付我一样对付你吧，果子说，不管别人怎么对付我，三九，我不会像别人对付我那样对付你的，三九"哈"了一声，张嘴要说什么，却没有说得出口来，顿了一顿，道，我不管你和别人怎么搞，我这钱，是超英借给你的，并不是和你做生意的钱，是朋友帮忙的，你不能不还。果子说，三九，我说过我不还吗？三九说，你没有说你不还，但事实上你是没有还，已经超过期限多少天了？我拿你没办法？这样吧，你现在就给我写个字条，写上还钱的具体日期，今天8号，你写上10号还钱，有两天时间，果子说，行，行，两天我足够了。三九说，签你的名，再盖章，等会超英回来，我也好向他说，果子毫不犹豫，说，好，拿了纸和笔，照三九说的写下，再又盖了鲜红的印章，和三九一起出门，到分手的地方，果子向三九挥手道别，三九看着果子远去的背影，心里有些说不清的滋味，想自己怎么至于逼着果子画押呢，想果子画押时的心情，不知是怎么样的，心里居然替果子有些凄凄然。

超英回来后，三九将果子的字条交给超英，超英看了看，说，这有什么用，如果不上法庭，这等于废纸一张，如是上了法庭，倒是有些用处，三九说，你要告果子了？超英说，我不要告他，我们单位说要告他，我不能帮了果子和我们单位作对呀，我还得在单位混，就这事情，已经弄得我里外不是人，以为我得了多少好处，天知道，利是高一些，全是单位得的，与我有什么关系呀。三九说，再等等行不行，果子这回会还的，再说了，果子到底是我们朋友，真的法庭上见，多难堪。超英说，三九你以为我想上法庭呀。

到10号这天，一早，三九刚起来，果子就来了。三九心里一乐，说，果子，终于来了。果子说，来了，钱拿到了，只是还差一个章。三九说，什么章，果子说，具体的手续上的事情，说了你也不会很明白，支票已经在我包里，我的章在一个朋友那里，我到朋友家去，将章盖了就来给你，怕你着急，所以特意绕到你这儿，先告诉一下，也好让你放下心来。三九狐疑地看着果子，说，果子，我是不是又在骗我？果子说，我怎么骗你，三九，我们这么好的朋友，我能骗你？我骗过你吗？说着手伸到包里摸起来，说，支票我拿给你看，支票就在包里，咦，你看我这人，粗心大意，把支票忘记在家里了，我这就回去拿了去盖章。三九说，果子你这样累不累，果子说，不累，做生意，本来就是很辛苦的事情，在家里睡大觉，那是赚不了钱的。三九说，我不是说你做生意累不累，我问你骗人累不累，果子有些伤心的样子，说，三九，我没骗你，支票真的拿到了，咳，我是好心办不成好事，本来是好心好意来向你报个信的，好让你放心，却又再给你添些怀疑，好了，我也不耽误了，我去办了。

　　下午超英打个电话到三九单位，说，本来我也不抱希望，想这电话不打也罢，打了也是白打，但总是心存一丝侥幸，忍不住又打了。三九说不出话来，好像赖钱的不是果子，而是他，结结巴巴地说，对不起超英，真对不起，早晨果子又来过，又是一套新把戏，我又上他的当，充满希望等了他一天。超英说，看起来，不告法院是不行了，要不时间再长了，这家伙万一有个什么事，把我们五万块一起赔进去怎么得了，我也顾不得什么朋友不朋友了，他没有个朋友的样子呀，三九说，我先给跟果子说一说，让他有个思想准备。超英说，也好，其实我们也怕打官司，现在打起官司来，你是知道的，输家赢家，谁也不得好果子吃，总是两败俱伤的，把人折腾得要命，你再向果子发个最后通牒，你就说超英说的，从到期那天起，往后的利息，按三个点计，利高了，看他能不能撑住。三九说，好，我跟他说。

　　三九一再给果子打电话，一直到很晚的时候终于和果子通上话，他等着果子向他解释早晨说过的话，不料果子却只字不提，好像根本没有早晨到三九家去那回事似的，只是说，三九，你别着急呀，三九说，超英的意思，你若再不还钱，利息得往上调，到三个点。三九停了一下，不听果子回音，说，果子，还是抓紧还了吧，三个点的利息，你受得了？果子说，行，三九没料到果子会说行，一时倒没了话，果子便乘机挂了电话。三九再找他，又找不着了，只得告诉超英，超英说，那不行，就是三点的利，也得有个归还时限，他们正在电话里说着话，响起敲门声，三九让超英稍等，去开了门，看到竟是果子站在门口向他笑，三九回来再抓起电话告诉超英，果子来了，果子说，我来和超英说，接电话过去，向超英说，超英，你别着急，我写了张条，签了名盖了章，放在三九这里，一个星期的限期，一个星期之内一定还钱，当然，当然，连本带息，利息按你的意见，三个点。三九从电话听筒里，听到那边超英叹息了一声，果子笑笑，说，超英你别叹气，到一星期后，我若是还凑不到五万，我哪怕借高利贷，也还你钱，超英在那头听了，仍然是一声叹息。

　　就这么三天，五天，一个星期，半个月，一个月，几个月，果子总是不还钱，期间三九上了果子家几次，不是他老婆说不在，就是干脆没人出来开门，一天三九守到很晚，终于守到了果子，果子一见三九，说，呀，这么晚了，还在等我，也真难为你。三九板了脸，凶狠狠地说，果子，你太不像话，果子说，三九你别激动，你听我说，这几天我正乱，你知道，我的饭店，关门了，房东停止了租用合同，三九本想不理果子，可是看果子满脸疲惫心力交瘁的样子，又有些于心不忍，说，怎么的，果子说，也没怎么，说我拖欠房租，其实，这房子，是他们私人的，欠几天房租也不见得会怎么样，唉，说不通，就关门吧。三九说，那你，往后，怎么办呢，果子说，其实，饭店关了，对我来说，倒是好事情，这饭店，早已经成了个包袱，我现在能甩掉它，也好，轻轻松松做我的贸易，做贸易比做饭店强，那可是空手套白狼的事情。三九哼了一声，说，我和超英就是你说的白狼吧，你饭店开着尚且抵赖，饭店关了门，你打算怎么办？果子眉开眼笑起来，说，三九，你怎么搞不清楚，我这时候把饭店关了，也可以说从很大程度上是为超英那笔钱考虑的，你想想，我的饭店虽然关了，但是房东他们总还是要把房子租给别人吧，别人租下房子来，若还是开饭店，我那全套的硬件设施，当然盘给他们喽。三九说，若人家不再开饭店呢，果子说，那也行，我把硬件卖了，也值不少呢，不说还一个超英，还几个超英，也绰绰有余。三九看着果子的嘴一张一合，三九说，你的意思，还得等？果子说，等也等不了几天，快了，这一两天正是乱的时候，作价啦，谈判啦，过这一两天，我给你送钱去，这样吧，我们就约定了，三天后的晚上，六点准，我请客，到大鸿运，一手还钱，一手敬酒，也算给你和超英赔不是了。三九说，三天后怕你仍然是老一套吧，果子脸上很严肃，说，不可能，绝不可能。

当然是没有什么三天后，也没有什么大鸿运，超英那边，也应付不了了，将三九叫了去，向他的领导解释，三九赔着笑脸，说了许多以人格担保之类的话，说着的时候，就想，自己的人格也不知道到哪里去了呢。从超英的单位出来，三九垂头丧气地在路上走着，突然被人一拍肩膀，说，三九，丢了魂呀？一看，是朋友圈子，圈子说，怎么的，三九，灰头土脸，没精打采，出什么事了？三九将果子借钱不还前前后后的事情说了，圈子一时想不起哪个果子，三九说，就是饭店开张时，请我们去吃的那个，圈子说，噢，那个小子呀，怎么，凭三九你，这事情也能难倒你？三九说，我没有办法，我变不出钱来，若是我有，我早拿出来垫着了，圈子说，你拿出来你傻X，其实这事情好办得很，你不是说他关门了，店里的东西还在不在？三九说，现在大概还在吧，说要盘给人家，也没有盘出去。圈子一拍巴掌，说，那太好了，走，跟我回去，我替你叫几个人，到他店里搬东西去，四个大立柜空调，四个带卡拉OK的彩电，差不多了吧。三九说，这算什么，圈子说，这算什么，这就是法，不信你到法院打起官司来看，最后判下来，不也这样么？三九不知道这事情能不能做，圈子说，你不出面也行，我来办，办完了，请哥们几个撮一顿就行，拍拍三九的肩，扬长而去。三九想来想去，不放心，到路边公用电话亭给超英打电话，超英不在，三九不由自主地将电话打到果子家里，说，果子，你今天不还钱，我们就去搬你店里的那些硬件了，果子，我也是实在没有办法，我也不想这样做，但是……果子打断三九的话，说，我知道，这不怪你，我也不是没有钱，但是我今天确实拿不出来，你若是肯再等一天，最多两天，我就有钱到手，连本带息还你现金，你若是非要今天拿钱，我没有办法，也只好由你去搬东西了，许多东西，都是我近期新添的，成色很好的。三九原以为说要搬东西果子会着急，想不到果子是这样的态度，想果子大概也实在是没有办法了。三九决定，明天和超英商量，最后决定，看起来，也只能走圈子指的这条路了。

回到家，圈子的电话已经追来，说，三九你上当了，我们已经到那店里看过，哪里还有什么东西，空空如也。圈子接着说，这样的人，只有一个办法，找几个人，叫他吃点苦头，保证乖乖交钱。三九说，不行不行，那是对付无赖，果子是我朋友呀，圈子"嘿"一声笑了，说，呀，对付无赖，那你以为果子是个什么呢，三九挂了圈子的电话，急急再给果子打电话，果子指天发誓，说他真的不知道东西已经被搬走，但他有思想准备，估计是别的哪个债主搬了去的。三九抓着电话不知是该放下，还是继续说什么，果子见三九不吭声，说，喂，三九，告诉你个好消息，你嫂子给我生了个大胖儿子，八斤，满月时，来喝满月酒呀。三九一怒之下，奔到果子家，听到果子家里传出果子低沉喑哑的歌声，果子唱道，远方的星星，请为我点盏希望的灯火，星星点灯，照亮我的家门，让迷失的孩子找到来时的路……

炒米浜最穷苦的老韩家终于攒够了翻建新房子的钱，选一好日子，就开始做事情。

因为是在老宅基上翻建，首先要做的事情就是把老家先搬一个地方临时安置下来。老韩家穷，人多，要找个地方安身，虽是临时，也挺不易，也算大家帮忙，勉强先四处住了，邻家，亲戚家，还有单位的仓库什么地方，东塞一个，西塞一个，只指望新房子早些弄好。大家说，老韩家弄房子，也是够呛，俩儿子基本上都是废的，韩平苏高度近视，差不多就瞎了，韩平荣是个呆子，唯一的就指望小吴。小吴是老韩家的女婿，人挺厚道，也比较能干，家道虽也不怎么显赫，但比老韩家要好些，小吴也没有看不起老泰山和老泰山一家人的想法。韩平芳嫁的时候，嫌小吴人瘦小，因为韩平芳有些人高马大的样子，老韩没有理睬她，就这么嫁了，也有好几年，日子过得也可以，慢慢地将家具什么该添的也都一一添起来，孩子也有了，韩平芳也不再以为小吴矮小什么的，韩平芳也想通了，反正都一样。人去屋空时，老韩看家徒四壁，又抬头看看房顶的满砖，老韩心里似酸酸的，正胡思乱想着，帮忙的人来了，在外面嚷，老韩呢，开工啦。

老韩出来，说，等一等，等一等，等小吴来。

大家就等着，有人掏烟出来抽，老韩被提了醒，连忙进屋取了烟来给大家派，大家抽着烟，看着老韩家的房子，道，早该拆了重造，老韩说，是的，是的，早就想翻了，早就想翻了。老韩看着自己家这三间破旧不堪的平房，老韩说，这还是生平荣那年起的，转眼也已过了二十多年，老韩一说平荣的名字，就有些后悔，但是说也已经说了，收也收不回去，大家都看韩平荣，韩平荣傻乎乎地坐在天井的地上，用一根树枝一下一下地抽打着地面，大家不作声，心里想，老韩家也是作孽，养这么个东西，拿他怎么办。老韩的老婆在水龙头上洗一大篮的菜，说到平荣，老婆总是伤心，她的手抖抖的，心里一惊一惊，那一年她怀上平荣的时候，家里翻房子，也像现在这样，把东西和人先撤到别的地方，在搬东西的时候，老婆在衣橱顶上的棉花卷里看到两条搅在一起的花蛇，老婆惊呼着出来告诉大家，炒米浜的老人预言，老韩老婆肚子里怕不会有好东西，后来果然生下个呆子来。好多年过去，老婆看到平荣，她止不住地想那两条搅在一起的花蛇，异怪，瘆人。老婆将那两条花蛇反反复复地回想了二十多年，到现在仍然盘旋在她的心里，老婆总是心惊肉跳，她最迫切希望家里能早一点将房子翻过，老婆想，翻过房子，我就再不去想那两条搅在一起的花蛇。

小吴来了以后，就指挥大家开始拆房子，89 岁的韩老爷子拄着拐棍远远地站在邻居家门前看大家胡乱地将他们家的老屋拆得一塌糊涂，一阵阵的尘土烟灰飘洒弥漫在老韩家老屋的上空，韩老爷子叹息，摇头，什么话也不说，他想，我说什么呢，我不知道我有什么话好说的。老韩家的房子是砖木结构，好拆，拆房子的工作进行得很快，帮忙的人也算卖力，说，帮老韩家做事情，若要磨个洋工什么，也是罪过，到半下午，事情已经差不多，老韩家的老屋已经化为一片平地，做下手的人手脚也麻利，已将建筑垃圾废料什么的及时运走。夕阳照着的时候，老韩家的人看着自己的家就这么没了，心里有些凄凉，因为灰尘大，大家把平荣赶开一些，平荣坐得远一些了，他仍然用树枝一下一下地很有规律地抽打着地面。

小吴说，好了，明天挖地基，大家散去。

小吴在回家的路上碰到了韩平芳，韩平芳抱着他们的女儿，韩平芳说，晚饭已经做好了，我看你还不回来，正要过去看看。

女儿要小吴抱，小吴接过女儿，说，今天乖不乖。

女儿说，乖。

韩平芳说，怎么样？

小吴说，今天的事情都做完了，明天挖地基。

　　韩平芳说，都还好吧？

　　小吴说，什么？

　　韩平芳说，我今天右眼皮跳，我以为拆房子有什么事情呢，没有吧？

　　小吴说，没有。

　　他们一起往回去，小吴说，地基要打深一些。

　　韩平芳说，那是。

　　他们回家，吃过晚饭，说了说翻建房子的事情，韩平芳和小吴的想法基本上是一致的。后来他们又看了一会儿电视，临睡前，小吴说，平芳，明天你若是醒得早，叫我一声。韩平芳说，你这么卖力，新房子又没有你一间，小吴说，你这叫什么话，这是你家的房子，韩平芳笑起来，说，我是逗你的，你就这么个人，小吴说，什么人？韩平芳说，热心人，小吴没再说什么。

　　第二天就开始做挖地基的事情，一切进行得顺利，没有什么意外，因为造的是楼房，地基要打挖深一点，基础要打牢一点，在原来老屋地基的基础上再往下挖时，翻土的铁搭就硌到些很硬的东西，再挖，看出来是一些青砖，不是凌乱而是砌成圆圆的一圈，都不知是什么东西，也有的人想得远，以为老韩家挖到什么好东西了，还没见着是个什么，话就已经传出去。韩老爷子拄根拐棍过来看，仍然摇着头，不说话，韩老爷子想，我有什么好说的，这地方，会有什么。韩老爷子回忆起很久以前的事情，那时候韩老爷子跟着他爹从穷苦的苏北乡下逃荒逃到这地方，韩老爷子记得那时候炒米浜已经有了一些棚户，许多人都是和韩家一样从苏北或者从别的什么苦地方过来的，他们都在这里搭个棚子住下，以制作和叫卖炒米为生，后来这里就叫作炒米浜。比韩老爷子他们来得更早的老人说，炒米浜一带，一直是城外的荒郊野地，乱坟场，韩老爷子小的时候，在四周玩，到处踢到死人的骨头，还看见死人的骷髅头，韩老爷子在骷髅头里放七颗黄豆，再撒一泡尿，然后撒腿就跑，但是骷髅头并没有追他。再过去好多好多年，韩老爷子看那砌成圆圆的一圈的青砖，老爷子摇着头，再挖一会儿，就看出来了，那砌成一圈的青砖居然是一口井的井壁，在旁边不远的地底下，又挖出一件东西，是一个青石的井栏。

　　老韩家的人有些失望，但也不算很严重，本来在触到硬物的时候，大家都会有一些想法，最好当然是一坛什么金银宝贝之类，若不可能，是一件古董也好，哪怕一只鸡食盆，只要是从前的，年代越久越好，外国人喜欢，虽然不能自己拿去卖给外国人，但是可以卖给国家，国家也很喜欢的。若还不是，或者挖出几个旧铜板也是好的，古玩市场上也有人要。结果却不是，只是一只旧井圈，上面有些认不得的字，也不知值不值什么钱。那口由青砖密密实实砌成的井，说是一口井，其实也算不上什么井，是井就该有水，而这井里却灌满了泥，算什么。大家有些失望，也是正常，不过这失望也不怎么强烈，本来就是没有，后来像是有了什么，再后来确实又是没有。也罢，无所谓失而复得，或者得而复失之类的感叹和遗憾。韩老爷子走近来，用拐棍戳戳青石井栏，依然摇头，叹气，也不知是要否认什么，也不知叹气的什么。老韩看看女婿的脸，小吴正在看着青石井栏上刻的古体字，小吴说，看不懂。

老韩说，这有些奇怪。

奇怪什么？小吴问道，他仍然仔细地看着那些他不认得的字，他不知道那算是什么体，小吴说，这是不是篆体。

老韩说，从前老人都说炒米浜是野坟荒地，怎么会有井和井栏。

小吴看过那些不认得的字后，小吴说，不管它了，搬开来再说，小吴一边说一边去搬动青石井栏，青石井栏很重，但是小吴有力气，小吴说，我一个人就行，他搬动着青石井栏，大家注意地看着，他们还存着一些希望，这希望也许只有线那般粗细，叫作一线希望，但毕竟也还希望着，也许在井栏下边，会有什么，既然井和井栏不可能出现在这里，却出现了，那么其他的东西也不是没有可能出现。小吴感觉到青石井栏的分量，他想，我大概低估了井栏的重量，这井栏其实很重，小吴奋力地将青石井栏移动了一下，又移动了一下，大家都关注着井栏下面，平荣远远地坐在地上，用树枝一下一下地很有规律地抽打地面。老韩老婆朝平荣看看，她心里一下一下地抽搐，老婆闭上了眼睛，她想，井栏下边，会不会是两条搅在一起的花蛇。

其实井栏下边什么也没有，只有一堆被沉重的井栏压得特别结实的泥，大家看着那堆泥，都松了一口气，什么也没有，也许是最好的结果。小吴将井栏从原来的位置上移开一些，他用力一扳，将井栏侧竖起来，竖起来的井栏在小吴的作用力下，往后滚了一下，井栏从小吴的脚背上滚过，将小吴压倒了，小吴躺倒以后，腿伸平了，井栏的滚动更顺利一些，又往前，朝小吴的小腿上滚了一下，小吴"呀"了一声，坐起来，用力把井栏推开，大家围过来，问怎么样，小吴站起来，试一试，说，有点疼，再走几步，稍有点儿瘸，小吴笑了一下，说，问题不大。老韩把小吴的裤腿拉起来看看，没有什么，甚至也看不出有什么青紫。老韩说，还好，小吴也说，还好，他们继续干活。老韩说，奇怪，这地方怎么会有古井，这地方不可能有古井。小吴听老泰山自言自语，小吴朝老泰山看看，小吴想，这地方有没有古井，和我有什么关系呢，和你有什么关系呢。

　　小吴晚上回家，告诉韩平芳，小吴说，今天让井栏压了一下，不过还好。韩平芳把小吴的腿看了看，说，看不出什么，小吴说，是看不出什么，稍有点疼，大概没问题。韩平芳说，要不要到医院拍 X 光，小吴说，看明天还疼不疼，也许就好了，也不必麻烦了，我不去那边帮着点，你们家的人要急死的。韩平芳说，那也没法的，若真的伤筋动骨，可不是儿戏，小吴说，哪里会，最多有点内出血吧，说不定连内出血也没有，青紫也看不出来。韩平芳又看了看，也比较放心，用手摁摁伤处，说，疼不疼，小吴说，有点儿，不过不厉害，小吴又说，炒米浜从前不是野坟荒地么，韩平芳说，是，我们小时候，还很荒呢，我们在北墩头玩，看见有死人骨头，还有蛇，八脚，草比人高，有好多坟墩头。小吴说，人家也都这么说，韩平芳说，本来就是那样，我们家老爷子知道的，他来炒米浜那时，才荒呢。小吴说，你是说你爷爷？韩平芳说，是，老爷子来的时候可早了，小吴想了想，一时不作声，韩平芳说，怎么，有什么事情，小吴说，那就奇怪，韩平芳说，奇怪什么，小吴说，怎么会有古井呢，井栏从哪里来的呢，韩平芳说，什么井栏，从哪里来的。小吴说，房基下挖出来的，可是，如果从前这里一直是荒地野坟，哪来的古井，韩平芳朝小吴看看，韩平芳没有说话，她想，有没有古井和你有什么关系呢，和我有什么关系呢。小吴帮助老泰山家张罗的只是破旧的事情，破完了旧，立新的工作就由建筑队来做了，小吴是做不来的，所以挖地基的事情小吴本来也是可以不来帮助的，但是小吴天生的比较喜欢帮助别人，何况这是老泰山的事情，小吴总是要来的，待地基也都打定，小吴就真的插不上手了。

　　开始砌墙的那一天，小吴没有再去，在家休息了一天，韩平芳上班去，小吴抱着女儿在门前逗着玩，突然就感觉到腿部钻心地疼起来。小吴放下女儿，让她自己玩去，撩起裤腿看看，小吴吓了一跳，腿上一大片的青紫，从脚背开始一直漫延到小腿，小吴嘀咕了一声，说，怎么的。试着走几步，根本已经走不起来，小吴扶着墙，心里有些莫名其妙的感觉。邻人见了，道，小吴，扶着墙做什么，练什么功，小吴苦笑，说，腿好像出问题了。邻人听了，也过来看看小吴的腿，都说，吓，是不好，这么厉害，要去看医生。小吴说，是要去看医生，小吴试着再走几步，仍不行，用一只脚跳着进屋取些钱来，邻人问要不要给韩平芳打电话让她回来，小吴说不必，估计没有大问题，向邻人托付了小丫头，又求邻人上街拦一辆三轮车来，三轮车来了，小吴坐上去，三轮车拉着小吴到医院，小吴单着一只脚跳来跳去地挂号，找外伤科。

　　轮到他看医生时，医生摁他的伤处，小吴感觉很疼，他不好意思叫出来，忍着，医生说，你不叫我也知道你很疼，医生脸色很严峻，医生说，几天了，小吴说，几天了，医生说，你们这些人，自己耽误自己。小吴说，怎么，不好吗，医生脸色仍然严峻，不说话，开了拍X光的单子，去吧，拍了片子看了再说。小吴去拍了片子，等了半小时，片子出来了，X光的医生说，你骨折了，小吴说，奇怪，怎么好几天了，才疼起来，X光医生说，奇怪事情多呢，你这片子就有些奇怪，将湿淋淋的片子交给小吴，说，本来片子是不能给你拿的，你这骨折，奇怪，很少见，自己拿着，让医生看去。小吴高高地举着片子，跳回门诊室，医生接过来看了看，说，我就知道是这么回事。小吴说，怎么，医生说，骨折，小吴说，怎么会呢，好几天了，我也不觉得怎么疼，今天才疼起来，医生说，那我就不知道了，伤在你身上，又不伤在我身上，它要什么时候疼，我做不了主。小吴说，要不要紧，医生说，养着再说，又反复看了片子，脸上有些奇怪的神色，想了想，又说一遍，养着再说，给小吴的伤腿上了石膏，加了绷带，固定了，说，回去把腿搁高点，别老挂着，脸上的神色仍然奇怪，朝小吴的腿看看，再朝小吴的脸看看，最后又说一遍，养着再说吧，过四天来换药。小吴应了，医生指指X光片子，把片子送回去，小吴跳着，慢慢地又回到放射科，将片子送回去，X光医生问小吴，医生怎么说，小吴说，骨折，X光医生再问，还说什么，小吴想了想，说，没有，好像没有再说什么，就说骨折。小吴看到X光医生的脸上也有些奇怪的神色，小吴走出去之前，X光医生又说一句，什么东西压的，小吴说，井栏。X光医生说，井栏，什么井栏？小吴说，大概是一口古井的井栏，在房基下边挖出来的。X光医生说，噢，翻新房子呀，小吴说，是。X光医生说，在哪段？小吴说，炒米浜。X光医生点点头，小吴跳着出了医院，医院门前停着一大排三轮车，小吴叫车时，三轮车工人指点他，让他到队伍前边去叫，说，我们是排着号的，和看病一样，不能先来后到，有规矩，小吴单脚跳到前边，上了三轮车，老师傅朝他看看，说，骨折？小吴说，骨折，师傅说，伤筋动骨一百天，买点肉骨头熬汤喝，小吴说，有用处？师傅说，那是，吃什么补什么。

三轮车拐进小吴家的巷子，远远已经看到韩平芳抱着女儿焦急地朝这边望着，看到三轮车拐进来，连忙迎过来，说，怎么了，怎么了，小吴笑了一下，说，没什么，有点骨折，问题不大，养养就好，韩平芳说，怎么搞的？小吴说，还就那天挖地基时，井栏压着的，起先倒也不疼，今天不知怎么疼起来，韩平芳放下女儿，过来将小吴从三轮车上扶下来。小吴说，不用，能走，给三轮车师傅付了钱，谢过，用一只脚跳着，慢慢地向自家门口跳过去。韩平芳跟在后面，叽咕说，也是倒霉，什么井栏，哪里来的，不压别人，偏偏压你。小吴苦笑，说，那有什么办法，它要压谁谁还能躲得过呀。韩平芳说，我不是说谁能够躲过，我是说哪里来的井栏，炒米浜怎么会有井栏，小吴说，我想着也是奇怪。

踮进屋，听医生吩咐，将脚搁在一张凳子上，刚架好，老韩就走了进来，说，说是脚坏了，怎的？韩平芳说，就那天挖地基时弄的，什么井栏，哪来的？老韩说，不是没事么，那日我也看过，腿不红不紫，怎么过了几天倒不好了。小吴说，没问题，就一般骨折。韩平芳说，骨折就骨折，还一般二般呢，看看，班也不能上了，事情也做不起来了。老韩说，既来之，则安之，急也没得用，有什么事情，叫你妈来帮帮。韩平芳说，自己还忙不过来，还帮我，老韩说，快的，快的，墙已经砌很高了，停了一下，看小吴站起来，跳着去倒水，说，还幸亏个子小，瘦，若是个大胖子，怎么跳，看小吴又跳过来，老韩摇头，说，这算什么，这么跳着怎么行，你等着，说着便往外去。韩平芳朝外看看，说，做什么，小吴摇摇头，韩平芳叹口气，去弄饭吃。过一会儿，老韩回过来，手里拿一根拐杖，交给小吴，道，拿着用吧。小吴说，谁家的，老韩说，癞痢家的。小吴接过来，撑起来走一走，不怎么习惯，正试着，老韩老婆也过来了，后边跟着韩平苏和韩平荣，韩平苏戴着瓶底似的高度近视眼镜，他完全是凭感觉走进来。韩平苏模模糊糊看到小吴撑着拐杖试着走路，韩平苏说，你算是个灵活人，怎么也弄伤了，像我这样，等于瞎的，像平荣这样，呆的，倒也伤不到哪里去，小吴说，那是，各人头上一方天。韩平芳张着两只湿漉漉的手过来，看看小吴的脚，又看看两个兄弟，说，为的是你们，都说人好心总有好报，我们家好心还没有好报，真是的，哪里来的什么井栏，不压别人偏压着我们家。老韩说，幸好没有压着别人，压着别人够麻烦的。韩平芳有些儿气，说，人是没良心的多。老韩平也不在意韩平芳的气话，只说道，我是说的老实话，若是压了别人，医药费，营养费，误工费什么的，还有什么后遗症呢，癫痫那一次不是狠狠敲了人家一笔，老韩老婆和韩平苏都说是。韩平芳说，是，自己人好说话，不麻烦，大家都点头，韩平芳想，我说的反话你们倒当真，也拿你们没办法，能怎么样呢，算自己倒霉，也罢了，回头对小吴说，明天我给你到厂里请假，小吴又试着走了几步，觉得习惯多了，说，不用你去，我自己能去，请假挺啰唆的，有些事情你也讲不清，还是我自己去。韩平苏说，要不要借辆车送你，小吴说，不用，韩平芳说，你又看不见。

第二天小吴自己撑着拐杖慢慢地蹭到厂里请假，厂里看了片子报告，说，骨折了，自然是要准假，又问，怎么弄得，小吴告诉说是地基下挖出来的井栏压的，大家听了，也认为奇怪，说是该着小吴要倒点儿霉，那么多重活险活也做下来了，也没见伤着哪里，碍着哪里，压着哪里，偏偏到炒米浜去闯个祸，都知道炒米浜从来都是野坟荒地，哪来的什么井栏，就算地基里有个莫名其妙的井栏，碍着老韩家造房子，别人不能去搬，偏要你小吴去搬。小吴说，那是，该着我了，我躲也躲不开，大家说，你算是想得通，可是病假要打折扣，你知道的，小吴说，总共才几个钱，再打折扣，要饿死了。厂里人笑，说，饿不死你，小吴说，饿是饿不死，饱也饱不到哪里去，半死不活的啦。厂里人都说，那是，大家都一样，我们这些人，要想吃好穿好，都没长那张脸，小吴摸摸自己的脸，笑起来。

小吴请病假在家，早晨将女儿送了幼儿园，回来没事，撑着拐杖往老泰山家去。小吴的家离炒米浜不远，慢慢磨一会儿就到。小吴过来时，大家正热火朝天地做着活，看到小吴来，都和他打招呼，小吴回应过，看到韩平荣仍然拣一处不碍事的地方坐着，用树枝抽打着地面，一下，再一下，很有规律，小吴朝韩平荣看看，发现韩平荣正坐在那个古井的井栏上，小吴拐过去，让韩平荣站起来，韩平荣很听话，站起来走到另一边，往地上坐了，仍然用树枝抽打地面。小吴仔细地看着古井的井栏，他看那上面写着的古体字，小吴说，这是不是篆体，没有人回答小吴的问题，小吴想蹲下去看看清楚，可是他的腿绑得硬硬的，蹲不下来。小吴向韩平荣招招手，韩平荣便走过来，呆呆地看着小吴。小吴说，你帮帮我的忙，帮我坐下来，韩平荣就扶着小吴让他在井栏上坐下，将伤腿伸直了。小吴坐妥后，韩平荣复又回自己那地方，坐下来，用树枝抽打地面，小吴用手抚摸着井栏上的古体字，小吴感觉到井栏冰凉的，凸凹的字迹从小吴的手下滑过，小吴东想西想，一会儿想想炒米浜的古井，又想想压伤他的井栏，再想想别的什么事情，也没有什么主题。想了一会儿，老韩走过来，给他一支烟，小吴接了，老韩替他点着，小吴吸了一口烟，停顿一下，向老韩说，腿坏了，也帮不上你的忙。老韩说，你先别惦记我们了，养你的腿吧，看看小吴屁股底下的井栏，又说，都是这倒头东西，也不知从哪里冒出来的，怎么就到我们老韩家房基下来了，放在这里我看着也不顺眼，等弄妥了房子，将它移走。小吴说，移到哪里去，老韩说，现在也不知该将它移到何处，也是累赘，再说吧。小吴和老泰山说了一会儿话，看太阳快升到头顶，便起身回去做饭，等韩平芳下班回来吃饭。

　　到了医生让去换药那天，小吴早晨起来，伤腿仍然不怎么能动弹，小吴想到这么难的日子要熬好多天，心里总有些不乐，但再回头想想，也是无法，韩平芳要替他帮忙，小吴不要，用一只脚跳着做了些自己的事情，刷牙洗脸，吃过早饭，拿了病历卡，撑着拐杖出门去。大概八九点钟，太阳已经升到小街的上空，斜着照下来，小吴感受到太阳的暖意，撑着走了几步，突然就感觉到腿部所有的疼痛不适都消失了。小吴心下奇怪，撑着拐杖再走几步，像有不用拐杖也能走路的感觉，便放开拐杖，居然真的也能走了，小吴心里一动，赶紧退回，向韩平芳说，韩平芳起先根本没有看他，只是嘀咕，后来看小吴竟然真的走了几步。韩平芳说，伤筋动骨一百天，你才四天就想动，小吴脸色通红的，又走几步，居然走得好好的，一点儿也没有伤过的样子。小吴说，你看，韩平芳看他，说，你别撑了，小吴说，我没有撑，我是好了，你看，你再看，我走，他又往前走，再往后退，绕着屋子走了两圈。韩平芳说，怪了，小吴也说，怪了，我去医院看看，韩平芳说，你拐杖还是得带上，哪有这样的事情，小吴说，我带上，拿着拐杖轻轻便便地出了门，也不往地上撑，像拿根打狗棍似的横着，街上邻居见了，都道奇怪。

小吴到医院，看仍然是替他看伤的那医生，心里有点激动，直奔医生面前，向医生说，医生，我的腿好了。医生不认得他，说，什么你的腿好了，你是谁，小吴想这很正常，总是病人认得医生，医生不认得病人。小吴拿出X光的片子报告，交给医生，说，四天前，我来的，是你看的。医生拿过片子报告，看一下，说，骨折。小吴说，是骨折。医生说，四天，今天来换药。小吴说，你是叫我四天后来换药的，可是……医生看了小吴一眼，可是什么，医生问，小吴拍拍自己的腿，小吴说，医生，我的腿好了。医生说，开什么玩笑，伤筋动骨一百天，坐到那边去，自己把绷带解开，看你这情况，不是短时间好得起来，耐心些吧。小吴说，医生你看，我走，说着便走几步，医生起先没有注意，后来注意到了，睁大了眼睛，说，走几步，你再走几步，小吴又走，他从门诊室的这头走到那头，又从那头走回这头，一点不瘸不拐，医生张大了嘴合不拢。医生说，怎么搞的。小吴说，好了，医生"嘿"了一声，说，笑话，你去放射科把片子借来我看看，小吴走出去时，又听医生说，奇怪。小吴到放射科，向X光医生借片子，X光医生看他的片子报告，说，是你呀。小吴说，医生还记得我，X光医生说，记得的，你的片子拍出来怪里怪气的，我弄不明白，我记得你，给井栏压着的，是不是？小吴心里很感激X光医生，向他说，医生，是很奇怪，我的腿好了，你看看，小吴在外面走了几步，X光医生透过窗口向外看，X光医生在里边将刚刚取出的小吴的片子看了又看。X光医生说，我不知道，你把钱押在这里，片子拿去吧，我在这地方也好多年了，没见过你这样的。

小吴取了片子，回到门诊上，医生正给别的病人看病，小吴闪在一边，医生见他进来，让病人等着，急急地将小吴叫过去，取了片子看起来，医生一边看一边摇头，医生说，不可能，不可能。小吴不知道医生说的什么不可能，站在一边不好作声，后来医生突然一拍自己的脑袋，说，噢，我以为出什么怪呢，你拿错片子了，去换。小吴接过片子到放射科去换片子，X光医生说，怎么会拿错，我做了几十年这工作，从来没有出过一次差错，你看看，错不错，让小吴看过片子上的编号和报告上的编号，一样的。小吴有些不好意思，说声对不起，又举着片子回过来，小吴说，医生，没有错。医生再取过片子来看，半天不说话，小吴在一边等得心里有些不安，又怕随便说话会打扰医生的思路。再等一会儿，终于忍不住，小心翼翼地叫了一声，医生。医生回过神，朝小吴看看，说，再去拍一张。小吴根据医生吩咐，重新又去拍了片了。半小时后，新拍的片子也出来了，X光医生看过片子，把小吴从外边叫进去，看看小吴的腿，有些疑虑的样子，说，拿去给医生看吧，把上次的也带去。小吴说，怎么样，X光医生说，没有骨折。小吴说，会不会已经好了，X光医生说，笑话了，骨折四天就能长好，闻所未闻。小吴拿着片了出来时，听得X光医生自己在和自己说话，说得有些语无伦次……不可能，X光医生说，不可能是我搞错了片子，不可能，但是也不可能没有搞错片子……X光医生说，我弄不懂，我不懂……小吴再回门诊上，医生拿新旧片子对比过，医生摇着头说，没有骨折，小吴再试试自己的腿，他在地上蹦了两下，又用力往地下踩几下，不疼，没有一点点不好的感觉。小吴看着医生手里拿着的新旧两张片子，小吴没有问医生前一张片子是怎么回事，小吴想，既然没有骨折，那是最好不过，问了也是多余。医生却奇怪地盯着小吴，医生说，你不觉得奇怪？小吴点点头，小吴说，我觉得有点奇怪，怎么这么快就好了。医生说，根本不可能，小吴说，但确实是好了。医生点点头，说，你可以走了，这片子，先放我这儿，我有时间再看看。小吴说，片子我从放射科取来时，还押着钱的，医生说，你告诉他我借了，让他把钱还你。小吴说，他万一不肯呢，医生站起身，说，我陪你去把钱取出来。医生陪着小吴出来，小吴听到别的病人有些议论，他们大概是有点意见，他们以为小吴和医生是熟人或者是亲戚。医生陪着小吴来到放射科，X光医生见了他们，说，我想来想去，不会搞错片子，我想来想去，若是不搞错片子，怎么会这样。医生说，你把钱还给他吧，片子我借了，X光医生取出钱来还给小吴。小吴临走时，X光医生指着新旧两张片子说，这是你的腿，两张片子上都是。小吴想，我不管是谁的腿了，我的腿好了，这才是事情。

小吴走出一段，突然想起癫痫的拐杖忘记在医院了，又返身去拿，进了门诊室，却不见医生，病人等得心焦，见了小吴，都忍不住说他，你把医生弄哪里去了，医生不是你一个人的医生。小吴说，我不知道，我已经走了，我回来拿拐杖的，小吴拿了拐杖出来，他远远地看见医生从放射科那边过来，医生一脸的疑惑。

小吴走回家去，韩平芳还没有回来，小吴横举着癫痫的拐杖到炒米浜去。小吴走到老泰山跟前，将拐杖举到老韩眼前，说，好了，用不着它了，还了吧。谢谢人家。老韩怀疑地看看小吴的脸，又看看小吴的腿，小吴说，是好了，你看我走，老韩看小吴走路，确实没有一点不好的样子，老韩说，也是奇怪，小吴说，医生也说奇怪，还说搞错了片子，又说不可能搞错，又说不可能不搞错，我看医生也是不好当的，小吴说着给老韩递根烟，给老韩点着。老韩吸着烟说，算运气，小吴承认，说，算运气。老韩便忙他的工作去，小吴站了一会儿，把手里一根烟抽完，小吴想，既然腿已经好了，我也该去帮他们做做事情，这么想着，小吴回头看到韩平荣坐在不碍事的地方，用树枝一下一下地抽打地面。小吴走近韩平荣，发现原先韩平荣坐着的井栏不在了，韩平荣坐在一块石头上，小吴说，井栏呢，韩平荣没有回答，他用树枝抽打地面，很认真，很有规律。小吴四处看看，没有看见井栏，小吴想去问问老泰山，看老韩正忙着，老丈母娘也忙着，只有一个近视眼韩平苏闲着，小吴过去问他，平苏，井栏呢？韩平苏说，让人拉走了，小吴说，谁拉走了，拉到哪里去了？韩平苏凑到小吴脸前看看，说，你做什么，你要井栏，小吴说，我要井栏做什么，韩平苏说，博物馆的人拉走的，说拉到博物馆去了，那里有许多井栏，放在一起，也不知道做什么，小吴说，那上面的字，是篆体吧？韩平苏说，我不知道，他们也没说。小吴停下来，觉得心里有事情不落实似的，好像少了些什么，想了想，又问韩平苏，什么时候拉走的？韩平苏说，你真的关心井栏？早上拉走的，大概八九点钟，韩平苏说，你是不是要到博物馆去看它？小吴说，我看它做什么，韩平苏说，本来，与你有什么关系，小吴说，本来，与我没有关系。韩平苏说，不和你说了，我还有事情，说着走开去，走出几步又回过来，说，对了，他们说，那上面的字是古体字，那是一口古井。小吴听了，笑了一声，他到老韩家的建房工地帮忙去。

一年以后，重修地方志，在《街巷卷》的"炒米浜"这一段，加了一句话：32号韩姓居民在翻建房屋挖地基时发现一口古井的砖圈砌井壁，有青石井栏，这说明炒米浜过去并非历来的野坟荒场。

不过，在炒米浜居住的人以及像小吴这样的与炒米浜有些关系的人，他们大都不看地方志。

# 表
## 姐

　　那一天表姐穿着黑衣黑裤，面色苍白到杨湾来。表姐小巧玲珑，弱不禁风的样子，一点也看不出她是从北方来的。

　　这其实很明白，因为表姐原本是南方的种。

　　所以她现在回南方来了。

　　杨湾是南方乡下小镇上的一条街。杨湾街上的人至今还记得表姐千里迢迢孤身投亲站在杨湾街上举目四顾的凄凉情景。

　　表姐是大马的表姐，大马还有弟弟小马和妹妹马妹。他们共同是老马的孩子，老马女人的姐姐姐夫到北方去工作并且在北方生下了女儿，后来他们不幸一起死于一场车祸，他们永远地留在北方，而表姐就回南方来。

　　事情就是这样，人物关系很清楚。

　　表姐说那时候她读高中三年级，推算起来大概是十七岁或者十八岁或者十六岁。

　　表姐到杨湾以后就辍学了，是她自己坚决不肯再读书，表姐有病。

　　杨湾是一条古街，这毫无疑义。杨湾街面上的青砖都是砌成"万人"字纹的，这一点可以证明从前有皇帝来过杨湾，所以有人把杨湾叫作御道绝对是有来由的。当然皇帝来过杨湾这样的事，即使信其有，也是好多年以前的事情了，但至今住在杨湾街上的人心里仍然是有一点自豪的。杨湾街上的民居民宅，茶社商店，有许多还是明清时候造起来的，都是很有特色的。从外面看过去，简单朴实，青砖黛瓦白墙褐梁，十分的清爽，所以杨湾经常被画画的人看中。他们背了画夹，坐了船，到杨湾来，挑一个角落坐下，支起画架，就画了。

画师到杨湾来，是来画房子的，他们不画人，可是后来有一次，就把表姐画上去了。那时候表姐身体不好，也不念书，也不做什么事，就在家里休息，有时候精神好一点，就到居委会去领一点补发的手工活回来做，那一天表姐做花边，她的脚拥着一堆雪白素净的花边，衬着她的一身黑衣裳和一张白皙的面孔，十分的典雅。表姐久病体弱，慵懒娴静。年轻的画师见了，便忍不住把她画下来。他画好以后，就把画像交给表姐，表姐拿来看看自己的像，她对画师笑笑，说："你拿着吧。"

画师就把表姐的画像带走了。他把这张画像拿去参加展览，大家都说好。后来报纸上也登了。登了表姐画像的这张报纸后来传到杨湾来，表姐很开心，杨湾街上的人也很开心。他们把那张报纸抢来抢去，报纸传到黄石楼手上，已经很皱很皱。

黄石楼看了表姐的画像，好像大大地吃了一惊，他每天都从大马家门前走过，每天看见表姐坐在那里，他并没有注意表姐的样子。

黄石楼看过表姐的画像以后，他就到大马家去求婚。

被黄石楼求婚，在杨湾讲起来，是很光彩的，杨湾的小姑娘，有好多想嫁黄石楼，她们等了一年又一年，黄石楼从来没有向谁求过婚。

现在黄石楼到大马家去了。他走进大马家的时候，大马一家正在吃饭。老马问黄石楼吃没有，黄石楼说吃过了，他就坐在旁边的小竹凳上等。

老马他们吃饭就不很定神了。虽然黄石楼说你们只管吃，老马和老马女人都吃不下去。张三李四都无所谓，对黄石楼他们是很敬重的。

黄石楼是黄天白的孙子，黄天白是一位德高望重的老中医。虽说这时候外面的世界已经和从前大不一样，杨湾却仍然是一条古街。杨湾街上有许多风俗习惯仍然是从前的风俗习惯，比如杨湾街上的人生了病，并不到镇上的卫生院去看病，他们总是找黄天白开方子。黄天白是吴门医派一支主脉的传人，黄氏中医主治妇科，兼看其他各科。杨湾的人最服帖黄天白能治好妇女不孕，这是叫人五体投地的。

当然黄天白受尊重不等于黄天白的家人都应该受尊重，而黄石楼作为黄天白的孙子，一方面由于爷爷的原因，一方面也由于他自己的原因，在杨湾街上，他同样受人尊敬。

　　黄石楼在镇政府里民政上做事，他负责调解民事上的各种纠纷。黄石楼脾气极好，很有耐心，不像别的年纪轻的人，火气大，三句话调解不下来，就对人家发火。所以大家有了纠纷都要找黄石楼解决，黄石楼总是能做到不偏不倚，一碗水端平。

　　所以黄石楼在杨湾街上是受敬重的，所以他到大马家，看着大马一家人吃饭，老马和老马女人就吃不下去。

　　老马说："好了好了，小孩子吃好了都出去。"

　　大马就带着小马、马妹走出去，表姐到灶屋洗碗。

　　大马走出来对小马说："嘿，你去听听，他们说什么。"

　　小马不肯，说："我不高兴，昨天你把我掀在地上。"他还记仇。

　　大马轻蔑地一笑，表示大人不计小人过，他回头叫马妹："你，去听听。"

　　马妹就走回自家门口。

　　过一会儿马妹走过来告诉大马："那个黄石榴，"她说黄石楼总是说成黄石榴，"黄石榴，他要吃表姐。"

　　大马很愤怒地训斥马妹："你瞎说！"

　　马妹觉得很冤，她说："我是听见的，黄石榴说他要吃表姐。"

　　小马插嘴说："表姐是人，人怎么可以吃？"

　　大马说："不要你管。"然后他沉思了一会儿，又问马妹，"你听见爸爸妈妈他们在说什么？"

　　马妹说："我听见爸爸咳嗽，妈妈，妈妈也咳嗽。"

　　大马说："废话，我问你他们说的什么话。"

　　马妹摇摇头："我不晓得。"

　　大马失望地批评马妹："托你个王伯伯。"

　　马妹问："什么王伯伯？"

　　大马瞪她一眼："你走吧，去跳牛皮筋吧，什么也不懂，只会瞎缠。"

　　马妹走开了，小马笑起来，大有死了张屠夫必吃带毛猪的意味。

　　大马不理睬他。大马走到杨湾街尾的小石桥上，他看着河水慢慢地流，他站在桥上想心思。

　　这一年大马十四岁。

大马十四岁的时候，表姐出嫁了。

事实上看得出老天爷是公平的，因为表姐苦，就挑她一桩好姻缘。

谁说不是呢？

但是大马恐怕有点不高兴。大马在表姐结婚那天失踪了，不过那时候大家都很忙很混乱，谁也没有在意，所以大马的失踪就等于没有失踪。

大马是没有道理的。

唯一的理由就是大马可能有点喜欢表姐，人长到大马这个年纪，开始单恋个别的女子，如果是这个道理，那就是很明白也很正常的。

并没有发生表姐因为急于出嫁而误入狼窝或者老马夫妇贪图什么而把表姐推入虎穴之类的悲剧，这种事情也根本不可能发生。

大马好像在期待着发生什么事，这样他就可以说：你们看！

可惜大马什么也期待不到。

表姐叫大马到她家里去玩，大马不去。小马和马妹是要去的，他们常常带了好吃的东西回来，使得大马更加蔑视他们。

到这一年的冬天，表姐的肚子就很大了。表姐在门口晒太阳，中午她看见大马上学走过，就喊住他，叫他进去坐坐。

大马不进去，他看看表姐的大肚子，再看看黄家高大的房子，他不怀好意地说："你住这里边，不害怕吗？"

表姐笑起来，说："开始是有点害怕的，这么大这么高，阴森森的，现在习惯了，老房子到底是好，冬暖夏凉的。"

大马别有用心地哼了一声，说："我们杨湾的人都晓得，怀荫堂有怪的，你不是杨湾的人，你不晓得的，你上当了。"

表姐又笑笑，说："我上什么当呀？我住了大半年了，也没有什么妖怪来吃掉我呀。"

大马阴险地一笑，用手指指表姐的大肚子，说："妖怪转世投胎，钻到你肚子里去，你养个怪胎下来，你看吧。"

大马说完，吹着口哨往前走，表姐站在那里愣了一会儿，突然双手捂着面孔哭起来，大马回头朝她看，脸上仍然是一丝阴险歹毒的笑。

下午大马放学回家，一进家门，就被老马劈头盖脸扇了一顿耳光，然后老马盯住大马红肿的脸和嘴大骂："你跟表姐说什么了？你个混蛋！"

大马不说话。

老马女人说："表姐动了胎气，幸亏黄先生开了安胎药吃，说是要早产了。"

老马说："你这张嘴，我撕烂你。"他扑上来又要打大马。

大马跳开去，说："我就要说，我就要说，她生妖怪，她生妖怪，你们看好了。"

老马追过来，大马逃出去，他听见小马在笑，说："啊哈，猪八戒。"

大马躲在暗处，等到小马放松了警惕，跑出来玩的时候，他扑过去，把小马的脸和嘴也打成猪八戒。

小马哭回家去，老马又追出来，站在门口骂了一通，叫大马永生永世不要回来。

大马在杨湾街上游荡，他走到杨湾街尾的小石桥上，天就黑下来了。

后来在大马感觉到肚子饿的时候，马妹来了，端了一碗饭，还有菜。

大马毫不客气地把饭吃了，对马妹说："你回去吧。"

马妹说："妈妈叫你不要走开，等爸爸睡了，就叫你回去。"

大马不耐烦地"嗯"了一声，说："走吧走吧，不要烦了。"

马妹转身要走，大马问："喂，那小子呢？"他问的就是小马。

马妹说："他发烧了，吃了药，睡觉了。"

大马"呸"了一声，不再说话。

马妹走后，大马在桥上坐不住，他又去杨湾街上转了一圈，后来就转到怀荫堂店面。

怀荫堂的后墙很高，大马用劲踹了几脚，对着这堵墙，他再也想不出可以做些什么。

他觉得冷，就蜷缩着坐下来，靠着怀荫堂潮湿的后墙，他很快就睡着了。

第一次大马醒来，听见妈妈在喊："大马……"

声音悠悠扬扬，好像一支催眠曲，大马"嗯"了一声，又睡了。

第二次他醒来听见婴儿啼哭的声音，从怀荫堂的高墙里传了出来，大马一惊，随即有一团凉气从顶上往全身扩散开来。

他摇摇头，头上全湿了，是雾气。

婴儿啼哭的声音在半夜里十分清脆响亮，和别的小毛头哭并无异样。

不是妖怪，大马想，妖怪不会这样哭的。他全身凉透，一连打了三个喷嚏。

大马到北方去当兵，又复员回杨湾，那是好多年以后的事情了。大马的老婆是从北方带回来的。那一天北方女人跟在大马后面站在杨湾街上举目四顾的样子，就使杨湾人想起当年表姐投亲的情形。当然这是两种截然不同的情形，这一点不用怀疑，北方女人是一个高大壮硕的快活女人。

她的家就在大马他们驻地附近，大马是在违反军纪的前提下勾搭上她的，而且她的父母并不赞成这桩事，他们嫌大马是个兵油子，所以说她几乎就等于是跟大马私奔来的。

大马带着北方女人回杨湾，这无疑是一桩皆大欢喜的事情，使杨湾人有机会细细地领略正宗北方女人的风姿。

北方女人很快就和杨湾人打成一片，她学说南方土话，惹得大家笑，她也笑，大家就看出来这个女人是很随和的。杨湾街上的人对外来的人总是感兴趣的，并且也总是抱着亲善的态度，从前他们喜欢过表姐，现在又喜欢北方女人。当然这决不能算是见异思迁或者喜新厌旧。

在大马家里，北方女人也是比较受欢迎的，她把小马叫作老弟，把马妹叫作老妹子，使小马和马妹觉得又好笑又亲切，也使他们想起从前小时候大马常常摆出一种威严的姿态欺侮他们的情景，也就更加觉得北方女人与人为善的好。

要说老马女人，她心里是有一点疙瘩的，大马的行动无疑是先斩后奏，就有一种不把父母放在眼里的味道。但同时大马的行动又为马家省却了心思和钱财，现在杨湾街上的人家讨一个媳妇的都要花很多钱，大马家并没有很多钱。老马女人的内心深处有一种便宜没好货的老式思想。

到北方女人来了一年以后，老马女人终于把这句话说了出来。

她说："便宜没好货。"

事情很明白：北方女人一直没有怀孕。

被这句话激怒的不是大马和北方女人，而是小马、马妹和老马。

老马说："你这张嘴，烂嘴。"

马妹说："这是人格侮辱。"

小马则笑着看大马，说："谁好货谁坏货还不晓得呢。"

大马脸色发青，阴森森地盯住小马。

这时候北方女人端了饭出来，说："吃饭了。"

但问题总是要解决的。等小马和马妹出来的时候，老马女人就提议去看黄天白。

大马阴沉着脸说："不看。"

老马女人就抹眼泪。

北方女人说："看就看看吧。"

大马仍然说："不看。"他回头看看女人和母亲，又补充说："不要去找黄天白。"

老马女人说："为什么？黄先生是有本事的，他看这种毛病是有办法的，你又不是不晓得，再说我们是亲戚，他总归要尽心尽力的。"

大马低头叹口气，不说话，也许是同意让女人去看黄天白，也许是不同意。

第二天，老马女人就带着儿媳妇去看黄天白。

其实这时候黄天白早已经不问诊了，而是由他的孙子黄石楼接替了他。但黄石楼是有公职的人，帮人看病这样的事，虽然是好事，却也不好太张扬，所以黄石楼一般只给亲戚朋友看病，当然杨湾街上的人来求他，他也有求必应，杨湾的街坊相处得好，和亲戚朋友一样。老马女人并不是不相信黄石楼，但她坚持要请黄天白亲自把脉问诊。黄石楼就很为难地说："老爹身体不行了。"

老马女人说："这种毛病，无论如何，要请老先生亲自看看。"

黄石楼没有办法，老马女人实际上就等于是他的丈母娘，他说："好吧，去试试看。"

他们一起走进黄天白的房间，黄天白半躺在藤榻上，眼睛半开半闭，嘴巴半张半合。黄石楼走近去喊他一声："阿爹。"

黄天白眼睛嘴巴却没有动，只是"嗯"了一声，不晓得有没有听见，不晓得有没有看见。

老马女人也走过去，凑在他耳边说："阿爹，请你相帮看一看。"

黄天白说："你看啊？"

北方女人说："是我看。"她的声音大，震得老房子有了回音，把黄天白震了一震，他对黄石楼说："你拉我起来。"

黄石楼把老先生扶起来，坐到椅子上，黄天白叫北方女人坐在他旁边，他抓住她的手，给她把脉象。

黄天白把住北方女人的手，过了半天，不放开，也不说话，老马女人凑过去一看，见黄天白又恢复了那种半醒半睡半痴半呆的样子，眼睛半睁半闭，嘴巴半张半合。老马女人叫他："阿爹，你不要睡觉呀。"

黄天白很生气，说："你不要吵。"

北方女人性急，说："黄先生，我是什么毛病。"

黄天白仍旧搭住她的脉，嘴里嗯哩嗯哩，后来才听明白了，他说她是梦遗。

北方女人听黄天白说她遗精，乐得哈哈大笑，她挣开黄天白的手，站起来，又笑得弯下腰。

老马女人皱着眉头看黄天白，黄石楼说："我跟你说的，他年纪大了，有时候拎不清了，你不相信呀。"

老马女人心里气，见儿媳妇还在痴笑，拉了她就走。黄天白含混不清地说："没有毛病，有什么毛病，没有毛病。"

老马女人不睬他，自顾走到外间。黄石楼跟出来，对他们说："你们要是相信我，我来看看。"

老马女人不响，北方女人说："相信你相信你。"

黄石楼说："来吧。"

他就给北方女人看脉象和苔象。

老马女人问："怎么样？"

黄石楼摇摇头："现在我还说不准，先吃五帖药看吧。"

以后的日子就是良药苦口，吃了一个五帖又吃一个五帖，以后再吃一个五帖。黄石楼仍然不说北方女人有什么毛病。

女人看黄氏中医吃药的事情，大马自然是晓得的，不过他好像并不关心这件事，但后来有一天大马终于忍不住问女人怎么样，女人笑着说："黄医生说，我没有毛病，是你有毛病。"

大马瞪了女人一眼，他就到黄石楼家去。

大马看见表姐，问："黄石楼呢？"

表姐说："还没有下班。"

许多年过去，大马看表姐仍然是从前的样子，他叹了口气。

表姐问："你找他做什么？"

大马盯住表姐的眼睛，说："我不找他，我找你。"

表姐定定地看着大马，说："找我做什么？"

大马激动起来，走过去捏住表姐的手，粗野地拉她，说："找你做什么？叫你不要装脸，我喜欢你，你晓得的。"

表姐先是吃了一惊，后来她笑了，说："你个小鬼三，我不晓得。"

大马把表姐的手捏得很痛，说："你不晓得，我告诉你，以后我天天要来看你。"

表姐说："不要瞎说，又不是小孩子，都有家小了，日子过得蛮好的。"

大马冷笑说："什么好，你好啊，我看你是不快活的，黄石楼这个人阴森森的。"

表姐的脸色就有点变，说："你又瞎说，我一直是这样子的，什么不快活？黄石楼待我好，他人好，比你好，你这个人不好。"

大马说："他好你怎么不喜欢他？"

表姐气愤地说："你瞎说。"

大马说："我是不是瞎说，你自己心里有数。"

表姐的脸变得雪白。

大马又笑了一下，说："你还记得从前你叫我帮你寄信的事吗？你以为那几封信我真的帮你寄走了呀。"大马的口气，又像从前小时候恶作剧的味道了。

表姐身体抖了一下，大马看表姐眼睛半天也没有眨动，他忽然有点害怕，他喊了一声："表姐。"

表姐又看了一会儿大马，后来笑起来，眼睛也眨动了。她拍了一下大马的手，说："回去吧。"

大马再也说不出什么话来。

大马复员回来在小镇的工商所做事。这一阵工商所一直在查无证经营的事，就把黄石楼扯出来，说黄石楼属于无证行医，应该取缔。

大马说："黄石楼算什么无证行医，他又不收钱的。"

但事实上黄石楼是收钱的，并且有许多例子可以来证明。

大马又说："黄天白的执照不是还在吗？怎么叫无证呀？"

问题是黄天白归黄天白，黄石楼是黄石楼，按规矩，黄石楼如果要开业行医，必须重新申请执照，还要参加县里统一考试。

大马需要把这一点同黄石楼讲清楚，其实黄石楼也未必不知。

大马在杨湾街上碰见黄石楼，他停下来，黄石楼也停下来。

黄石楼说："大马，那天同你表姐说了什么？"

大马警惕起来，紧张地反问："说了什么？你问什么？你什么意思？"

黄石楼宽厚地一笑，说："你可能误解了，我不是别的意思，她最近身体不大好。"

大马说："她身体不好，跟我有什么关系！？"

黄石楼说："我说她身体不好，是说她最近心动而心血不足，就是平常大家说的精神不稳定。"黄石楼戳自己的脑门，说："这个。"

大马愣了一下，他也曾在表姐的眼神中感觉到一点什么，但是被他忽视了。

黄石楼忧心忡忡，说："我真有点怕，已经有好几次有这种迹象……"

大马说："什么？"

黄石楼摇摇头，没有说下去。

大马说："我去看看她。"

黄石楼没有明确的态度，只是说："她现在不能受刺激。"他看了大马一眼，又说，"噢，告诉你一件事，你老婆没有毛病。"

大马恼怒地说："是我有毛病。"

黄石楼说："谁说的？"

大马说："你说的。"

黄石楼摇头说："你这个人。"

然后他们就分手。大马终于没有把执照的事跟黄石楼说，也许他认为这不算什么事。

后来的事情就出在大马的疏忽大意上。

黄石楼出了一桩医疗事故。

病人不是杨湾街上的人，是听人介绍黄氏妇科有名才求上门来的。黄天白已不能问事，由黄石楼接诊，是一例怀孕抽搐病症。孕妇怀孕七个月，四肢抽搐，牙关紧闭，眼睛直视，反复发作，黄石楼当即开了五帖钩腾汤。病人才服下三帖,腹中胎儿死亡,病人家告了黄石楼。经名医会诊,确认钩腾汤药方并未开错,胎儿死亡,责任不在黄石楼,但黄石楼无证行医,被工商部门罚款五百元。

那一天黄石楼交完罚款回家,表姐出事了。

没有出现奇迹。事情向预料的和担心的方向发展,结果是:表姐疯了。

表姐疯了,这是事实。但表姐的疯既不是受了突然的刺激,也不是长期抑郁所致。表姐的疯,是遗传,一种隔代的遗传性精神病。这个家族中前一个发病的人是表姐的祖母。

悲剧结尾是早就注定了的,所以黄石楼不必引咎自责,大马也不必为自己曾经说过的话做过的事痛心疾首。

表姐被送到大城市的精神病院去治疗。每个星期天黄石楼带着儿子去看她。杨湾街上有好多人都去探望过表姐。表姐在医院里表现很好。她是文痴,从来不发脾气。医院里医生护士评先进,病人里也评先进,表姐就被选了先进。

北方女人也去看了表姐,回来她对大马说:"我好像有喜了。"

她确实是有喜了。这证明她没有病,大马也没有病。

北方女人看大马并不很高兴,就说:"上次我是骗你的,黄石楼没有说你什么。"

大马只"嗯"了一声。

有一个星期天的傍晚,大马看见黄石楼领着儿子从长途汽车站那边走过来,风尘仆仆,十分疲劳。大马看了他们一会儿,然后他走过去,摸摸小孩的头,他对黄石楼说:"这个小孩好,他很聪明。"

黄石楼苦笑了一下,说:"不过这个孩子不是我的。"

然后黄石楼拉着孩子的手走了。

大马看着他们的背影,叹了一口气。

# 坟上花

清明上坟，前七后八。

上坟最好是清明正日。但清明这一日，公家是不放假的，一家老老少少就不一定全部抽得出空，碰着点什么事情，就要耽搁了。讲起来，总归活人的事情比死人的事情要紧，所以就有前七后八的说法。

大多数人就选在清明前的一个礼拜日，因为大家都这样想，所以这一日上坟的人就特别多，到了清明正日，人反而少了。

平常，吴家里也是在这一日去上坟的。小辈里讲起来，上坟是名头，春暖花开的时候，踏青春游才是真的，所以小辈里的人是轻轻松松，没有负担。就忙煞了老吴女人，先要折好一篮子锡箔、纸元宝，隔日要买好青团子、云片糕，备好香烛；当日要早起，烧好祭祖饭，收拾停当，就喊一家老小起来，吃过隔夜泡饭，就出门。

这些事情，老吴是插不上手的，女人忙了，就要骂老吴，老吴也不响，心里是不服气的，又不是去上老吴家的祖坟。老吴家的祖坟，在苏北，上坟是上女人爷娘的坟，赵家里的坟，所以女人忙也是应该。

一家老小在乌蒙蒙的天色中走出一段，才发现赵树德没有跟上来。

赵树德是老吴女人的哥哥，年纪轻的时候，不晓得为什么事情耽搁了，后来就一直未曾婚娶，到现在还是独身一人，他倒是想一个人独往独来的，可是他的妹妹不肯，说独身一人太孤单，就把他拉在自己屋里，几十年来赵树德一直是跟着妹妹过的。

看阿哥没有跟来，女人就叫老吴："你这个人，叫你喊人，你不喊，你存心甩掉他。"

老吴说："我喊他的，听见他应的，他大概不想去。"

女人就骂他："你什么话，我阿哥是顶孝爷娘的，哪一年上坟他不去的，不像你们吴家里，祖宗的坟不晓得朝南朝北。"

老吴又不响，他也不好回嘴，他倘是提出来要到苏北去上吴家祖坟，女人必定又是要反对的，现在就反过来说他不孝，老吴同女人，讲不清道理的。

老吴女人又说："你拎拎清，今朝是上我们赵家爷娘的坟，我阿哥是唱主角的。"

吴家的小辈，不喜欢这个长期住在吴家的舅舅，阿二头就说："什么主角呀，免了吧，去年到坟头上，哭天哭地，好像唱山歌，惹得别人笑煞。"

阿三头说："就是么，踱头兮兮的。"

老吴女人眼珠一弹，说："你们不要看不起他，他吃的墨水，比你们吃的饭水还要多呢。"

小辈们就笑．说："什么墨水呀，盐书包呀。"

老吴女人不好同小人计较，急急忙忙返回去，推门进去，赵树德在吃泡饭，细嚼慢咽。老吴女人急煞了，说："哎呀，你个老爷呀。"赵树德朝她看看，也不说话，让她去急，他不急，自顾自慢慢地吃，吃好了，就跟了妹子一道出来，赶到汽车站。

这边一帮人等得发急，见他来了，七八几嘴就说他，他先是不回嘴，后来急了，就说："汽车不是没有来么。"

阿二头说："怎么没有来，头班车老早开了，就是要赶头班车，才大清早爬起来。"

赵树德看阿二头，看见阿二头的女朋友拉住阿二头的手臂，他就不看阿二头了。

等第二班车，人就很多了，阿二头说："等吧，等二班车。"

赵树德说："我又不叫你们等我，你们先走好了，我又不是不认得，爷娘的坟，闭了眼睛也走得到。"

阿二头说："你还讲这种话，你这个人，没有弄头。"

阿二头的女朋友就说："算了算了，再讲也没有用了。"

阿二头就不讲了。

后来终于还是轧上了车。到了公墓，在坟头上，看见有些上坟的人手里拿着鲜花，问是哪里买的，说是山脚下，他们找了一圈，没有找到，只好作罢。老吴女人点了香烛，供了祭祖饭，烧了锡箔元宝，领着大家鞠三个躬，分了云片糕吃，小辈们就散开，前山后山去野。老吴坐在旁边抽根烟，老吴女人就拔坟头上的草，赵树德蹲在一边，嘴里叽里咕噜说话，是说给爷娘听的。

后来老吴女人看阿哥蹲的时间长了，怕他脚酸，就说："好了，你这份孝心，爷娘早就领了。"

赵树德朝她看看，回头又对着爷娘的墓碑，呆钝钝地说："我想爷临死关照我的事情。"

老吴女人说："这桩事情，你也算尽到你的孝心了，二十年里爷也没有怪你，他总是晓得了，安心了。"

赵树德说："怎么可以说尽心，我连麻七的面也没有见到。"

老吴忍不住插嘴说："我帮你问过了，我帮你同他们乡里的人讲过了，叫他们同麻七打招呼，不是一样的么。"

赵树德说："怎么一样呢，不一样的。"

老吴朝女人看看，意思是说，你看看，这种人，怎么办？

女人也晓得阿哥的脾气，不过她是不承认的，赵树德再怎么样，总是她的亲阿哥，她是要帮他的。老吴女人一张嘴很出名，对别人，开出口来就要说人家寿头码子、猪头三，其实自己阿哥才是十足的猪头三。

老吴的老丈人赵三官，从前在乡下小镇上开个棺材店，生意做得很兴隆，赵三官凭良心做生意，几十年一直心安理得，一直到他的棺材店关闭前一年，太湖土匪麻七来找他了。

其实麻七不是自己来找赵三官的。那时候麻七已经被法办，吃了官司，麻七是托人带口信给赵三官的。麻七是个孝子，家里只有一个老娘，麻七要赵三官给他的老母备一副厚棺，要顶好的料，像楠木这样的，棺材钱，麻七说他出来以后会加倍偿还的，麻七并且希望赵三官到时候相帮办一下后事。

当年麻七的母亲就过世了，赵三官相帮办了后事，不过他没有用楠木棺材，只用了一副薄皮杉材。

　　办过这件事以后赵三官的店被公私合营了,对赵三官来说,他的店等于关闭了。

　　赵三官搬到城里住,他并没有再把麻七棺材的事放在心上。可是过了多年,有一天麻七突然来找赵三官,赵三官吓了一大跳。赵三官以为麻七要来跟他算厚棺薄棺的老账,因为麻七既然在太湖上做土匪,当然是粗野不讲理,说一不二的,他吩咐给老娘备厚棺,结果老娘睡了一口薄皮棺材,麻七不会善罢甘休。

　　想不到麻七见到赵三官,跪下来先磕了三个头,然后给了赵三官一大笔钱,麻七就走了。

　　麻七很可能不知道棺材的事,当初一起给麻七娘办后事的人,死的死了,走的走了,剩下的也不一定记得清了,只有赵三官心里明白。赵三官拿了麻七一大笔钱,他心里不舒服,他想找个机会,跟麻七说一说棺材的事,说一说他当初的苦衷,可是他找不到麻七,麻七不知跑到哪里去了。

　　赵三官在临终前,把这件事交给儿子赵树德,他说自己一世人生没有做过亏心事,就是对不起麻七,对不起麻七的老娘,他叫赵树德无论如何要找到麻七,跟他讲清楚,向麻七认错。

　　赵树德一个书呆子,浑身书呆气,他到哪里去找麻七。找麻七的事情就落到了老吴头上,老吴不愿意,女人就烦他,老吴烦不过,就想出办法来应付。过了几个月,老吴告诉女人,麻七有消息了,说在哪个乡下小镇上,老吴说他已经托人给麻七带信,道了歉。

　　不管老吴说的是真是假,老吴在女人这里基本过关,女人原来也没有什么心思找什么麻七,因为赵树德不肯罢休,她也就不罢休。现在麻七有了下落,口信也已带到,事情可以了结了。

　　但是赵树德认为事情没有了结,他要老吴说出那个地方,他要自己到乡下小镇去找麻七,当面跟麻七说,这是爷关照的。老吴不肯告诉他,也可能老吴根本就是编出来的。

　　事情僵着,赵树德每天要拿这件事来烦自己,烦别人,到了上坟的时候,赵树德就要来烦爷娘。

　　赵树德烦了,老吴女人就对老吴发火,说:"他要去找麻七,你就带他去找一找,又不是什么大事情、保密事情,你不肯陪他去,你告诉他在哪里。"

　　老吴急了,瞎说:"在那里,就在这个小镇上,你去找吧。"

赵树德来了精神，就要下山，到镇上去。

老吴女人说："一道走，说好在镇上馆子店吃一顿的，我们先去订好位子。"

到了镇上，老吴和女人在馆子店占了一张桌子坐下，赵树德去找麻七，老吴女人很想陪他去，可是走不动了，想叫老吴去，老吴坚决不去，赵树德只好一个人去。

绕了一圈，赵树德回来说："没有麻七。"

老吴心里暗好笑，看赵树德累得喘气，老吴想这是活该。

老吴女人看见老吴，说："怎么会呢。"

老吴说："你们拎不清，麻七么，肯定是他的绰号，他肯定有大名的，你不叫大名，怎么找得到。"

赵树德说："麻七的大名叫什么？"

老吴说："我怎么晓得。"

三个人闷坐了一会儿，在山上玩的小辈们陆续下来了，准备吃饭。

阿二头和女朋友最后下来，阿二头说："我们刚从外公外婆坟头那边下来，看见有一束鲜花，谁放的，在哪里卖的，我们也要买。"

阿二头的女朋友说："花很新鲜的，买了回去插在花瓶里。"

可是谁也没有在坟上放花。

老吴女人说："这就奇怪了。"

赵树德说："这就奇怪了。"

吃过饭，小辈们又到别处去玩，赵树德执意要重新上山看一看。

老吴说："有什么好看的，不是已经看过了么。"

赵树德说："不是没有花吗。"

老吴说："你没有见过花？"

老吴女人说："你现在说话水平越来越高了，转弯抹角，讽刺挖苦，你不要以为我们听不懂啊。"

老吴说："我怎么讽刺挖苦，他说要看花，花有什么好看的，又不是小人。"

老吴话虽这么说，但总是拗不过女人的，只好跟着他们一起又上山，果然见赵三官坟头上有一束鲜花，五颜六色，老吴也叫不出花名。老吴女人给一个公墓管理员派了一支烟，问他有没有看见什么人来放花。

管理员摇摇头。

赵树德一屁股坐在坟地上，连连说："这就奇怪了……"

老吴说："这有什么奇怪，我知道是谁。"

女人问："是谁？"

老吴说："就是麻七。"

赵树德眼睛一亮，说："你怎么知道是麻七？"

老吴说："这还要问，我跟你们说麻七就在这个小镇上，你们不相信，你代你爷向麻七赔礼道歉，麻七已经晓得了，所以他来放一束花给赵三官，就是说麻七不记仇，这个道理你还不懂？除了麻七，其他会有什么人放一束花呢。"

赵树德咧开嘴，一嘻，他认真地看着那一束花，长长地叹了一口气。

老吴女人背着赵树德对老吴瞪眼睛，老吴只作不见。

在第二次下山时，老吴女人避开赵树德，对老吴说："你刚才说什么，你骗他。"

老吴说："我为什么要骗他。"

老吴女人说："你现在不得了了，对我也说谎。"

老吴说："我对你从来不瞎说，就是麻七送的花，信不信由你。"老吴女人"哼"了一声，说："你休想骗得了我，麻七送的花，哪有这样巧。"

老吴反问女人："那你说是谁放的花？"女人张了张嘴，说不出来。

老吴脸上一本正经。

到下午，一家人在约定的时间、地点碰了面，准备回去，小辈里的几个人，一人手里抓了一大捧鲜花，十分艳丽。老吴女人问是哪来，说是采的，山上很多，不像城里，采花要罚款。

赵树德看看那些花，说："你们送几枝给我，我去放在爷娘坟上。"

阿三头说："我的我要的。"

阿二头说："插在花瓶里好看。"

阿大说："坟上不是有花了么。"

赵树德说："那是人家送的。"

阿二头说："不是一样的嘛，反正都是花。"

赵树德说："怎么会一样呢，怎么会一样呢？"

这时候汽车来了，大家一哄而上，淹没了赵树德的声音，谁也不知道他在说什么。

茅山堂

一

　　山镇上的文教委员老丁下昼时分到茅山堂去，他看见茅山堂的香火根生师傅正在吃夜粥。

　　老丁说："根生师傅，吃粥啊。"

　　根生说："吃粥。"

　　老丁说："根生师傅，有桩事情要跟你商量。"

　　根生就看着老丁，等老丁说。

　　老丁说："茅山堂后面的两间屋，西边那一间空的，安个人进来和你做淘伴。"

　　根生仍旧看着老丁。

　　老丁说："是小学堂里的吴老师，年纪到把了，退休了，学堂里的房间，新来的老师要住，吴老师无去处。"

　　根生说："好的。"他又去盛了一碗粥。

　　老丁说："根生师傅，买点肉吃呢。"

　　根生笑笑，根生师傅不是和尚，不戒荤腥的，不过他生来不大吃荤腥。

　　老丁说："你没有意见，我去跟吴老师说说。"

　　根生说："我没有铺盖家什。"

老丁说："铺盖家什那边带过来。"

老丁走了以后，根生去把后面西边那一间的门开了，扫了地，抹了灰，把几张破凳子移到屋前天井里。

刚刚收拾停当，老丁就领着吴老师来了。

老丁相帮推了一辆黄鱼车，载了吴老师的行李和一些其他物件。

老丁介绍根生和吴老师。

吴老师说："根生师傅，我晓得的。"

根生笑笑。

吴老师说："我叫吴同。"

根生说："哦，吴先生。"

根生引了吴老师到后面，吴老师看看房间，说："阴山背后。"

老丁看看方位，说："这一间朝西。"

根生说："我住的那间朝东，我同你换。"

吴老师说："烧香赶出和尚，这种事情我不会做的。"

老丁说："吴老师委屈一下，我那边着力帮你想办法。"

后来吴老师送了老丁，回进来说："老丁是好人。"

根生点点头，他相帮吴老师整理东西，看吴老师打开一只柳条箱，根生说："全是书。"

吴老师说："你要看，自己拿。"

根生说："我不识字的。"

吴老师朝他看看，问："一字不识？"

根生说："一字不识。"

吴老师叹了口气，又朝根生看看，说："你今年毛七十了吧。"

根生说："还不到呢，我娘讲我是庚午年的，好像是六十一，还是六十二，大约摸吧。"

吴老师问："属什么的？"

根生说："属马的。"

吴老师"呀"了一声，说："巧了，我们两个同年的，不过，你看老的，你辛苦。"

根生说："我不辛苦，你们做先生的辛苦。"

吴老师整理出几张画，拿起来横看竖看，对根生说："你看，这几幅画怎么样？"

根生说："蛮像的。"

吴老师又"呀"了一声，说："刚刚说好了要送一幅给老丁的，又忘记了，年纪到把了，忘性大了，几时给他送过去，老丁是热心肠的人。"

根生说："老丁往这边茅山堂也常常要来望望的。"

老丁是茅山镇的文教委员，镇上文化教育这一头的事情，都要他管的，小学堂他常常要去，茅山堂也是常常要来的。

茅山堂是茅山脚下的一座庙，根生师傅就在茅山庙里做香火，老百姓叫俗和尚。

根生原本不是茅山这地方的人，是安徽那边乡下的。有几年那边发大水，根生跟着家人逃难过来，在半路上他和爹娘失散了，少年根生一个人走啊走啊，在天黑的时候，他走进了茅山堂。根生走进去，茅山堂里没有人，也没有蜡烛和香火，根生依稀看出有一尊泥塑的菩萨，像前泥地上有两只蒲团，根生很困了，他把两只蒲团并并拢，蜷缩在蒲团上睡了。

第二天天亮根生醒来，他发现自己不是睡在庙里的蒲团上，而是睡在庙前的河边上。根生想了半天，他不明白这是怎么回事，以后根生从一个十五岁的少年活到了六十多岁，他仍然没有明白这是怎么回事。

茅山其实是一座很平常的山，茅山没有高山峻岭的巍峨之壮和清秀之美，在这一带像茅山这样的小山很多，所以茅山本来只是名不见经传的一座茅山。

但是茅山有个茅山堂，茅山堂里有个茅山老爷，这一带的老百姓都相信茅山老爷，他们一致认为茅山老爷驱邪是很灵的。老爷，是这一带的人对菩萨的尊称，关于老爷，这一带的人人人都能说出一些生动活泼的事迹来。说茅山老爷因为十分灵验，曾经被洋人请了去，但是老爷到了洋庙里，它不显灵，却在那边作骨头，闹得那边很不太平，后来只好又送回来，这边的茅山堂，因为久等不见老爷回来，只道是洋人耍赖，不再归还，便又塑了一个老爷，后来洋人把原来的老爷送回来，茅山堂就有了两个老爷，原先的老爷称之为大老爷，后来塑的称之为二老爷。不料大老爷和二老爷相处不好，不能相安共事，闹不太平，后来只好又把二老爷送到别的地方去，茅山老爷这才安定下来。

　　这些故事少年根生当时是不知道的，当时根生在河边醒来，只是觉得很奇怪，他走到茅山堂，看见一个老和尚正在掸尘，根生肚子很饿，他向老和尚讨吃，老和尚看看他，说："阿弥陀佛。"他盛了一碗粥给根生吃。

　　根生说："这里有粥吃，我不走了。"

　　老和尚再看看根生，说："阿弥陀佛，你留下吧。"

　　根生就留了下来。

　　根生相帮吴老师弄好了房间，根生说："吴先生你歇吧，我过去了。"

　　吴老师说："没有事，你坐坐。"

　　根生就坐下来。

　　吴老师同根生说话，他问根生："听人家说，你在茅山堂有几十年了？"

　　根生说："当中有几年不在的。"

　　吴老师说："到哪里去了。"

　　根生说："去做做别样事情。"

　　吴老师"唔"了一声，谈话停下来，然后根生问吴老师："吴先生，你也是独个头人啊。"

　　吴老师说："我不是独个头人，我是有家小的，儿子女儿都在城里，他们叫我到城里去住，我不高兴，在茅山住惯了，到城里住，要水土不服的。"

　　根生说："是的。"

　　他们随便地说了一会儿，后来根生就要回自己屋里睡觉，吴老师告诉根生，他还要作一幅画，作完这幅画他才睡，吴老师说这是他好多年的习惯了，根生说："吴先生你是有水平的。"

　　吴老师笑了笑，他看看那盏灯，灯光太暗，他拿出一个一百支光的灯泡，可是线头吊得很高，吴老师爬不上去，根生说："我帮你。"

　　吴老师说："你会不会？当心触电，这灯泡下边金属包的地方，不能碰的。"

　　根生说："噢。"根生搭个凳子爬上去，换了灯泡，又下来了。

　　吴老师说："嘿嘿，看不出你手脚还蛮利索的。"

　　根生笑笑就告辞了。

　　隔了两日，老丁到茅山堂来，他先到吴老师的门口看了一下，吴老师看见老丁很高兴，连忙拿出一幅画来，说："哎，老丁，上次要送给你的，忘记了，你拿着吧。"

老丁接了展开来看，是一幅很奇怪的画，上面画满了许许多多各形各态的虫子，老丁说："真多呀。"

吴老师说："这是百虫图，每个虫又是一个古字，你看这个，这个，还有这个。"

老丁说："真功夫啊。"卷了画，又说："谢谢了，先放在你这里，我找根生师傅安排点事情，回头来拿。"

老丁到前堂找了根生师傅，跟他商议下一段的事情。下一段就到了清明时节，在茅山和茅山周围的一些小山上，现在开辟了许多公墓区，清明时候，扫墓的人很多。茅山的墓区就在茅山堂背后的山坡上，上下墓区都要经过茅山堂的，所以许多人都要顺带进茅山堂烧一炷香，拜一拜老爷，也有的即使不烧香拜佛，也要进来看一看。所以每年这一段，茅山堂门前是很热闹的，镇上事先都要准备起来，比如做好防火准备，比如多进一些香烛，这时节根生师傅一个人是忙不过来的，老丁就从镇上抽一个人过来帮忙。今年抽的这个人，叫小罗，正在相帮镇上筹办文化中心，临时抽到茅山堂来帮帮忙，他自己心里不愿意，因为一个年纪轻的人到茅山堂做事，以后说不定会被人叫做小和尚，不过小罗这个人脾气不犟，虽然心里有点想法，但是既然领导叫了，他也就应承了。

老丁对根生千关万照，叫根生小心，因为到时候人多，茅山堂很乱的，老丁很怕弄出点什么事情来。老丁说一句，根生应一声，老丁晓得根生师傅是比较把细的，别的地方常常听说烧香惹事的，茅山堂倒一直蛮太平的。

一切商议停当，老丁就走了。

后来吴老师从里边出来，不见老丁，连忙问根生，根生说："走了呀。"

吴老师说："哎呀，又忘记了，一幅画放在我桌子上呢，这个老丁，也是个忘性大的。"

## 二

茅山堂是一座小庙，没有什么特别的地方，前后两进，前面是正堂，茅山老爷就坐在正堂，后边是两间平房，从前是和尚住的。当中有一片小天井，根生在天井里弄了点花草，平时也不大管理，根生不懂得花草盆景应该怎样服侍，所以花草也只是勉勉强强地长着。

如果是真心拜佛的人，他们是不在乎茅山堂的阵势规模的，因为他们心中只有茅山老爷，没有茅山堂的，但这样的人毕竟是很少很少的，大多数的人，到茅山堂来，总是要里里外外转一圈，把茅山堂当作旅游的地方，这样大家都很失望。

茅山堂的正堂，是一尊塑得很粗糙的茅山老爷，再就是香炉烛签，地上有两只蒲团，他们穿过小天井，看看那些蔫蔫的花，再到后面的平房门口探一探头。

根生师傅的那一间屋门是关着的，自从吴老师搬过来，这边一间就常常开着，吴老师在屋里作画。有人走进去，看看，说："哟，老师傅画图，全是虫，怪呢。"

吴老师回头看看他们，笑笑。

他们看那些奇怪的虫画，其中有人问："老师傅你的画卖不卖？"

吴老师说："不卖。"

那个人叹了一口气。

吴老师说："你要是喜欢，我就送你一幅，我送给你，你帮我宣传宣传。"

那人问："宣传什么？"。

吴老师说："宣传我的画呀，你就跟人家说，这是吴百虫的画，你看这下面的印，就是吴百虫，就是我。"

大家笑起来，说："吴百虫。"

吴老师对几个小青年指指点点，说："我画画已经几十年了，比你们的人生还长呢。"

小青年都说："你送一幅画给我们，我们也帮你宣传。"

吴老师开了抽屉，里边有不少张画，吴老师挑挑拣拣，舍不得送，几个小青年自己动手，一个拿了一张，就往外走，一边走一边喊出去："发画张了，发画张了，老师傅发画张了。"

有的说："扬州八怪，茅山九怪，大家去讨画张喽。"

前面茅山堂烧香的人，有一些也顾不上烧香了，都往后边去，在堂前相帮张罗的小罗不知怎么回事，也跟过去，看到这种情形，连忙把起哄的人赶出去。

吴老师说："让他们进来，看看，不要紧的。"

　　小罗说："乱哄哄的。"

　　吴老师说："作了画就是要让人家看的。"

　　小罗说："让我看看呢。"

　　吴老师就把老丁忘记拿走的那幅百虫图，拿出来给小罗看。小罗也是学过几天画的，稍微懂一点，他看了百虫图，就对吴老师说："你的画不要随便送人啊。"

　　吴老师说："人生难得一知音，他们喜欢，就送他们。"

　　小罗说："他们哪里懂什么画，他们是胡闹。"

　　吴老师说："我有数的。"

　　小罗说："你这张百虫图，不要送别人啊，要送还是送给我。"

　　吴老师说："这是送给老丁的，上次老丁忘记拿了，你倘是喜欢，我再帮你画一幅。"

　　小罗说："再画出来，跟这个不会一样的吧。"

　　吴老师说："你放心好了。"

　　清明时节的忙头过去以后，小罗就回去办文化中心，过了些时，文化中心外部工程全部完工，要进行内部装修和装饰，老丁说："墙上空荡荡，难看，最好请画家画几幅画，撑撑门面。"

　　大家就议论这桩事情，说现在的画家，稍有一点名气的，开价都是很高的，文化中心能办起来，还是老丁和站长捐了书记镇长的牌头一家一家厂家化缘来的，精打细算，现在已经用得差不多了，没有钱再请画家了。

　　这时候小罗就说："我倒有个办法，有一个人，画得不错，只是没有名气。"

　　大家问谁。

　　小罗说："吴老师。"

　　老丁就想起来了，说："对呀，我倒忘记了，上次吴老师送我一幅百虫图，画得着实不错，我记得拿回去的，也不知放到什么地方去了，可能不小心弄掉了。"

　　小罗笑笑，没有说穿。

　　老丁又说："请吴老师画，稍许付点润笔费就可以了。"

　　后来老丁和小罗就去找吴老师，跟他说了，吴老师很高兴，说到润笔，吴老师怎么也不肯要。

　　过了几日，吴老师就根据文化中心的要求，把几幅画送过去，老丁几个人一看，果然不错，准备配了大镜框挂起来。

　　茅山镇的书记镇长对文化中心是很重视的，在文化中心正式开张之前，他们一起去视察了一下，看到那几幅画，评价了一番，对落款的印章觉得奇怪，圆圆印章里有三个字，但看不清是什么。老丁说："这是吴百虫，就是小学里的吴老师吴同，现在退休了，住在茅山堂那边。"接着又讲了一番苦衷，说为什么要请吴老师作画。

　　书记镇长点头称是，后来书记说："文化中心落成，以后宣传出去，会有人来参观，这几幅画，能不能撑起门面来呢？"

　　大家不作声。

　　书记停了一会儿又说："照我的看法，画还是可以的，只是画的人没有名气，人家会小看我们的，我倒有一点办法，不如把印章落款拿掉，别人不知是谁画的，吃不准，人家倘若问起来，就叫他们猜，七扯八扯也就过去了，你们大家看，我这只是个人的想法。"

　　书记的话是很有道理的。

　　领导走了以后，老丁对小罗说："你去跟吴老师说一说吧。"

　　小罗说："我不去的。"

　　老丁只好自己去跟吴老师说，吴老师有些不开心，不过他没有跟老丁说什么，等老丁走了，他跟根生说："我是不高兴重新画的，用我的画，不让我落自己的款，我是不高兴的。"

　　根生说："老丁说好过三天来拿的。"

　　吴老师说："让他来拿好了，还是这几幅，要就要，不要拉倒。"

　　根生说："也是的。"

　　停了一会儿，吴老师又说："不过要是不画，老丁面上怎么交代过去呀，老丁这个人，是老实人呀，我不画，等于捏老丁的头颈呀。"

　　根生说："也是的。"

　　吴老师看了看根生，说："还是你清爽，一点没有烦心的事情。"

　　根生说："嘿嘿，我不烦。"

　　到第二天，吴老师还是把那几幅画，原样重新画过，只花了大半天时间。

画好后，他叫根生看，根生看了，不停地咂嘴，他说："吴老师，你是真功夫，画图比写字还要快，你看看，画得一模一样，真是功夫呀。"

吴老师笑笑说："这样老丁明天来拿，我也好交代了，我是看老丁的面子，不然我是不高兴画的。"

根生说："是的。"

第三天吴老师就等老丁来，可是老丁一直没有来拿画，到了下昼，老丁还没有来，吴老师说："嘿，这个老丁，忙煞了，我来给他送去吧，反正我也没有什么事情，省得他再跑了。"

吴老师卷了那几幅画，没有忘记带上那张百虫图，他先到镇上，老丁不在，说是在文化中心，吴老师又赶到文化中心，老丁也不在，只看见小罗在。小罗见了吴老师，打了个招呼，就忙自己的事情。

吴老师问小罗："老丁说好今天来拿的，怎么不来？"

小罗说："什么？"

吴老师说："咦，画呀。"

小罗愣了一下，说："噢，老丁大概到你那边去了吧，可能走岔了路。"

吴老师说："我晓得他忙，就送来了，还难为他空跑一趟。"

小罗说："你放在这里吧。"

吴老师展开一幅画，给小罗看，说："喏，都没有落款，老丁关照不要落款了。"

小罗看看那幅画，没有说话。

吴老师又特意挑出那幅百虫图，放在一边，说："这是给老丁自己的，你不要忘记交给他。"

小罗应了一声。

吴老师四处看看，文化中心搞得很气派，他看得很开心。

吴老师回到茅山堂，看见根生正在和一位老太太讲说什么，老太太手里挽了一只篮子，身上背了一个包裹。老太太是来还愿的，要住在茅山堂。

在庙里住半个月还愿的事情，从前是有的。从前这一带的人有了病痛，就来求茅山老爷，病痛好了，来年的春天，就要到茅山堂来住半个月，还愿。这半个月中，不仅病人自己每日烧香吃素斋，家人在家中也是不能碰荤腥的，比如母鸡下了蛋，不能去捡；比如罱河泥罱到了鱼，要扔掉，规矩是很大的。

　　但这都是从前的事情了，现在是没有的，所以根生跟老太太讲，叫她回去，讲了半天，老太太听不进，非要住下。

　　吴老师问明了事由，见根生劝不听老太太，就过去对那老太太说："你这位老太太，也不领领世面，现在是什么时代了。"

　　老太太眼睛朝他一翻，说："什么时代，我不晓得什么时代，你说什么时代？"

　　吴老师说："哎呀，什么时代告诉你你也搞不清的，反正现在，烧烧香还是有的，什么住下来还愿，老一套现在不行了。"

　　老太太朝他看看，说："不许人家住，你自己怎么住在这里？不许别人还愿，你住在这里做什么？"

　　吴老师给她说得一愣，然后说："你这个老太太，拎不清的，不同你讲了。"

　　根生又劝了老太太一会儿，根生说："老太太你诚心诚意，你的心愿，老爷自会有数的。"

　　老太太朝根生看看，又朝泥菩萨看看。

　　根生又说："老早有句话，佛在心中。"

　　老太太拍一拍巴掌，说："你这位师傅，有道理的，像个吃素敬佛的人，这句话中听的，我要听的。"

　　根生难为情地说："这不是我讲的，是老早我师傅讲的，我也不懂的。"

　　老太太说："不管谁讲的，这句话我要听的，现在没有这个规矩，我就回转了，对的，佛在心中。"

　　老太太又烧了几炷香，拜了几拜，走了。根生送她出去。

　　吴老师说："没缠头，没缠头。"

　　根生回进来，吴老师问他："刚才老丁来过了？"

　　根生说："没有来嘛。"

　　吴老师说："大概你忙，没有看见吧。"

　　根生说："大概是的。"


## 三


　　文化中心的事情过去后，有一天老丁领了两个人到茅山堂来，他们来的时候，根生不在，吴老师就让他们到自己屋里来。

老丁说："这是老张，这是小王，他们找根生师傅。"

吴老师说："根生去买米了。"

老张说："等一等，不要紧。"

老丁又说："他们是市党史办的。"

吴老师有点奇怪，党史办的人怎么来找根生？老丁笑着说："吴老师，你还不晓得根生吧，根生从前当过兵呢，地下党呀。"

吴老师也笑起来，说："真的呀，倒看他不出。"

正说着，根生扛了一袋米进来了，老丁上前相帮把米袋接下来。

老张就过去握握根生的手，说："你好，老刘同志。"

根生呆了一呆，先说："什么？"后来他笑了，说，"嘿嘿，大家一直叫我根生，叫了几十年，长远不叫姓了，倒陌生了。"

一起坐下来，老张就把来意讲了。原来，市里正在筹建党史博物馆，到处寻找历史资料和实物。根生这里，是原先的市委书记、现在省顾委副主任杨雄提醒的，他说刘根生这边，可能有些实物的，根生这个人很把细的。

根生听了老张提到杨雄，就笑起来，问："老张，杨书记蛮好吧，长远不见他了。"

老张说："他现在在省里，我们也不大熟，这次去找他，他身体不太好，住在医院里，还是蛮关心我们的工作。"

根生说："什么工作？"

老张说："筹建党史博物馆呀，所以来找你呀。"

根生说："找我做什么？"

老张和小王丢了个眼色，又说了一遍，请根生回忆当年的一些事情，还要找一找有没有当年留下来的东西。

根生就回忆当年的情景，根生在茅山堂跟老和尚做佛事，杨雄那时是茅山区的区委书记，发展根生做地下交通员，以茅山堂为一个点，茅山解放以后，根生就跟了杨书记到部队里去了。

小王说："这些材料我们都有了，你有没有当时的实物？"

根生说："什么实物？"

小王说：“比如枪啦什么。”

根生说：“哪里有枪呀，我回来的时候枪是交上去的，空了身体回来的。”

老张说：“不光是枪，其他随便什么都算的。”

根生想了想，说：“哎呀，几十年了，哪里还有什么东西。”

老张和小王老远的路下乡来，结果什么也没有弄到，有点不甘心，他们反复地启发根生，根生仍然是想不起来，后来根生进屋去翻了翻箱子，也没有翻出什么来，老张和小王只好失望而归，临走时对根生说：“你再寻寻，再想想，我们隔几日再来一趟。”

他们走了以后，吴老师说：“根生师傅倒看你不出，你还是地下党呐。”

根生笑，说：“什么地下党呀，瞎弄弄的，我那时候十几岁，不懂的，只晓得帮他们送送纸条，杨书记给几个铜板，我可以去买点吃的。”

吴老师说：“你后来不是到部队去的么，怎么回来了呢？”

根生说：“他们叫我回来的。”

吴老师问：“为什么？”

根生又笑笑，说：“他们说我讲迷信。”

吴老师问：“什么迷信？”

根生说：“什么迷信呀，我就是讲讲茅山老爷呀，其实也不是迷信，全是真的，他们不相信。”

吴老师说：“什么真的？”

根生说：“茅山老爷呀，茅山老爷的事情，都是真的，我从前睡在堂前，半夜里老爷把我搬到河滩头。”

吴老师笑笑，说：“叫我我也不相信的。”

根生说：“你们都不相信的。”

吴老师说：“你真是可惜，那时候就做地下党，现在应该做离休干部了。”

根生说：“我是不想的。”

吴老师说：“人家想也想不到，你却不想，你看我，教了几十年的书，到末了一个职称也没有评上。”

两个人正说着，老丁送走老张小王，又回过来，老丁说：“根生师傅，他们叫我再来关照你一声，实物什么的，不一定是枪啦刀啦，随便什么，哪怕是破衣衫，一双破草鞋，只要是当时用过的都算，他们空手回转，看上去，有点不大开心呢。"

根生说："草鞋衣衫也算呀，他们不早说，我来看看。"

根生他们到小天井，角落里全是包的破烂，拉开来看，倒有不少破衣衫破鞋子。

老丁说："是不是那时候的？"

根生说："什么时候？"

老丁说："咦，解放战争时候呀。"

根生说："那我就分不清了，反正几十年的破烂，没有丢掉的，全在这里，哪里还记得哪一样是什么年代的。"

吴老师说："索性全部包好，送上去让他们去看，他们吃这碗饭，肯定看得出的。"

根生朝老丁看看。

老丁说："这些东西，送上去也不大好弄，还是先放在这里，他们说隔几日还要来的，等他们来了看吧。"

根生说："也好。"

老丁临走，吴老师说："老丁，上次我送过去的画，有一幅百虫图是给你的，我叫小罗交给你的，拿到了吧？"

老丁说："那幅画，唉，小罗看中了，想要，我就给他了。"

吴老师说："小罗这个人，怎么，哎，老丁，你要的话，我再画一幅，写上你的名字。"

老丁说："不麻烦了，不麻烦了，我又不识画的。"

老丁走后，吴老师说："哎，这个小罗，怎么这样，自说自话，那幅百虫图，好吃功夫呢。"

后来天气热起来了，这一年的夏天，特别的热，吴老师的房门朝西，西晒太阳一直逼到下晚八点钟，整个夜间屋里像只大火炉，吴老师夜里睡不好觉，日里没有精神，想打个瞌睡，老丁就来了。老丁进来大声说："吴老师，恭喜啊。"

吴老师热得有点晕头晕脑，弄不明白怎么回事，就看见老丁过来，手里捏了一张报纸，朝他扬一扬，说："恭喜恭喜，吴老师你上报了。"

　　吴老师接过报纸一看，居然他的那幅百虫图印在报纸上，还作了一番评价，评价蛮高的。

　　老丁说："是小罗，小罗这个小青年，很有心思的，他看中你的画，讨去了，就送到报社去，报社有他的一个老同学。"

　　吴老师说："小罗呢，倒要谢射他呢。"

　　老丁说："先不忙寻小罗，书记镇长看见了报纸，叫我来讨画了。"

　　吴老师说："呀，我手边有倒是有几幅，不过拿不出手的，粗糙的，我重新再画，好不好？"

　　老丁说："随便你，你答应了我就可以交账了。"

　　老丁一走，吴老师就开始用心作画，但不知是因为天太热，还是别的什么原因，总是画不好，画了一张，看看不称心，重新再画，仍然是不满意，弄得吴老师很灰心，他跟根生说："我大概不来事了。"

　　根生说："不会的，天气太热了，夜里又没有好觉睡。"

　　吴老师夜里热得不好睡，就想睡到堂上去，根生说，堂上睡不得的。吴老师笑根生，他不听根生的话，就睡在堂前的泥地上，很阴凉。

　　吴老师睡了一个囫囵觉，一夜到天亮没有热醒，第二天一早，吴老师睁开眼睛，奇怪的事情就发生了，他发现自己睡在河滩头上。

　　吴老师十分惊讶，连忙跑去叫根生，跟根生说，根生只是笑笑，不说话。后来吴老师追得急，根生说："茅山老爷，就是这样的。"

　　吴老师在露天睡了一夜，着了露水，受了凉，大伏天里发起高烧来，作得要死要活，根生相帮送到医院去挂盐水。

　　过了几日，好了一点，老丁来看望他，吴老师说："书记镇长他们要的画，只好搁一搁了，等我好了，再画。"

　　老丁连忙说："不急不急，他们这几日也没有提起，不急的。"

　　吴老师说："说是不急，我心里总是掉不落的。"

　　老丁笑笑，他是知道吴老师的脾气的。

## 临时的生活

一

　　周先生原先在镇上的小学里教书，后来他生了肺病，不能教书，就退了职。周先生拿这笔退职费，过了两年，倒是养好了病，养好了身体，但是以后的生活来源没有了，因为周先生是一个人过的，他未曾婚娶，没有子女。他就到镇上去找民政助理，问有没有工作可以做做。民政助理说，正巧呢，文化站长前几日来说过，要请一个人相帮管理图书。这正合周先生的胃口，周先生一直是很喜欢书的，他的私人藏书在这一带是有一点名气的，不过周先生的书，大多数是线装书，镇上很少有人向周先生借书看。周先生到文化站管理图书，文化站的国家干部编制只有一个，那是站长的，周先生是临时工。周先生在文化站做临时工一做就做了几十年，几十年当中，文化站长换了十几个人，周先生还是临时工。后来的几任站长，还有镇上的一些干部，心里都有点不过意，大家说周先生如果不在文化站做临时工，在别的什么单位，早已转正了。他们问周先生后悔不后悔，要不要转到别的单位去，周先生说不要转，他很喜欢他的工作，做了几十年一点也不厌。站长和领导们都是很感动的，他们说以后要帮周先生争取机会，帮他转正。

　　现在文化站已经扩大了，不叫文化站，改叫文化中心，增添了不少文化娱乐设施，人也多了，但他们同周先生一样，都是临时工。

　　图书馆的规模也大了，已经有了两万多册图书，看书的人也很多，周先生也很开心。唯一使周先生心里有些不踏实的，就是周先生觉得自己正在老，而且老得很快。从前周先生一天到晚泡在图书馆，管了上午管下午，再接着晚上，现在周先生就感觉到精力不如从前，特别是天气冷了，夜里出来，穿得再多也抵不住严寒，有点吃不消了。

　　周先生受了凉，感冒了，他到医院里去看病，看过病，医生开了药方子，周先生出了门诊室，朝药房走，经过注射室，就听见里面有人喊他"周阿爹"。

　　周先生回头看，见是隔壁邻居毛家的小女儿，周先生记不得她叫毛什么，只知道大家叫她毛妹妹的。

　　周先生朝她笑笑，说："是毛妹妹啊。"

　　毛妹妹说："你看病啊？"

　　周先生点点头，又问她："你在这里做什么？"

　　毛妹妹说："咦，你不晓得呀，我在医院里做呀，长远了。"

　　周先生"噢"了一声。

　　毛妹妹说："你哪里不适意，不要紧吧？"

　　周先生说："不要紧，是伤风。"他又问毛妹妹："你做什么事情？"

　　毛妹妹说："起先是做做卫生，现在叫我相帮打针，一个打针的护士养小孩去了。"

　　毛妹妹对面的一个护士说："毛妹妹来事的，没有学过打针，看看就会了，领导蛮相信的。"

　　毛妹妹当年中学毕业考试和升学考试都考得不好，所以中学毕业后就一直做临时工，两年时间换了好几个单位，换来换去，给她换到医院来了。

　　毛妹妹看周先生手里捏了一张方子，说："我看看，开的什么药。"拿过方子一看，又说："哟，开这么贵的药，周阿爹你是自费对不对，跟我一样的。"

　　周先生点点头，说："没有劳保。"

　　毛妹妹说："你等等，我去看看。"说着往药房那边去了。

　　另一个护士说："她呀，本事很大的，你不要急，等一等。"

　　等了一会儿，不见毛妹妹回来，却听见药房那边有吵闹声，这边打针的护士一听，笑了起来，周先生不放心，赶过去一看，果然是毛妹妹和一个瘦小的女人在吵，毛妹妹手里还捏着他的那张药方子。

周先生连忙上前说："哎哎，不要吵了，是我不好，是我的事情，不不关毛妹妹的。"

那个瘦小的女人看看周先生，说："你是什么人？横戳枪，老不入调，什么光彩事情呢，抢来抢去。"

周先生说："是我的药方子，不关毛妹妹的。"

毛妹妹说："哎呀周阿爹，方子你拿去吧，你不要瞎搅了，不是方子的事。"

周先生问："什么事情？"

那个瘦女子说："什么事情，毛妹妹和我男人轧姘头的事情，关你什么事。"周先生吓了一大跳，连忙退开来。

看热闹的人越来越多，那个女人不知从哪里拖来一个男人，又高又大，同她正好是一个对照，女人说："喏，你们一对狗男女，大家看看，你们三对六面，讲清楚。"

那个高个子男人说："哎呀，这么多人看戏啊，有事情回去讲。"女人说："回去讲不清楚，我问你，她的头发，怎么到我们床上来的？"

男人说："你怎么能吃准是她的头发？"

女人走过去，一把拉住毛妹妹的头发，说："就是她的，这么长的头发，别人哪有这么长的头发。"

毛妹妹一点也不在乎，笑眯眯地说："哎呀，你轻点，拉痛我了。"那女人说："这么一拉就痛？我要拉光你的头发呢。"

忽地不知又从哪里钻出来一个年纪很轻的男人，说："谁敢拉光毛妹妹的头发？"

周先生听旁边有人说："这是毛妹妹的男朋友。"

那瘦小的女人冷笑一声说："哼哼，戴了绿帽子做了十三块六角，还来帮忙啊，面皮厚！"

毛妹妹的男朋友，上前一步，说："你要吃生活啊，我戴绿帽子？我还要告你男人强奸呢！"

高个子男人也上前一步，两个男人吵起来，就要动手。毛妹妹去拖住自己的男朋友，男朋友动不了手，被对方打了几个耳光。

瘦小的女人在一边骂："骚货，烂货！"

毛妹妹笑着说："我帮你男人，你还要骂我啊。"

女人说："谁要你帮？你这个烂污货，你个千人睡！"

毛妹妹仍然是笑。

这时注射室里的护士喊道："毛妹妹，快过来，打针要排队了。"

毛妹妹对大家笑笑，就过去了。

周先生站在一边，吓得心里别别跳，现在大家像无事一样，散了，觉得有点奇怪。他拿着药方去划价，准备付钱，划价的人说："咦，拎不清，划过了，划过账了，还来做什么？"周先生说："什么记过账，谁的账？"

划价的人说："我怎么知道是谁的账？总是公家的账，你到那边领药去吧，烦不清。"周先生那边窗口领了药，一捧一大堆。他听见配药的人在跟另一个人讲："现在的药真贵，一个伤风，八十三块。"

周先生捧着许多药回去了。

周先生吃过夜饭，到图书馆去值班，看见毛妹妹和她的男朋友勾颈搭背在街上走，十分要好的样子。毛妹妹看见了周先生，说："周阿爹，你那边有没有琼瑶的书？"

周先生说："有的。"

毛妹妹说："等一会儿我们过来借啊，我顶喜欢琼瑶的书。"

周先生因为看病沾了毛妹妹的光，巴不得为毛妹妹做点事情，连忙说："你来你来，书多呢。"

整个夜班，周先生在等毛妹妹来借书，可是毛妹妹却一直没有来。

## 二

许站长一直说要给周先生配一个帮手，周先生说不要再添人增加开支了，许站长说反正摊子已经大了，多一个不嫌多少一个也不会觉得少了。

说着说着，有一天人就来了，由许站长领了来，周先生一看，原来是毛妹妹，周先生心里有点隔顿。

毛妹妹看出周先生的心思，说："周阿爹，我不会拆烂污的，我不会坍你的台的。"

倒说得周先生不好意思了。

许站长跟毛妹妹说："周先生在这里做了几十年，经验丰富，你要多向他学学。"

毛妹妹说："那是。"

许站长又对周先生说："毛妹妹虽然年纪很轻，很能干的，她在镇上好几个单位做过，我去了解过，反映都很好，到我们文化站来，我总是要挑好一点的。"

毛妹妹笑着说："你当真啊。"

图书馆是日夜都开放的，当然日里人少，夜里人多一点。原先是周先生一个人管理的，现在有了毛妹妹，就可以分作两班，毛妹妹说周先生年纪大了，夜里出来不方便，就由她来管夜班，周先生朝许站长看看，许站长说："你放心吧。"

周先生总是不能完全放心的，所以开始几天，每天夜里周先生仍旧到图书馆去看一看，他想如果毛妹妹有困难，他可以相帮她一下。不过周先生看下来，毛妹妹没有什么困难，对于借书还书那一套手续一学就会，根本用不着周先生相帮什么，毛妹妹确实是很聪明的，周先生很开心。

以后毛妹妹的母亲毛师母，就常常到周先生家里来走走，毛师母笔眯眯地说："周先生，我们毛妹妹现在跟你学了，你多关照关照啊。"周先生说："毛妹妹很好的，很自觉的。"

毛师母说："我们毛妹妹，你是有数的，猢狲屁股坐不牢的，东家做三日，西家做两日，往后还要你周先生帮忙呢。"

周先生说："毛师母你客气了，我能帮她什么忙，毛妹妹是活络人呀。"毛师母笑笑，说："还不到时间，将来总要求到你的呀。"

周先生也笑了，他没有把毛师母的话放在心上，因为他晓得毛师母这个人，从来说话是很随便的。

但是后来周先生就知道毛师母这一回倒不是随便说说的。

隔了几日周先生去上班，遇见管录像的小王，小王对周先生说："要恭喜你了。"

周先生说："什么？"

小王说："周先生你不要假痴假呆，这么大的事情你怎么会不晓得。"

周先生问："什么事情？"

小王朝周先生看看，说："你真的不晓得啊？你老先生真的不灵市面。太阳从西边出来了，上面拨下来一个指标，文化中心有一个人额骨头高，可以转正了。"

周先生问："谁？"

小王笑一笑，说："总归是你啦，你在这里做了几十年，老文化了，没有人争得过你。"

周先生心里有点激动，又问："你听谁说的？是不是真的？"

小王说："谁说的？大家都在说，只有你不晓得。"

周先生还是不相信,他自言自语地说："文化站怎么可能有转正的机会呢？"

小王说："所以我说呀，太阳从西边出来了。"

周先生听了小王的话，他很想去问问许站长，可是一连两天，周先生见了许站长,要迎上去,许站长就走开了。周先生想大概许站长不好把话说在前面的，这么一想，周先生就想到了许站长的难处，他就不去问许站长了。

图书馆的书有好些年没有重新清理登记了，这项工作周先生一个人是比较难完成的，现在毛妹妹来了，就开始做起来。

两个人一个清册一个登记，一个动作慢一个动作快，毛妹妹常常要歇下来等周先生，毛妹妹歇息下来看见周先生闷头做，她就觉得好笑，周先生看她笑，问她笑什么，毛妹妹说："笑你呀。"

周先生不明白，说："我有什么好笑的？"

毛妹妹也不说他有什么好笑的。

图书馆的书，好多年来一年一年增加上去，每年买进一批，旧书一直没有处理过，有许多旧书，根本没有人借了。毛妹妹提议把旧书清出来，不要再外借了，另外进一批新书填进去。

虽然图书馆的事情周先生是可以做主的，但涉及进新书，就要请示许站长了。

周先生叫毛妹妹去，毛妹妹说："我不去，要去你自己去。"

周先生只好自己去了。许站长在办公室，见到周先生，有点发愣。周先生连忙说：“我来寻你，是图书馆的事情。”

周先生把事情讲了，许站长说：“这一阵子经济上比较紧，要进大批新书，恐怕要过一段了。那批旧书，暂时再放一放吧。”

周先生说：“也好，其实那些旧书，都是很好的，立时叫我抽下来，还舍不得呢。”

许站长说：“旧书早晚要换下来，你们登记的时候，分开来登记，到时候就便当了。”

周先生点点头。

许站长看看周先生，说：“你年纪大了，做做歇歇，叫毛妹妹多弄弄。”

周先生说：“我晓得，我走啦！”

周先生走到门口，许站长“哎”了一声，周先生回头看看，他看出许站长有话要说。

许站长递一根烟给周先生，周先生不要，天气冷了，他气喘，不能抽烟。站长就自己点了烟，吸了两口，又停了一会儿，才说：“周先生，你当心身体，做做歇歇啊。”

周先生晓得许站长有话跟他说，但又不太好说出来，他怕许站长为难，连忙走开了。

周先生回到这边，毛妹妹看看他，问：“讲过了？怎么说法？”周先生把许站长的话说了一遍。

毛妹妹停了一会儿，又问：“许站长有没有跟你说别的？”周先生说：“说什么？”

毛妹妹笑起来，说：“转正呀。”周先生连忙说：“没有，没有。”毛妹妹说：“没有就算了。”连着好几天周先生下午回家，隔壁毛师母就过来，谈谈说说，顺便帮周先生做点事情，弄得周先生十分不好意思，因为几十年来一直是不大搭界的，现在突然受惠于人，周先生心里不过意的。

这一日回家，毛师母又来了，东拉西扯，就扯到文化站的事情，就提到了转正。周先生正奇怪毛师母也关心这件事，就听毛师母说：“其实呀，说穿了，这个名额是跟我们毛妹妹来的。”

周先生问：“你说什么？”

毛师母说："你想想，哪有这么巧的事，几十年文化站有没有转正的人？为什么我们毛妹妹一来就有一个名额下来？我们都不明白，我们毛妹妹有路子。"

周先生说："哪有这种道理的？"

毛师母说："你们许站长有数的，现在许站长借口摆不平，跟我们拖。"

周先生说："是摆不平的，毛妹妹才来了几天。"

毛师母说："所以我说，关键在你身上，只要你这里摆得平，别人有什么话好说。"周先生一时不知说什么."我……"

毛师母一边帮周先生淘米洗菜，一边笑着说："我们毛妹妹年纪轻，人生一世刚刚开始呢，没有一个正式工作，轧朋友也轧不成的。我们一家门，都晓得周先生人好，良心好，思想通的，不会跟小姑娘争的，是不是？"

周先生被毛师母高帽子一戴，愣了半天，才说："其实，说起来工资什么也差不多，就是我年纪大了身体不好，常常有些毛病，没有劳保……"

毛师母打断他的话，说："我们毛妹妹医院里有路子的，我们可以帮你。"

周先生哭笑不得。

毛师母又说："话说回来，这个名额是跟我们毛妹妹走的，反正是我们的。"

周先生听了，很不开心地说："那也不一定的。"

毛师母的话倒是说准了，许站长因为摆不平，一直拖着不肯办这桩事情，上面也不来催。可是到了这一年年底，镇上新办的县属毛纺厂招工，毛妹妹就过去了。毛妹妹一走，这个名额也就跟着走了。

许站长总是觉得对不起周先生，周先生自己倒想得通的，几十年来多多少少事情，他都想通了，这件事他也会想通的。周先生想本来不属于自己的东西，得不到，这也没有什么想不通的。

三

毛妹妹走了以后，许站长又给周先生派了一个帮手，也是个女的，和毛妹妹差不多年纪，叫小丽。小丽的脾气和毛妹妹不一样，她比较文气，但是很懒，不肯做事，一到图书馆就捧一本书看。周先生指派她做什么事情,她只当没听见。

图书馆常常要排书，爬高落下的事情比较多，周先生上了年纪，不大方便，只好自己搭了凳子爬上爬下，抖抖索索，小丽在一边看书，只当眼前没有这件事情。周先生很生气，批评她几句，她也不回嘴，仍旧看自己的书，周先生又不好去告诉许站长，弄得不大开心，这时候周先生就要想起毛妹妹的许多好处来。

小丽不肯做事情，周先生看她盯着书本，有时也想得通，小青年，多看书总是好事，周先生就自己多做一点。到了要进新书的时候，小丽就很积极了，兴冲冲地跟周先生一起到书店去，小丽挑书，十分快，看内容介绍是一目十行，所以周先生戴了老花眼镜才挑了几本，小丽已经挑出了一百多本，周先生一看，都是小说书，什么琼瑶、岑凯伦，还有武打的书。

周先生说："太多了太多了。"

小丽说："不多的，不是有 500 块钱么，我算了一下，还多一点钱。"周先生说："500 块钱不能全进这种书呀，其他书也要进一些的，我们的读者面是很广的，各种色样的书都要有的。"

小丽说："我就喜欢看这种书。"

周先生说："怎么能只顾你自己呢？"小丽翻了翻眼睛，没有说话。

两个人说话的时候，营业员已经把账算了，加上周先生挑的那些一算，500 块钱剩了 7 块，叫他们再选一本书，另外的书人家已经捆扎起来了。

周先生说："哎，不要急，还没有决定买呢，怎么就捆好了。"

小丽却笑着连扯带拉地把周先生弄到旁边，说："定了，定了，就这些。"

回到文化中心，周先生心里气不过，找了个机会，就跟许站长说了，许站长把小丽叫来，小丽好像知道是什么事，把借书登记簿也带过来，给许站长看，哪一类书的出借率高，哪些书根本没有人借，买了也是白搭。

许站长看过以后，说："不管怎么样，你要尊重周先生的，以后要注意。"

小丽应声说："噢。"

事情就这样了。许站长的话听起来是批评小丽，其实是支持了她的。周先生心里就有了一块疙瘩，几十年来，图书馆的事情，都是他一个人管的，现在来了一个小姑娘，他倒不好做主了，周先生心里难免有点气。

这天下班回去，周先生一路上低了头，闷闷地走，忽然听见有人喊道："周阿爹！"

　　周先生停下来，见是毛妹妹。毛妹妹穿了一套很显眼的时装，满面春风，人也胖了，身旁一个衣服笔挺的男青年。周先生记不得是不是上次碰见的那一位了。自从毛妹妹调出文化中心，毛师母看见周先生就不大理睬他，但是毛妹妹仍然很热情的，好像什么事情也没有发生过。

　　毛妹妹立定了朝周先生看看，她大惊小怪地叫起来："哎呀，周阿爹，你是不是有毛病，要不要我陪你去看看？"

　　周先生说："没有，没有什么。"

　　毛妹妹说："你要瞒我是瞒不过去的，你不是身上有毛病，就是心里不开心，是不是？"

　　说得周先生心里暖烘烘，周先生就把小丽买书的事情讲给毛妹妹听。

　　毛妹妹听了就笑起来，说："周阿爹你要想得穿，这点小事情有什么好气的。"

　　周先生说："你也是晓得的，图书馆进点书不容易，没有钱呀。"

　　毛妹妹说："三五百块钱，我帮你想想办法，赞助你一点，怎么样？"

　　周先生说："你不要寻开心了。"

　　毛妹妹说："你不要小看我，我现在是厂办秘书，厂长听我的，你问他，是不是？"

　　那个男青年点头，笑笑。

　　周先生当然不会把毛妹妹的话放在心上，可是过了几天，路上遇见毛妹妹，毛妹妹说500块钱已划过来了。周先生就去问许站长，许站长有点尴尬。他告诉周先生，钱是收到了，但不知道是赞助图书馆的，正好建筑上急用，就先用了。许站长向周先生表示歉意，并且说，文化站的钱反正大都是赞助来的，不靠赞助，文化站是过不下去的，以后哪家赞助了，再把钱归还图书馆。

　　周先生体谅许站长，许站长的难，大家都知道。

　　隔一阵，周先生就觉得身上不舒服，没力气，开始以为是春暖花开人没有精神。可是过了春天，仍然是没有力气，头昏眼花，到医院去查了，说是高血压，很严重，很危险，要住院治疗，周先生就在医院住下来。一天小丽来看周先生，告诉他毛纺厂又划过来500块，小丽问他，是不是等他出了医院再去进书，周先生说当然要等我病好了。可是过了一日，小丽又来了，说事情不妙，许站长又在打主意，500块钱要赶快用掉。

周先生说："那好，我开一张单子，你去买。"

小丽拿了周先生开的单子，她要到市里大书店去买书。

小丽买到了书，回来向周先生汇报，小丽指着书单上的书名，说这本没有那本也没有，结果又买了一大堆文艺书。

周先生很生气，正想说什么，只见小丽从随身带的挎包里拿出一叠书，周先生一看，是一些线装古书，周先生接过来，有一本是《南宋杂事书》，还有一本《吴门补乘》，都是他喜欢的，觅了好几年没有见到的珍本孤本。

周先生有点激动，问小丽这些书是哪里来的，小丽说："我有我的路子。"

周先生说："这些书是很贵的，你哪里借的？"

小丽说："你不要问那么多了，反正放在你这里，你只管看好了。"

周先生就在病床上看起这些书来，他很喜欢这些古书，耐读，有滋味。前一阵由于老是忙于图书馆的事情，常常耽误了读书，现在重新读起来，就放不下来了。后来周先生出院回家休息，他想到这些书可能是小丽借来的，说不定哪一天就要还，所以周先生就把这些书抄录下来，每天抄一点，有无穷的乐趣。对于图书馆那边的事情，他也不大放在心上了，周先生想，我要是不再到那边去做事，在家里把这些书抄抄录录，也是很有味道的。

可是如果周先生不到图书馆去做事，他就不能再拿工资了，因为他是临时工，如果靠多年的一些积蓄过日子，那是过不了几个月的。

周先生知道许站长正在努力，帮他争取，许站长说过，不帮周先生办成转正这件事，他是不能安心的。

许站长是一个好人。

地名普查工作开始之前，区里有电话到文教局。这是老规矩，土管、民政、文教三个单位，各派一人，合为一组。

文教局的答复十分爽快："叫老郭去。"

一点没有拖泥带水，好像老郭此人专门就是等在那里参加这项工作的。

老郭是区文教局聘用的一位老同志，原先在食品厂做档案工作，不过老郭做的不是人事档案，而是食品档案。

老郭在四十六岁那年得了肺病，不适宜再在食品厂做工作，就提前退休了。病好以后，他就在一些小学里代代课，因为写得一手好字，有些会议叫他写横幅什么，以后文教局就借用了老郭。

老郭到文教局，已有两年时间，因为老郭不大计较得失，工作又很认真，文教局很想留住老郭。凡有什么中心工作，区里要抽人，总是叫老郭去，老郭代表文教局出去工作，局里是放心的。

上午局长对老郭说："老郭，这次你参加地名普查，下午去土管局碰头。"

老郭说："好的。"

下午老郭就到土管局去开碰头会。

土管局的张科长被指定为普查组的组长，老郭到了以后，等于是向张科长报了到，张科长和老郭握握手，说："民政局的小刘，打过电话来，那边还有些事情，要迟一些来。"

老郭点点头。

张科长又指指桌上的一大堆材料和书，说："我先出去一下，有点事，你没有事，可以先看看这些材料，这是前几次地名普查的汇总材料，那些书是区志。"

张科长交代过，就走了。

老郭一个人坐在空荡荡的会议室里，他认真看了那些材料汇总，才对地名普查有了一个初步的概念。老郭一边看一边想，这项工作，原来是很重要的，也很有意思，老郭就有点喜欢了。他又有些急，他想我现在还什么都不懂，我要好好学习呢，不知张科长和小刘以前有没有搞过这个工作。

翻过汇总材料，老郭又看那一大沓的区志，他找出其中的街巷桥梁志这一卷，看了几页，老郭就十分感叹，他觉得这个志修得很有水平，史料翔实，文字也相当好，老郭就产生了一种望尘莫及的感叹。比如街巷志中有这么一条：双井巷，南口在苏衙弄，与枣市街相对，北口接孝义坊，与之成直角。本是古巷，元末至民国初期为废墟、土丘，三十年代始有零星棚户……巷名出自巷内有唐、宋时即有的古双井。古双井，一青石井栏，一黄石井栏，因地基壅高，井栏石圈已三次加叠，而水位仍极高，久旱不涸，水质清甘，底层井栏圈内侧四周汲水绳痕极深，可见年代久远……

老郭正在看着，张科长和小刘进来了，张科长把老郭向小刘作了介绍。

老郭指着那些材料和几本区志说："这不是已经搞得很详细，很好了么？"

张科长看看老郭，又看看小刘，他告诉他们，地名普查是一项经常性的工作。张科长说，一个地方的地名、街巷名、桥梁名、河道名，就和一个人的姓名一样，一般说来应该有相当的稳定性，不可能三天两头更换。但是相当的稳定性并不是亘古不变的，诸如拆了小巷造大楼，并了小街拓大路，以及填了河流做地基等等，这些都是需要随时查核随时更正的。再比如对于前一次地名普查的遗留问题，以及对于历史给地名造成的冤假错案也都是不能不闻不问的。

人不可一日不正名，地亦不可一日不正名，这道理众所周知。

老郭听了张科长的话，心中对张科长十分佩服，他看看小刘，小刘正对着墙上一幅山水画发愣。

接下来张科长说："你们二位，看看怎么搞法，从哪里搞起？"

老郭说："我不大懂得，我是外行，我还要学习呢。"张科长问小刘，小刘说："我随便。"

张科长想了想，说："还是照老规矩，一条街一条街地往下查。"最后确定明天上午八点在长洲街居委会碰面。

小刘有点心不在焉，只是"哦"了一声，就出去了。张科长笑笑，说："这小伙子。"

老郭临走时问张科长："这本区志，能不能带回去看看？"

张科长说："你拿好了，你要的话，几时我到地方志办公室帮你讨一套来。"

这天老郭带了两本很厚很重的区志回家去，心里很高兴。老郭的老婆说："哟，今天太阳从西边出来了，这么早就下班了？"

老郭说："我参加地名普查了，有些材料带回来看。"

老郭的老婆说："我说呢，太阳怎么会从西边出来，哎，我问你，那件事情，你办得怎么样？"

老郭老婆说的"那件事情"，是他们女儿的事情。女儿是市职业大学中文系的学生，夏天就要毕业，现在毕业分配，要自找门路，老郭老婆就叫老郭出去想办法。

老郭为难地说："我还没有找到合适的单位呢，再说我又不认得那些单位的领导。"

老郭老婆说："你们文教局不是蛮好的么。"

老郭急了，说："你不要瞎说，文教局怎么可能。"

老婆说："怎么不能？你以为我们女儿，大学生，不够资格呀。"老郭说："不是不够资格，我怎么开得出口？"

老婆说："你在那里做了两年了，你不是说你们领导表扬你的么，有什么开不了口的，你开不了口，我去开口。"

老郭连忙说："你不能去，我去说我去说，好了吧，现在不要吵了，我还要准备材料呢。"

老婆"哼哼"两声，不再理睬老郭。

老郭这天看材料看到很晚，第二天早上，和张科长在长洲街居委会碰了面，等小刘来了，张科长说："我们这次地名调查，其实是复查，就要有个重点和非重点,在长洲街这一范围,我们先要排出重点和非重点。"

老郭说:"昨天晚上我翻了许多材料,我觉得长洲街这里,有几个重点,第一个就是关于蓬莱古井……"

张科长一拍巴掌说:"对了,你和我不谋而合,我的意思也是,这蓬莱古井是一桩疑案,这一次看能不能核实清楚。"张科长转问小刘:"你说呢?"

小刘说:"什么?"

张科长说:"蓬莱古井呀,从前的材料上,都认为苏州城最著名的蓬莱古井在长洲街一带,但几次查找,都未找到。"

小刘说:"人家找不到,我们怎么找得到。"

张科长说:"我们就是做的这个工作,解决遗留问题。"

老郭情绪很高,信心也很足,说:"如果确实在这一带,只要我们认真查,我想一定能找到的。"

小刘说:"既然你们这样想,就找吧。"

三个人统一了看法,就把工作意图同居委会讲了,居委会的想法,其实也是前几次普查的结果,认为这蓬莱古井,很有可能在3号宅子里。

3号的宅子并不大,前后两进,住四户人家。张科长一行四人,到了3号,前一进的两家都有人在,问过他们,都说这3号宅子里并没有井。

然后就往后一进去,只有一位老人在。居委会干部介绍说,这是一位老寿星,有八十九了。问他话也听不清,他们就自己观察,如果有井,必定在天井里的,这后一进的天井,原先是很大的,现在都已经面目皆非了,两家人家分别在东西两边造了两间小屋,占去了至少一半的地方,天井就剩下中间一小块地方了,没有井。

他们出了3号宅,向左邻右舍打听,有人说有古井,有人说没有。有人说在3号里,有人说根本不在长洲街上,众说纷纭。这样纠缠了一会儿,小刘说:"肚子饿了。"

张科长看看表,说:"好吧,上午就到这里,下午一点半还是两点,你们看。"

小刘说:"春天人懒洋洋的,要打个中觉的,两点吧。"

下午两点钟,老郭准时到了,可是等了二十分钟,张科长和小刘还未到。老郭想张科长大概有什么事牵住了,小刘也可能睡过了头,老郭就一个人先到

3 号宅子去。

老郭进了 3 号，径直往后进去，那位老人，和上午一个样子，坐在门前走廊的椅子上，眼睛半开半闭，神情麻木。

老郭上前，尊敬地叫了一声："老人家，你好啊。"老人睁开眼睛，看看老郭，说："你是谁？"

老郭大声说："我姓郭，是区里的……"老人说："你做什么？"

老郭说："找蓬莱古井。"老人说："什么？"

老郭凑在老人耳朵上又大声说了一遍，这回老人听清了，问："找古井做什么？"

老人这一问，老郭倒答不上来了，找古井做什么，老郭觉得不是三言两语说得清的，再说老郭他自己也说不出个因为所以来。老郭不好回答，同时他心里有点泄气，他叹了一口气，准备走了。

这时候老人却突然开口说："古井，你是不是说那个会冒出奇景的古井。"

老郭一听，连忙回过来，说："是呀是呀，老人家，你听说过吗，蓬莱古井。"

老人说："我不是听说过，我是亲眼看见的，井里升出来的景，比拙政园的景还好看呢。"

老郭看老人脸上有一种"神往"的表情。他连忙握着老人一只手，说："老人家，你亲眼见井里有幻景出现吗？"

老人很骄傲地点头。老郭问："什么时候？"

老人想了一想．说："是光绪二十一年，我还是个十来岁的小孩子呢。"

老郭在心里算了一下，发现老人说的时间有差错。老人八十九岁，应该是 1902 年出生的，他十岁时，该是在 1912 年左右，已经是民国了，怎么会在光绪年间呢？老郭想问问清楚，但转念一想，也许老人记错了时候，人上了年纪，这种错误是很正常的。所以老郭并没有去纠正老人的错误，只是追问："老人家，那古井在什么地方？"

老人指指天井东边的一间小屋。

老郭正要继续问，就见张科长和小刘进来了。老郭连忙把老人的话告诉他们，他们听了，也很高兴，张科长连忙问老人，那间小屋是不是他家的。

老人听不清，老郭又问了一遍，老人听清了，摇摇头，指指另一家人家。

那家没有人在家。张科长想再问一问老人他们什么时候回来，老人已经闭上了眼睛，他们只好到前边的人家去问，说是大约在下午四点左右有人回来，又问清了这家姓杨，他们决定等一等。

到四点钟，杨姓人家的主妇下班回来，听说普查组要到她家小屋里找古井，脸色马上沉下来。说："哪个烂舌头的，瞎说，我们家屋里没有井。"

张科长说："有没有，我们进去看看，就知道了。"

那主妇说："为什么要让你们进去看，我怎么知道你们是强盗还是土匪？"

小刘过来说："不让看也可以，不过有明文规定，任何人不许破坏文物，如果损坏文物，轻则罚款，重则判刑。"

杨家主妇"哼哼"两声，却开了那扇门，说："看吧看吧，有什么好看的，一口破井。"

果然在小屋里有一口井，井圈很小，也没有什么特别的地方；朝下看看，黑咕隆咚的。张科长他们在井圈上找了一遍，找到几个已经模糊的古体字，三个人谁也认不出这是什么字。

张科长说："人不可貌相，井也是这样的，很可能这就是蓬莱古井，关键是这几个字，要是能看出来就好了。"

老郭说："区里有没有懂这一行的？"

张科长想了想，说："区里几个人，我有数，恐怕没有这方面的人才，看起来，只有到市文管会去请人了。"

老郭说："那就快去请呀。"

张科长说："明天我局里有会，抽不出身到文管会去。"他一边说一边朝小刘看。

小刘说："文管会的大门朝东朝西我还不知道呢。"老郭说："我去好了。"

隔日老郭到了市文管会，文管会的人一听说发现了蓬莱古井，都很感兴趣。他们告诉老郭，这蓬莱古井，是一个多年未决的谜，如果这一次真的查实了，那是一件很了不起的大事。

当即就有两位老同志带了些许用具跟老郭往长洲街去。一路上，老郭和他们聊聊，说起文管会的现状，那两位老同志走得有些气喘，都感叹青黄不接，说文管会很需要新生力量，可惜总是争取不到，人事部门好像不把他们当回事。

老郭听他们这样说，也不好插嘴。文管会的人到长洲街看到了那口井，当然他们一时也不能肯定这就是蓬莱古井，就叫老郭到居委会借了一辆车，在杨家主妇的怨声中，把井圈拖了回去。

这天老郭回家情绪很好，他把事情的经过跟老婆说了，还说到文管会一帮全是老头，走几步路就喘气什么的。老婆一听就跳了起来，说他是猪脑袋。

老郭不明白哪里又错了，老婆指点说："人家已经说到这地方，这样好的机会，你为什么不会顺水推舟，开个口，你忘了自己还有一个等分配的女儿。"

老郭被老婆一提醒，倒有些动心，如果女儿分配到文管会，那倒是一个不错的单位，可以做学问，也比较安逸，但是只凭这一点点的关系，就叫他到文管会去开口，老郭很为难。老郭想我下一次要见机行事，不能错过良机。

过了几天，文管会那边还没有消息。张科长叫老郭再去一趟，老郭去了，那边一见老郭，都说，你来得正好，正要找你们呢，井圈上这几个字，正是"蓬莱古井"，我们正要组织人马过去呢。

然后又说到人手太少，抽不出人来等等。

老郭听他们这样说，心里就很紧张，他觉得手心里汗津津的，他们继续叹苦经，一起向文管会的主任抱怨，老郭听主任说："我知道我知道，今年要进人的。"

老郭心里一阵比一阵发紧，他鼓足了勇气，站在主任背后，说："我，我女儿……"主任回头朝老郭看，说："什么？"

老郭头上冒出了汗来，他顿了好一会儿，终于说："我女儿，职大中文系的，今年毕业。"主任"嗯"了一声。

老郭见他们没有领会他的意思，他想我一定要抓住这个机会，所以又说："现在大学毕业，都是自己联系单位的，我女儿她对文管会的工作，是比较喜欢的……"

老郭的话已经说得很明白了，但主任好像听不懂老郭的话，其他人也看着老郭发愣，他们眼中的神色，叫老郭捉摸不透，好像老郭说错了什么话。

老郭喃喃地说："我，我说了什么……"

主任说："你说什么？"

随即主任和大家一起笑起来。

　　后来一位中年的同志告诉老郭，要进文管会的人，排着长队呢，主任那里，名单已经开了一长串，都是有路子来的。

　　老郭"啊"了一声，心里就很难受，他很后悔，他觉得自己太冒昧了。老郭有点闷闷不乐，但后来想想也就想通了，不知者不罪。

　　经过文管会和有关单位的反复考证查实，再加上一些老人的回忆，基本确定长洲街3号的井即苏州城中著名的蓬莱古井。史志上，有许多关于蓬莱古井的记载，大体是说此井常有幻景浮出，有吉祥之气。

　　确定了长洲街3号的井是蓬莱古井，就要定为国家保护文物，至于定为几级，专家们尚未得出一致的结论。报批也还有一段时间，但准备工作要先做起来。

　　既是国家保护文物，这口井就不能再放在普通人家的屋里，首先要动员住户拆房子，拆房的损失，自然由国家政府承担。

　　但是政府能承担的，只是拿出一些钱来补贴，却拿不出一寸地方来，住户当然不愿意。事情弄得很僵，文管会希望区里多做工作，区里把责任交给普查组。张科长就有点意见，他认为这事情超出了他们的工作范围，可是在领导面前他不能这么说，领导也有领导的难处，大家都应该互相体谅互相支持。张科长接受难题，他尽量动员老郭和小刘多做工作。

　　小刘认为他不适合去做工作，因为他自己还没有想通，小刘说如果是我也是不肯拆房子的，现在是一寸住房一寸金，叫人家拆了房子，赔几百块钱，当然想不通。再说小刘还有一层想不通的，他不明白这种破井保护起来做什么。

　　老郭不这样想，他认为对于文物，不能一般对待，一切要为它让路，保护文物的意义是很大很大的。

　　既然老郭的认识比较高，动员拆房工作就以老郭为主，老郭也是义不容辞的。

　　因为杨家的人白天不在家，只有下班后才有人，老郭就等他们下了班才上门去。人家下班回来，已十分疲惫，又要忙家务，旁边有个人不停地唠叨，是谁谁也烦，杨家的女人就不客气地叫老郭出去。杨家的男人说："你随他去讲，一只耳朵进，一只耳朵出。"女人说："我烦不过。"

　　老郭说："我是代表区里来的，我又不是自己来的。"

　　杨家男人说："其实你再说也没有用，房子我们是肯定不拆的。"老郭说：

"居委会说你们的这间房，本来就是违章建筑，本来就应该拆。"

那男人说："是呀，是违章建筑，可是长洲街上哪一家没有违章建筑，他们都拆了，我当然也拆。"

老郭就说不出话来，站在那里，自己也觉得没趣。

老郭回家，灰溜溜的，提不起精神来，老婆见了，就要追问他女儿的事情，老郭说："你还问呢，都是听了你的话，叫我碰了一鼻子灰。"老婆说："怎么，不是你自己说的，那边要人，要不到……"

老郭说："你不懂。"一边连声叹气，一脸的晦气，这时候他就听见女儿在一边"咯咯"地笑，老郭老婆说："你笑什么？"

女儿还是笑。

老郭老婆说："还笑呢，自己的事情，也不见你急。"

女儿笑着说："什么呀？"

老郭看见女儿，说："我对不起你，我没有本事，本是想把你弄进文管会的，可是……"女儿笑得弯了腰，说："什么呀，叫谁去文管会？谁要进文管会呀，谁要去抱死人骷髅头啊。"老郭老婆生气地说："你这个孩子，怎么这样，这也不好，那也不好，你要到哪里去？你这个爸爸，一点花露水也没有，看你怎么办。"

女儿说："我到哪里去，早已经停当了，不要你们操心。"

老郭和老婆先是一愣，随即一起问："什么，停当了？在哪里？"

女儿得意地说："雅新大酒店。"

老郭和老婆又愣住了，过了一会儿，老郭老婆说："你怎么到那种地方去，你去做什么？"

女儿说："做服务生呀，我是考进去的，跟你们说，我的成绩很好，总经理专门和我面谈呢。"

老郭老婆说："你做服务员啊，你是大学生，帮人家倒痰盂，洗马桶啊……"

女儿笑起来，说："我情愿，你管我呢。"

老郭和老婆面面相觑，说不出话来。

下一日老郭再去长洲街3号杨家做工作，杨家的人见了他，也已经习惯了，杨家男人叹口气，摇头说："你这位老同志，你先要把事情弄弄清，你怎么吃准这口井就是什么古井呢？"

老郭说："文管会的人说的，不会错，我相信。"

杨家男人说："我说不是，你为什么不相信呢？"

老郭张了张嘴，他一眼看见走廊上坐着的那位老人，就说："你问这位老先生，他看见过的，井里面出幻景的，是不是，老人家？"那老人说："什么？"

老郭说："井，蓬莱古井。"

老人又说："井，哪里有井？"

老郭说："咦，你上次不是告诉我……"

老人看看老郭，就闭目养神了。老郭想，人上了年纪，就是健忘。

老郭正要和杨家的人再说什么，张科长来了，把老郭叫出来，张科长告诉老郭，说有一件很奇怪的事情，在另外一个区的某一条街上，也发现了蓬莱古井，是那一个区地名普查组查到的。老郭不相信，说："怎么会？"

张科长说："市文管会已经组织力量到那边去了，这边拆房子的事可以缓一缓了。"

老郭"哦"了一声，好像轻松了一些，又好像有些失落。

张科长说："我们继续做我们的事，蓬莱古井的事，等他们弄清了，再说吧。"

老郭说："好吧。"

以后他们就正常工作，长洲街居委会这一带除了蓬莱古井，其他没有什么重点了，所以很快就结束了，三个人相约了下一天到小粉桥居委会碰面。

这天夜里，老郭翻了一会儿区志，觉得有点累，就早早地睡了，临睡时他想，这才完成了一条街，全区共有五百多条街巷，还有很多工作要做呢。

# 老人角

## 一

三角井是南方小镇杨湾镇上一个普通的地名。

关于三角井这地方从前是不是有一口水井，这是肯定的。

三角井后来被填了，三角井就不再是一口水井，而是一个地名了，它的意义就像德寿坊、庙堂巷、郎中里这样的名字一样，不过代表着某一条街巷而已。

由于三角井被填没的年代已经比较久远，所以关于填没三角井的原因，在三角井附近一带的居民中，只有三个人能够回忆起来，这三个人的年纪都在七十岁以上。

三个老人讲起三角井被填没的原因，他们说法不能统一，当然也可能根本就不必要统一。关于三角井填没的原因实在并不重要，事实上，作为水井的三角井现在已经不复存在。

三角井的井圈是一个三角形的石圈，这就稍微有一点特殊。一般的井圈有正方形、圆形、六角形、八角形，三角形的井圈并不常见，即使是在杨湾这样河浜纵横、水井遍布的水乡小镇，有三角形井圈的水井也只此一个。

三角井因为被填没而不再是一口水井，但是三角井的三角形的井圈却没有丢失，这个凿有佛像的石井圈现在放在陆莆民先生的院子里。

从前陆师母活着的时候，在院子里堆放许多杂物，那个井圈常常被掩盖了，没有人在意。这个井圈除了它的三角形状比较少见，其他好像并没有什么引人注目的价值。陆师母在一年前去世之后，这些杂物仍然堆放在院子里。

属于陆苒民先生的私房总共有三间一院落。在从前讲起来，三间一院落只不过是中层偏下家庭的住宅规模。陆先生的家庭从前是很好的，陆先生的祖父据说是做官的，家里有很大的房子，但是陆家家大业大，小辈子孙很多，仅仅陆苒民这一辈上的男丁，就有十三人。所以房子分到各人名下，就见数了，在陆苒民这里，有三间一院落，也算是不错了。陆苒民和陆师母没有小辈，陆师母在世时，老夫老妻日子总算是舒适安逸的，后来陆师母去世了，陆先生如果一个人住三间房子，这不仅浪费，而且陆先生一个人住也很冷清，所以他要把房子租出去。

杨湾镇上的老汤听说了这件事，他就来找陆先生要求租房。

陆先生和老汤也是熟识的。陆先生认识老汤，是老汤在镇上民政科的时候，那一年陆先生落实政策，有几件事不好落实，求到老汤，老汤帮助陆先生找过不少人，想了不少办法，还是没有办成，陆先生后来也就不再找老汤了。老汤觉得不好交代，专门到陆先生家去了一次，陆先生说，你不要放在心上，我晓得你是尽心尽力的，有这一句话，老汤也就宽心了。那一天老汤正和陆先生说话，陆师母走进来，脸色很不好看，没头没脑就抱怨陆先生什么，老汤知趣地告辞了，他出了门，听见陆先生说："你不认识了？他是镇上的老汤。"

陆师母说："我知道他是老汤，上次托他的事情，托个王伯伯，一点用也没有，你看这个人的样子就不像个有本事的人。"

老汤听了陆师母的话，并不觉得冤枉，他从来是承认自己没有本事的，他只是觉得陆师母这个人和陆先生不大般配，陆先生是很懂礼的。陆先生从前家境很好，从小能够吟诗作画，文章书法也都是很好的。陆先生一生大部分时间不做什么工作，养养鸟，种种花，下下棋，吊吊嗓子，俗称白相人。陆先生最得意的是唱昆曲，自称昆曲票友。实际上陆先生的水平，还达不到票友的水平，只不过业余哼哼而已，上台演出是不行的。陆先生为人温文儒雅，这和他喜爱昆曲不知是不是有一点关系，或者反过来说，正是因为陆先生为人温文儒雅，才会喜欢上古老而典雅的昆腔。

相比之下，陆师母就显得粗俗了点，当然这是老汤的想法。老汤并不知道，陆师母原是一个旧学很好的大家闺秀呢。

　　陆师母粗俗无知也好，知书达理也好，陆师母现在已经去世了，老汤不会记恨什么的，即使陆师母还活在世上，老汤也不会跟她计较的。

　　老汤跟谁都不计较的。他在杨湾镇上做了几十年的工作，也没有人提拔他做干部。老汤并不计较，几十年他做过好几个科的工作，民政科、文教科、宣传科、计划科，当然老汤都是做助理工作的，成立老干部科的时候，大家又想到了他。

　　和杨湾相同等级的乡镇，是没有什么老干部科的。但是杨湾有一点特殊，杨湾是一处古地，从前说是人杰地灵，人文荟萃，在杨湾这地方出去当干部的人很多，现在干部老了，离休退休，回家乡居住，家乡的政府，关心照顾，这是理所当然的事。

　　但是问题在于老干部科除了一块牌子，其他什么也没有，这一点老汤是明白的，老干部科的负责人是镇上的组织委员兼的，所有具体的事情都由老汤做，所以老汤先要找到一块落脚之地。

　　老汤走进陆先生家的院子，陆先生坐在小竹椅上。

　　老汤招呼他："陆先生，你早。"

　　陆先生看看老汤，他有点认不出老汤了，后来看到老汤眯着眼睛笑，才想起来他是老汤。

　　陆先生说："是老汤，长远不见你了，你好吧。"

　　老汤说："我来看看房子。"

　　陆先生说："什么房子？"

　　老汤说："你的房子呀，你不是要出租吗？是这两间吧。"

　　陆先生看看老汤："你没有房子住啊？"

　　老汤说："不是我租，我是帮镇上租，公家租的。"

　　陆先生不说话。

　　老汤说："房子倒是蛮合适，不知价钱怎样，虽是公家租，房钱也不能太贵，你说是不是？陆先生，你开价吧，多少钱？"

　　陆先生又看看老汤，说："租房子，我不晓得，你去找陆慧君，她关照的。"

　　陆慧君是陆先生的侄女，陆先生老了，由陆慧君来做陆先生的代理人，这也是应该的。老汤走出去的时候，他想陆先生老得真快。

前几年老汤来的时候，陆先生这里还是鸟语花香，现在没有鸟又没有花，这是不是因为陆师母去世了呢。

老汤不知道。

## 二

几个年轻人跟着老汤拖来一些桌椅板凳，他们放下东西就走了，留下老汤一个人扫地抹灰。

陆先生仍然坐在小竹椅上，看老汤忙得一头汗，陆先生叹口气，说："老汤，你真有力气。"

老汤笑笑，说："我是做惯的。"

陆先生说："你也真是要做。"

老汤说："我不做身上会难过的。"

停顿了一会儿，陆先生说："听你的口音，不像是这边的人。"

老汤说："我是苏北人。"

陆先生"噢"了一声，过了一会儿又问："你苏北怎么跑到这边来了。"

老汤说："我是跟部队过来的。"

陆先生说："你是部队的？什么部队？"

老汤说："是解放军部队，我参军的时候，只有十四岁呢，喏，你看我额头上的疤痕，给子弹打的，小命也吓掉了。"

陆先生想了一想，说："你是老革命。"

老汤"嘿嘿"一笑，说："什么老革命呀，我又不识字，不会的。"

陆先生点了点头。

老汤忙了一阵，他要把台子椅子都放好，排好，这是给老革命来搓麻将、打扑克、下棋的，隔壁的小间，准备用来作锻炼身体的地方，现在什么也没有，空空荡荡，只是在周围放了一圈凳子。

老汤做好这些事情，走到院子里看见陆先生仍然那样坐着，老汤说："陆先生，听说你唱戏很拿手的。"

陆先生说："长远不唱了，吊不起来了，我来试试看。"陆先生一边说一边就站起来，清清嗓子，唱道：

>……没揣菱花，偷人半面，迤逗的……

这是《牡丹亭》里的句子，清丽婉约，可惜唱了半句就卡住了。

老汤差一点笑起来，他说："陆先生，你中气不足了，我来吊吊看，我是喜欢锡剧的。"

老汤吊了一句：

>叫嫂嫂呀，磨子推一推呀……

陆先生很好笑，说："老汤你省省吧，你是公鸡嗓子，不来事的。"

老汤笑着说："我晓得我是公鸡嗓子，不来事。陆先生你是有本事的，你练一练么，往后老干部来活动，大家一起唱唱，也很有意思的。"

陆先生摇摇头说："唱不出味道来了。"

老汤说："你不要泄气呀，人家八十岁学吹打呢，我还想拜你做师傅呢。"

陆先生说："老汤你说笑话了。"

到了下午，杨湾镇上的刘委员和几个干部过来了，带来一块"杨湾镇老干部活动室"的牌子，挂在大门口。

老汤问刘委员："要不要放鞭炮？"

刘委员说："不要，又不是开店，放什么鞭炮。"

老汤也没有说什么。

挂了牌子，几个人就进屋坐下来研究。老汤没有进去参加研究，他看见那些堆放在院子里的杂物，他在想是不是把这些东西清理一下，所以他朝陆先生看看。

陆先生说："这还是她在世的时候弄的，你要清就清一下吧。"

老汤就开始清理这些杂物，他把杂物弄开，就看见了三角井的井圈。老汤并没有很在意，他好像记得什么时候见过这个井圈的，但是现在想不起来了。老汤把井圈挪了一个地方，井圈很重，但老汤是做惯了的，这点分量他不在乎。

老汤挪开井圈，发现下面有许多烂虫，这里的人叫作西瓜虫的，老汤把虫踩死，他把井圈放在一个比较理想的位置上，这时候，刘委员在屋里喊老汤进去。

老汤进去了，一会儿就出来，手里拿着一叠写着毛笔字的纸和一瓶糨糊。他告诉陆先生他要去张贴这张纸，陆先生看看，纸上写着"老干部气功学习班"，"欢迎各界老同志参加"等等。

老汤临出门，说："陆先生，你近水楼台，你也可以参加气功学习班，练练气功，对身体有好处的。"

陆先生说："不想动了。"

老汤一边说："还是动一动的好。"一边走出去。

气功学习班很受欢迎，第二天就有不少人来报名，老汤很高兴，奔前奔后，还叫报名的人回去再动员亲朋好友来参加。

刘委员在一边说："老汤，掌握一点，人太多了一房间挤不下的。"

老汤说："不要紧的，里面挤不下，可以在院子里听。"

刘委员说："离休老干部只有一个人，王主任。"

其他都是一些退休的老工人、老教师等，因为告示上写了欢迎各界老同志参加，他们都来报名。刘委员虽然觉得有点本末倒置，喧宾夺主，但是又不能不许人家参加，再说老干部只有一个人，一个人不见得能办一个学习班。

陆先生经过老汤再三动员也报了名。

开学那天，很热闹，不光来学气功的老人很多，三角井一带也有不少人来看热闹。

气功师是通过县体委请来的，大家十分崇敬。老是听说气功很神，都没有亲眼见过。气功师开始讲课的时候，老汤在外面维持秩序，不让小孩子在门口吵闹。

气功师坐在讲台上，说先发一点功，让大家感受一下，然后再开始讲，也就是让大家看一看他的本事。

他要大家做好准备，说他发了功以后，身上可能会有感觉啦、痒啦、胀啦什么的。

陆先生等了半天，等不到什么感觉，他侧过脸看看旁边的余老师，余老师也朝他看看，余老师也没有感觉。

他们又等了一会儿，只见气功师入痴入迷，自己却无动于衷。

余老师忍不住对陆先生说："长远不见了，这一腔好吧？"

陆先生说："什么好不好，度度光阴。"

余老师说："还唱唱吗？"

陆先生说："唱不起来了。"

余老师说："棋呢，有没有人来着着棋？"

陆先生说："棋也长远不碰了。"

余老师说："我跟你杀一盘吧。"

陆先生说："走吧。"

两个人穿过学气功的人，走了出来，到陆先生屋里去。

老汤见了他们，连忙跟过来，说："怎么了，不听了？"

陆先生说："碰到老对手，杀一盘。"

老汤说："也好，下棋也是锻炼身体。"

老汤帮他们拿来了棋盘、棋子，就站在一边看他们下。

余老师走一步棋就对老汤看看，再走一步，再看看，老汤不明白为什么。

后来余老师说："我下棋最烦别人在旁边看。"

老汤听了，笑一笑，就走出去了。

老汤在院子里又站了一会儿，听见陆先生和余老师开始一点声音也没有，只有落子的响声，后来有了叽叽咕咕的声音，好像在争论，再后来声音大起来，好像吵架了。

陆先生说："你赖棋。"

余老师说："你这样走是野路子，不合规范，不算数的。"

陆先生说："什么野路子家路子，赢棋就是对路子，输了就是臭棋。"

余老师说："你是臭棋。"

陆先生说："你臭棋。"

老汤怕他们不高兴，想进去劝一劝。可是再一听，吵闹声又没有了，只有落子声，后来他还听见陆先生哼了一句昆曲，很有点味道的。

# 三

唐市长是杨湾人。

唐市长到杨湾来镇上是很重视的，对唐市长的接待是隆重之中又有亲切，唐市长很高兴。

唐市长到杨湾是来视察检查工作的，在谈工作之余，唐市长和杨湾镇领导开玩笑说，叶落归根，我再过一两年要下了，我还是想回杨湾的，你们欢迎不欢迎呀。

杨湾镇的领导说当然欢迎。

唐市长于是郑重其事地询问了一些问题，比如住房、生活水平等。最后镇领导向唐市长汇报杨湾有老干部科，别的乡镇没有的，还有一个老干部活动室，唐市长有兴趣去看一看，唐市长的小车就开到三角井。

唐市长离开杨湾已经有四十年了，他已记不清这里的原样。他们走进陆苒民先生的院子，唐市长第一眼就看见了那个三角井的井圈，这勾起了唐市长的一段回忆。

唐市长是在杨湾解放那一年参加革命的，当时队伍在县城，他就到县城去了，那时候杨湾虽然解放了，但是并没有太平，因为杨湾临近太湖，土匪很多，所以那时队伍除了打仗，还有剿匪任务。唐市长到县城不久，就参加剿匪小分队，又回到了杨湾。

小分队总共只有七个人，夜里派两个人放哨，土匪总是在夜里来。杨湾水路四通八达，两个哨兵是守不住的，所以小分队就叫杨湾镇的群众准备锃锣，土匪一来，就敲锃锣。

有一夜，锣响起来，来报土匪在三角井一带。小分队立即出发，土匪躲进了三角井一家人家的院子里。小分队和土匪因为人枪相当，就形成了一种里面的不敢出来，外面的不敢进去的局面。

到了半夜，小分队派了两个身材矮小、灵活的战士，摸进院子。唐市长便是其中之一，可是他们一进院子，就被发现了，子弹飞过来，唐市长因为是新兵，没有经验，不知往哪里躲，和他一起进院子的战士狠狠地推了他一把，唐市长跌在一个井圈背后，子弹打在井圈上，打飞了，唐市长捡回一条命。

现在唐市长回忆起那一段经历，真是感慨万端，杨湾的干部听唐市长说了，也都一一咋嘴。

唐市长俯下身子去看那个三角形的井圈，井圈上果真有一个弹痕。唐市长很激动，说："喏，你们看。"

大家都俯身去看，纷纷感叹。

唐市长叹了一口气，说："可惜救我的那个战友，以后就失去了联系。"

他记得那是一个苏北籍的战士，入伍好几年了，没有当干部，在小分队里也和新兵唐敏泽一样，而且他还有不少笑话。唐市长记得那时候他还有点看不起他呢。

杨湾镇的干部听唐市长的回忆，觉得很有趣，都笑了。有人问："那你后来再也没有见到过他了？"

唐市长说："不知下落了，从前听人说他留在杨湾了。"

大家又问那人叫什么，唐市长怎么也想不起他的姓名来了，唐市长说："我要是记得起他的姓名，我早就找到他了。我们当时的战友，活着的这几年都碰过面了，但是杨湾剿匪小分队的人活下来的，基本上没有了。"

没名没姓，即使在杨湾也不大好找。

唐市长看镇领导有点为难，就说："我也是随便说说的。我想大概是传错了，他不大可能留在杨湾，我记得他是一九四三年的兵，至少该有地市级了。"

当时的院子是不是这个院子，唐市长记不清了，但三角形的井圈他是记得的，因为是三角形，比较少见，所以他记得很清楚。

这时候陆莘民先生走了出来，唐市长一看到陆先生，愣了一会儿，想起来了，他迎上去对陆先生说："陆先生，还认识我吗？"

陆先生看看他，摇摇头。

杨湾镇的领导说："这是唐市长。"

唐市长说："我是唐敏泽，老唐家的老二呀。"

陆先生仍然有些茫然。

唐市长又说："我正在想当年和土匪打仗，有一次土匪是在你这院子里吧。"

陆先生说："是有一次。"

唐市长笑起来，说："那一次陆先生你吓坏了吧，七八个土匪冲进你家里，你怕不怕？"

陆先生说："我没有怕，好像不是他们冲进来的，是我让他们躲进来的。"

杨湾镇的领导说："陆先生，唐市长说的是土匪。"

陆先生看看唐市长，他说："我晓得是土匪。"

唐市长笑着说："陆先生你怎么会让土匪躲进你的院子里呢？我记得那时候杨湾这里的人都怕土匪的，土匪烧杀抢掠……"

陆先生打断唐市长的话，说："可是土匪从来没有抢过我。"

唐市长又笑了，说："陆先生你真会说笑话。"

大家又说笑了一会儿，唐市长就走了。

唐市长走了以后，老汤来了，刘委员他们几个还在议论，看见老汤，刘委员问他："老汤，你是哪一年当兵的？"

老汤说："我也记不清了，搞不清了，反正我记得还打过日本人，也不知是哪一年。"刘委员说："人家唐市长，一九四九年才入伍，早就当市长了，你这个人啊。"

老汤"嘿嘿"一笑，说："我不来事的，我不识字，从小没有读过书，我家里很穷。"

刘委员说："唐家那时是杨湾的大地主呢。"

过了几天，镇上给老干部活动室拨了些钱，添置了一些东西，大家晓得这和唐市长的视察是有关系的。

后来陆慧君来找老汤，说要增加房钱。老汤说："这个事情不是我做主的，你去跟刘委员说吧。"

陆慧君说："我不认识刘委员，我只晓得找你，你去打听打听，这样两大间房子，人家外面的行情市面，你去赁一赁呀。"

老汤说："你的房子租给公家，你也不吃亏的。我们给你们修了围墙，刷了白粉，院子里还种了花，原来是破样子呀。"

陆慧君说："我不要你弄，我只要原来的破样子，你房钱是要加给我的，不然我要收回房子，自己住住。"

老汤说："不能这样的，陆老师你也是做老师的，你也是讲道理的人。"

陆慧君说："你是说我不讲道理是不是？"

老汤说不过陆慧君，陆慧君做老师的，口才很好。

老汤后来找到刘委员，跟他说了。刘委员看了老汤一眼，说："怎么会呢，不是说好价钱的吗？"

老汤说："我也不明白，怎么又变了。"

刘委员说："不要睬她，我跟你说，这一批机关新房子里，原来没有份的，现在听说打算划两间出来，做老干部活动室。"

老汤听了很高兴。

刘委员又关照说："你先不要讲出去，这种事情要等拿到钥匙才算定了。"

老汤点点头。

在搬进新房子之前，老干部活动室还在陆莆民先生院子时，老汤天天在三角井上班，泡开水，打扫卫生。一日大早老汤走进院子，发现院子里挂了一只鸟笼，陆先生又养鸟了。

老汤走进陆先生的房间，看看陆先生和几个朋友正在谈昆曲。陆先生说："现在的唱法，路子不正宗了，像唱山歌一样，什么腔调呀……"

朋友们也都应声附和，谈起当年昆剧的盛况。

老汤不懂昆曲，但他在一边听着觉得很有意思，老汤想不久就要从陆先生这里搬走，他有点舍不得。

后来老汤走出来做自己的事，他听见陆先生在屋里唱起来：

　　　　原来姹紫嫣红开遍，似这般都付与断井颓垣。良辰美景奈何天，赏心乐事谁家院……

老汤笑了。陆先生唱得真不错，中气很足。老汤挑了一副担子准备去泡开水，刚刚走了两步，就觉得腰里很痛，一时竟直不起腰来。老汤年纪虽然大了，但腰腿一直很好，现在不知怎么会伤了腰，他放下担子，就近在三角井圈上坐下，这时候老汤想起来，大概是那天挪动三角井圈的时候，吃了重，伤了腰。

一

从前太湖发大水的时候，常常要淹没岛上的房子，以后岛上再建造房子，就拣高一点的地势。慢慢地沿湖一带的村落，就从山脚往山腰上移，所以现在李易站在老吴家门口，眺望太湖，这位置真是再合适不过了。

当然山腰的地比不得山脚平坦、开阔，山腰上可立足的地方不大。在老吴家门前，不过一围小篱笆，养些鸡鸭，这也就够了。

李易这时候站在老吴家门前窄地上，现在他有点饿了。

老吴的老伴在做饭，有饭香从灶屋里飘出来。这时候岛上炊烟袅袅，这时候李易如果记起某几句古诗词，比如"倚栏惟见暮山苍""渺空烟四远，是何年，青天坠长星"之类，也是很正常的。李易是师范中文系毕业的，他的肚子里应该有一些诗词。当然事实上李易并没有想起什么古诗词。

李易和竹山岛没有什么关系，他和老吴家也没有什么关系，如果一定要说关系，那就是一种临时性的关系。李易是房客，老吴家是房东。李易在学校放暑假以后，住到竹山岛来，不为别的，只是为了游泳，在太湖里游泳。他坐着班船来，然后在老吴家住下，就这么简单。李易好像没有什么别的爱好，他喜欢游泳，小时候在少年体校游泳队训练，成绩平平。但是他喜欢游泳。现在城里到夏天你就没有游泳的地方，50米×25米或者50米×50米的游泳池当然是有几个，但大家都知道，到游泳池里不是游泳，是泡浑汤水。

　　暑假开始的时候，李易很没趣，这和放假前魏芳的来信无疑是有关系的。魏芳离李易并不远，住的地方和工作单位都不远。小城本来就很小。魏芳其实用不着写信，但是她还是写了这封信，她在信上写道：我妈说我们两个属相相克。

　　这当然是魏芳的托词。魏芳其实根本用不着找什么托词。李易和魏芳谈了几个月的恋爱，互相都没有走进对方的心，这一点不用怀疑，魏芳写信的时候，没有什么大的激动，李易收到这封信，也没有什么大的失望。

　　虽然并不很失望，但开心却是开心不起来了。

　　李易在暑假开始的时候，回想起去年的暑假，那时候还没有魏芳。后来有了魏芳,现在又没有了。李易回想起去年的暑假也是很无聊的。去年的夏天不热，李易就在懒懒的凉意中睡了一个假期，最后就像得了软骨症。

　　可是今年夏天很热，热浪滚滚而来，下午三点钟李易坐在屋檐下，太阳逼迫着他，李易看看天井里那一大缸清水，他一头扎了进去。

　　母亲在屋里叫起来："哎呀，你热昏了，把一缸水糟蹋了。你这个人，就是只顾自己，不顾别人啊。"

　　水缸里的清水是为预防停水而储蓄的，在夏天停水是常有的事，这里的人家都有这样的积水缸。

　　李易把头埋在水里，他听见了母亲的责怪，他认为这没有什么，水脏了再换一缸，这就是解决的办法，简单明了。

　　李易在入水的那一刻，他突然想起了一片大水，他想起了太湖的水。

　　美专那一班学生是在这一年的初春到竹山岛去写生的。本来没有李易的事，他在美专教语文，算副课，和写生无关。李易当时是自己提出来跟到竹山岛去，很受班主任的欢迎。这样李易第一次见到了太湖。

　　李易的头迅速离开了水缸，他作出了一个决定：到太湖去游泳。

　　为了游泳而住到竹山岛来的，并不只是李易一个人，他们大都住在山南沿湖的林子里，李易住在山北。这边只有李易一个人,山北沿湖的浪可能稍大一些。

　　就这样李易和竹山岛的老农民老吴建立了一种临时性的关系。

　　现在李易还不知道老吴是一个什么样的人，当然李易也没有必要去了解老吴是一个什么样的人，他对老吴的直觉是：老吴就是老吴，一个老农民，其他没有什么，这也就够了。

吃晚饭的时候，他们谈了几句话。

老吴问："小李同志，你是教师吧？"

李易说："我在美专教书。"

老吴问："你在教什么书？"

李易解释说："美专，就是学画画的学校。"

老吴说："哦。"

以后就没有话了。

夜里乘凉，李易说："这里蚊子真多。"

老吴说："蚊子欺生。"

李易笑笑说："欺我。"

老吴说："你是画画的吗？"

李易说："我不画画，我在美专教语文，我不会画画。"

老吴说："哦。"

老吴和李易说话的时候，老吴的老伴始终不说话。

李易怕蚊子，上床躲进帐子里去。他在帐子里和老吴说话。

他问："你家里，从前有人来住过吗？"

老吴没有回答。

李易又说："他们都不到这边来，这边浪大一点。"

老吴仍然没有说话。

李易觉得老吴不大想说话，李易就不再问什么，他睡着了。

二

李易中午时躺在湖边的树荫下。湖岸边有一些农民在淘沙，把细沙淘出来，堆在一边，准备造房子用。

老吴也在那里帮忙。

到男人们坐下来抽烟歇歇时，老吴朝李易这边看看，他好像犹豫了一会儿，然后朝李易这里走过来。

李易坐起来，看着老吴油黑的脸，他说："歇一歇吧。"

老吴点点头，在李易身边坐下。

李易和老吴一起望着面前的水。

后来老吴说："你真的不会画画吗？"

李易不明白老吴为什么这样问，是不是老吴觉得李易在美专教书而李易不会画画，这一点老吴不理解，或者老吴认为李易是会画画的，他想向李易讨一幅画。如果李易会画，他会送一幅画给老吴的，这不用怀疑。可是李易确实与绘画无缘。小学美术老师给李易的评语是缺乏立体感，平面的太阳，平面的房子，平面的人，没有立体感。李易对老吴说："我真的不会画。"

老吴说："哦。"

老吴常常说"哦"，李易听不出他的色彩。

过了一会儿，又开始淘沙，老吴就过去了，李易开始做一些准备活动，然后他就下水了。

李易在这一天游出的距离，并没有到达他潜力的顶点，他回头看了一下，已经看不见湖边淘沙的人了，岛当然是能看见。李易不可能游到看不见岛的地方去，这时候李易的一条腿开始抽筋。李易并不惊慌，他是有经验的，在水里他完全能够自助自救，他扳住脚尖放松，然后仰躺在水面上休息。随后他听见了柴油机的"突突"声由远而近，有一条船朝他开来，船上是老吴。

老吴见到李易，神色惶惶地说："你？"

李易说："我怎么？"

老吴说："你是不是腿抽筋了？"

李易奇怪地问："你怎么知道？"

老吴摇摇头说："我不知道，我看到你游远了，怕你出事。"

李易一时间很感动，但他说不出来。

老吴说："你上船吧。"

李易不想上船。

老吴的神色仍是不安，过了一会儿他说："这里淹死过一个人。"

李易问："谁？"

老吴没有回答是谁，他说："你来的那一天正是他的周年忌日，我没敢告诉你。"

李易笑笑。

老吴说："我知道你们不相信。"停了一刻他说，"你上来吧。"

李易爬上船，木板船板被太阳晒得很烫，李易的脚踩上去，吱溜作响。

这一天夜里老吴跟李易说："你来的时候问我有没有人住过我这里，其实是有的，他是个画家。"

李易心里有所触动，一定是老吴和这位画家有过很深切很感人的相交。李易联想起老吴几次问他会不会画画，也就可以理解了。

老吴又说："不过他不是来游泳的。"

李易点点头。

老吴说："他不会游泳。"

这样李易就开始预感到一点什么，他问："他的画很有名吗？"

老吴说："他叫周鹏年。"

如同李易预料的，这是一位很有名的画家。李易虽然自己不通世道，但身在美专，难免耳濡目染，尤其对美术界的名流，略知一二，也是可能的。周鹏年被称为当代画坛怪杰，专攻山水，尤其擅长画水，许多人说看周鹏年的画能听到流水声。李易并未见过周鹏年的真迹，他不大相信这种夸张的说法。

老吴说："他是不是很有名气？"

李易说："是的，可惜死得早了一些。"

老吴说："他就是淹死在这里的。"

李易吃了一惊，他不知道周鹏年是淹死的，当然他更不可能想到周鹏年就淹死在他天天游泳的地方。

李易叹了口气。

远处近处都有蛙鸣，李易听见夜里蛙鸣，他心里有一种说不清的感觉。其实他是中文系的，他应该能够形容出来，是荒凉，是孤寂，是哀伤，是悲切，但他形容不出来。

老吴突然又问了他一遍："你真的不会画画吗？"

无疑老吴希望李易是一位画家，可是李易不是。

老吴说："那你，懂不懂画？"

李易摇摇头，说：“你是不是有什么事，要我办？”

老吴停了半天，说：“我有周鹏年的一张画。”

李易说：“你想请人看看吗？”

老吴说：“我请人看过，不过我不相信。”

李易问：“不相信什么？”

老吴说：“不相信可以卖那样大的价钱。”

李易张了张嘴。

老吴把那幅画拿了出来。

在月光下展开来。

茫茫太湖，湖边站着一个人，面对太湖，背朝画面，两手下垂。李易的第一印象他认为这个人在等待湖水中出现什么，会有什么呢？

李易听见了湖水的声音。

读画有声，李易现在应该承认这个夸张的说法。

他不仅从画上，他还从老吴的眼睛里听到了水声。

## 三

李易在半夜里醒来，他听见有一种很奇怪的声音在夜空中飘荡，他不知道这是什么声音，他想象不出这是什么声音，李易有点心惊。

早晨起来时，老吴出去了，只有老吴的老伴在。他问了一下，并不指望得到什么回答。

李易说：“夜里什么声响？你们听见吗？”

老吴的老伴看了他一眼，说：“是落水鬼在哭。”

李易笑笑。

老吴的老伴也笑笑，这很少见。她说：“你们不相信，其实我们也不相信，其实是风刮了竹叶，竹叶的声响。”

李易回想起来，确实像是风刮竹叶的声音。

李易出门眺望太湖，这一日风平浪静，湖面上白帆点点。站在老吴家门口，太湖尽收眼底。

李易跟老吴的老伴说："你们家这地方，真不错。"

老吴老伴说："是谁叫你到我家住的？"

李易说："没有谁叫我来，我自己在下面看了一下，你们这两间屋位置比较好，我就来了。"

老吴老伴点点头。

李易问老吴老伴："老吴今天到哪里去了？"

老吴老伴说："一大早跟船出去了，到镇上买肉，说你要吃肉，游泳伤元气的，不能跟着我们天天吃素。"

李易心里有点发热，但他却说出了另一句话，他说："从前画家住在你们家，你们相处得好吗？"

老吴老伴说："他在我们家住了五年，是在最苦的时候。"

李易说："临走时他送给你们一幅画？"

老吴老伴说："他没有什么别的东西，他只有画。"

李易相信这一点。

几年以后，周鹏年在画坛上红起来，他给老吴写信，说老吴家如果缺钱用，可以卖他的画。

老吴家永远缺钱，老吴就到文物商店去卖周鹏年的画。

估画的是个年轻的小师傅，他看了画，又看了村里的证明，问老吴："你就是吴龙根？"老吴点头。

又问："画上的'龙根兄'是你吗？"

老吴点头。

再问："周鹏年怎么会送画给你，周鹏年是谁你知道吗？"

老吴说不出话来。

估画的小师傅又看了画，然后问："你真的要卖这画？"老吴点头。

小师傅犹豫了一会儿，伸出一只手展开来。

老吴点头。

然后小师傅开发票，让老吴到取款处取款，老吴发现小师傅多写了一个0。

老吴说："你写错了。"

小师傅看看发票，说："哪里错了？没有错，是五百块。"

老吴一听"五百块"，吓了一跳，一把抓过周鹏年的画，说："我不卖了。"

小师傅看了老吴一眼，说："你等一下。"反身进里边，随后有一个老老师傅和他一起出来。

老师傅出来看过画，问老吴："你怎么样，要多少？"

老吴只是摇头。老师傅说："翻一倍，给一千。"

老吴听说"一千"，拿了画拔腿就走。

李易听了这段故事，想笑，却没有笑出来，他问了一句："真的？"

老吴老伴说："是真的。"

李易相信这是真的。'

老吴老伴说："周鹏年死了以后，那个老师傅追到竹山岛来了。"

李易"哦"了一声。

老吴老伴说："可是这一次老师傅看过画以后，没有说话，就走了。"

李易说："总是有原因的。"

老吴老伴停了一会儿，才说："画不是周鹏年画的。"

李易说："我不相信。"

老吴老伴说："我没有瞎说。"

李易问："你怎么知道？"

老吴老伴说："那一天我追上估画的老师傅，我们实在是急着用钱，老师傅告诉我的，他说，画不是周鹏年画的。"

李易说："你有没有告诉老吴？"

老吴老伴说："我没有告诉他。"

李易松了一口气，过了一会儿，他说："还是不要告诉他，不要让他知道。"

老吴老伴叹了一口气，说："你是个好人。"

李易很惭愧。

## 四

关于周鹏年的画，有两个不同的前提，一是在估画师傅两次看画中间，画被偷梁换柱。

以这个前提为基点，李易有如下的推理，第一种，他认为很可能由于老吴常常很随便地把周鹏年的画拿出来给别人看，而且老吴自己并不懂画，这就让人有了可乘之机。

第二种可能，是周鹏年的学生或者亲属偷换的，因为除非得到周鹏年真传的人，是仿不出这样能够以假乱真的画来的。

第三种可能，是周鹏年自己换的，出于什么原因无法猜测。

另外一个前提就是根本没有发生过偷梁换柱的事件，第一幅画和第二幅画根本是同一幅画，以这个前提为基点，李易又作了一些推理，比如是不是有可能估画师傅水平有限，不识货，或者是不是有可能估画师傅欺老吴不懂画，想敲竹杠等等。

对于这些猜测，李易并不要选择或者确定其中之一，他认为各种推理都有可能性，但又都不很可靠，也许还是让它们并有更好一些。

以后李易在竹山岛的日子里，老吴、老吴老伴和他，他们都没有再提起周鹏年的画。一直到李易快走了，老吴突然说："你回去拜托你个事，你帮我到文物商店找一找那位估画师傅，他姓杨。"

李易愣了一下。

老吴看看李易的脸色，停了一会儿，他说："你是不是听说了这幅画的事情了？是不是听说这幅画不是周鹏年画的？"

李易说："我不相信。"

老吴说："是真的，其实我早就知道了。"

李易看着老吴。

老吴说："我看见他换的。"

李易问："谁？"

老吴说："是周鹏年。"

到底还是画家自己。

画家在离开竹山岛，离开老吴家以后，过了几年，名声大振，但是还常常回到竹山岛来。那一天，画家拿出一幅画来，和送给老吴的那一幅画，一模一样，画家当着老吴的面，把两幅画交换了。老吴很感动，因为老吴知道，原来的那幅画上有一点痕迹，是蜡烛油，现在这一幅很干净。

李易忍不住问："这是什么时候的事？"

老吴神色有点黯淡，说："就是他淹死的前一天晚上。"

李易说："他明明不会游泳，为什么下湖，会不会是——"

老吴说："你想到哪里去了，你以为他是自杀，不是的，他现在苦出头了，多少称心，怎么会自杀。"

那一天，老吴也在湖边淘沙，看见周鹏年要下湖游水，老吴劝过他，他不听。

老吴说："你这把年纪了，学游泳也晚了一点。"

周鹏年说："我不是学游泳，我画了一辈子的水，自己却不会水，真是冤枉，我不学游泳，我只是想下一下水。"

他下去以后，就没有了。

老吴叹息着说："当初他刚来岛上，倒是有过那样的念头，我看出来了，就跟着他，他一下湖，我就拉住了他，可是哪里想到这一次……湖边是很浅的……好人命不长啊。"

李易问："他死了以后，那两幅画怎么样？"

老吴说："他家属来，我就交给他们了，我把两张画一起给他们的，他们要了旧的。"

事情就是这样，好像没有什么要说的了，但是在李易那儿，还有许多不解的地方，比如第二幅画是谁画的，比如周鹏年为什么要换画，比如，老吴是不是真的对画一窍不通，最根本的，在李易心底深处，有这样一种想法，画家的死，是一个未解的谜，既然有不慎溺死的可能，为什么就不会有其他的可能呢？

这些事情，李易都想了一想，都没有答案，他没有再往深里边想，他也不想去找到答案。李易这个人，本来就是不大多费脑筋的。

李易临走的时候，老吴又关照他，不要忘了找估画师傅的事。

李易想了一想，还是问了一句："你是想请他再看一看？"

老吴说："我还是想把画卖了，不管值多少钱，总是钱，我等钱用。"

李易点了点头。

船开动了，这一日有风，水声很大，李易突然又想起了那幅画，那天夜里，他分明从画中听到了这样的水声。这有点奇怪。


李易生长在雨水很多的南方小城，无疑长成了一个细皮嫩肉的小伙子，现在他变得很黑很粗壮。开学的时候，同事们见了他，都说："你怎么啦，怎么这么黑？"

李易笑一笑，说："游泳。"

沧浪之水

沧浪之水清兮可以濯吾缨
沧浪之水浊兮可以濯吾足
　　　　孟子《离娄》


　　从前这地方肯定是没有沧浪巷的，就是现在，这城里的人也未必都晓得沧浪巷。

　　而沧浪亭，却是人人皆知的。

　　所以，大家想，沧浪巷必定是由沧浪亭而来的；沧浪亭，则说是由沧浪之水而来。那么沧浪之水呢，由何而来？

　　没有人晓得沧浪之水。

　　这地方水很多。

　　总是静谧的水漫生出一层雾气，背面的小巷便笼在这雾气之下。

一

　　起了太阳，雾气就散了。

　　太阳照在拐角的时候，苏阿爹便唠唠叨叨地搬出一张破藤椅，搀着苏好婆出来晒太阳。苏好婆是三个月以前中风的，不算严重，头脑还灵清，只是右手右脚不听使唤。

从前都是苏好婆侍候苏阿爹的，现在日子反过来过了。苏阿爹很不适应，况且时已入秋，他的哮喘病眼看着要犯了。

苏阿爹和苏好婆并不是一对夫妻，也不沾亲带故，两个人一世都未婚嫁，老来便成了一对孤老。不晓得是在哪一个冬天，居委会的干部对苏好婆说，你搬到苏阿爹屋里住吧，也好照应着点，他那样喘，就差一口气呢。不久，苏好婆就搬到苏阿爹屋里去住了，其实她比他还大五岁，但她没有病，能做活，能侍候人。苏阿爹可是享了福，并且过得很舒坦，他是有劳保的，苏好婆却没有。

安顿了苏好婆，苏阿爹就带上半导体去泡茶馆了。

茶馆在沧浪亭里。进沧浪亭是要买门票的，从前3分，后来5分，现在3角，有菊展或别的什么展时，就是5角或8角。沧浪亭很小，进去遛一圈只要几分钟。看来如今这钱真不当钱了。

苏阿爹进沧浪亭是不买门票的，他在那里面的绿化队做活，一直到退休。

茶馆面临着一弯池水。水从一个遥远的地方来，绕过沧浪亭，缓缓地注入沧浪巷，又缓缓地走出沧浪巷，流到另一个遥远的地方去。这水有时候很干净，有时候就浑浊了，大家问苏阿爹，他说不出道理，他只能把漂在水面上的东西捞起来，却不晓得水的骨子里是怎么变黑的。

每天，苏阿爹在茶馆里喝茶，自是对着水坐，苏好婆在那个拐角上，也正对着水。

太阳就把苏好婆的血晒活了，苏好婆面孔红扑扑的，她高兴了，就和刘家的媳妇环秀找话说。

"你是福相。"苏好婆重复地说，"你是福相，我一见你面就看出来你是福相……"

环秀盯着睡在童车里的小毛头，甜甜地笑，她晓得自己是福相。苏好婆告诉环秀，她原本也是这城里一户大户人家的小姐，后来家道中落，十三岁便被她那抽大烟的父亲卖给人家做童养媳，圆房之前，她逃走了。

"为什么，那家人家对你不好吗？"环秀问。

苏好婆说不出来，天地良心，那家人家待她可不错。

"你那个男人长得难看吗？"环秀又问。

苏好婆说不出来，那男人也算人模人样的。

那为什么……

苏好婆总是说不出来，她想了又想，想了又想，也没有想清楚，可那一天她毕竟是逃走了。

以后，苏好婆便以帮佣为生，出了东家进西家，一直做到五十多岁，误了自己不说，又渐渐地被人嫌脏嫌不利索了，她就不再住家帮佣，改为替人倒马桶，吆吆喝喝又过了二十年。末了你和苏阿爹做成了一家人家，环秀想。

太阳匆匆地走过去，雾气便又笼过来，苏阿爹一壶茶还没有喝畅呢。

苏好婆的面孔不再红，而有些狰狞了。

"求你桩事。"她的暗淡无光的眼珠散散地看着环秀，"看你闲着也厌气，是不是？"环秀的手扶住童车，甜甜地笑。

苏好婆从身上不知哪一处抠出一块黑布，用一只左手比划了一会儿。

她要做黑纱，活人悼念死人用的。

环秀觉得心里被什么东西拨弄了一下，她没有接那块黑布。

童车里的小毛头突然大声哭起来。小毛头也喜欢太阳，太阳走过去了，小毛头就哭。

都该回家去了。

二

这巷子里造得起楼房的，也只有刘家。

刘家在巷子里造起新楼房，大家眼热，却也服气。那人家，整个儿的一门做煞胚，劳碌命，老夫妻加儿子，办了个私营的小茶场，三更起做，半夜不歇。想歇，那哗哗流进来的钞票也不让你歇。做得刘家门里个个三根筋扛起一个头，任你加营养，也落个吃煞不壮。

一回，医生说了一句刘陵在生育上可能会有些障碍，便拒绝再说第二句。

于是，很快环秀就进门了，环秀一来就粉碎了医生的危言。

环秀给刘家生了一个八斤三两重的儿子，月子里母子俩都给喂得白胖胖。

吃满月酒那天，大家看见环秀，自然是格外丰满、富态。

闹了满月，又是双满月剃头；过了双满月，又祝贺半周岁，以后还有一周岁，两周岁，三周岁……刘家总是有钱，便总是能闹起来。

刘家爷儿仨仍旧是做煞，夜里环秀问刘陵："我怎么办？"

刘陵捏捏环秀的面颊，说："你，在家歇着，有我们三个做，足够了，我们家不缺你那一份。"

环秀就在屋里歇着。

环秀就是愿意舒舒服服地歇着，什么也不做。十岁的时候，环秀的阿爹过世了，环秀就没有歇过，她做的外发活，堆起来有座小山高，她的手指被针尖戳了无数个洞。

妈妈说，你熬吧，熬出头，嫁个好人家，你就享福了。

在这城里，在这周围，便是在她端盘子的那个咖啡店，比她漂亮的姑娘总是满眼晃着，刘陵偏是看中了她，并不等她明白了什么，一切都已经来了。

你是福相。苏好婆说。

你是福相。大家都说。

你是福相。环秀对自己说。可惜妈妈不在了。现在她有空常去看妈妈，她晓得妈妈在那个遥远的地方微笑。

可是不晓得从哪一天起，环秀笑的时候，老是走神，她的眼前总有一块黑布闪过。她告诉刘陵，刘陵好像也懂一些心理学，刘陵说，你恐怕是太闲了，找点活做吧，给小毛头做双鞋。

环秀听刘陵的话，就给小毛头做鞋。她的手工活太好太好，又快，没多少天，她就给小毛头做了一大堆的鞋。刘陵笑她，说养十个小毛头也穿不了这么多的鞋。

巷子里的人晓得环秀会做鞋，就来讨个鞋样回去给小人做，环秀说，别剪样了，你们忙，小人要穿，拣双合脚的，拿去穿吧。

后来，这周围好多人家的小毛头，都穿上了环秀做的鞋。大人们也都心安理得，环秀反正闲着，做双把小毛头的鞋，本来并不费劲，便也不见得有什么感激之情。倒是没要到环秀做的鞋的人家很有些不平了。

有一天，环秀听见公公对婆婆说："我们刘家门里向来只出做煞鬼，不出败家子，不能让她破了这规矩。跟她说，让她在门前摆个摊卖鞋，她要是会做别的，也卖。"

这夜里，刘陵就叫环秀卖鞋。环秀答应了，她从小做惯了各种各样的事，并没有觉得有什么不好。

环秀就在屋门口放了一只竹匾，向街坊邻居和过往行人出卖她的手工，于是，再也没有谁觉得这里面有些什么不平，环秀就维持了大家的心理平衡。

工商大检查那一阵，就把环秀检查出来了，说是无证营业，罚了钱，并且不准她再出卖什么东西。

刘家不在乎那几个罚款，却要争个面子。

工商的人规劝说："你们知足吧，人不可太贪呢，太贪不好呢……"

刘陵说："你这叫什么话？要是人人都知足不贪，这商品经济就死了……"

人家也不计较，说："也好也好，要卖也行，让你老婆单独申报领个执照就行。"

"你说我做不做？"环秀问丈夫，她愿意听他的。

刘陵看看她，第一次没有替她做主："随便你。"

后来他们都睡了。

天亮的时候，环秀在刘陵耳边说："我不做。"

刘陵笑了，捏捏环秀白嫩的面颊："这就对了，我们刘家有三个做煞胚，养得起你。"

其实，何止只是养得起呢，环秀想。

大家走过刘家门前，看见环秀，便有些惋惜地问："不卖了？"

环秀说："不卖了！"

环秀重新天天带着小毛头在拐角上晒太阳，水仍然缓缓地流着。小毛头大起来，吃得多了，屎尿也多，环秀下水洗尿布，失了手，尿布从水上漂走了。环秀站着，静静地看着那不沉的尿布，她不晓得那尿布怎么不沉。

婆婆回来时看见了尿布，便去捞起来，说小毛头的尿布不能随便扔，小毛头夜里会不安逸的。

其实，这个小毛头一直是很乖很安逸的。

三

一水之隔，这背面就僻静多了。

很少有外人到这巷子里来，偶尔闯来了，也是找错了路，问一下便退走了。

只有水，每天都来。

到了冬天，苏阿爹不能去茶馆了，他只有在这拐角的太阳底下，无助地看着水载着枯叶和杂物流去，心里就有说不尽的烦躁。

终于有一天，除了水，又来了一个人。这个人很年轻，也很平常，他走进来，一直走到拐角，便在太阳底下站定了。

苏阿爹狠狠地咳了一阵，待气平了，问他：“你找谁？”这个人并不说话，从口袋里拿出一只黄灿灿的镯子。大家的眼睛被这黄灿灿的颜色吸引住了。

“铜的。”年轻人说，乡音极重。

苏阿爹狠狠地咳起来，那口气很久很久平不下来。手镯自然让他想起那个女人来，他年轻时相好过的一个女人，手镯是他送给她的。她接过去，咬了一下，也说了两个字：“铜的。”

“我能有金的么？”年轻时的苏阿爹苦笑。

“我配戴金的么？”她也笑，但不苦，很平静。

“只怪我太穷了。”苏阿爹叹口气说。

“你不穷，你看管着园林里那么多宝物，你是不穷的。”那女人说。

后来他们分手了，没有什么眷恋，也没有相约什么。

苏阿爹看着手镯，说：“你要做什么？”

年轻人于是又急又快地吐出了一大串外乡土语，没有人听得懂。

“喂，”苏阿爹招呼环秀，“你听听，他说什么？”

环秀是能听懂的，她毕竟年轻，接受能力强，反应快。

“他叫张文星。”环秀说。

后来，张文星就在这里住下了。绿化队给了苏阿爹面子，收张文星做了临时工，他自是很卖力，很专心，因为从此就不再见那些枯叶杂物随水漂来了。

慢慢地这地方的人习惯了他的语言，觉得那口音十分好听，十分逗趣，有意无意之中，便在自己的语言中也夹了些他的语言。

小毛头正牙牙学语，第一次开口，竟说出了那种奇怪的语调，使刘陵大为沮丧，刘家门里自然添了些许不快。环秀就下工夫教小毛头说自己的语言。

苏好婆被太阳晒得血脉奔涌，她对环秀说："你有空就帮我缝吧……"

环秀因为不想替她缝黑纱，总是装作没听见。

苏阿爹不咳的时候总是训斥苏好婆："你见鬼吧，你见鬼吧，老太婆讨人嫌……"张文星有了空闲，也在拐角上晒太阳，他摇着小毛头的童车，唱一支歌，小毛头就睡了。

苏好婆坐在那里总是想活动右手和右腿。

"这水，"张文星看着流水问环秀，"就是沧浪之水么？"

环秀摇头，她不晓得。

张文星又问苏阿爹，苏阿爹也摇头。

"为什么人家都说沧浪之水呢？"张文星好像很想弄明白。

"谁说过沧浪之水呢？"环秀柔和地反问。

张文星愣了好一会儿，终于又问了一句："那么沧浪之水是什么呢？"

没有人晓得沧浪之水。

张文星本来是可以在这里站稳的，他很讨人欢喜。后来却出了一桩事，园林办公室里的现款失窃，数目虽不大，但公安局是立了案的，就怀疑到张文星了，由于没有证据，案子便悬着。

后来又接二连三地出了几桩事，园林里的高档盆景、根雕家具、参展文物相继被盗。于是就推断出是一个团伙，并且有内线，这内线似乎必是张文星了。

沧浪巷就对张文星门户紧闭，苏阿爹便唠唠叨叨地埋怨苏好婆，好像张文星是她的野种。苏好婆绝不申辩，她总是在太阳底下尝试着活动右手和右腿。苏阿爹刻毒地说，老太婆你不要痴心妄想了。苏好婆并没有听见他的话，无声无息地继续着她的努力。

环秀看见张文星愁眉苦脸的样子，就对他笑笑。

张文星便也笑了。

刘陵警告环秀："你防着点那小子，都说是他。"

环秀甜甜地笑，刘陵的心就暖了，踏实了。

案子越缠越大，大家说张文星是个看不见抓不着的精贼，总是没有证据。破案子的人到沧浪巷来调查，刘陵说他看见夜里张文星和另几个人背着东西从那边走过来。

"是从那边过来的？"人家反复问。

"是的。"

"是走到这边来的？"又问。

"是的。"

"后来又到哪里去了？"再问。

"不晓得了……也说不定，这巷子里有人家窝藏赃物……"

最后按证人手印时，他说，这最后一句话不算，是我猜的。

调查便到另一家去进行。

环秀的脸白了，说："你瞎说，你什么也没有看见。"

刘陵笑起来，捏捏她的面颊："没看见其实就是看见了。肯定是他偷的，是祸害就该早一点送走，你敢说不是他偷的么？"

环秀的脸只是白。

但是终究还是没有把张文星抓起来，终究是没有证据，没有确凿的东西。

## 四

先是听见小毛头不停地哭，大家说这小毛头今天怎么不乖呢。后来被小毛头哭恼了，又说环秀怎么也不哄孩子了，环秀哄孩子是很有办法的。再后来听出来小毛头哭狠了，失了声，便有人推门进去看。

环秀根本不在屋里，门却是开着的。

等刘家那三个做煞胚筋疲力尽回转来，小毛头睡了，环秀却不见了。

刘陵愣住了。在那一刻里，刘家老夫妻的嚎叫声响了起来，才晓得屋里的黄货、存折、现款全没了。

"娘 ×！婊子！"刘陵突然破口大骂，"她偷走了，娘 ×！"

小巷很震惊。谁也不相信环秀会做这种事，但每个人的内心又都确认了这个事实。环秀也许是胚子不正，谁晓得她从前在咖啡店里做过什么呢？大家回忆她的甜甜的笑，愈发断定这个女人原来就是很不干净的。

刘家的睡眠向来是很早的，因为要早起做事，所以就得早睡。这一夜，他们仍旧早早地上了床，小毛头也就格外乖。

别人看着刘家高大的没有动静的黑屋，实在不晓得他们睡着了没有。

天亮之前，早起的老人没见着刘家的人，便叹了口气。

突然拐角上有人尖声叫唤起来，"刘陵……"

刘陵正在一个愤怒的梦中挣扎，他被唤醒后，昏头昏脑便直奔拐角去了。

在拐角上，他看见了水，缓缓流过来的水，接着他看见了水上漂浮着的什么，他哆嗦起来，抖得站不住。

水上漂的是环秀。她仰面而卧，面孔上有一丝甜甜的笑，笑得很安详。

水缓缓地从那边滚过来，又缓缓地从这边滚过去，环秀便也缓缓地漂过来，又漂过去。刘陵看呆了，别人推他，他喃喃地说："她怎么不沉……"

很快来了警察，来了警犬，来了法医，很快验证出来。环秀是死后被抛入水中的，是他杀。

大家说，原来，果真，那钱、那黄货不是环秀拿的，环秀是不会做这种事的。

刘陵却说："环秀要是偷了，就不会死了。"

哪有这样说话的，刘陵是乱了脉息了。刘家老夫妻齐齐地瘫倒了，三根筋支持的一个头，再也昂不起来了。

环秀的后事便得由邻里们来相帮了。苏好婆坐在拐角的太阳底下，拿出一块黑布，自言自语地说："本来该是她帮我做的，现在是我来帮她做。"说着，她便一剪刀、一针、一线地缝起黑纱来。

苏阿爹看着苏好婆，总觉得有什么地方不对头，想了半天，他"咦"了一声："你，你的手，你的脚……"

苏好婆没有听见他说话，她专心致志地缝着黑纱，捏住针线的右手和捏住黑纱的左手一样灵巧。

环秀的遗像放大出来，挂在墙上，苏好婆看了说："是个福相。"

苏阿爹"啐"了一口，训斥她："你个死老太婆，热昏啦，老糊涂啦。"

苏好婆坚持说："是个福相。"

杀害环秀的凶手很快就抓到了，是个流窜犯，才十八岁，文弱弱的样子，一张苍白的面孔。

审讯的时候问他："你行窃时被害人发现了你？"

"是的。"他供认不讳。

"她呼救了吗？"

"没有。"

"那你为什么要杀害她？"

他想了一想，说："她太好杀了。"

"什么？"审讯的和记录的都没有听懂。

他又想了想，解释道："她很好杀，我的意思是说，杀她太容易了，她笑眯眯地坐在那里等死。"

"你老实点！"审讯的人愤怒了，拍了一下桌子。

他低了头，但还是想说清楚："真的，真的，我想不到杀一个人竟是这么简单，她……"

"你怎么晓得她家里有钱？"审讯的人从另一方面问。

"我怎么晓得她家里有钱？我怎么晓得她家里有钱……"他若有所思。

"不许耍滑头，老实交代，是不是有内线。"

"内线"两个字自然而然地使他们联想到另一个案子，审讯似乎在另辟蹊径。

杀人犯天真地笑起来："什么呀……"

枪毙杀人犯那天，巷子里的人都去看，回来一致说那大小孩像哪个电影明星。

他们都听见他对执行的人说："天寒地冻的，难为你们了。"

后来就下雪了，他的血洒在雪地上，颜色很艳。

刘家的人没有去看枪毙，他们怕戳心境，刘家老夫妻在屋里躺了一些天，终于又昂起了三根筋支起的头去做活了。他们是劳碌命，不做活是不来事的。

刘陵暂时还不能去做，他还没有给小毛头找到合适的保姆。那一天下雪的时候，小毛头睡了，他就站在拐角上，看那水缓缓地流过来，又流过去，雪下到水里，就没有了。除了水，什么也没有。

刘陵回到屋里，小毛头已经醒了。他给小毛头穿了衣服，就让小毛头自己在屋里玩。过了一会儿，小毛头摇摇晃晃地走过来对他说："爸爸，你看。"

他看见小毛头手里拿着一只黄灿灿的手镯，他的心跳起来，回头就发现大衣橱被小毛头打开了，翻乱了。

他把手镯拿过来，看了又看，他总觉得不是铜的。

他没有对别人说起手镯的事，只是突然想起好些天不见张文星了。大家说，枪毙人那天，见他也在场，后来就没有见着。

刘陵后来终于忍不住带着那只镯子到苏阿爹屋里去了。

苏阿爹坐在床上喘，眼泪鼻涕挂了一脸。苏好婆在侍候他吐痰，捶背，抚胸。苏阿爹一边喘一边说："罪过罪过。"

刘陵没有说什么，悄悄地退了出来。这时候，他突然想到，要给小毛头物色的不应该是一个保姆，而应该是一个妈妈。

真娘亭

一

在白天漫长的时间里，纪苏明就在真娘亭的石条凳那里，泡一杯茶，放一盒烟，悠悠地坐着。

有几个老人在打牌，争上游。单调的重复好像也无所谓输赢。纪苏明总是要去指点林公公，林公公就说："白相白相，不当真的。"

有个人走过来，问大家肯不肯把国库券卖给他。纪苏明认识他。"阿三，"纪苏明说，"你做啥？"

阿三说："不做啥，白相国库券。"

阿三是市面上的一只鼎，什么吃得开，他就白相什么。纪苏明就没有阿三那样潇洒。

到放了夜学，小学生也到真娘亭来胡闹。他们站在石栏杆的外边，把铅币朝真娘的膝盖上掷。真娘是坐着的，很娴静，很端正，所以膝盖上很平整。从前大家都掷铅币，说掷上去的便生儿子，掷不上去便生女儿。小人们对生儿子还是生女儿自是不感兴趣，他们是来输赢的，掷上去的便是赢家，掷不上去的便是输家。

他们一直要闹到大人下班，把他们赶回家去，到那时候，纪苏明也该回去了。

这个小巷子是有点小名气的，就是因为巷子里有一座真娘塑像的真娘亭。

从前大概确实是有虞娘这个人的，而且这个人大概确实是很有点名气的。大家为她塑了像，修了墓，题了诗词，写了历史，说是一个良家出身的歌伎，父母死后被骗堕入青楼，擅长歌舞，名噪一时，但又守身如玉，立志不受污辱，后来因为反抗鸨母压迫投缳自尽。

老百姓是很喜欢真娘的，文人才子便冠以"香魂"。而且这地方，生就的富甲之地，礼仪之邦，素以揖让之容风化天下，所以，这里的贞节牌坊、烈妇墓祠是很多的，塑了像的，也有一些，但都不及真娘的名气。

真娘的像塑成以后，据说原本是没打算放在这条小巷里的，那时大家抬着塑好的真娘像，走到这里，停下来休息，再起身的时候，那塑像便生了根，数十壮汉也抬不动她了，只能将塑像安置于此，后来就又建了真娘亭。于是大家说，可能这里就是真娘的出生之地或者归魂之处呢。

这巷子里的风气，后来就愈发洁净了。

小人们朝真娘的膝盖上掷铅币，并且唱出一串顺口溜：

一双鞋子两个洞，
三个铜板买来的，
四川带来的，
五颜六色的，
七穿八孔的，
究（九）竟是什么，
实（十）在是没有。

纪苏明忍不住笑了，有点现代派的。他小时候也唱过。那时自然是小和尚念经，有嘴无心，不晓得什么现代派。现在他也不晓得现代派。

纪苏明戴一副眼镜，瘦瘦高高，穿一件牛仔服，也是很协调的。这地方风水好，山清水秀，姑娘漂亮，小伙子也秀气，纪苏明大概能算是这里的标准体型。

纪苏明的母亲是小学教师。现在小学里的教师女的多，所以把小孩子都教得有点女气了。

在粗野豪壮的西北风刮过来的时候，大家就说这地方的男人很娘娘腔，这便有些侮辱人了。而大凡温和的人总是比别人宽容些的，总以大肚能容天下难容之事的姿态化解了那些聒噪。

纪苏明以前是图书馆的管理员。在图书馆里做事，纪苏明是很对胃口的，他看了很多的书，他的母亲也很开心。可是，后来纪苏明就觉得厌烦了，看书再也看不进去，他便有点作骨头，不想在图书馆里做事了。纪苏明的母亲说，你这个人看书看得狠了，有点书蠹头了，你要做什么？

纪苏明也不晓得自己要做什么。每天早上上班，他走过大饼店，就买两根油条、一块大饼夹在一起吃，吃得很香。这里的人，早上都吃大饼油条，吃十代二十代人也不厌。纪苏明吃了二十几年，当然也不会吃厌。

纪苏明遇见大饼店的店主老陶，愁眉苦脸地总在告诉大家，大饼店经营不下去了。大家并不把他的话往心里去。所以，大饼店关门的那一天，大家就觉得十分气愤。

老陶被人从被窝里叫出来，他不再苦着脸，却笑嘻嘻地对大家拱一拱手，说："关了关了。"

等大饼油条的人像掐了头的苍蝇，乱转。有人对他说："老陶积积德，还是做大饼油条吧。"

老陶就认真地说，谢谢啥人，盘下大饼店去做吧。大家退了一步。

纪苏明没有动，大家便朝他看，很有点鼓励他的样子。

"盘了什么价？"纪苏明问，他后来被自己的口吻弄得有点不知所措。

老陶却没有惊慌，他伸出一根手指，眼睛亮闪闪地看着纪苏明。纪苏明的母亲拨开几个人走过来说儿子："你有毛病是不是？"纪苏明的脸忽然有点发白。

林公公捧着一只发亮的紫砂壶，走过来，他看看纪苏明和他的母亲，说："不当真的。"

林公公的话，总是有点宿笃气，但纪苏明和他的母亲听了，真没有再说话。

后来纪苏明就辞去了原来的工作，阿三就帮他弄了钱，盘下了大饼店，做小老板。

大饼店便又开张了，日子又继续过下去，大饼油条仍旧很香的，每天吃不厌的。

大家都叫纪苏明纪老板，也叫他小纪，说他的油条氽得脆。纪苏明听了很是鼓舞。后来他又添了些人手，增加了中午的馄饨面条，下午他又做菜包子，还烙萝卜丝饼。

纪苏明在这一块地盘上好像有点红了，于是后来马长军就来了。

马长军戴一副眼镜，和纪苏明一样，也是瘦瘦高高的，他是在税务部门做事的，他来找纪苏明，总是为了税务上的事。

纪苏明不接受马长军对他加税的决定，他不明白为什么老陶那时候就不加税。

马长军笑眯眯地说："你不是扩大经营范围和延长营业时间了么？"

纪苏明解释说："可是你也晓得现在原料上涨了呀……"

马长军点点头，他当然晓得，大家满脑子的煤呀面呀油呀什么呀，就是议价还很难弄到。他说："你不是和阿三熟的么，你不是走了阿三的野路子么？"

纪苏明很奇怪："你怎么晓得？"

他问得也奇怪，马长军怎么不晓得呢？马长军和颜悦色地说："定了啊，就这么定了啊，我们不会欺侮你的，你的利润是不低的，你听听大家都表扬你的。"

纪苏明看看马长军，突然地就走了出去，把马长军一个人甩在屋里。

马长军是不发火的，他是先进。他跟着纪苏明出来，和纪苏明并肩站着，看上去就像一对亲兄弟。

纪苏明说："我不交，前个月支付了五个人的工资，我自己也没有进账，上个月就倒贴了，信不信随你吧。"

马长军仍然是笑眯眯的，他不会发脾气的，他是先进，他是很有耐心的。

"困难是有困难的，大家都有困难的，但税还是要交的，逃税漏税是违法的，小纪你是晓得的。大家都晓得你是正派人。"马长军苦口婆心，仁至义尽。他总是这样，所以他是先进。

马长军理解地宽容地笑笑。

沉默了一会儿，马长军又说："定了啊。这几天就来交了吧，啊？"纪苏明摘下自己的眼镜，擦擦镜片上的灰尘，很难过地说："我真的是亏本了，我不会做老板，你真的不相信？"

马长军递过去一支烟，并且替他点了，笑眯眯地说："真的亏本你还做么，你又没有精神病。"

他口气和缓，态度很好，他是先进，他不发火。

纪苏明的脸就白了，他说话就有点打嗝顿："那，我，我就，不做了……"

马长军就一直耐心地劝他，一直劝到很晚，马长军走了。

第二天，纪苏明的大饼店果真就关门了。他申请停业，在报告批下来之前，就是不做大饼也是要交税的。

马长军就天天来找他。马长军总是很有耐心的。

纪苏明好像也很有耐心，他不做大饼油条，他也不交税。

现在纪苏明就没有事情做了，下午他就在真娘亭那里消闲，这地方没有事做的人，都在这里消闲。纪苏明看老人打牌，看小人胡闹，他心里好像很踏实。

小人们唱着歌谣，终于回家去了，太阳也下山了。马长军又来了，他是下班以后特意绕道过来的，他是先进，他的工作精神是很好的。

纪苏明看见马长军走过来，心里想，他又来谈了，他总是没完没了地谈。

真娘亭近旁的台上，有个男人在杀鸡，鸡叫了一声，菜刀亮闪闪的。

## 二

吴秀这一路总是红灯。她是习以为常的。她不着急，她晓得急是没有用的，就是把心急掉出来，也是迟到。单位里前两年也抓过考勤，迟到的扣钱，后来就不抓了。都想通了，那是芝麻，现在都抓西瓜，办法是很多的，因为病人多，办法就自然会多。

她总是把迟到的时间控制在十五分钟之内。可是前天关了一个大饼店，便一切都乱了。她家里有一对饭来张口衣来伸手的中学生女儿和小学生儿子和一个承包了一片厂的企业家丈夫。他们早上要吃了油条和粥才能出门，去过一天的日子，等到有一天油条突然没有了，他们好像就失去了平衡。

吴秀在另一个比较远的大饼店排了将近一个钟头，买了油条回来，立即遭到全家人的攻击，因为他们要迟到了。

吴秀是贤妻良母,她是很温和的。大家着急的时候,她就说,不着急,慢慢叫。

这个"叫",是这地方的方言,是一个和"地""的"基本同义的助词。

大家就和她寻开心，说外国人有基督教、耶稣教，中国从前佛教、道教，现在又有了一个"慢慢教"。

想想也是的，现在什么事都连在一起，急是没有用的，于是就信"慢慢教"。

这一天吴秀的"慢慢教"形象却因为油条而破坏了，她进门的时候，听见丈夫和小孩攻击她，她就把油条往地上一扔。

丈夫捡起油条先咬了一口，然后说："你怎么学得像个泼妇？"

女儿说："你是我们的晚娘吧？"

吴秀便很惭愧。

她吃了自己的油条，就骑车去上班了。

吴秀一到她的工作环境里，她的心里就平静了，面对那些烦躁的病人，她便觉得自己很轻松。

医生们换白大褂的时候就开始谈话，李医生说了和斩肉师傅吵相骂的事，陈医生说问了一个大闸蟹的价格，吓了一跳，并且被贩子钝了几句，吴秀总是最后说，她说的是关了一片大饼店。

这地方的人早上都吃大饼油条，关掉一片大饼店这个话题比较受欢迎。

大家说现在正正经经规规矩矩的生意人越来越少，大饼油条小本经营，嫌赚头不杀念，都不肯做了，去做倒爷，去坑害别人赚大的。并且一致地认为世风日下，道德沦丧，并十分担忧往后的日子。

陈医生随手翻了一张隔夜的报纸，突然说："好，这样的人来管他们才好。"

大家问报纸上有什么消息，陈医生就念了起来，是一篇通讯，表扬税务干部马长军，介绍怎样以柔克刚，对付偷税漏税的个体户，还登了马长军的相片，吴秀要来看了一下，是很面善的。"唉"，她叹了口气。

有人在门外探了一下头，随即走了进来。吴秀不认识他，但看着有点面熟，很文雅，戴眼镜，瘦瘦高高的，年纪很轻很秀气，很讨人喜欢，像那个马长军。

医生们就被这个人提醒了，该工作了。

吴秀见这个人站在她的面前，就问他："你做啥？"

"看病。"他说。

"病历。"

他从一堆病历中抽出一张，交给吴秀。

"人呢？"吴秀回头看看，又问道，"病人呢？"

他往前挪了一挪，在凳子上坐下来，说："我就是。"

吴秀看了看他，又问："家属呢？"

"家属没有来。"他说。

吴秀愣了一会儿，到广济医院来看病，没有家属陪同，是不多的。吴秀铺好病历，盯着他的眼睛看了一会儿，说："说说你的情况。"他好像很怕难为情，犹豫了半天，他说他近来和别人谈话总是重几个单词：煤、油、面、糖、盐。

吴秀想了一会儿，问他："你是做什么工作的？"

他告诉她是开个体大饼店的。吴秀心里一动。后来她问他是不是感到精神紧张、焦虑，他说是的。

吴秀点点头，对他笑笑，说："不要紧，你没有什么大毛病，吃点药就好了。"

他却摇摇头，口气十分肯定地说："我是精神分裂症。"

"你不要乱想。"吴秀温和地笑笑，然后说，"你是自费吧？这是药方。"

"好了？"他问。

"好了。"吴秀说。

他好像不情愿地站起来，下一个病人的家属便迅速地抢占了那张凳子，并紧张而迅速地向医生陈述起来。那个痴痴的病人则呆立在一边，面孔上看不出什么表情。

吴秀看了第二个病人，又看了第三个第四个，大半个上午过去，她回头时才发现第一个病人坐在墙边一张长椅上，期待地盯着她看。

吴秀心里又跳动了一下，她走过去说："你回家吧，先吃药，吃了药就会好的。"

他看看她。他的眼镜片子上有了一层雾气，他的眼睛躲在雾气里，他说："医生你给我做一做心理分析好吗？"

吴秀坚持说："你回去吧，我开的药，你吃。"

他不作声了，好像在想什么问题，后来他说："我不回去，我住院治疗。"

吴秀笑着摇摇头："你不需要住院。"

"是不是床位紧张？"他问。

"床位比较紧张。"吴秀说了一句实话，一般对病人是不说的，可是对这个人她说了一句实话。接着她又说："不过，主要是因为你不需要住院。"

他很固执，说："我需要住院。"

吴秀终于皱了皱眉头："你，叫你们家里来人。"

他又不说话了。吴秀还有好多病人等着她看，她走回自己的位置，听见他说了一句好像要杀什么的话。

吴秀回头朝他看看，她心里一笑。他没有什么杀气，他很温和，还有点讨人喜欢。

他突然摘下眼镜，让她看见了，他的眼睛，很清澈很坦白的。

"你不会看这种病，是不是？"他说，"你不会是不是？"

说完他就走出去了，没有再回头。

吴秀并不以为然，给精神病患者看病，什么样的都见过。这天吃过夜饭，吴秀问丈夫和女儿，从明天起是不是不吃油条了，改吃其他点心。

他们都有些惊讶。

"肉包子粘牙，肉馅子很小，是臭的。"女儿说。

"米饭饼酸的。"丈夫说。

他们不同意不吃油条，所以油条还是要吃的。

"谁要吃谁去排队，"吴秀说，"我不吃了。"

他们三个互相看看，丈夫先说："我也不吃了。"

女儿和儿子挨个儿说："我也不吃了。"

看上去大家情绪都很低落、沮丧。

"大饼店顶戳气。"女儿说。

"就是。"儿子说。

吴秀想到那个来看病的人，他的眼睛很坦白。她说："也不好全怪人家的，现在开大饼店蚀本的。"

他们三个看看她："你怎么晓得？"

吴秀说起那个病人，他们听着便笑了，笑她相信痴子说的话。吴秀想想也是，并且奇怪，她做了十几年精神科的医生，看过好多精神病人，她的水平是比较高的，她是不会被他们的千奇百怪的表象所欺骗的。

吴秀的心里从此好像起了一层阴影，她不晓得是什么原因，她说不出来。

　　吴秀自然天天要上班的，一切永远都是正常的。她好像在期待那个病人再来，可是却始终没有等到。

　　每天上班，大家仍然交流各种信息，有一天大家讲到了一桩新近发生的杀人案。

　　这城市不大，一桩人命案是能轰动一阵的，况且这一次的杀人，不是常见的奸杀、谋财什么的，而是少见的报复杀人。

　　死的是那位先进马长军，杀人的是一个偷税漏税的个体户。马长军收税，那个人就把他杀了，很残忍。

　　好多好多的人很愤怒，当然是仇恨那个杀人犯，这里的医生也一样。吴秀想起马长军的那张照片，她无法把那张文静、宽厚的脸和一张被砍得像烂抹布一样的脸联系起来。

　　惨案是发生在真娘亭那里，这城里远远近近的人都晓得真娘亭。杀人的人从井台边上借来一把菜刀，菜刀上沾着一点鸡血，他拿菜刀对着马长军的脸就这么砍了一下，那菜刀很锋利，人家是磨了来杀鸡的。马长军就无声无息地倒了下去，然后杀人犯又用菜刀在马长军的脸上砍一下，再砍一下，再砍一下。后来他想把菜刀还给杀鸡的人，杀鸡的人却不在井台上，他把菜刀放在井台边，就走了。

　　真娘就在那里静静地看着她眼前的这一幕。

　　把一个人的脸砍成烂抹布，吴秀不晓得这种人到底有没有。

　　很快杀人犯就被抓住了。吴秀在本市的电视新闻中看到抓获犯人的镜头，到处透明度，新闻也透明度。

　　那个杀人犯的脸暴露在屏幕上，吴秀的心抽搐了一下，她认出来他就是那个病人。警方发言人说，杀人犯对自己的犯罪行为供认不讳。

　　吴秀靠在椅子上长长地出了一口气，她的心里生出了一种犯罪的感觉，她以为是她的失职，她听见他说过要杀什么一类的话，可她没在意，因为精神病人的话是不好相信的。

　　吴秀后来就跑到公安局去，说犯人是精神病患者，她有他的病历记录。

　　他们就问了她一些问题，她淌出汗来，她很紧张，说不清更多的什么。后来他们说，我们要做精神鉴定的，并且记下了她的姓名和工作单位，就让她走了。

她回到家里，她的丈夫也回来了，他和儿子女儿谈着杀人的事。

吴秀有点神魂不宁，她坐下来，浑身软绵绵的。丈夫说："你怎么了，是不是生病了？"吴秀摇摇头，说："那个人是精神分裂症。"

他们都不想听，他们对她的病人已经失去兴趣了，他们继续议论杀人犯。

吴秀又说了一遍："那人是精神分裂症。"

丈夫这才回头问："你说谁？"

"杀人的那个人。"吴秀说了这一句，心里轻松了一点。

父子三人互相看看，突然沮丧起来，一个好人白死了。

"谁说是精神病？"女儿问。

"我说的。我给他看的病，我已经到公安局去讲过了。"

"你——"丈夫盯住她，"你怎么……"吴秀没有说话。

"砍人家脸上几十刀，这种人？"丈夫突然沉重起来，慢吞吞地说，"现在，真是不敢得罪人。"

"可他确实是病人。"吴秀无力地争辩。

"你怎么晓得他不是装的，他可能骗你的。"

这便有点怀疑吴秀的工作能力，不过吴秀没有再说什么。

"他大概是有预谋的，一步一步，计划好的。"女儿说。

"就是，你怎么晓得他不是一个骗子？"儿子问。

吴秀心里有点慌乱，她确实不晓得。

丈夫摇了摇头，叹息着说："我在厂里是得罪了不少人的，我没有对你们说过，还有恐吓信。"

吴秀说："罪过噢。"

不等家里人反应过来，她捂住脸哭了。

三

血流出来的时候，也许是鲜红的，后来凝固了。大家看见的是凝固的血，黑的。

凝固的血应该是紫的，也许那血太浓太浓，可是谁也没有看见那流动的血。

看见那血流动的人，便是杀人犯。

傅玲玲是什么也没有看见，他们不让她看。

从前都说一死百了，其实也不一定。马长军，他一定没有什么死的准备的，他一定是不想死的。

一想起这些，傅玲玲就流眼泪。她的眼泪永远也流不尽，不像他的血，很快就流尽了。

她就在真娘亭里，在他倒下去的那个地方。地上很干净，他们把地上的痕迹都清除了，连一点一滴也没有留下。她终究没有看见那血是红的还是黑的。

总是有人寸步不离地陪着她，使她觉得人家都在关心她，同情她。打牌的老人常常停下来朝她看看。放了夜学的小学生一群群奔过来，远远地站住了，排成一排，看着真娘像，然后其中的一个尖声喊："鬼来了。"大家拔腿便往回跑，傅玲玲心里抖了一抖。这时候就有人告诉她："你看，那个老太婆，走过来，就是他的娘。"

傅玲玲有点紧张，她看过去，一个衰老的人低着头，夹着一个包匆匆地走过来，走近来，傅玲玲看清了她的头发已经花白。

这个苍老的女人走过来的时候，抬头看了一眼，她看见傅玲玲坐在那里，便哆嗦了一下，好像很害怕，回头就走，在路面突起的石子上绊了一下，趔趄着迅速地走远。

傅玲玲只是轻轻地叹息了一声。

第二天她就上班了。

傅玲玲从幼儿师范毕业后就分配在这个幼儿园里做大班学生的老师。那一班小人都很喜爱她，因为她性格温和，从来不骂小人。

傅玲玲来上班，大家都很惊疑。她们已经为她请了一个代课的，可是傅玲玲却来上班了。她们想劝她回去，但看看她的面孔，就没有开口。

小人们平常是必然要叽叽喳喳喊她傅老师早的，可是现在他们挤成一堆，看着她手臂上的黑纱，然后又看她的面孔。他们看她时的目光，使她十分不安，使她有一种错觉，好像她自己就是个罪犯。

大家沉默了半天，后来同事们还是说话了。

"小傅，"他们小心翼翼地试探，"听说是个痴子？"

傅玲玲愣了一会儿，问："谁是痴子？"

他们相互看看，就不作声了。

傅玲玲便追问了一遍："谁是痴子？"

他们又沉默了一会儿，终于说出了那个杀人犯是个痴子，说现在判案子都要做精神鉴定的。

傅玲玲自然是听明白了，却又觉得糊涂。后来就有两个穿制服的人来找傅玲玲，证实了同事的传闻，杀人犯是个精神病患者，所以就免予起诉。

因为免予起诉，这案子就撤了，不成立了，所以办公室里一些封存的遗物就要请傅玲玲去清点、整理。

傅玲玲有点身不由己地跟着他们走。

马长军办公的地方，傅玲玲是去过好多次的。从前她去，她看见小马，就很开心，他们夫妻感情是很好的。

傅玲玲看他们撕开封条，打开办公桌的抽屉，对她做了一个手势，傅玲玲就去接收马长军的遗物。

她在他坐过的椅子上坐下来，愣愣地翻看着他的信件、材料。她有些紧张，有些不安，她不晓得是不是因为那两个穿制服的一直站在她身边的缘故。

"能不能……"她喘口气说，"让我带回去吧。"

他们点点头。傅玲玲就颤颤抖抖地把小马的东西包了，带回家去。夜里她就独自一人回想着和小马认识、相爱到结婚的过程，只有两年，她永远也不会忘记的。后来她就把小马的遗物拿出来看。她在小马的信件材料中，看见一张精神病院的病历卡，她的心就抖动得很厉害，她以为这肯定是那个杀人者的病历卡，小马是不是早就晓得那个人有病呢？她想，小马如果是早晓得的，事情怎么会有这样的结果呢？她看那张病历，病人的姓名却不是那个杀人的人，而是一个陌生的名字，她有点迷惑。那天夜里，她一直迷惑，但后来还是睡着了。

后来过了几天，傅玲玲就到有关部门去了一次，她跟他们说，马长军的事，过去就过去了吧。

被精神病人杀了而要追认烈士，是一件比较难办的事，也有些尴尬，因为这是没有先例的。现在既然家属收回了请求，那就比较顺利，可以召开一个相当规模的追悼会，准备一份评价比较高的悼词。傅玲玲却没有来参加追悼会，四处找不到她，因为会场是租定的，不好延期误期，就准时开了，反正是单位出面，是组织上对死者的安慰，盖棺论定。

　　这一天傅玲玲到医院去做了一个小便化验，化验结果证明她怀孕了。

　　傅玲玲从医院里出来，绕道以到真娘亭那里去了，几个老人在太阳下打牌。她在那里默默地坐了一会儿，起身的时候，她又看见那个衰老的母亲低着头，趔趄着匆匆地走过去。

　　傅玲玲目送她走了。她看看手表，离下班时间还早，她离开了真娘亭，便回幼儿园去上班。

　　虽然是一座民风笃雅的小城，杀人的事也是发生过的，所以事情过去以后，也就过去了。

···记
忆···

　　师娘叫人带口信来，叫周云轩过去望望她，说这一阵她身体不大好，有几句话要对周云轩说。师娘已经有八十岁了，周云轩自己也快七十岁了。日子过得真是快，周云轩是十六岁到先生门上磕头的。

　　一大早，周云轩就过去看望师娘。师父和师娘没有小辈，师父过世以后，师娘一个人过，就请了一个老阿姨相帮烧烧弄弄。开始只是走做，后来师娘年纪更加大了，就叫那个老阿姨住在师娘那里，反正师娘那里房子比较宽敞。

　　周云轩到师娘那里，师娘正在吃白木耳汤，老阿姨也吃一碗。

　　师娘看见周云轩来，就批评他，说："你这一阵忙什么呀，也不过来望望我。"她一边说，一边把碗里的汤全部喝光，看上去胃口蛮好的。老阿姨收拾了碗筷出去洗，师娘就说周云轩现在没有良心，把她忘记了，说她自己是老来苦。周云轩听了半天才插上嘴，他问师娘哪里不适意，要不要吃几帖煎药调理调理。

　　师娘白了他一眼，说："我没有什么毛病，我不吃煎药。"

　　周云轩就不晓得再说什么了，他也猜不出师娘要怎么样，只好立在旁边等师娘再说话。他是天生的不大会讲话的人。那时候先生喜欢他也就是喜欢他的老实，不多嘴，肯用心。他的师父那时候是伤寒名家，于温热病是很有造诣的，所以要想拜他为师的人是很多的。周云轩从师的时候，另外还有两位师兄弟，他的两位师兄弟，就比他会说话。他晓得师娘其实是喜欢他们两个的，师娘喜欢嘴巴甜的人。现在他的这两位师兄弟也都不在人世了。

　　周云轩的两位师兄弟，都是有钱人家的子弟，学医也不过是装装门面罢了，所以学习是不用功的，也不帮先生抄药方，也不随先生出诊看病，倒是在那里拉琴唱戏十分有劲。周云轩和他们不同，他的家境比较贫寒，满了师是要靠这个吃饭的，所以他学习十分用心，先生也肯尽心教他。周云轩学了四年，自己开业，门上就有很多病人了。老阿姨洗了碗进来，她看看周云轩，看他立在旁边十分的尴尬，就对师娘说："你这个人，怎么的，老了，就要作骨头，身体蛮好的，你要叫周先生来，做什么？又不是缺少什么东西，又不是日子过不下去。人家周先生，也是七十岁的人了，大老远赶来，气咻咻的。"

　　师娘说她："你不懂的，你不晓得的，我有话要对他讲的。"

　　其实周云轩也晓得师娘是不会有什么要紧的事情的，也没有什么要紧的话讲，老阿姨也是晓得的，她就有意对师娘说："你说有话讲你又不讲，你是不是怕我听见？你是不是想瞒我呀？你饭呀菜呀屎呀尿呀全是我服侍的，还要瞒我什么呀。"

　　一边说她一边就笑起来。周云轩觉得这个阿姨人是蛮好的，师娘由她照管也是比较合适的。后来周云轩又听师娘说了一些鸡毛蒜皮的小事，师娘就对他说："云轩，你回去吧，我晓得的，你不比我，我是吃了饭没有事情做的，你有事情要做的。"

　　周云轩就告辞了，他走出去的时候听见师娘还在讲："有本事的人，就忙煞，没有本事的人，就闲煞。"

　　周云轩应该说算是比较有本事的人，不过他现在也不很忙，他退休了，医院里每个礼拜有半天专家门诊，他是要去的，那个半天是比较忙的，找他看病的人比较多。他年纪毕竟老了，手脚毕竟慢了，但是别人想起来，做别样事情，老了不中用，可是做医生总是老医生有经验，人家看病，总想要年纪大一点的看，尤其是要周云轩这样的老中医，相信他的人是很多的，所以医院后来就限额挂号。

　　平时周云轩就在家里，有时候有人慕名而来，或是从外地来的，他也为他们诊治，并且不收什么费，因为他是拿退休工资的，不好再另外获取的。有时候找他的人比较多，他也不收费，别人看了就有点可惜，就劝他去领一份执照，并且现在是有新规定的，退休医生自己开业，不影响退休工资的。可是周云轩却不愿意，他看病看了五十几年，看得有点厌了，他很想歇一歇。

周云轩从师娘家里走回去，走了一段路，就累了。路过玄妙观三清殿，他就过来歇一歇脚。

三清殿前面的炉台，是很宽敞的。因为三清殿本身是一座气势宏伟的道观正殿，里面供了三尊威严高大的像，就是三清像。殿前的这个平台，必是要同大殿相配的，所以必是要宽敞一点的。

其实平台不仅宽敞，并且造得十分考究。一律是用大青石筑的台面，石栏杆上都是雕刻了各种石像的，像八骏图，还有过去戏文里的故事什么的，都是雕刻得十分精致、十分活泼的。不过这些雕刻，现在都看不大清楚了，被时光和人磨损掉了。所以尽管说是有吴道子的绘画石刻，有其他什么人的手艺，现在是看不见的了，平台中间有一只铁铸的香炉，烧香的人很多，香炉里的蜡烛，总是不灭的。

清早和黄昏的时候，麻雀在这里跳来跳去，在白天的时候，这个炉台上，总是有许多老人坐在那里。老人在家里无事，就到这里来凑凑热闹，他们喜欢听马路新闻，在家里小辈们是没有闲工夫和老人谈心的。

周云轩偶尔路过到这里来坐一坐，所以他就挑一块人少的地方坐下来。他看见有一群烧香的人走过来，是乡下的老太太老阿姨，她们都是一样的打扮，头上包一条花布头巾，腰里束一条绣花的短围裙，就叫人看出一个地方的民风民俗来。周云轩从前常常到乡下去出诊，开始是跟先生去，后来就自己去，那时候下乡都是坐船的，由病家撑一条船上来，接了先生下去。他在乡下经常看见佩戴青蓬包头荷花兜的妇女，就觉得她们是很清爽相、很讨人喜爱的。

这一群烧香的乡下妇女走过以后，有老人就说："现在倒是乡下人乐惠。"

其他老人都称是，就议论起来。

后来有几个老人过去同周云轩攀谈，说从前没有见过他。周云轩点点头，人家又问了他的姓氏，他说姓周，他们就说："噢，老周。"

周云轩听起来很新鲜，很少有人叫他"老周"，认识他的人都叫他"周先生"。

他们又问了他的年纪，周云轩就报了，还报大了一岁，他也不晓得为什么要报大一岁。他们听了就笑起来："小呢，小呢。"

接下来又问他从前是在哪里做事的，周云轩说是医院里的，是中医，他们都点头称是。

有两个老人后来就走开了，过了一会儿，他们又领过来一个面孔蜡黄蜡黄的老人。

这个人痴呆呆地看着周云轩，气喘吁吁地对他说："听他们说你是做先生的，我这个胸口头一直发闷，透不出气来，你帮我看看，什么名堂，难过煞了。"

周云轩看看他，心里有点烦，停了一会儿，他说："我每个礼拜二下午开门诊，你到医院来吧。"

那个老人撇撇嘴，走开了，周云轩听见他们几个人在议论他："喔哟，还搭架子呢。"

礼拜二下午的专家门诊，周云轩是必定要去的，中内科专家门诊挂三个人的牌子，自然是周云轩的头牌，他倘是不去，那两位撑场面，是比较吃力的。

逢到门诊这一天，周云轩总是要提早一点到的，在门诊室的走廊里，长排凳上，已经坐满了病人。有经常请他看病的人，看见他走进来，面孔上就有了希望，自言自语地说："周先生来了。"

别的人就问，这位周先生怎么样？人家就说你请他看了你就知道了。

周云轩在这里颇受尊重，他当然是开心的，不过有时候，看见另外两位医生桌上的病历只有很少几份，自己面前堆了一大堆，他就叫护士把病历移一点过去，他嘴上说是自己来不及看，其实是想照顾两位同仁的面子。护士就很为难，这些病人大多数是自己指名要周先生看的，倘是不让他们找周先生，他们是要发牢骚的，要骂山门，说专家门诊挂羊头卖狗肉，这样一来，另外两位医生反倒更加失面子，所以后来周先生也就不再提什么建议了。寻他看病的，不管多少，他总归要看光的。

周云轩穿过两排长凳，有好多人对他笑，称他周先生，他就点点头，算是回应他们，他走进门诊室，另两位医生已经先到了，他们总是比他更早一点。看见他进来，他们都要说一声"周先生来了"。他们从前都跟周先生学过，自然是要敬重他的。

护士在整理病历，一一按号排队，排完了，看看时间差不多，就开始喊诊。

周先生接的第一个病人是一位四十多岁的男人，愁眉苦脸，神色灰暗，自诉烦躁、健忘。周先生号了脉，便开方子，病人怀疑自己是神经出了毛病，问周先生。

周先生摇摇头，说："人之神，宅于心，中医上讲起来，心主神明，毛病的根子在于心。"患者又问是不是心脏病。

周先生看看他，晓得这个人根本是不懂中医的，也不屑和他多嘴，只说："你只管吃我的药。"

患者拿着周先生开的方子，又呆呆地站了一会儿，这样快就看好，他很不开心，但后来还是走了出去。

护士又喊下一个病人。

这时候外面走廊上就有一个嗓子沙哑的女人在大声说话，声音传到门诊室里，大家都听见了。

"你这个人，叫你不要出来你偏要出来，煎药谁人不会开呀，乡下赤脚医生也会开的，非要来看什么老中医，谁晓得灵不灵呢。"

周云轩往外面看了一看，他觉得这个大声说话的乡下女人，好像有点面熟，他再看那个被训斥的乡下老太，闭着眼睛坐在长凳上，好像什么也没有听见，周云轩看见她干瘦枯萎的脸，他的心里突然有点发热。

"带你出来，挂个号五块洋钱，什么专家门诊，你倒好，又不想看了，又要回去，你拿我寻开心啊，老糊涂了，作骨头作煞了，这种日子。"乡下女人站在那里，大家都朝她看，她也不在乎。

有人问她："你们是母女，还是婆媳呀？"

她说："亲娘呀，没有办法的事，前世作的孽呀，两个兄弟死人不管，我不弄她，总不见得看她死，有啥办法。"

周云轩觉得心里很乱，好像预感着要发生什么事情，就倒了一杯茶喝，又过了一会儿，他问护士："那个乡下老太太的病历呢，排在哪里？"

护士去翻了一下，说："排在后面，他们刚刚来，差一点就挂不上号了。"周云轩说："你把她的病历提上来，我先给她看。"

护士朝他看看，她有点奇怪，周先生是从来不做这种事的，不管什么人来找周先生看病，都是要排队的，有几次护士自己带了亲友或是熟人来想插队先看，周先生也不给她面子，她是很不高兴的。现在周先生要把这个乡下干瘪老太太提上来先看，护士不由就嘀咕了几声，她是不怕周先生的，周先生反正已经退了休，每个礼拜来一次，病人多，总是叫她当班，每次下班总是很晚，她本来就烦，所以她不怕得罪周先生。不过，护士虽然心里不快活，但还是要服从周先生的。她一边还在嘀嘀咕咕，一边却去拿那个乡下老太太的病历，大声喊："周文宝，进来。"

其他人叫起来："咦，怎么不按号？她们是最后到的，怎么反而先看？"护士说："我怎么晓得？你问医生吧，他关照的。"

也没有人进来问周先生，只是在门外啰啰唆唆说现在是越来越不像话了，医院里也开后门，这种样子，怎么弄得好。

也有人说周先生大概是看这个老太作孽，让她先看了，算了算了，一个人，让她先看吧。

乡下女人听说让她们先看，就笑了起来，一边又说了好多话，说是倘若末班汽车赶不上，要叫老太婆困大马路。

她搀了老太进去，让老太坐在周先生面前的凳子上。周先生看清爽了老太太的面孔，他就觉得自己喉咙口有点发胀，憋了一会儿，他说："你还记得我吗？"

老太太眼睛张开一条缝，看看他，也不点头，她不认得他。她的女儿没有听清周先生讲的什么，连忙问："你说什么？"周先生看老太太眼睛又闭了，叹了口气，回头问她的女儿："你们是周庄人？"

老太太的女儿说："咦，你怎么晓得？噢，你大概看我们着的包头布围身头吧？是呀，我们周庄人是欢喜着这种东西的。"

周先生说："你母亲叫周文宝？她有没有小名？"

乡下女人狐疑地看看周先生："小名，什么小名？城里看毛病还要问小名呀？真是滑稽。"她回头又问老太太："喂，你听见啊，问你有没有小名？"

老太太坐着不动，眼睛也不张开。

女儿对周先生说："你看，就是这种戳脸，死样活气。"

周先生说："她的小名是不是叫三囡？"说出"三囡"两个字的时候，他心里抖了一抖。

老太太的女儿笑起来，笑得很古怪，说："三囡，哼哼，倒蛮好听的，喂，你是不是叫三囡呀？"

老太太始终是一副老样子，好像聋子哑子，好像是一个白痴。后来大家就有点莫名其妙，护士和乡下女人互相看看，又朝周先生看看，护士摇摇头，她也弄不明白周先生吃错了哪帖药。乡下女人就过去拉老太太，说："什么名堂，十三点医生比你还要老糊涂。"另外两位医生看周先生眼睛直定定地盯住乡下老太太看，就问他："周先生，你认识她们？"

周先生叹口气，说："我忘记了，我记不清了。"

人老了，记忆力就差了，这本来也不是什么大事，说过也就算了。可是那个乡下女人却坚决不要周先生给老太太看病，弄得大家为周先生难堪了，周先生挂专家门诊的牌子以来，还没有过这种事，倒是周先生自己想得开，说要出去上趟厕所，请陆医生或张医生代替他给那个老太太看病。

等周先生上了厕所回进来，乡下母女已经走了，他本来是要问老太太的情况的，但想了想，还是没有问，他不说话，他们几个人也就没有再提起她们。


中午周云轩照老规矩是要困一觉的，一觉睡两个钟头，起来泡一杯茶，吃到茶淡了，太阳落山，一日也就过去了。

周先生因为平常保养得比较好，自己又是精通医道的，晓得怎样调理，他的老伴对他的身体亦是十分的关心，防寒防暖，食补食疗，服侍得十分道地，所以周先生的身体，照他七十岁的年纪，应该算是比较健的，五脏六腑没有什么毛病，平时忌大喜大悲，情绪也是比较稳定的，别的老人梦多，周先生梦却不多，他的睡眠很实在。

这一日打中觉的时候，周先生却做了一个梦，他看见玄妙观三清殿炉台上一个面孔蜡黄的老人对他说："周先生，我去了。"

周先生吓了一跳，连忙叫住他，可是他不听，自顾自走了。

周先生后来就醒过来了，看看钟，才睡了几分钟，他翻个身继续睡，却是睡不着了，躺了一会儿，觉得心里乱，他就起来了，套了外套，往外面走。

周师母坐在天井里和隔壁邻居讲闲话，看见他走出来，问他怎么不睡了。

周先生说："我到玄妙观去坐坐。"

天井里的人就笑起来，说周先生真是好胃口，这么远的路，赶过去做什么呀，哪里不好坐，要到那里去坐。

周先生也没有同他们多说什么，就走了出去，他坐了三站公共汽车，下来，又走了一段路，才到玄妙观。

天气很好，三清殿炉台上人很多，周先生走过去，心里希望有人认识他，和他打招呼。可是没有。

他拣了一块地方坐下来，过了一会儿，就有几个人过来和他搭牵，问他的姓名、年纪、以前是做什么的等等。谈了几句，周先生就问他们："那位老先生呢，就是有毛病的那个？"

他们不晓得他问的是哪一个，这地方有毛病的人是不止一个两个的。

周先生就做个样子，说那个人很瘦，面孔蜡黄蜡黄，看上去有七十岁。他们几个人很认真地排起队来，并且相互提醒，一个讲是老丁，一个讲是老苏，一个又说是齐老师。

周先生有点发急，又补充说明这个人穿件很旧的中式罩衫，颜色灰不溜秋，并且一直说自己胸口闷。

他们又认真地想了半天，最后说大概是老马。周先生连忙问："老马呢，他人呢？"

他们就摇头叹气，说老马过世了，又说老马苦命，一世人生没有过一日惬意日子，还有什么什么。后来他们看周先生呆钝钝的样子，就问他是不是老马的亲眷，周先生说不是。

他们几个互相看看，后来对周先生说："不过老周你也不要上心，你要寻的人不一定就是老马，也可能不是老马，你有空多来坐坐，也可能会碰上呢，我们再帮你打听打听。"周先生心想他们说的话是有道理的，他也不好断定那个请他看病他没有帮他看的人就是老马呀，他以后是要常来坐坐，这地方蛮散心的。

这一日下昼周先生回家很晚了，走到巷口，就看见儿子学勤守在那里，巷口还停了一辆小轿车。学勤一看见他，马上跑过来，急吼吼地说："你怎么弄得现在才回来，你到哪里去了？我到玄妙观去找你也没有找到，急煞人了。"

周先生问是不是家里有什么事情。

学勤说："家里会有什么事，是我们局长请你，你是老先生，有名气的嘛，省里有人下来，要你去看病，你倒好，出去逛马路，要紧事情寻不着你的人影子。"

周先生心想我又不是仙人，我怎么晓得省里首长今天要看毛病呀，不过他没有同儿子讲什么，要讲道理，他是讲不过儿子的。

学勤把老头子拉过来，搀进小轿车，对司机说："走吧。"

小轿车就开了。

周先生透过车窗朝外看，看见巷子里有人对小轿车指指戳戳。

小车刚拐上大街，学勤说："车子先到局里接了局长，局长再陪你到宾馆去。"

周先生"嗯"了一声，他因为在这地方是有点小名气的，所以坐了小车子去看病人或是病人坐了小车子上门来的也是经常有的。

学勤又说："到时我不去的，你见了我们局长，不要忘记我上次讲的事，这一次无论如何你要开口的，托了你这么长时间，你一直拖，这一次是好机会，局长会给你面子的。"

周先生心虚地看看司机，学勤却笑起来，说："张师傅和我们，搭得够的。"

小车开得很快，一路顺利，到了局里，接了局长，局长先谢了周先生，然后一起上车走。

周先生就开始考虑怎样开口说儿子托的那件事，想了半天，也不晓得应该怎样开口，车已到了宾馆。

那位首长十分客气，也尊称他为周先生，周先生看了病，开了药方："先吃五帖。"

首长又谢了。

已是吃晚饭的时候了，局长要留下来陪首长吃晚饭，首长邀请周先生一起吃晚饭，周先生连忙摇手。

人家也不勉强他，局长对司机说："小张，你先送周先生回去，你再来。"

周先生这时候想到儿子要他讲的话还没有讲，但现在根本不是开口的时候，人家已同他握手道别了，他只好跟着小张走出来，钻进小车。

一路上，他从反光镜中看到司机很奇怪地对他笑，他不明白为什么。

学勤看见他回来就问："怎么样？"

周先生晓得他不是问看病的事，他尴尬地摇摇头。学勤的面孔马上就变了，问："局长怎么回答你了？"周先生说："没有，是我没有开口，我实在是，实在是不好开口。"

学勤"嗨"了一声，说："你这个人，你这个人，怎么搞的，一个好机会又给你错过了，你这个人，只关心自己，对儿子女儿的事，你是一点也不关心的。"

周师母也说："你呀，死要面子活受罪，儿子又不是叫你去偷去抢，你同局长讲一句话，就这么难呀，所以儿子女儿同你不亲呀，你是不顾怜他们的。"

周先生低了头，他是理亏的，凭良心讲，儿子平常也很少开口求他，他是无论如何应该老面皮开口的，所以他只好听他们母子批评。

学勤动气了，夜饭也不愿意在这边吃，就走了，周师母就抹着眼泪说他们小夫妻正在憋气，儿子说不定也不会回那边的家，说不定就到外边去混一顿了。她一边说，周先生心里就很难过，又怪自己面皮太薄，他说一句话，就关系到儿子小家庭的和睦太平，儿子媳妇的事就是他自己的事呀。

后来他对周师母说："你也不要伤心了，过几日反正要复诊的，局长大概也要去的。"

她不相信他，不再理睬他，整个夜里也没有和他说一句话。周先生觉得自己很孤单，睡在床上就想明天要到玄妙观去坐坐，散散心。

他夜里睡得不好，到半夜就听见滴滴答答下雨了。

这场雨一来就下了三四天，周先生不好到玄妙观去散心，整天关在屋里，十分烦闷。一日有个乡下妇女冒着雨来卖鸡蛋，和天井里的住户讨价还价，争了半天，卖了十只蛋，就走了。

周先生就进屋来对周师母说："我想到乡下去走走。"

周师母没有听懂，问他："去乡下？"

周先生停顿了一下，又说："我要到周庄去。"

"周庄？"周师母想了一想，问，"是不是那个什么水乡故镇，周庄？很远的，要乘船去？"周先生点点头，他在四十年前坐船到过周庄。

"你去做什？"周师母问。

"不做什么，去看看。"

周师母于是盯牢他看了一会儿，皱皱眉头，说："你作死啊。"

这话真是十分粗鲁，周师母原本也是有规有矩的大户人家的小姐，现在也变得俗气了。

# 伏 针

## 一

陈继光针灸科在这个小城里是有一点名气的。陈氏针疗是祖传,从前陈先生上代里的人,都是精于医术的。

因为是针灸科,因为是名医,到陈先生门上来求诊的人很多,尤其是夏天,因为吴门医派是讲究伏针伏疗的。

只是陈先生的地方出脚不大方便,在巷子很深的地方,从巷口往里边去,还要拐两个弯,现在要在街面上租一间门面,每个月是需要一两百块钱的,所以陈先生就在自己家里腾出一间小厢房。陈先生的房子不宽裕,他的儿子女儿还有孙儿孙女都同他住在一起。

天热的时候,朝西的小厢房十分闷热,如果病人很多,陈先生就让家人把病榻抬到大门前的树荫下面去。陈先生家大门前,有一大片树荫,陈先生听他的祖父说,这棵银杏树有五百年了。

丁文秀就是在炎热的夏天来寻求陈先生的。

一个人五官端正,容貌俊秀,突然面瘫,嘴巴眼睛鼻子都歪到一边去,口水涎下来,必定是很丑陋的,必定是觉得不能见人了,必定是要焦虑急躁、四处求医的。

小丁的男朋友在北京工作,他听说小丁病了,就请了事假来,天天陪她去医院。他的脾气很好，他很有耐心。后来不知不觉就超了假，单位里来了电报催他回去。临走时他对她说，不管她变成什么样子，他对她总是和过去一样的。

他去了以后，大概很忙，大概因为超假受了批评，后来就没有再来。

面瘫并不是什么疑难杂症，一般经过一段时间的治疗，基本上是能够恢复的，可是丁文秀在南京的大医院里诊治了很长的时间，一直没有治好。她哭过好多回，后来又在医生面前哭。哭的时候，她说了一句什么话，医生就听出了她的口音。

"你是苏州人？"医生问她。

她点点头。

"我也是。"医生笑起来，"人家听我说普通话，一听就晓得是苏南普通话，洋泾浜。我听你讲普通话，一点也听不出乡音啊。挺面熟的，你是做什么工作的？"

丁文秀想说什么，没有开口。

医生这时候翻翻她的病历，工作单位一栏里写的是"电视台"。

"丁文秀，"医生念着她的名字，想了一会儿，说，"噢，你是节目主持人，是家庭生活节目的，是你吧？"

丁文秀点点头，眼泪就掉下来了。她在电视台主持节目，是很受观众欢迎的。她并不十分漂亮，但是她面善，随时给人一种亲切的感觉，所以大家喜欢她。

医生同情地看看她，后来他就建议她回苏州试一试。他说苏州有些民间老中医，有些祖传针灸，是有一点名堂的。他说她的情况看起来比较特殊，要用特殊的办法治疗。

丁文秀就回家乡来求医了。她从小在这里长大，一直到高中毕业。后来她考上了北京广播学院，又后来她毕业了，分配在南京工作。

丁文秀找到陈先生门上。看见陈先生，她就哭起来，陪她一起来的她的母亲也掉泪。

陈先生看看她的面孔，说："不要紧的，不要紧的。"

丁文秀告诉陈先生，她在南京看过好几家医院，其实她就是不说，陈先生也是晓得的。

找开业医生治病，一般公家是不好报销的，倘不是在公费医疗的医院跑得够了，他们是不会来找开业医生的。现在做开业医生的人不如从前多了，并且现在做开业医生，收门诊费，收治疗费，都是有标准有规定的。说起来医生是要治病救人的，倘是想在病人身上揩点油，沾点光，那就想到歪里去了，是不应该的，也是不允许的。现在做开业医生，收入是很有限的，倘是要做开业医生，就必是要有点后路，有一定经济基础，经济上窘迫的人，要靠这个吃饭过日子的人，总不大好做开业医生的。

陈先生给丁文秀在地谷和颊车两个穴位扎了针。这和别地方的针灸也一样，不过丁文秀没有说出来。

陈先生看见丁文秀出了许多汗，就对她说："你要是热，就到大门前去，那里风凉。"

丁文秀不愿意到外边去。她就坐在小厢房里。下午太阳照过来，十分逼热，不过她不怕热。

后来陈先生到外边去照管其他病人，丁文秀的母亲就跟出去。她对他说："陈先生，求求你，你救救她，她想不开，她老是要寻死路。"陈先生点点头，体谅地说："年纪轻轻，顶要脸面的，碰到这种毛病，是想不开的。"

过二十分钟，拔了针，陈先生就给丁文秀按摩。他告诉她，针灸同推拿按摩结合，是陈氏针疗的特点。

连续医治了两个疗程，二十天，丁文秀的五官就基本复位了，再治一个疗程，十天，就完全恢复了。丁文秀回到电视台，重新上了屏幕，使观众大为振奋。热心的观众对她的替身不很满意，在她治病期间，他们曾经去信询问她退出屏幕的原因，要求她复出。

丁文秀仔细看了自己播音的录像，她还是发现了一点异常，在几句话的间隙，她的一只眼睛稍稍往一边斜了一下，这是过去没有过的。她十分不安地请同事们评判。他们又认真地看了她的录像，最后他们一致认为，这一小小的变异，反倒使她的仪容神态，比从前更亲切，更自然，也更富有魅力了。

小丁的男朋友接到她的信，就从北京赶来向她祝贺，他给她买了鲜花，并且他们很快就谈到了婚事。

到这一年的年底，他们就结婚了。

小丁说婚假回娘家时一定要去看一看陈继光老先生，他当然是十分赞成的。

他们备了一份厚礼送给陈先生。

那一天他们去看陈先生，陈先生仍旧很忙，病人很多，排着队等着。陈先生看见丁文秀和她的丈夫进来，他很开心。

丁文秀对他说："陈先生，真是要谢谢您了，我也不晓得怎么谢您才好。"

丁文秀的丈夫也说："真是要谢谢你的，陈先生。"陈先生笑笑说："你们不要客气。"

丁文秀的眼泪就流下来。她说："不是我们客气，我想想真是的，要是没有您，我这个人不晓得会怎么样呢，我是不会有今天的，您真是我的恩人呀。"

她的丈夫也说是。

陈先生连忙说："不可以这样的，不可以这样的。我们做医生的，就是要帮病人看毛病，看好毛病是应该的，看不好毛病就不应该了。"其他病人都说陈先生医德好。他们后来打听到丁文秀是从南京过来的，他们就对陈先生说："陈先生，你的名气做到外面去了，你看人家南京人也下来寻你呢。"

丁文秀和她的丈夫看陈先生很忙，他们就告辞了。

过了一年，丁文秀就回娘家来过产假，她生下一个漂亮的女儿。丁文秀想女儿长大了她要让她学医。满月以后，丁文秀就抱着女儿到陈先生这里来，让陈先生看一看，陈先生自然是很喜欢的。再过一年，丁文秀又回娘家，抱着女儿去看陈先生，女儿已经会喊陈先生爷爷了。

## 二

陈先生要收一个徒弟，因为陈氏针疗是祖传的，所以陈先生就要把本领传给他的小辈。

陈先生有三个子女，他们都不愿意跟他学医。他们都有自己的工作，虽然说不上怎么好，但每个月都有工资和奖金，他们从前跟着陈先生下放到苏北的乡下去，吃过不少苦头，现在比起来，日子好过得多了。

他们不肯学医，陈先生也不好勉强他们，并且他心里也晓得，他们就是学，恐怕也是学不好的，他们没有一点基础，学针灸是要有十分扎实的内科基础的。

大家都说，现在陈先生的针扎得更加准更加有效，不过陈先生自己晓得，他扎针的时候已经不如从前那样稳当了。

　　陈先生就写了一封信给他的堂房兄弟陈思和，他向他讲了自己的苦恼，问一问陈思和的小辈里，有没有人愿意跟他。

　　陈先生把信寄走以后，他并没有寄予很大的希望。陈思和住在乡下的一个小镇上，他和他已经有很长时间不来往，他想这封信也可能那边收不到的。

　　可是过了不多几天，就有一个年纪轻轻的人来找陈先生。

　　他见了陈先生，就喊了一声"大伯"，然后他说："我是振云呀，我是老三。"

　　陈先生晓得他就是陈思和的儿子。不过从前陈先生看见他的时候，他还抱在手里，现在陈先生一点也不认识他了。

　　陈先生后来就问了他几个问题，都是有关医学上的。陈先生对他的回答比较满意，他看出来振云是有一点根基的。陈先生就有了信心。

　　陈振云曾经在部队里做过三年卫生员，复员回来后在小镇的卫生所里工作。卫生所里医生很多，护士也多，都超编的，所以陈振云就被安排去做勤杂工，他自然是很不情愿的。

　　陈振云就在陈先生家里住下来，跟陈先生学针灸。

　　陈振云来的时候，穿一条裤裆很大的黄军裤，剃的平顶头，很土的样子，别人见陈先生收这样一个徒弟，就有点帮陈先生遗憾。其实陈先生自己心中是有数的，他晓得振云内秀，虽然不敢说他大智若愚，但陈先生看得出振云是可以造就的。

　　振云果真悟性比较好，他学得很快，不出三月，就可以独立诊断病症，明确病机，列出治疗处方，陈先生十分欣慰。

　　陈家原先是一个大家庭，后来陈先生的大儿子结了婚，另开一个小灶，再后来陈先生的女儿也结了婚，又另开一个小灶，加上陈先生和小儿子亚平这里的一灶，家里就开了三份伙仓。陈振云来，自然是和陈先生合一份的。他比较老实，也比较勤快，所以买菜烧饭的事情就由他来做，亚平回来吃现成的，他对振云比较友好。到底是自己人，陈先生的子女和振云都没有什么隔膜的感觉，越来越热络起来，拿他寻寻开心，他也不恼。振云有空闲，也帮他们做一点家务事，大家相处得蛮好。

　　到夏天的时候，晚上他们就在大门前乘凉，因为天井很狭窄。有一天振云忽然对着许多树叶子叹了口气，大家就笑他，说他想女人了，他也承认。他出来跟陈先生，把女人放在家里，他过一个月就要回去一次，走的时候总是兴致很好，再回来，兴致就不大好了，他们说他是精疲力竭，他就不好意思地笑了。

陈先生的大儿媳妇文娟，因为自己男人比较古板，平常她就不大瞎说八道，现在有了振云，她就经常拿他来做对象了。

振云叹气的时候，文娟就笑起来，说："喂，你老婆怎么不上来呀，你叫她上来呀，我们还没有见过面呢，自己亲眷嘛，总归要见一见的。"振云看看文娟，说："我叫她上来的，她不肯，怕难为情，小地方的人，不出趟的。"

文娟又笑，又问："哎，她漂亮不漂亮？"

振云摇摇头说："不漂亮的，很粗气的，不可以同你们城里人比的。"

文娟白他一眼："喔哟，你谦虚什么呀。"

大家就一起笑，振云也笑，他在陈先生家里过得很是开心。

过一会儿，亚平就问他："喂，你在部队做卫生兵，做什么呀？"

振云说："打打针，发发药。"

文娟说："哟，男人家做护士呀，恶心煞了，男人帮别人打针，叫我我就不要男人打。"

陈先生的女儿亚琦是不大开口的，这时候她也笑了一声。文娟后来又问："振云你学好了，回去也去开个私人诊所吧？"

振云说："我们那里开业医生是吃不开的，老先生那里也没有人上门，我是更加不可能的。"

亚平说："就是呀，开私人诊所还不如做私人侦探呢。"陈老先生听小辈里说话，他是不会往心里去的，不过听亚平这样说，他就有点不开心。他对振云说："你学好了本事，到哪里都有饭吃的。"

振云点点头。

亚琦突然对振云说："振云你帮我扎两针吧，我这个腰一直不来事。"振云就有点奇怪。

亚琦的腰是在苏北乡下挑担子挑坏的，那时候她才十几岁。乡下人说十几岁的小人没有腰，她就拼命地挑，后来就挑坏了腰。

亚琦说："你听见了，啊？"

夜风吹过来，树叶摆动起来，这天夜里很凉快。

振云的女人后来还是上来了一趟，见过陈家老小，大家看了她的样子，都觉得她就应该是这个样子，所以也没有什么好多说的。振云女人来的时候，肚子里的孩子已经有五个月，但她是紧肚皮，陈家的人居然都没有注意。还是陈先生看出来了。等她走了，陈先生说出来，大家才晓得，问振云，他说是。他们又同他寻开心，叫他算算日子，算算小孩是不是他的，振云就笑笑，却不说话。

过了几天，亚琦厂休，她就到小厢房里来叫振云帮她针灸，振云不好办，陈先生不在旁边，他不好答应。

亚琦说："你来吧，我父亲他不肯帮我针灸。""为什么？"振云问。

亚琦说："我也不晓得他为什么。"

振云就帮亚琦扎针，腰伤的针不是很复杂的。

亚琦趴在床榻上，振云就把她的裤带抽了，把她的裤子往下扒了一扒，他的手劲很大，她穿的单裤子又比较松，所以就扒得太下了一点，他看见亚琦雪白丰腴的臀部和那一条凹槽，振云突然冒了一身汗，他的眼睛悄悄往那条凹槽里看了一下。

亚琦回过头来，她的面孔很红。她想骂他，可是房间里有许多病人，她就不好骂他了。

"你快点针呀。"

振云说："我不针了。"亚琦一定要他针。

因为平常不大说话，所以亚琦说每句话都是要当真的。振云晓得她的脾气。不过，振云也有他自己的脾气，他不再说话，就走了出去。

后来有几个病人到了时间也不见振云来拔针，就嚷起来。陈先生进来，看见这样，他很生气。

晚上吃饭的时候，陈先生就批评振云，说了好多话，又问了振云好多话。振云总是闷头吃饭，不作声。

亚琦就不耐烦了。先说振云"你涵养真是好"，又说自己的父亲"你越来越烦了"。

亚琦吃过就走了。振云要去洗碗，陈先生说："你等一等，我跟你说，亚琦是你的姐姐。"

振云眼睛看着别处，过了半天他说："我晓得她是我的姐姐。"

陈先生看看振云，最后他说："你晓得就好，你是很懂道理的。"以后振云在陈家进进出出就想避开亚琦，可是天天跨一条门槛，要避是避不开的，振云索性就不避了。两个人碰了面，亚琦就怨恨地看振云一眼，振云就冷冷地看亚琦一眼。他们就这样互相仇恨地看来看去，也不说话。陈家别的人也看不出什么事，因为亚琦原本就是这样的腔调。振云仍旧跟陈先生学针灸，医术是日益地好，不过陈先生也发现他有时候会走神，陈先生就有点担心他学不进去了。

振云的女人寄来了一封信，说日内就到预产期，振云就和陈先生说了，陈先生说："你回家吧，等你女人坐了月子，你再来。"

振云点点头。

振云回去以后一直没有再来，只是寄来一张儿子的满月照，陈家的人都抢着看，一致认为像振云。亚琦也要去看了一下，然后还给父亲。

陈先生十分惋惜，说振云是可以学得很好的，可惜他自己不求上进了。

亚琦说："你真是宿笃气的，现在人学本事，够用就可以了。振云在那里，现在不是蛮乐惠么。"

振云现在不做勤杂工了，他在卫生所针灸科做医生，做了几个月，就已经有点小名气了，人家说起来，总归是陈氏的传人，必是有一点秘诀的。

陈先生总归是摇头叹气，他十分不满，写信给陈思和说："他才学了一点皮毛呀。"


三


陈先生小的时候，并不很喜欢学医的，他喜欢的是大门前树上的鸟和它们的蛋，可是他终究还是要学医的，到后来他明白了这一点，他就很专心地学医了。

现在陈先生回想起从前的事情，就像在眼前一样，很近很近的，陈先生就晓得自己老了。

陈先生总算是老有所靠。他虽然没有了老伴，但他的子女还算是比较好的，媳妇女婿也是孝顺的，并且他自己也有一点家私。

陈先生的家私，也不过就是一点金器，几件古董，还有几间房子。这些东西，身外之物，生不带来，死不带去，陈先生无非是防防老吧，他是很想得开的，到后来终究还是归儿女们。

亚平有了一个女朋友，已经谈了半年，看上去也比较谈得拢。陈先生就对亚琦说："你去问问亚平，他们是怎么样的打算。你和你大哥的事，都是你娘办的，现在你娘不在了，你弟弟的事，要你来相帮了。"

亚琦就去问亚平，亚平说："早呢，你不要急呀。"

亚琦说："我急什么呀。"

亚平常常把他的女朋友带回家来。他的女朋友叫小玲，人也长得小巧玲珑，嘴巴也比较甜，看见亚琦就叫"阿姐"，看见文娟就叫"阿嫂"，看见陈先生，她就笑笑，叫他"伯父"，十分周全，所以，陈家人也挑剔不出她什么毛病来。

她和亚平是同一片厂里的，不过不在一个班上。亚平是上常日班的，她是三班倒，所以一个礼拜就有四天和亚平碰不到头。他们想调在一个班上，可是，调到一个班是比较困难的，要做常日班的人很多，所以困难就很大，倘是要亚平调去做三班制，就好办得多，不过他是不情愿的，在这种厂里，做常日班是不容易的。

慢慢地小玲和陈家的人轧熟了，就不一定要亚平领着她来，她自己也会来。有时候她来，亚平不在，她也不拘谨，要不就帮他们洗洗弄弄，要不就在小厢房里坐坐，和陈先生或者和病人说说闲话。

头几次，陈先生以为她有事，就问她，她说没有事，说在家里也没有劲，家里很闷气，到这边来坐坐。

有的病人和陈先生熟悉，也猜得出小玲是什么人，就问："陈先生，这是你们家的小儿媳妇吧？"

陈先生不说是，也不说不是。既然小玲和亚平还没有结婚，他就不好说是，不过他也晓得，倘若说不是，小玲说不定会生气，所以他就不说，只是笑笑，看得出他是很开心的。

背后别人就说："陈先生，她常常到这边来，是不是想跟你学医呀？"陈先生想了想，他一点也不晓得小玲的心思，猜也猜不出，不过他想他们说的也是有道理的，要不然小玲老是到这边来做什么呀。

下次小玲来，大家就对她说："你索性拜陈先生做师傅吧，你看陈先生的本事。"

小玲连忙摇手："哎呀，我不来事的，我是胆子很小的，我不敢的。"

大家笑，又说："又不是叫你杀人，有什么不敢呀，练几次胆子就会大的。"

小玲又摇摇头："我不来事的，我这个人脑筋笨煞的，学不会的。"

大家又说看你样子一点也不笨，肯定能够学好的。

小玲说："我是聪明面孔笨肚肠，我这个人是顶怕动脑筋的。"

陈先生在旁边看看小玲，他始终想不明白小玲到针疗所来做什么。到陈先生门上来看病的人，大都经过一段时间的治疗，病情有些好转，心情也会好起来，并且会有信心。但也有经过一段时间治疗进展不明显的，心里难免焦急，有的瘫痪病人自己不能行动，每日要由家属用车推来，时间长了，家属也难免烦心，难免有些怨言。

这天小玲来的时候，就听见有一对来看病的父女在生气，老人哼哼唧唧地躺在病榻上，女儿在边上转来转去，不停地看手表，叽叽哇哇地说："急煞人了，急煞人了。"

别人问什么事，那女儿就说，她自己的女儿也生了病，住了院，这一天的上午要做检查，要有家长去，她的男人出差了，她又要送老头子来针灸，她一边诉说，一边话就不好听了："烦煞人了，急煞人了，断命日子，还是死了清爽。"

老头子偏还嘴不饶人，一边哼哼，一边说："你说啥人死了清爽？我晓得，你们最好我早点死，我晓得，我就死了吧。"

女儿说："死了倒清爽，这种不死不活的日子，怎么过咧……"一边说，一边哭了起来。

陈先生和其他病人也只好陪着叹叹气，碰到这种事情，家里有人生毛病，又是瘫痪毛病，总归是不开心的。

小玲起先听他们讲，自己不作声，后来她对那个哭出呜啦的女人说："先去吧，我来送他回去。"

女人看看小玲，一时没有说话。

小玲又说："你放心去好了，我来送老伯伯。"

那女人才说："你，怎么好麻烦你呢。"

小玲说："我反正空着没有事情，不要紧的。"

别人也说让她送吧，她是很热心的。

那女人不再说什么，谢了小玲，急急匆匆就走了。

等老人针灸好了，又歇了一会儿，小玲就推车子送他回去了。

大家又称赞小玲人好心善，说是陈先生的福气，陈先生想想也是的，找个善的总比找个恶的好。

每个礼拜小玲做日班的两天，吃过夜饭必定是要过来的，有时候她下了班就直接来了，就在这边吃夜饭，并且由她自己烧菜。小玲烧的菜十分清淡，很合陈先生的口味。吃过饭小玲又要相帮洗碗，陈先生一定要叫亚平去洗，亚平去洗碗，陈先生就和小玲说几句话，他问问小玲家里的情况，亚平好像是说过的，但他没有记住。

小玲说他的父母都是做教师的，陈先生就问她是不是中学里的教师，她说是大学里的老师，陈先生就有点恭敬了。他自然不是对小玲恭敬，而是在心里对小玲的父母有点恭敬。

他就说小玲："你是书香门第。"

小玲笑起来，说："什么书香门第呀，他们也是瞎混混的。"

亚平洗了碗进来听见小玲说"瞎混混"，便问什么"瞎混混"。

小玲说："我说他们呀。"

亚平也晓得"他们"是谁，他和小玲一起笑起来。

陈先生后来突然就很想会会小玲的父母。他的另外两对儿女亲家都是一般的工人，陈先生没有看不起工人的思想，不过他当然也愿意有得来的人做亲家。在以后的一段时间，陈先生经常和亚平提起小玲的父母，亚平听出他的意思，就同小玲说了，小玲回去又同父母说了，小玲的父母就来看陈先生了。

他们买了人参蜂王浆和虎骨酒，带给陈先生。陈先生平常不吃什么补品，不过他还是很开心的。

他们和别人一样称他"陈先生"，陈先生连忙说："叫我老陈好了。"小玲的父亲说："我们学校里的同事也来找你看过病的，所以我们也都晓得你的。"

陈先生说："我是一点雕虫小技，不值得提的。"

小玲的父亲说："你客气，你客气。"他们一起坐了一会儿，喝了一杯茶，称赞茶叶好，陈先生叫亚平再加满，小玲的父母连忙说："不加了不加了，我们坐一坐就走了，打扰陈先生了。"

陈先生想劝他们多坐一会儿，在他们来之前他觉得有好多好多话要跟他们讲的，现在他却是讲不出什么来，陈先生心里就怪自己对人家不热情。

后来他们又坐了一会儿，就告辞了。

接下来就是亚平和小玲结婚的事了。先确定了新房做在小玲家里，小玲是独养女儿，家里住的新公房，是三室一厅的一个大套，新房自然做在那边。

陈先生抽了个空问亚平，要不要他去请姚三官相帮打一套家具。姚三官是位老木匠，帮人家做家具做了几十年，功夫是很好的。姚三官是很傲气的，把别人都不放在眼里，只有对陈先生他是比较敬重的，倘是陈先生开口请他帮忙，他是会卖力的。亚平说不用了，他和小玲已订了一套家具，也没有讲多少钱，也不讲是什么式样，什么颜色，陈先生也没有问他。

小玲那边，陈先生给了一枚戒指，和亚文、亚琦同等对待，小玲也没有什么意见。

布置新房的一阵，小玲就很少到陈家来，亚平也经常不在家。后来新房总算弄好了，婚期也近了。亚平说这几天回去陪陪老头子吧，小玲也愿意，他们就到陈先生这里来吃夜饭。吃过夜饭，亚平和小玲就陪陈先生看一会儿电视。

这一年电视台新建了电视塔，全频道的电视机一下子就增加了三个节目，南京那边的电视也能收到了。

亚平看见是丁文秀主持节目，就对小玲说："喏，这个人，上次面孔歪了，就是我阿爸帮她看好的。"

小玲仔细看看丁文秀的面孔，说："这个人，蛮有气质的。"亚平说："不算漂亮，不过看上去蛮好看的。"

小玲说："是蛮好看的。"

亚平说："女人顶好不要太漂亮，太漂亮总归不大好的。"小玲笑起来。

丁文秀主持的这一档家庭生活节目，是介绍家用电器的维修和保养，小玲看了一会儿说："我一只电视机罩子还没有做好呢，我先回去了，去做起来。"

亚平说："我和你一起过去，看看卫生间的马赛克干了没有。"他们走了，陈先生就一个人看电视。

结婚的酒席是亚平在饭店里订的。到了好日，有一辆小车来接了陈先生到饭店，一个大厅里都是吃喜酒的，有几十张桌子，陈先生也不晓得哪几桌是亚平办的，也认不出哪些人是来吃亚平喜酒的，反正他觉得挺高兴的。

吃过喜酒，仍旧是那辆小车把陈先生送到小玲家里，在新房门口站了一下，和亲家互相很客气地道了喜，小车又把陈先生送回家里，一切就结束了。

亚平和小玲结婚以后，就很少回来了，不过陈先生也不会孤单，亚文亚琦和他住在一起，孙子和外孙十分活泼热闹，有时还很烦人。

陈先生现在和亚文一家吃在一起，也说不出有什么不方便。

小玲父母送的人参蜂王浆和虎骨酒，一直放在那里，有一天亚文说："我们科长生病，我去看看他，这点东西给我带去，省得再买，放在这里也是白放。"

亚文就把东西拿走了。

人
与
蛇

## 上　篇

　　前几年说乡下的毒蛇都被农药毒死了，还有青蛙什么的。不过这几年青蛙又多起来，在春天和夏天的时候，就看见乡下人提着一串串剥了皮的和没有剥皮的青蛙，在城里的小街小巷里乱转，卖两三块钱一串，一串有三五只，或者七八只。他们还说现在乡下的蛇也重新活动了，并且现在的毒蛇比从前更加毒，因为它们都是经过剧毒农药像敌百虫、氯氨磷等等考验过的。人倘是吃了敌百虫，或者氯氨磷，必是要死的。蛇不死，就说明它已经有了抗毒性，说明它本身的毒性已经能够克毒了。

　　这一带的人，被蛇咬了，都送到陆顺官这里来。陆顺官是蛇医，并且他几乎是这地方唯一的真正有本事的蛇医。

　　陆顺官做蛇医做了不少年数了。他是十六岁跟师傅的，他记得那还是东洋人的时候，他钻到东洋人的篱笆里去捉蛇，后来给一个站岗的东洋人发现，本来那个东洋人是要朝他开枪的，后来看见他手里捏了一条蛇，就没有开枪，他也不晓得东洋人为啥不开枪，想来想去，大概是命大。

　　陆顺官的命大，弄毒蛇的人能够活到六七十岁，是不多的。陆顺官的先生，陆顺官的丈人，还有陆顺官的阿舅，都是弄蛇的，没有活到五十岁的。

　　从前都叫蛇医为捉蛇叫花子的。要学习治蛇伤，先要学会捉蛇，蛇是要冬眠的，一年里倒有半年不肯出洞，所以到冬天捉蛇的人常常无以为生，只好求乞，和叫花子也差不多。被蛇咬过的人，求过蛇医，救了命，就晓得蛇医的宝贵，不过被蛇咬的人毕竟是少数，许多没有被蛇咬过的人，不晓得蛇医的宝贵，看见身上缠一条蛇，手里捏一条蛇，头颈里盘一条蛇，十分腻心，十分讨厌，就避得很远。

现在到底不一样了，大家对陆顺官是十分敬重的，都叫他陆医生，或者叫陆先生。还有死里逃生的病人，没有什么文化的，只晓得陆顺官本领大，就叫他陆仙人。

其实陆顺官自己心里有数，他的本事全是被蛇吓出来的，被蛇咬出来的。他小时候只念过一年书，几乎就是一个文盲，现在也是。陆顺官的老爱人顾其芬是陆顺官师傅的侄女，现在大家叫顾其芬陆师母，陆师母倒是识过不少字，读过几年书的，说起来，文化比陆顺官是要高一点的。有的病人在陆顺官这里治好了蛇伤，千谢万谢也谢不够，回去还要写一封信再感谢一次。陆顺官收到这种信，总是要认认真真回信的，回信就是由陆师母来写，陆顺官是写不起来的。陆顺官的家，有陆师母操持，日子就过得比较好，他的一个儿子和一个女儿都长大成人，也是像模像样的。他的女儿谈恋爱谈得比较顺利，后来就嫁出去了，相比起来，他的儿子谈恋爱就不大顺当。按照规矩，儿子是要住在家里的，把媳妇讨进来，可是人家小姑娘都说怕蛇。陆顺官捉的蛇，自然是要关起来的，但也难免逃出一两条来，在屋里游来游去，即使不爬出来，人家只要想到在这间房间的某一个地方，有一群蛇，必定要恶心，要害怕的。这也难怪，所以，直到好几年以后，陆顺官的儿子在厂里分到了房子，才完了婚。

现在家里就是陆顺官老夫妻俩，儿子女儿过一阵也回来看看，反正在一个城里，路也不远，还是蛮方便的，过年过节，回来热闹热闹，平时倒也清闲。

开春以后，陆顺官就到浙江去捉蛇。过了钱塘江，到南边的山里，毒蛇就比较多了。

陆顺官在那边一个小镇上的客栈住下来，就遇见几个同乡，是苏州乡下的农民。一问，说是来捉蛇的。他们倒是十分直爽，说现在他们那里出来捉蛇的人很多，专门有人到他们那里去收购，说是卖到香港去的，所以给的钱也比较多，大家就捉了蛇来卖。后来，自己地方的蛇捉得不见影子了，就结了伴出来，听说浙江山里蛇多，就来了。

他们给陆顺官派香烟，陆顺官看看全是好烟，云烟，也有外国烟。陆顺官在家里是抽前门的，出来就抽牡丹，他把牡丹派给他们，他们也受了，点着了就问陆顺官是做什么的。

陆顺官说："我是陆顺官。"

他们看看他，没有说什么。大概没有听说过陆顺官。

陆顺官问他们："你们出来捉蛇，有没有带蛇药？"

他们说没有，并且说他们捉蛇从来不带蛇药的。

陆顺官说："你们到这边来不一样，这边山里的蛇，很毒的，要当心一点的。"

他们几个人不说话，看上去有点紧张，他们也听别人说过浙江山里的蛇很多，又很毒。

陆顺官想了想，后来他就把自己带的蛇药分一点给他们，对他们说："这地方的蛇，种类很多的，倘是被蛇咬了，不管什么蛇，先吃一个解毒丸，再送医院。"

他们接过蛇药，奇怪地看看药，也看看陆顺官，又问他是做什么的。

陆顺官说自己也是捉蛇的。

他们一听就不作声了。

后来大家就睡了。

第二天早上，他们几个人提出来想跟陆顺官一起走。

陆顺官是不好答应的，他们跟住他，他就不好做他自己的事了。他晓得他们是害怕了，就说："你们要是没有把握，还是回去吧，我吃这碗饭吃了几十年，到这地方还有点怕呢。"

他们就没有跟陆顺官走。到陆顺官吃过早饭出发的时候，看他们还没有走的意思。

这一天陆顺官在山里捉到一条眼镜蛇和两条蝮蛇，他很开心。下晚他回到客栈，看那几个人不在，以为他们回去了，问了服务员，才晓得房间没有退，看起来还是进山去了。

陆顺官等到很晚，他们还没有回来，他就先睡了，到半夜，听见外面乱起来，陆顺官起来问什么事，说是死了一个捉蛇的人。陆顺官才看见那几个人闷头坐在门口，其中果然是少了一个人。

他连忙问他们人在哪里，他们说已经死了，在医院的太平间里。陆顺官说："叫你们吃那个解毒丸的，你们有没有给他吃呀？"

他们说，吃了，可是吃得太晚了，开始根本也不晓得被咬了，只是看见腿上有几个很小的红点点，也不痛也不痒，等到喊浑身发冷，再叫他吃药，嘴巴已经发僵，药也咽不下去了。

陆顺官说大概是被银环蛇咬的。

几个人闷头坐着，已是半夜里，也不晓得他们要做什么。陆顺官把烟派给他们，他们也不抽。

陆顺官问他们怎么办。

说已经打了电报去叫他们家里人来，他们在这里等。

陆顺官有半夜没有睡觉，到天亮他就觉得很疲劳，心里很烦。他本来是要在这里多待几天的，现在却不想再留了，只想早一点回去，就买了车票回家了。陆顺官想也许是见死了人心境不好。从前他见过许多被蛇咬死的人，见了死人的事，总是叫人不开心的。

陆顺官回到家里，陆师母正在生病。她看见他回来，就很奇怪，她说："咦，你怎么晓得我生毛病了？"

陆顺官说："我也不晓得你在生病了。"

陆师母说："我不要紧的，一点小毛病，又没有掼倒，用不着你急的，你做你的事情好了。"

陆顺官把捉来的蛇关起来，告诉陆师母死人的事情，陆师母听了，说："真是的，这种人，要钱不要命的。"

陆顺官就没有再说什么。

过了不多久，夏天就到了。这一年的夏天来得早，又特别的热，有一天半夜里，来了一大群哭哭啼啼的人，送一个病人来，这个人生命垂危，蛇毒已经行至肾脏，小便发黑，神志也不太清楚了，看起来恐怕是比较难治了。陆顺官就很为难。他和陆师母商量，陆师母也很为难，她不好说话。

病人的亲属一下子跪下来，求陆顺官。说这是他们家最小的儿子，刚刚十八岁，高中毕业，家里已经给他造好了新楼房，对象也已经配好。那个小姑娘也跟来了，不过她没有跪下，只是躲在背后哭。

陆顺官就不好再推辞。

以后几天，他有好几次夜里不敢睡觉，他要随时观察病情变化的，到后来救活了这个人，他自己生了一场病。

那个人家除了付医药费外，还包了一个红纸包给陆顺官，陆师母拆开来看，是两百块钱。陆师母说："现在他们出手真是很大方的。"

到这一年的冬天，陆顺官发了哮喘，在家里休息，心里很闷，就听见有人敲门。陆师母去开了门，看见一个老农民站在门口，朝他们笑。

陆师母不认识他，陆顺官看看，他也不认识他。

老农民说："呀，不认识了，我就是老张呀，我们家建明，就是今年夏天被陆先生救过来的呀。"

陆顺官仍然没有想起来，陆师母倒是先想起来了，她眯眯地问："现在蛮好吧？"

老张点头，说："好的，好的，当兵了。"

陆师母说："什么，当兵了？"

老张说："我们家建明呀，当兵了，我就是出来送他的呀，我走过陆先生这里，顺便来望望你们的。"

"哟，"陆师母看看他，"你倒舍得的呀，现在人家小人都不肯当兵的。"

老张说："我是不情愿的，原来已经讲好不去的，后来讲当兵人数凑不齐，他们就同建明讲，小鬼头不晓得转了什么脑筋，听了人家的话，我拦不住他的。不过么，闲话讲回来，也蛮合算的，乡里每年发两千块钱，算是给工资的。笑煞人，从前要当兵当不上，现在变世了，用钞票来买，讲好当兵回来可以安排工作，这倒蛮好。"陆师母不再说话，陆顺官问他："当什么兵呀？"

老张看看陆顺官，想了一想说："是解放军。"

陆顺官点点头。

陆师母又说："不会去打仗吧，吓人兮兮的，听人家讲，现在新兵上去打仗蛮多的。"

老农民很有把握地说："不会的，建明说他们部队是不参加打仗的。"

过了一刻，他又说："不过也说不定的，这小鬼，我也拿他没有办法，本来不是犟头甩耳朵的，今年热天给蛇咬了一口，变得古怪了。"他叹一口气，"我也横竖横了，只当热天陆先生没有把他救过来吧。"

后来老张从包里拿出二十只大鸡蛋放在陆家的台子上，就走了。

陆顺官问陆师母："到底是啥人呀，我怎么想不起来呢。"

陆师母说："就是包两百块钱的。"

陆顺官说："噢。"

到春节，儿子女儿两个小家庭都回来过年，人很多，吃饭的地方就嫌小了。陆顺官叫儿子把圆台子搬到大房间里，坐起来宽舒一点。大房间是陆顺官看病的地方，墙角里有一只大立柜，柜子里摆的药，柜子顶上放了一排玻璃瓶，瓶里是用药水浸的死蛇的标本。

大人在灶屋里忙烧，小孩就在房间里玩，到菜全部摆好，大家入席坐好，七岁的外孙就说："我也有一只菜，请大家吃。"一边说，一边拿出一瓶死蛇来，摆在手里给大家看。

陆顺官的女婿，人又高又大，在厂里是篮球队的中锋，胆子却是很小的，看见了蛇，心里发抖，推了自己儿子一把，叫一声："小猢狲，快点收起来，吓煞人了。"

他力气大，轻轻一推，儿子手一松，瓶子就掉在地上，碎了，死蛇水一起淌出来。

陆顺官说："不要紧不要紧，重新换一只瓶子。"一边说，一边蹲下来去把死蛇捞起来，另外放进一只瓶子。他把瓶子放到柜子顶上，又落座，捏了筷子说："来吧，吃吧。"

大家就吃起来，菜的味道很好，只是媳妇吃得不多，她的身体不大好，胃口也不大好，平时吃得也不多。

外孙顶不安分，吃了几口菜，又顽皮起来，在座位上扭来扭去，不是碰倒了酒杯，就是把汤弄到衣服上。免不了又被训斥，因为是过年，才没有挨打。比起来，孙女就文雅得多，坐在大人身边，不声不响，叫她吃，就吃，叫她唱一支歌，她就唱一支歌，十分懂事，也懂礼貌。

陆顺官看着两个孩子，很开心，他笑眯眯地说："小男孩和小女孩就是不大一样的。"

## 下　篇

那条蛇是什么时候出来的，谁也不晓得，他们看见它的时候，它也许是刚出来，也许已经出来几个钟头，或者几天了。这几天天一直很热，这种老房子里是很容易有家蛇的。

蛇很大，是黑的，但到底有多大，是不是乌黑的，却看不清。它趴在房梁上，不动，看上去就像是死了。房子比较高，房梁也很高，他们用的是四十支光的灯泡，灯光照在房梁上是很灰暗的，有人说借个手电筒来照一照，刘玫就尖叫，说："不要、不要、不要！"但她不敢叫得太响。蛇不是她先发现的，她洗过澡走出来，郭伟站在天井里，看见她出来，说："热天热水，洗这么长时间，你倒不怕闷气。"

刘玫看看他，说："你现在说话怎么恶腔恶调的。"

郭伟说："我本来就是这样讲话的。"

刘玫说："我听你同小王讲话就不是这样的腔调。"

郭伟面孔上很不大好看，说："女人就是这样，四十岁的人了，脑筋里老是想点这种事情。"

刘玫说："本来么，四十岁的人，是可以生点花样出来的……"

他们的儿子小晨在旁边说："烦死了，你们这种人，烦煞人了。"

他们不再说了，郭伟进去洗澡，刘玫就听见他在里边说："这是什么？"

她没有搭话，天气很热，她洗了澡，又是一身大汗，她一点也不想动。

郭伟就喊儿子进去："小晨，你来看看这是什么？"

小晨就进去了，他对爸爸的话是比较肯听的。郭伟经常打他，她从来不打他，他却不听她的话，她有时想想是有点气的。

她没有听见父子俩有什么声响，小晨就跑出来，她看见他面孔上很紧张，他对她说："妈妈，你快进去看一看，那里面有一条大蛇。"

她跟了小晨进去，看看那条蛇趴在房梁上，下面就是放澡盆的地方，她就尖叫起来，两条腿软得快要站不住了。

郭伟说：“你这样叫会惊动它的。”

她连忙闭住嘴，觉得恶心，要吐。

后来邻居都来了，都来看那条蛇，大家都很害怕，谁也不晓得应该怎么办。

小晨十分紧张并且十分兴奋，他说要去拿一根晾衣裳的长竹竿，把它捅下来，再打死它，大人都说不行，万一蛇掉下来逃走了怎么办，也不晓得它躲在哪里，那是要吓煞人的。但是小晨想，就让蛇趴在那里不走，也是要吓煞人的。

后来就惊动了耳朵和眼睛不大好的外婆。外婆走进来，跟大家一样，朝上面看看，什么也看不见。

她十分不满地说：“什么东西呀，在哪里呀？”

小晨大声说：“你走开一点，不要掉下来掉在你头上！”

老太太听见了，说：“我是不怕的，你不要来吓我，你们巴不得我早一点死。我还有几年过头呢，你们不要想阴损我。”

郭伟说：“又来了。”

一般时候刘玫总是护着自己母亲，批评郭伟：“你嫌烦你出去好了。”可是今天她不好说这个话，那条蛇还趴在那里。

郭伟是招女婿招进刘家来的。不过现在城里人讲起来，招女婿是不搭界的，关键是房子，谁有房子自然要住在谁家的。郭伟没有房子，刘玫有房子，郭伟当然就住到刘家来，并且现在城里人爷娘跟女儿过的也是比较多的，跟女儿过，比跟儿子过，反而要好一点。

小晨叫郭小晨，姓郭。这就和乡下人的招女婿不一样，乡下人招女婿，生下来的小孩，是要跟娘姓的。

刘玫是独养女儿，而且她的父母得子比较晚，到刘玫四十岁的时候，她的母亲已经七十五岁了。七十五岁的老太太，话就很多，加上耳朵不好，疑心病重，也是难免。所以，刘玫就不明白，郭伟一个大男人，为什么要跟老太太计较。

老太太站了一会儿，看大家都不说话，就很生气，说：“我一来，你们就不说话，肯定是有什么事瞒我，我老了，不值钱。”

刘玫凑在她耳朵边上说：“不是的，那条蛇，大家吓煞了，都在想办法。”

老太太又朝上面看看，仍然没有看见，她说：“那是家蛇，不咬人的。”她又说从前蛇也出来过，蛇出来是好兆头，要进财的，不过并没有人听她的话。

　　大家议论了一阵。

　　后来就有人想起了陆顺官，说可以叫陆顺官来捉蛇。这地方的人，三四十岁以上的，一般都晓得陆顺官。

　　郭伟想也只有这个办法了，他是家里的男人，本来是应该他捉蛇的，可他见了蛇实在是很怕，很腻心。他就骑了车子出去寻找陆顺官。他们晓得陆顺官这个人，晓得他的名气，却不晓得他住在什么地方，他们是不会想到要去找陆顺官的。

　　郭伟小时候，在玄妙观里见过陆顺官卖蛇药，看见他把一条蛇放在嘴里，让蛇咬他的舌头，蛇就咬了一口，他的舌头马上就肿起来，像一个灯泡。他把舌头伸给大家看，大家看了都害怕，都往后退，他就笑了，然后把蛇药涂在舌头上，又吃下一片药，过了一会儿，舌头就不肿了，大家就很惊讶。后来郭伟看见有几个人买了他的药，走了。那时候郭伟觉得陆顺官的胆子特别大，特别野气，他曾经是有点崇拜他的。

　　郭伟现在想想有点滑稽，半夜三更去找陆顺官，他不晓得为什么大家都怕蛇，为什么陆顺官就不怕。郭伟骑着车子在街上乱转，到处打听，街巷里到处是乘凉的人，天气很热，大家睡不着，他向他们问起陆顺官，他们也都晓得陆顺官，就很关心地反问他，是不是蛇咬了？他说不是蛇咬了，是蛇出来了，听的人都有点怕，于是就说，天气太热，就骂天老爷变世，要热煞人了。

　　后来就有一个人指了一个大方向，说陆顺官好像是住在那一带的，郭伟就向那一带去找，果真找到了。

　　听说是叫陆顺官去捉蛇的，陆师母就不大开心，她立在门口，对郭伟说："我们是看蛇咬伤的，不是捉蛇的呀。"

　　郭伟说："谢谢你帮帮忙，叫一叫陆师傅，屋里大人小人都吓煞了。"

　　陆师母摇摇头："天气太热，陆先生身体不好，他吃不消的。"

　　陆顺官听见声响，就走了出来问："在什么地方？远不远？"

　　郭伟不好说路很远，只说："不远不远，我骑脚踏车驮你去，再送你回来。"

　　陆顺官对陆师母说："我就去一趟吧，不然人家屋里不安逸。"郭伟就带着陆顺官回家，在弄堂口就看见小晨守在那里等。"怎么样？"他连忙问小晨，"还在那里吗？"

　　小晨哭丧着脸说："逃掉了，姆妈在屋里哭。"

郭伟有点急了，问小晨："怎么搞的，叫你们不要吓走它，怎么会逃掉的？"

小晨说："全是外婆不好，她啰里啰唆，说家蛇不可以捉的，不可以打的，是老祖宗，后来蛇就走了。"

"钻到什么地方去了，有没有看见？"郭伟又问。

小晨摇摇头说："大家看见蛇动了，全逃到外面，我也逃出来了，外婆没有出来。"

陆顺官听说蛇已经走了，就要回去，郭伟连忙拉住他，说："陆师傅，谢谢你，帮我们寻一寻吧。"

陆顺官就跟进去用手电筒照照房梁，什么也没有，他说人要想寻蛇是很难寻到的，蛇其实比人精明。

郭伟问他："听说家蛇是没有毒的，是不是？"

陆顺官说："说是这样说法，其实蛇里边虽然种类很多，却是没有家蛇这一种的。平常大家说家蛇家蛇，其实就是经常出没在住宅里的蛇，所以家蛇就可能是无毒蛇，也可能是有毒的蛇。"

大家就更加紧张，不光刘家的人怕，隔壁相邻的也怕，谁晓得那条蛇，爬到哪里去了呢。

后来陆顺官说你们买一点蛇药备一备，胆子就大了。郭伟就跟陆顺官回去买了不少蛇药，回来几家邻居都分了一点。

闹了一阵，时间已经到半夜了，刘玫坐在天井里不肯进去睡觉，郭伟叫她，她不睬他。后来郭伟就说："就算这一条找到了，说不定房里面还有呢，这种老房子，有蛇虫百脚，本来也不稀奇的。"

刘玫不说话，去点了蚊香，就在外面睡觉，郭伟进去睡。他先看看床上，又看看床底下，心里很不踏实。

这一天夜里，大家都没有睡好，早上起来上班，有点昏昏沉沉的。到上午十点钟模样，郭伟打个瞌睡，就听见有人叫他接电话，他去接了，是刘玫单位打来的，说刘玫身体不大好，叫他去，他问是生了什么病，那边说你来了就晓得了。

郭伟放下电话，他没有动，他不想去，别人问他是不是出了什么事情，他摇摇头。过了一会儿，他还是请了假到刘玫单位去了。

郭伟走进去的时候，刘玫正在讲话，讲得嘴边都是白沫。郭伟发现她满脸激动的神色，平时紧皱的眉头，也完全舒展开了。郭伟进来，她是看见的，但她不屑一顾，她的同事都站在旁边看她。

郭伟问："你怎么了？"

刘玫不理他，继续自言自语，讲得慷慨激昂，郭伟听了一会儿，也没有听出头绪来。

"她，怎么这样的呀？"他问刘玫的同事。

一个同事说："我们也不明白，她和杨红讲话，说了几句，就这样了。"

杨红害怕地说："我也没有说什么，我只说那天看见你们家小孩在街上和别人小孩一起抽香烟，她就笑了一声，后来就一直说话，不肯停。"

郭伟心里忽然一沉，他走到刘玫面前，说："你要是不适意，回去吧，我送你回去。"

刘玫朝他白了一眼，说："你不听我的话，弄出这种事情来，你别样不教儿子，你怎么教他去弄蛇，吓煞人的。"

郭伟总算听出一点什么了，他晓得她是吓着了，就到医务室配了点安定，叫她吃了两片，再陪她到会议室的沙发上坐。

刘玫又讲了一阵，后来就靠在沙发上睡着了。郭伟也不敢走开，就在会议室打个电话给单位请了假。到下班时，刘玫的同事有几个过来问要不要到食堂给他买点饭菜。郭伟摇摇手，他们也没有再客气，走了。

刘玫睡了一个多钟头，醒了，看见郭伟，她笑笑，说："你做什么，等在这里，我没有什么。"

郭伟心里总算轻松了一点，他说："走吧，已经请好假了，今天早点回去吧。"

刘玫好像很听话，点点头，两个人骑了车子回去，一路上，郭伟小心心翼翼，不敢多说话。

回到家里，就有几个邻居，迎上来说："哎呀，你们回来了，正要打电话叫你们，你们老太太中暑了。"

两个人连忙奔进去，老太太躺在床上，身上滚烫，却不出汗，有人叫小晨拿一块凉毛巾压在她头上。

刘玫一惊，倒没有很多话讲了，郭伟凑上去问老太太，哪里不适意。

老太太睁开眼睛看看他，又闭了。

郭伟问刘玫要不要送医院,刘玫还没有说什么,老太太倒先开了口,说:"我不要去医院,我没有毛病,你们不要咒我。"

刘玫去弄了碗清凉汤,让老太太吃了,又过了一会儿,老太太叹了一口气,面色也好一点了,看看刘玫,又白了郭伟一眼,说:"我没有毛病,我是气的。"

郭伟不想再理睬她,想走开,但看看刘玫,他停下来,问老太太:"什么事,你说呀。"

老太太看看他,说:"你走开点,我看见你顶戳气,我同女儿讲话,你不要插进来。"

郭伟小心地看看刘玫,刘玫没有说话,只是皱了皱眉头。

老太太又说:"你们不让我安逸,我也不让你们太平,蛮好的日子,你们要作……"

郭伟忍不住说:"到底是谁在作?"他看见儿子在边上窜来窜去,就喊住他:"小晨,你过来,你什么事情又惹外婆了?"

小晨说:"我又没有惹她,我一回来她就骂人,讲老祖宗给我还有你们吓跑掉了,我也不晓得,外婆莫名其妙。"

老太太说:"小鬼头不要瞎说,我几时讲过没有钞票了。"

郭伟拉过小晨问:"什么老祖宗,什么意思?"

小晨说:"她讲那条蛇,就是昨天夜里出来的那条蛇,逃掉了,逃到那边小河浜里去了。我讲逃走顶好了,她就骂人。"

郭伟心里一跳,连忙又问儿子:"你有没有看见,你看见逃掉了?"

小晨说:"我是没有看见。"

郭伟凑到老太太耳边,大声说:"你看见那条蛇逃掉了?"

老太太离他远一点,说:"我跟你没有话说,你们作孽,要报应的。"

郭伟想说,我们报应,你有什么好处,但他没有说。小晨却代他说了:"我们报应,你就开心了。"

"你们不要烦了,好不好?"刘玫皱紧眉头,批评郭伟,"大男人心胸这么狭窄,烦死人了。"

郭伟看着刘玫皱紧的眉头,觉得心里落下了一块石头,过了一会儿,他又习惯性地叹了一口气。

到这一日下昼,下了一场大雨,天气风凉多了。这一夜,大家都睡得很好。

瑞　云

一

瑞云是瑞云好婆在厕所里捡回来的。

从前瑞云好婆大家都叫她吃素好婆，因为她年纪很轻的时候就开始吃素敬佛。

后来吃素好婆把瑞云抱回来，又后来大家都接受了瑞云，大家慢慢地就把吃素好婆叫作瑞云好婆。

所以应该说是先有了瑞云才有瑞云好婆的。

其实瑞云从前肯定不是叫瑞云的。瑞云不是那种裹在蜡烛包里被丢掉小孩，她被抛弃的时候，已经有三岁了。

她一个人很乖很安静地坐在那个很肮脏很臭的地方。她的一条腿生下来就和另一条不一样，所以她到三岁还不会走路。

那时候大家看吃素好婆执意要收养她，就说好婆你给她取个名字吧。

吃素好婆想了一想，说：“就叫瑞云吧。”大家都说这个名字好。

大家都知道瑞云是一块石头的名字。

瑞云好婆的男人从前是这座宅子的主人，可是在瑞云好婆嫁过来的第二年，她的男人就死了，瑞云好婆就成了这座宅子的主人。这座宅子是大户人家的房子，从前大户人家的住宅，总是很考究的，首先便是宽绰。

　　宽绰是很要紧的，宽绰代表主人的身份、气派，还有钱财等等。在瑞云好婆的这个宅子里，东西两落总共有九进，除了轿厅和大厅没有楼房，其余每一进都是三楼三底两厢房，最后一进特别宽绰，所以庭院也就特别大。

　　宽绰是很令人羡慕的，不过宽绰了就难免有些空洞，空洞了就会使人产生各种各样的联想。瑞云好婆在刚刚守寡的那一阵，住在这里很不习惯，家里人手少，他们又没有后嗣，守着这么空旷的大宅，弄得神经衰弱，夜里睡不着觉，好像老是在等什么东西出来。下人里有些胆大的，喜欢编故事的，说备弄里夜里有鬼出现。瑞云好婆夜里从来不敢走备弄出去。

　　备弄很长，就愈显得狭窄，从瑞云好婆住的最末一进穿过备弄走到大门口，几乎走去了半条巷子。

　　后轩的旁屋有一扇边门，直通巷子。瑞云好婆年轻时耐不住寂寞，就从边门溜出去，看看野景，打发掉黄昏头的冷清。

　　边门的对面是两间普通的民宅平房，住着一个乖不乖痴不痴的老太婆。开始，瑞云好婆出了边门，就到她那里讲几句话。可是有一天，老太婆突然说，她的两间房子是观音堂，在屋里设了牌位，供了灵桌，过了不久，居然还真的有人来烧香，后来香火居然还蛮旺的呢。有人来烧香，老太婆就装神弄鬼。这时瑞云好婆再仔细看她，就觉得这个老太婆很可怕，她就再也不敢出后轩的边门了。

　　有一天夜里她做了一个梦，梦见那个老太婆变成了菩萨，对她说：心中有佛，眼中无鬼。

　　那几年瑞云好婆是很空闲的，收地租房租的事自有管家去管，屋里上下的收作，自有各类下人处理，用不着她操心。她就去庙里求了一本经书来看。

　　经书上写了一个"空"字。

　　瑞云好婆顿悟，从此再也不怕鬼。


　　瑞云好婆记得从前庭院里有许多树花和草花，每年春秋，满院子红红绿绿，到后来花草就凋了，再也没有长起来，倒是那块不怎么惹眼的石头，总是冷冰冰地站在庭院当中。

　　这块石头就叫作瑞云。

瑞云是一块太湖石。

据说，北宋末徽宗皇帝命人向东南各地征调奇花异石，当时就从太湖洞庭东西山采得太湖奇石，运往汴京。可这一块瑞云石极其普通，高不过两米，也看不出有太湖石清秀褶皱的特色，恐怕是当时采出来不满意而弃之荒野的。据瑞云好婆回忆，她公爹家的一个老家人曾经告诉过她，这块石头是浙江宁波徐家嫁女于苏州王家时作为嫁妆嫁过来的。以石作嫁，可为一时奇谈。至于那时徐家怎么挑了这样一块不起眼的石头陪嫁，谁也说不清。古时候的人恐怕有他们的想法，和后来的人自不会是一致的。

瑞云好婆的这座大宅后来住进了许多人家，就有了许多小孩，小孩们顽皮，都到最后的这个大庭院来闹，来爬瑞云石，他们在瑞云石上上蹿下跳，吐痰撒尿。

从正房里被赶到西厢房住的瑞云好婆，依旧在吃素念经，她看见小孩们这样，只是说："作孽。"

小孩还嘴说："你这个老太婆，你有什么资格说我们！"瑞云好婆就闭了眼睛也闭了嘴，不看也不说。

瑞云好婆的房子都被小孩子们和他们的家长住了，她是不能收房租的。老邻居说："好婆你现在吃亏了。"

瑞云好婆闭眼合十念了菩萨，佛言我不入地狱谁入地狱？大家想瑞云好婆吃素恐怕是吃到火候了，什么都想得很穿。那些小孩们的玩心越来越重，白天闹了不过瘾，夜里又来。他们穿过狭长的漆黑的潮湿的阴凉的备弄，走到最末一进的围墙外，他们从围墙的镂空花窗朝庭院里看瑞云石。这时候他们都很害怕，他们看见那个位置上有一个很高大的鬼站在那里。

小孩子们尖叫着在狭窄的备弄里拼命逃跑，他们感觉到那个鬼在追他们。其实儿童们本来是不明白鬼的，可那一阵有许多大人很无聊，每天夜里乘凉的时候就讲鬼，还有破案子的故事，叫小孩子们早早地懂了鬼。

有几个小孩逃回家就发了寒热，并且还做了几个噩梦。

在白天瑞云石是一块没有生命的石头，到了夜里，黑暗就把瑞云石变成了一个活生生的东西。

这宅房子里的大人都相信这块石头没有什么名堂，可是这宅房子里的小孩们却很怕这块石头。他们对瑞云这两个字吃不透，总是耿耿于怀。所以，当他们知道一个捡来的跷脚小姑娘居然也叫瑞云，他们心中便有些不服气。

二

瑞云在大宅最前面的墙门间开了一个裁缝铺。

小时候，瑞云和好婆一起粘火柴盒子养活自己，所以她的手很灵巧。八岁的时候，好婆说："你已经到了上学的年纪了，可是你就不要去上学了。你一个小女孩子，腿又不好，别的小孩是会欺侮你的，我可以教你识字，还教你女红，从前我们也都是请西席先生在家里教课的……"

瑞云做裁缝是合适的，她的针线活很好。大宅里小巷里的年轻姑娘去跳迪斯科去和男朋友约会的时候，她就一个人很安静地坐在店铺里为她们制作各种漂亮新颖的衣服。

瑞云的活很多，每天都要做到很晚，然后一个人穿过阴森狭长的备弄回到最末一进去睡觉，她在拐杖的下端绑了一块橡皮，拐杖落地很轻，不影响别人。

瑞云回来的时候，庭院里已经很静了，瑞云石总是活生生地站在那里，好像在迎候瑞云。

有一天大宅里的人都在议论，说夜里瑞云和那块石头讲话。

这话是刘敏芬说出来的。

刘敏芬的公爹王老先生和瑞云好婆有一点什么亲戚关系，因为瑞云好婆的男人也姓王，他们一家六口是在那一年国家退还瑞云好婆一进房子时住进来的。

他们和其他房客不一样，是不交房租的。可是刘敏芬还是觉得有什么地方不对头，想来想去，她很明白那就是瑞云。

刘敏芬当着大家的面大声地问瑞云："瑞云，你夜里和石头说什么呢？"

瑞云很安静地笑笑，说："我和石头说，你进屋来住吧，外面风吹日晒，不好过呢……"

大家笑起来，瑞云好婆也笑。刘敏芬却没有笑，她的脸很红。

刘敏芬的两个小女儿开始扮作跷脚走路并且唱歌："阿跷阿跷你慢慢地跷，阿跷阿跷你慢慢地跷……"

刘敏芬的儿子就给两个妹妹一人一记耳光，然后是两个小女孩哭。

瑞云始终很安静地看着他们吵闹。

别人觉得没趣，走开了。王老先生骂过孙子孙女，就开始批评儿媳妇。

老头子脾气很暴，又不大讲理，刘敏芬不好和他争。不过他在刘敏芬眼中并没有什么威信。

王老先生是他爹坐花船坐来的。

这种拿不上台面的事情，本来恐怕也只有瑞云好婆心里清楚，但她受了佛的影响和教诲，不去说长道短。倒是王老先生老不入调，有时候喝了几两黄酒，得意了，自己说出来。

从前这地方的花船是很有名气的。坐花船其实就是玩妓女。那时妓女都集中住在沿河的地方，可以说是水陆两用的，平时就在岸上经营，到每年的清明、七月十五和十月三元节，这地方看三节会是很兴旺很热闹的，老老少少都要到虎丘三塘街看庙会。大多数是走着去的，也有些有钱人家的公子哥儿，要摆排场，或是一批志趣相投的小文人，讲究风雅，就去叫一条花船，从河上走，妓女们下船侍奉客人，收入是很可观的。

王老先生的父亲年已不惑，结婚十数载却无子嗣。那一日赶庙会，被几个朋友怂恿上了花船，一个本分的人糊里糊涂就做了一回风流鬼。

几个月后，有一个妓女挺着大肚子找上门来。

那时候的太太们都比现在的女人心胸开阔，气量大，见了这种事，不会寻死觅活，也不喝醋撒泼，便在家中安顿了那女人，好生服侍，待儿子出世，把个女人养得白白胖胖，还加几锭银两，打发回去。王老先生就这样成了王家的独苗。他带子孙们住了瑞云好婆的房子，总有一种寄人篱下的心虚，偏偏又要拿个什么嫡传正宗的面子。其实，既然是他爹坐花船坐出他来，还不晓得是谁的种呢。

于是王老先生就生出一种很奇怪很复杂的心境来，经常发脾气，摆臭架子，连刘敏芬也不能把他怎么样。

可是，每次老先生冒火，只要瑞云在，只要瑞云平平静静地对他一笑，老头子就会变得和瑞云一样的安静了，真是卤水点豆腐，一物降一物。

瑞云真是个人精，只有瑞云好婆调教得出瑞云来。

其实这大宅里被瑞云迷住的人是不止一个两个的。

刘敏芬的儿子，高中生，看纯情小说看多了，自己便偷偷地甜甜蜜蜜地爱上瑞云了。

这样说起来，瑞云就不是人精，而像个狐狸精了。

所以瑞云和石头说话，好像也是可信的事情了。

三

有一天，瑞云石的身份陡然高了起来。

在文物普查中，人家查出了瑞云石。说是历史书上早有记载的，后来失踪了，一直找不到，现在总算发现了，真是国家的万幸，于是派了人来，在庭院里围了一圈栅栏，竖了一块石碑，刻了"市重点文物保护单位"的字样。听说还在一本新出的介绍这个城市的书中写上了瑞云石以及它所在的地点。

宅子里的人并不开心，把他们晒衣物乘凉的活动场所拦了一半给瑞云石，日子过得更加挤轧，免不了有更多的麻烦。何况这宅子里的人看瑞云石是不入眼的，总以为人家是拿了公家的钱来寻老百姓的开心。

以后就有些人来看瑞云石，以为是什么了不起的东西。其实瑞云石实在没有什么好看的，除了据说年代久远一些，其他好像并没有什么名堂。慢慢地有人倒是发现坐在墙门间里的瑞云还是很耐看的，她有一种现代女性少有的清秀温良，她有平静的笑和忧郁的美。

瑞云的活越来越多，她忙不过来，她想要收一个徒弟了。

瑞云很快收了一个徒弟，叫翁美华。她是一个农村姑娘，到小巷里来卖鸡蛋，看见瑞云很忙，来不及做活，她很机灵，就对瑞云说愿意做她的下手，瑞云就收了她做徒弟。

翁美华是个很活泼开朗的姑娘，浑身有一种年轻的气息，还有一种乡下人的狡猾。大家晓得瑞云做裁缝收入不错，就问翁美华每月能拿多少，翁美华从来不如实相告，弄得大家心里很痒，总觉得给这个乡下姑娘赚了大便宜。

翁美华每天夜里跟着瑞云穿过备弄，她胆子很大，一点也不怕。大家和她寻开心，说这块瑞云石是人变的，说这备弄这庭院里有鬼。翁美华便反过来吓唬他们，说乡下鬼比城里鬼厉害，更多，到处都有，她天天同它们攀谈解厌气，说不定它们还跟着她进了城，说不定要和城里鬼打架呢，别人也就不再拿鬼来吓她。

过了一阵，先是刘敏芬发现翁美华和瑞云长得很像，只是一个白一点，一个黑一点。

大家看看，也觉得像。

刘敏芬就同翁美华开玩笑说："喂，回去跟你娘说，叫她把你姐姐领回去。"

翁美华是很聪明的，在这里住了这一阵，早已经晓得了瑞云的身世，晓得了这里各种人物之间的关系。所以，她也和刘敏芬开玩笑说："水往低处流，人往高处走，城里总比乡下好，我要把我娘和五个姐妹领过来住呢，瑞云好婆有这么多的房子，我们只住两间就够了……"

刘敏芬虽然晓得这是说笑话，但心中总是不畅快。

后来很奇怪地就发生了冒认瑞云的事。

一天是礼拜天，宅子里的人比平日起得晚一点。太阳老高，大家正在吃早饭，就有一个乡下妇女闯了进来，看准瑞云就扑了过来，抱住她大叫"我的可怜的女儿"。

瑞云很安静地看着她，乡下妇女居然被看慌了，松开手，退了几步，绊绊嗦嗦地掏出一张皱巴巴的纸，这是一份盖了组、村、乡三级公章的证明。证明这个妇女从前的确是扔掉过一个跷脚小女儿，因她有许多女儿。她一边流眼泪鼻涕，一边诉说当初她是怎样把女儿扔在这条小巷的厕所里的，她并且还说出了瑞云左肩上有一颗黑痣。

大家开始都很轻松很有味地看这个乡下女子表演节目，可是后来大家就有点紧张了。

乡下妇女居然要扒开瑞云的衣服看一看那颗黑痣，可是她看着瑞云那很平静的样子，就觉得自己是不能动手动脚的。

单相思的高中生激动得面色惨白，连连说："去验血型，去验血型，可以戳穿的，可以戳穿的。"

这时候瑞云好婆被大家簇拥着首先念了"阿弥陀佛"，然后说："瑞云肩上是有一颗痣，不过不是在左边，而是在右边。"

大家"哦"了起来，轰那乡下妇女，乡下妇女并不觉得难堪，她走的时候回头狠狠地盯了瑞云一眼，又恶狠狠地说："哼，送给我，我还不想要呢，什么宝贝呢，一个……"她看着瑞云安静平和的样子，不由自主地把骂人的话咽了下去。

整个认领过程，翁美华和刘敏芬都不在场，大家过后想起来，觉得有点奇怪。

过了一天，瑞云和翁美华在裁缝铺里做活，翁美华突然对瑞云说："我真羡慕你们城里人，我真想做城里人。"

瑞云当时没有作声，过了好一会儿，她平静地说："我真羡慕你们健全的人，我真想自己是个健全的人。"

翁美华看看瑞云，瑞云和平时一样安安静静地笑笑。翁美华心里一抖，伤心而且有点绝望地低了头，针把手指头戳破了，滴了一小滴很紫很浓的血，她又用劲挤出了几滴，她说这是毒血。

但是还有一滴或几滴血留在手指头里，手指头感染了，化了脓，翁美华病了，还发了高烧，神志不清的时候，她老是说一句很奇怪的话："我不相信，我不相信……"

翁美华病好以后就走了。她走的前一天，住户中有一家借了照相机回来帮小孩拍照，她求他也给她拍了两张，一张是同瑞云合影，一张是同瑞云石合影。

翁美华走的时候，和她来的时候一样，带着很大的信心。

## 四

大家都知道吃素的人是长寿的，长生不老的。其实也不一定，瑞云好婆有一天突然"呜呜"地哭了起来，对瑞云说："你的黑痣是在左肩上的。"

瑞云也滴了几滴眼泪，说："我的黑痣是在左肩上的。"瑞云好婆又喘了一口气，说："不会再有人来了。"

瑞云也说："不会再有人来了。"

瑞云依然是很平静很安宁，可是瑞云好婆却从她的平静中看出了不平静。她晓得瑞云是有心思了，于是她自己也有了心思。

瑞云好婆的心思并不是什么秘密，刘敏芬把瑞云好婆的心看得透亮透穿，她很快就给瑞云介绍了一个徒弟。

　　这个徒弟是个男的，叫陈光，人高马大，朝小小的裁缝铺里一钻，真是出洋相。不过大家心里都有数，说是徒弟，其实就是给瑞云介绍的朋友，徒弟只是个名头罢了。这样的人，粗手大脚，怎么会做裁缝。陈光的脾气却是很不好，瑞云的文静，更加显出他的暴躁，他常常责骂他的师傅，有几次瑞云哭了。

　　瑞云眼见着消瘦了。

　　高中生很心疼瑞云，有一次夜里他想去安慰瑞云，他轻轻地推开瑞云的房门，却看见师徒俩居然拥抱在一起。

　　高中生慌慌张张地退出来，他前思后想，一夜没有睡，第二天一早他站在备弄里拦住了瑞云。

　　小时候他是叫她瑞云姐的，后来就不叫姐了。什么也不叫，只是"哎"一声，瑞云也应他。

　　高中生面对瑞云站在狭窄的备弄里，他的脸红一阵白一阵，眼睛看着瑞云的鼻子，犹豫了半天，才开口说："你……他……是个骗子。"瑞云盯住他看，没有说话。

　　他就又残酷地对瑞云说："在他的眼里，你不是瑞云，而是房子。"他说他听见过母亲和陈光的协商。

　　"你说谎。"瑞云平静地戳穿他。

　　高中生脸很白，低下头，他是说了谎。他没有听见过什么协商，但他相信他的谎言就是真理。

　　瑞云没有理睬高中生的挑拨，她和陈光依旧是一会儿亲亲热热，一会儿吵吵闹闹。有经验的人都说，成了，这一对成了，有吵有闹才是过小日子的样子，不吵不闹是不正常的。

　　瑞云好婆和刘敏芬都认为时机成熟了，都催促瑞云和陈光去办手续。

　　瑞云和陈光都答应了。

　　在登记结婚的前一天夜里，他们面对面地坐着，突然讲不出什么话来，但两个人都很紧张，好像要发生什么事情了。

　　后来还是瑞云先说话，瑞云说："到此结束了。"

　　陈光呆呆地看着瑞云。

　　"我要向你道歉，请你原谅我，我欺骗了你。"瑞云诚恳地说。

陈光脸涨得通红，结结巴巴地说："你讽刺我，是我欺骗了你。"

瑞云恬静地笑了："那么就算互相欺骗吧。"

陈光又愣住了。

瑞云于是又说："所以我还得感谢你，你使我尝到了爱情的滋味，要不是你，我也许一辈子也尝不到呢。当然，这是骗来的。"

陈光恼怒了，正要大声说什么，瑞云却拦住他，以很平静又十分决断的口吻说："我知道你家里很困难，你回去住以后，叫你们那五六个挤在一床的弟弟妹妹住到我的房间里来。我可以睡在前面铺子里。"

陈光张了张嘴，什么也没有说出来，突然站起来，开了门就出去了。

瑞云在屋里抹去眼泪。

第二天，大家发现陈光不见了。

刘敏芬第一个大声叫嚷起来："哟，说好今天去领结婚证的，怎么人跑掉了呀，哎呀呀，这个寿头，拎不清的……"

瑞云好婆开始也很急，后来她发现瑞云已经恢复了往日的平静，老太太叹了一口气，再也没有说什么。

高中生苍白的脸上挂着一丝冷笑，对瑞云说："你明白了吧，你清醒了吧，我没有说错，他是骗子，你受骗了。"

瑞云笑笑说："你说错了，我没有受骗，他没有骗走我什么东西，他给我的是虚假的、空洞的，我给他的也是。"

高中生听了瑞云的话，狠狠地吃了一惊，他感觉到自己的心受到了很大的震动。这天夜里他以为自己的境界上了一个新的层次，因为他突然想到了，爱上瑞云实在是件很荒谬的事情。

## 五

这座宅子，已经很古老很陈旧了，并且越来越拥挤。

在这个城市，有许许多多房子已经很古老很陈旧了，因为这是一座很古老的城市，而且从前是相当繁华富裕的。

人民政府为了改善老百姓的居住条件，下令停止了几幢大宾馆大饭店大酒家的建造，挪出资金来。

瑞云好婆的这宅房子，比起别处的旧房子，还算是比较牢固的，所以改造方案就比较简单：接通自来水管子，油漆门窗。

在庭院里挖坑埋水管的时候，工人粗手粗脚，把那块瑞云石碰歪了，石脚下露出半个洞，洞口里挤出一只黄鼠狼，黄鼠狼很不客气地放了一串臭屁，奔走了。臭气熏得这一进的住户头痛了三天。

从这一天起，瑞云好婆就病倒了。她晓得自己是不会再爬起来了。她把瑞云叫到床前，说："瑞云啊，你是个苦命的孩子，你不跟我过可能还好一点，你跟了我只是更加苦……"

瑞云拉住好婆的手说："好婆你不要以为我苦，其实我不苦，真的不苦，一点儿也不苦。"

瑞云好婆叹口气说："说不苦是假的，人生有五苦。不过你如果真的能够把苦当作不苦，倒也是你的造化。"

瑞云点点头。

过了几日，文物管理处听说瑞云石歪了，就派人来把瑞云石拉走了。瑞云石拉走的这天夜里，瑞云好婆就升天了。

瑞云石是拉到一个很著名的园林里去了。后来，宅子里有人家来了外地客人，陪了去玩园林，特意去看瑞云石，但是很失望，瑞云石夹在许多山石之中，更加不起眼了。

瑞云给好婆办了丧事，仍然到墙门间去做衣服。大家都觉得她比过去更加清秀好看，更加温柔可亲。

瑞云的活很多，她很想再收个徒弟，可一时却托不到人介绍。

翁美华回来过，她是专门来看瑞云的。翁美华现在已经如愿以偿做了城里人，一家新开张的大宾馆招聘服务员，她应聘，干了一年，很出色，就升了领班，户口也转来了。翁美华在宾馆里工作，不大见太阳，比以前白多了，和瑞云一起站着，真像一对亲姐妹。

翁美华看瑞云的活很多，就说什么时候放假回乡下帮帮她留心一下，介绍一个徒弟来，不过恐怕不容易，现在乡下姑娘生财之道多得很呢。果然，翁美华走了很久也没有消息来。

　　陈光倒有消息来。是刘敏芬告诉大家的，那小子借钱买了一辆摩托，贩卖鱼虾，到底给他挣出了三楼三底的新房了。大小伙子再也用不着同弟弟妹妹挤通铺了，据说陈光找的对象很漂亮，可宅子里的人断定，绝对不可能有瑞云漂亮，因为瑞云这样耐看的姑娘，现在是很少见的。

　　瑞云的日子过得始终很平静，每天除了早晚在庭院里和大家讲几句话，其他时间就坐在裁缝铺里做针线活，连个说话的人也没有。

　　后来王老先生就到墙门间去，天天坐在门口陪着瑞云，看着瑞云，和她说话，瑞云也就顺着他的话头同他谈谈。

　　王老先生私下对别人说，他越来越觉得瑞云像一个人，就是他童年记忆中的母亲。

　　王老先生童年记忆中的母亲，大概不会是那个婊子，而应该是他爹明媒正娶的太太。

　　王老先生居然说这种话，大家想，这老先生恐怕有点糊涂了。